The Viscount Who Loved Me

ブリジャートン家

2

不機嫌な子爵のみる夢は

ジュリア・クイン　村山美雪 訳
by Julia Quinn

Raspberry Books

The Viscount Who Loved Me
by
Julia Quinn

Published by arrangement with Avon, an imprint of HarperCollins Publishers.
through Japan UNI Agency, Inc., Tokyo.

本書の執筆中ずっとそばにいてくれた、リトル・グース・ツイストに。
あなたに会うのが待ちきれない！
そして、ミュージカル嫌いではあるけれど、ポールにも。

ブリジャートン家2　不機嫌な子爵のみる夢は

主な登場人物

アンソニー・ブリジャートン……………………ブリジャートン子爵。

キャサリン（ケイト）・シェフィールド………シェフィールド家の長女。

エドウィーナ・シェフィールド…………………ケイトの腹違いの妹。

メアリー・シェフィールド………………………ケイトの育ての母。エドウィーナの実母。

ヴァイオレット・ブリジャートン………………先代ブリジャートン子爵の未亡人。

ベネディクト・ブリジャートン…………………ブリジャートン子爵家の次男。

コリン・ブリジャートン…………………………ブリジャートン子爵家の三男。

ダフネ・バセット…………………………………ブリジャートン子爵家の長女。サイモンの妻。

サイモン・バセット………………………………ヘイスティングス公爵。アンソニーの親友。

エロイーズ・ブリジャートン……………………ブリジャートン子爵家の次女。

フランチェスカ・ブリジャートン………………ブリジャートン子爵家の三女。

グレゴリー・ブリジャートン……………………ブリジャートン子爵家の四男。

ヒヤシンス・ブリジャートン……………………ブリジャートン子爵家の四女。

ポーシャ・フェザリントン………………………フェザリントン夫人。

プルーデンス・フェザリントン…………………フェザリントン家の長女。

フィリッパ・フェザリントン……………………フェザリントン家の次女。

ペネロペ・フェザリントン………………………フェザリントン家の三女。

フェリシティ・フェザリントン…………………フェザリントン家の四女。

プロローグ

アンソニー・ブリジャートンはこれまでずっと、若くして死ぬことになるだろうと考えてきた。

いや、子供のときは違った。幼いころのアンソニーにみずからの死を考えなければならない理由などなかった。誕生したまさにその日から、申しぶんのない子供時代を送っていたのだから。

由緒ある裕福な子爵家の後継ぎであるのも事実だが、ブリジャートン子爵と夫人はほかのほとんどの貴族夫妻とは異なり深く愛しあっており、息子が誕生すると、後継ぎができたことより子を授かったことを喜んだ。

だからこそ、パーティを催して盛大に祝うこともなく、父と母として生まれたばかりの息子を興味津々にひたすら見つめていた。

ブリジャートン夫妻は若かったものの――エドモンドは二十歳になったばかりで、ヴァイオレットはまだ十八歳――、ともに思慮深く、強い意志を持ち、社交界ではまれに見る熱心さと献身ぶりで息子に愛情を注いだ。ヴァイオレットはみずから子守をすると言い張って実家の母をひどく驚かせ、エドモンドも、父親が子供たちの世話を焼くべきではないという通説にはとらわれなかった。幼い息子をケントの野原へ連れだし、まだほとんど言葉も理解できないうちから哲学や詩を語りかけ、毎晩寝る前に本を読み聞かせた。

子爵夫妻はとても若く、深く愛しあっていたので、アンソニーの誕生からわずか二年後に弟が生まれたことに驚く者はいなかった。次男はベネディクトと名づけられた。エドモンドはすぐさま日課を変更し、今度はふたりの息子を散策に連れていくようになった。革細工の職人とともに厩《うまや》に一週間こもりきりでこしらえた特製の背負い袋にアンソニーを入れ、赤ん坊のベネディクトを腕に抱いて出かけた。

三人で野原や小川をめぐりながら、不思議な生き物、美しい花々、澄み渡った青空のことや、危機に瀕《ひん》した乙女を救う正義の騎士の物語を、父は息子たちに話して聞かせた。三人がすっかり汚れて日焼けした顔で帰ってきたのを見ていつもヴァイオレットが笑うと、エドモンドは言ったものだった。「いいか？　危機に瀕した乙女がここにもいるぞ。三人でちゃんと守ってやらなくてはな」すると、アンソニーは母親の腕のなかに飛び込んで、くすくす笑いながら、ほんの三キロ先の村で見た火を吹くドラゴンから守ってあげるからねと約束した。

「ほんの三キロ先にいたの？」ヴァイオレットは恐ろしそうなふりで声をひそめて尋ねた。「なんてこと、わたしを守ってくれる三人の逞《たくま》しい男たちがいなければ、どうなってしまうのかしら？」

「ベネディクトは赤ちゃんだよ」アンソニーは答えた。

「これから大きくなるわ」母はいつも息子の髪をくしゃくしゃに撫でながら言った。「あなたと同じように。それに、あなたももっと大きくなるのよ」

　エドモンドはつねに子供たちにわけ隔《へだ》てなく献身的な愛情を注いでいたのだが、アンソニーは夜更けに胸ポケットの上から懐中時計を手で押さえて（父が八歳の誕生日に祖父からもらった物を、同じように八歳の誕生日に父から手渡された）、自分と父との関係は少しばかり特別なのだという思いを嚙みしめた。だからといって自分が父に最も愛されていたというわけではない。その時点でブリジャートン家の子供たちは四人に増え（コリンとダフネがさしてあいだをおかずに生まれた）、子供たち全員が同じように深く愛されていることはよくわかっていた。

　ひょっとしたら、父をきょうだいたちの誰より長く知っているからという理由だけで、特別な関係なのだと思い込もうとしていたのかもしれない。父と過ごした時間がベネディクトより二年長いことは何年経とうが変わらないことだからだ。コリンよりは六年長い。それに、ダフネについてはたしかに女子（なんたること！）だという違いはあるが、なにしろ父を知っている年数は自分より八年も短いのだといつも自分に言い聞かせていた。

　端的に言ってしまえば、エドモンド・ブリジャートンはアンソニーにとってまさしく世界の中心だった。長身で、肩幅が広く、まるで鞍と一緒に生まれてきたかのように馬を乗りこなす父。算数の質問には、家庭教師にわからないことまで、いつでも答えてくれたし、息子たちにはぜひとも樹上小屋《ツリーハウス》が必要だと考えてみずから造りあげ、笑い声で体の芯まで温めてくれた。

　エドモンドはアンソニーに馬の乗り方を教えた。狩猟の仕方や泳ぎ方も教えた。アンソニーがイートン校に入学するときには、将来の友人たちのほとんどのように使用人と馬車に乗せられて送りだされるのではなく、父も一緒に学校までやって来て、新たな住まいとなる場所を不安そうに眺める長男にしっかりと向きあい、万事うまくいくと言って励ましてくれた。

　そのとおりだった。そのとおりになることはアンソニーにもわかっていた。父はいつだって嘘をつかない。

　むろん、母のことも愛している。それどころか、母の身を守るためとあらば、腕を引きちぎられようともかまわない。けれども子供のころからずっと、何をするのも、何を成し遂げるのも、目標や、願いや、夢を抱いたのも、すべては父のためだった。

　それがある日を境に一変してしまった。あとにして考えてみれば、人生とはなんと唐突に変わるもので、たしかにあったはずのものがいかにたちまち……消えてしまうものなのだろう。

　それは、アンソニーが十八歳で、オックスフォード大学への入学を控え、夏休みに帰省していたときのことだった。父親も在籍したカレッジに入寮する予定で、楽しい盛りのほかの十八歳の青年たちと同様に、まぶしいばかりの明るい未来が広がっていた。女性たちに目がいくようになり、どうやらそれ以上に女性たちのほうからも熱烈に視線を注がれるようになっていた。両親はなおも子宝に恵まれつづけ、エロイーズ、フランチェスカ、グレゴリーが家族に加わっていた。さらに、廊下ですれ違う母を見て、アンソニーは目を剝くまいと懸命にこらえた——八人目の子を妊娠していたのだ！　正直なところ、当時の両親の年齢で子を授かるのはあまりに体裁《ていさい》のいいこととは思えなかったが、その気持ちは胸のなかにとどめた。

父エドモンドの良識を疑うことなどできようか？　そうとも、きっと自分も三十八歳という年齢に達しようとも、さらに子供をほしがるに違いない。

アンソニーがその事実を知らされたのは、午後も遅い時刻だった。ベネディクトとの長距離の過酷な乗馬から戻って、ブリジャートン家の先祖代々の本邸、オーブリー屋敷の玄関扉《ホール》を押しあけて入っていくと、十歳の妹が床にぺたりと坐り込んでいた。ベネディクトは兄との愚かな賭けに負けた代償として、厩でまだ二頭の馬にブラシをかけていた。

アンソニーはダフネの姿を目にして、ぴたりと足をとめた。妹が大広間の真中にへたり込んでいるのはなんとも妙な光景だ。泣いているのはさらに妙なことだった。

ダフネはけっして泣く妹ではない。

「ダフ」アンソニーはためらいがちに口を開いた。いまでも自信があるとは言えないが、当時はなおさらまだ、泣いている女性のあつかい方といったものがわかる歳ではなかった。

「いったい——」

だが、尋ねる言葉も見つからないうちに、ダフネが顔を上げた。そしてその大きな褐色の目に打ちひしがれた悲しみが浮かんでいるのを見て、ナイフに鋭く胸を貫かれたような気がした。アンソニーは何か恐ろしく良くないことが起きたのだと悟り、よろりと一歩あとずさった。

「死んじゃった」ダフネがかすれ声で言った。「お父様が死んじゃったの」

一瞬、アンソニーは聞き違えたのだろうと思った。父が死ぬはずがない。叔父のヒューゴーのように若くして亡くなる者もいるが、叔父の場合は小柄で弱々しかった。どうあれ、少なくとも父よりは小柄で弱々しかった。

「何かの間違いだ」アンソニーは妹に言った。「おまえが間違えてるんだ」

ダフネは首を振った。「エロイーズに聞いたのよ。お父様は……お父様は……」

泣きじゃくっている妹を問いつめるべきでないことはわかっていたが、続けずにはいられなかった。「父上がどうしたんだ、ダフネ？」

「蜂」ダフネが囁《ささや》くような声で答えた。「お父様は蜂に刺されたの」

アンソニーはしばし妹を見つめることしかできなかった。それからようやく、どうにか聞きとれるほどの低いかすれ声で言った。「人は蜂に刺されたぐらいでは死なないぞ、ダフネ」

妹は何も言わずに床に坐ったまま、喉をひくつかせて涙を鎮《しず》めようとしていた。

「父上は前にも刺されている」アンソニーは声量をあげて続けた。「一緒にいたんだ。ふたりとも刺された。ちょうど蜂の巣に出くわしてしまって。ぼくは肩を刺された」無意識に手を持ちあげ、何年も前に刺されたところに触れていた。静かな声で言葉を継いだ。「父上は腕を刺された」

ダフネは異様なほどうつろな表情で兄を見つめていた。

「大丈夫さ」アンソニーは断言した。声に動揺が表れて、妹を怖がらせているのはわかっていても、感情を押し隠せる余裕はなかった。「人は蜂に刺されたくらいでは死なない！」

ダフネが突如百歳にも見えるほどに目を翳《かげ》らせて、かぶりを振った。「蜂だもの」頼りない声で言った。「エロイーズが見たって。お父様は一分ぐらいじっと立ってて、それから……それから……」

アンソニーはまるで筋肉が皮膚を突き破ろうとしているかのように、自分のなかで何か得体の知れないものがせりあがってくるのを感じた。「それから、どうしたんだ、ダフネ？」

「死んじゃった」妹も自分と同じぐらいその言葉にうろたえているように見えた。

アンソニーはダフネをそのまま広間に残して、階段を三段飛ばしに駆けあがり、両親の寝室へ向かった。父が死ぬはずがない。人は蜂に刺されたくらいでは死なない。ありえないことだ。まったく、ばかげている。エドモンド・ブリジャートンはまだ若く、強靭《きょうじん》な男だ。長身で、肩幅が広く、筋骨逞しい体をしていて、神に懸けて、ちっぽけな蜜蜂ごときに倒されるはずがない。

けれども、アンソニーが階上の廊下にたどり着くと、寄り集まった大勢の使用人たちの押し黙った静けさが、事態の深刻さを告げていた。

使用人たちの哀れんだ顔……彼らのあの表情は一生去ることはできないだろう。

人々を押しわけなければ両親の部屋には入れないだろうと思ったが、使用人たちは紅海が真っぷたつにわかれるように両脇に退いて道をあけた。そして、アンソニーはドアを押しあけて、目にした。

母がベッドの端に腰かけて父の手をしっかりと握り、泣きじゃくるわけでもなく、物音ひとつ立てずにゆっくりと前後に体を揺らしていた。父はまったく動かない。これではまるで……。

続きの言葉は考えることすらしたくなかった。

「お母さん？」声が詰まった。もう何年もその呼び名は使っていなかった。イートン校に入学したときから「母上」と呼ぶようになっていたからだ。

母は長いトンネルの向こうから声を聞いたように、ゆっくりと振り返った。

「何があったんです？」静かな声で尋ねた。

母は絶望したような遠い目をして首を振った。「わからない」ほんのわずかに唇を開き、言葉を継ぐつもりが何をしようとしたのか忘れてしまったらしかった。

アンソニーはひどくぎこちない動作で一歩踏みだした。

「死んでしまった」ヴァイオレットはようやく低い声を漏《も》らした。「死んでしまったの。わたしは……ああ、神様、わたしは……」子を宿してふっくらと丸みを帯びた腹部に片手を添えた。「わたしは言ったの――ああ、アンソニー、この人に言ったの――」

母が砕け散ってしまいそうに見えた。アンソニーはこみあげてくる熱い涙をひりつく喉に呑み込んで、母のそばに寄り添った。「大丈夫ですよ、お母さん」

でも、大丈夫であるわけがないことはわかっていた。

「もう最後にしましょうって、言ったの」母はしゃくりあげ、息子の肩にもたれてすすり泣いた。「もう産むのは無理だから、注意しなければいけないわよって……ああ、もう、アンソニー、どうしたら彼を連れ戻して、この子を見せてあげられるの。わからない。何がなんだかわからないのよ……」

アンソニーは母が泣き疲れるまで抱きしめていた。何も言えなかった。どんな言葉であろうと打ちのめされた気持ちを言い表せるとは思えなかった。

母と同じように、何がなんだかわからなくなっていた。


その晩遅くに医師たちがやって来て、死因が不可解であることを遺族に告げた。医師たちによれば、以前にも蜂に刺されて死んだ人間はいたが、そのなかに父のようにまだ若く逞しい者はいなかったという。父は活力にあふれ、きわめて強靭な男だったのだから、誰にも説明がつかなかった。父の弟のヒューゴー叔父がその一昨年に急死していたのは事実だが、家系的に早世の体質であるというわけでもない。それに、ヒューゴー叔父はひとり屋外で亡くなっていたとはいえ、蜂に刺された跡はなかった。

それ以上、誰も調べようとはしなかった。

医師たちが誰にも説明がつかないと何度も繰り返すばかりだったので、アンソニーは全員の首を絞めたいとすら思った。とうとう医師たちを屋敷から追い返すと、母をベッドに寝かしつけた。母は長年エドモンドとベッドをともにしてきたことを思いだして取り乱していたので、来客用の寝室に連れていかなければならなかった。六人のきょうだいたちには、翌朝にちゃんと話そう、すべて大丈夫だと励まし、父が望んでいたとおり自分がきょうだいたちの面倒をみると請けあって、母と同じようにベッドに寝かしつけた。

それから、父の遺体が横たわる部屋へ戻り、父を見つめた。まじまじと父を眺め、瞬きもろくにせずに何時間もただじっと見つめていた。

そして、部屋を出るときには、自分の将来への展望も、死生観も一変していた。

エドモンド・ブリジャートンは三十八歳でこの世を去った。それゆえ、アンソニーも、たとえどのように生きようとも、数年ですら父の寿命を超えることは想像だにできなくなっていた。

1

『ご存じのとおり、本コラムではこれまでにも放蕩者について論じてきたが、筆者はついに、放蕩者にも小物と大物がいるという結論に至った。

アンソニー・ブリジャートンは、大物の放蕩者だ。

若く、未熟であるのが小物の放蕩者。派手に自慢話をして、ふるまいも愚かしく、自分は女性にとって危険な男であると思い込んでいる。

いっぽう大物の放蕩者は、自分が女性にとって危険な男と見られていることを心得ている。必要がないので自慢話はしない。自分が男性にも女性にも等しく噂される存在であることを知っていて、じつのところ、願わくは、誰にも噂されたくないと考えている。おのれの立場も、ふるまいもわきまえている。これ以上の説明は無用だろう。

愚かではないので、愚かなふるまいはしない（男性諸氏のすべてになにより望む行動だ）。社交界の悪習に染まる気もさらさらない。率直に言うならば、だいたいのところ、筆者にも文句のつけようがない人物というわけだ。

それぞまさしく、ブリジャートン子爵――間違いなく今シーズン一番人気の独身紳士――のことであると記さなければ、ただちに筆を折らざるをえまい。ただ一点、問いかけたいことがある。さてこの一八一四年のシーズンに、子爵はいよいよ婚姻の至福の喜びに屈するであろうか？

　筆者の予測は……

　屈しない』

一八一四年四月二十日付〈レディ・ホイッスルダウンの社交界新聞〉より

「まったくもう」ケイトこと、キャサリン・シェフィールドが部屋じゅうに響く大きな声で言った。「まさかまた、ブリジャートン子爵について書かれているのではないでしょうね」

　四歳下の母親の違う妹エドウィーナが、一枚刷りの新聞から顔を上げた。「どうして、わかったの？」

「どうかしちゃったみたいに笑いっぱなしなんだもの」

　エドウィーナはくすくす笑って、ふたりが坐っている青いダマスク織りのソファを揺らした。

「ほらね？」ケイトは妹の腕を軽く突いた。「彼女がどこかの不埒《ふらち》な男性について書いたときには、あなたは必ずくすくす笑いながら読んでるわ」そう言いながらも、顔はにこやかに笑っていた。妹をからかうより楽しいことは思い浮かびそうもない。もちろん、愛情を込めてからかうのだけれど。

　エドウィーナの母でケイトの育ての母となって十八年近くになるメアリー・シェフィール

ドが刺繍《ししゅう》から目を上げて、鼻にのった眼鏡を押しあげた。「ふたりとも、何を笑ってるの？」

「レディ・ホイッスルダウンがまた遊び人の子爵のことを書いてるせいで、ケイトお姉様がいらついてるの」エドウィーナが説明した。

「わたしはいらついてなどいないわ」たとえ誰も聞いてくれなくともかまわず否定した。

「ブリジャートン子爵のこと？」メアリーが気のない様子で訊く。

エドウィーナはうなずいた。「そうよ」

「彼女はいつも彼のことを書いてるのね」

「きっと、放蕩者のことを書くのが好きなのではないかしら」エドウィーナが訳知りふうに言う。

「放蕩者のことを好んで書くのは当然よ」ケイトはすぐさま口を挟んだ。「退屈な人たちのことを書いていたら、誰にも新聞を買ってもらえないじゃない」

「それは違うわ」エドウィーナが応戦する。「つい先週は、わたしたちのことを書いてたんだから。わたしたちはロンドンでとりわけ関心を引く家族というわけではないでしょう」

ケイトはむきになる妹を見て微笑んだ。たしかに自分とメアリーはロンドンでとりわけ注目される人間であるはずもないけれど、バター色の髪にどきりとさせられるほど澄んだ青い瞳のエドウィーナは、すでに一八一四年のシーズンで随一の美人と評されている。かたや、髪も目も平凡な褐色の姉の呼び名はたいがい、〝随一の美人の姉〟だ。

ケイトはそれでもまだいいほうだと考えていた。少なくともいまのところはまだ、〝随一の美人の売れ残りの姉〟とは呼ばれていないのだから。その呼び名が真に迫りつつあることは、シェフィールド家の誰よりも承知している。二十歳にして（より正確さを期するなら、もうすぐ二十一）、ロンドンで初めてのシーズンを楽しむには少し時機を過ぎていた。

けれど、ほかの手段は選びようがなかった。シェフィールド家は、ケイトの父が生きていたころですら豊かだったわけではなく、五年前に父が他界してからは、さらなる倹約を強いられてきた。救貧院に頼るほどではないにしろ、日々切りつめることを考えて生活しなければならない。

苦しい家計をやりくりして、シェフィールド家はどうにかロンドンへ来るための資金を工面した。シーズン中に滞在するための家と馬車を借り、必要最低限の数の使用人を雇うのには費用がかかる。そのシーズンをもう一度繰り返さなくてはならないのでは、とうてい資金が足りない。なにしろ、まる五年もの月日をかけてようやく、今回ロンドンへ来るための費用を貯めたのだ。これでもし、娘たちが結婚市場で成功を収められなければ……罪人として監房に放り込まれはしなくとも、サマセットの洒落た小さな田舎家で、つましくも気高い静かな暮しを送ることを考えるしかない。

そうした事情から、ふたりの娘たちは同じシーズンに社交界へ初登場《デビュー》することを余儀なくされた。エドウィーナが十七に達し、ケイトが二十一となる前が最も理に叶った時機だろうという判断だった。メアリーは、エドウィーナが十八になってもう少し成熟するまで先送りしたいと考えていたようだが、それではケイトのほうが二十二に歳を重ねる直前となり、求婚者が現れるかどうかはきわめて疑わしい状況となる。

ケイトは心のなかで苦笑した。シーズンなど待ち遠しくはなかった。自分が貴族の男性たちの視線を惹きつけられる女性ではないことは初めからわかっている。花嫁持参金の不足を補えるほどの美貌はないし、愛想笑いをしたり、すまして話したり、優雅に歩いたりする方法も知らず、ほかの令嬢たちが生まれながらに身につけていそうなことが何ひとつできない。邪心のかけらもないエドウィーナでさえ、男性たちが通りがかりに目にすれば手を貸したくて殴りあいでも始めかねない立ち居ふるまいや、歩き方や、ため息のつき方を自然に身につけているというのに。

いっぽう、ケイトのほうはつねに長身の背筋をぴんと伸ばして立っていた。坐らなければ身が危ういと言われてもじっとしていることはできないだろう。それに、まるで競争しているかのように早足で歩く――どうしてこうなのだろうと自分でもいつも不思議に思う。どこへ行くにしろ、早くたどり着いたからといって、得することなどあるのだろうか？

実際にシーズン中のロンドンに来ても、ケイトは街をあまり好きにはなれなかった。たしかに、それなりに楽しい時間を過ごせているし、たくさんの心やさしい人々にも出会えたけれど、田舎にとどまって堅実な男性と結婚したとしてもじゅうぶん満足できる娘にとって、シーズン中のロンドンにいるのはとてつもない浪費であるように思えた。

だが、メアリーは耳を貸そうとはしなかった。「わたしはあなたのお父様と結婚する際に」あるときメアリーは言った。「あなたを、自分が授かる実の子と同じように愛情を込めて育てあげると誓ったのよ」

ケイトがどうにか「でも――」と言葉を挟んでも、メアリーはかまわず続けた。「わたしには、あなたのお気の毒なお母様が安らかに眠れるよう、果たさなければいけない責任があるの。その責任のひとつが、あなたに安心できる幸せな結婚をさせることなのよ」

「わたしは田舎でも安心して幸せに暮らせるわ」ケイトは反論した。

メアリーが切り返した。「ロンドンのほうが、もっと多くの男性のなかから選べるわ」

そこへエドウィーナが加わってきて、お姉様がいなければ心細くて仕方がないと訴えた。

ケイトは妹の悲しい顔を見るのは耐えられなかったので、おのずと運命は定まった。

そういうわけで、こうしていま、ケイトはロンドンの一応は高級と呼ばれる住宅街に借りた家の、どことなく色褪《あ》せた客間に坐っており……

いたずらっぽく部屋を見まわす。

……妹が手にしている新聞をひったくった。

「ケイトお姉様！」エドウィーナは甲高い声をあげて、右手の親指と人差し指のあいだに残った新聞紙の小さな三角形の切れ端を目を丸くして見つめた。「まだ読み終わっていないのに！」

「読ませといたらきりがないんだもの」ケイトはしたり顔で微笑んだ。「それに、ブリジャートン子爵について、きょうは何が書かれているのか読みたいのよ」

ふだんはスコットランドの湖にも劣らず穏やかなエドウィーナの目が、茶目っ気たっぷりに輝いた。「あら、お姉様、ずいぶん子爵様にご興味があるのね。わたしたちに何か隠し事でもあるのかしら？」

「ばかなこと言わないで。お会いしたこともない人なのよ。それに、たとえお会いすることがあったとしても、わたしは反対方向に走って逃げるわ。わたしたちふたりが断じて避けなければいけない部類の男性に決まってるもの。きっと、氷山みたいに冷たい女性まで誘惑してしまうような男性なんだから」

「ケイト！」メアリーが大きな声でいさめた。

ケイトは顔をゆがめた。母も聞いているのを忘れていた。「だって、真実でしょう」と言葉を継ぐ。「彼には、わたしの歳の数より多くの愛人がいると聞いたわ」

メアリーは話すべきかどうかを決めかねるように何秒か娘を見つめてから、ようやく答えた。「これはあなたたちに聞かせるべき話題ではないのだけれど、多くの男性も同じなのよ」

「まあ」ケイトは顔を赤らめた。けれど肝心な言いぶんを通すためには、断固として反論すること以外に効果的な方法があるとは思えない。「でも、きっと、彼の場合には多くの男性に比べて二倍の数の女性とつきあっているのよ。いずれにしても、ほとんどの男性よりずっと節操のない人なのだから、エドウィーナに言い寄らせるわけにはいかない相手だわ」

「あなたもシーズンを楽しんでいるのよね」メアリーが念を押した。

ケイトは皮肉を込めた表情でメアリーに目を向けた。当の子爵がシェフィールド家に求婚しに来るとすれば、その相手がケイトではないことは誰から見てもあきらかだ。

「お姉様の見方を変えさせるようなことは何も書いてないと思うけど」エドウィーナは肩をすくめて言うと、新聞をもっとよく見ようと姉のほうへ身を乗りだしてきた。「ほんとうは、彼のことはあんまり書いてないのよね。放蕩者についての見解のほうが長くて」

ケイトは印刷された文字にさっと目を走らせた。「ふうん」と、皮肉るときのいつもの決まり文句をつぶやいた。「彼女が正しいほうに賭《か》けてもいいわ。彼が今年、身を固めることはきっとないわよ」

「あなたはいつも、レディ・ホイッスルダウンに賛同してるわよね」メアリーが微笑んでさりげなく言う。

「彼女の書くことはたいてい正しいのですもの」ケイトは応じた。「それは認めるでしょう。ゴシップ記者として、すばらしい才能を発揮してるわ。わたしがこれまでロンドンでお会いした人々についての彼女の人物評は、たしかにどれも間違いがなかったもの」

「自分自身の目で判断すべきよ、ケイト」メアリーがやんわりと言う。「あなたはゴシップ・コラムに感化されているところがあるわ」

育ての母が正しいことはわかっていても、認めたくはなかったので、ケイトはもう一度「ふうん」とだけ言い、手もとの新聞に目を戻した。

〈ホイッスルダウン〉は間違いなく、ロンドンじゅうで最も面白い読み物だ。そのゴシップ・コラムがいつから書かれはじめたのかは定かでないが――たしか前年のある時期だったと耳にした――、ひとつだけ確かなことがある。それは、レディ・ホイッスルダウンが誰であるにしろ（その正体は誰にも知られていない）、貴族の人々と強い繋がりを持つ人物であるということだ。そうとしか考えられない。社交界の外の人間では、毎週月曜日と水曜日と金曜日に届くコラムに書かれているゴシップすべてを探りだせるはずがない。

レディ・ホイッスルダウンはつねに最新の噂を入手しているし、ほかのコラムニストとは異なり、実名を使うことをためらわない。たとえば先週の新聞にしても、ケイトには黄色が似合わないことを忌憚《きたん》なく指摘していた。『暗い髪色のキャサリン・シェフィールド嬢が黄色を身につけると、焦げたラッパズイセンのように見えてしまう』と。

そんなふうにけなされても、ケイトは気にならなかった。いまだ自分がレディ・ホイッスルダウンにけなしてもらえる機会に恵まれないといった発言を幾度となく耳にしているからだ。誰の目から見ても社交界で注目を浴びているエドウィーナでさえ、姉がコラムに取りあげられたことを羨《うらや》んでいる。

それに、シーズン中のロンドンに格別にとどまりたい気持ちはなくても、どのみち社交界の催し事に参加しなければならないのなら、人々にまったく無視されるのも居心地が悪い。どうせゴシップ紙でけなされれば、人目を引くきっかけになるのは確かなので都合が良かった。どのような場に出席しても、話題に事欠かないというわけだ。

ペネロペ・フェザリントンから、濃い橙色《だいだい》の繻子《しゅす》のドレスを熟しすぎたオレンジに喩《たと》えられたことを嘆かれたときにも、手を振りながら大げさにため息をついて相槌を打った。「そうよね、なにしろわたしなんて、焦げたラッパズイセンだと言われたのよ」

「いつか」だし抜けにメアリーが口を開き、人差し指でふたたび眼鏡を押しあげた。「誰かがその女性の正体を探りだす日が来るわよ。そうしたら、彼女は大変な苦境に立たされてしまうわ」

エドウィーナが興味深そうに母を見やった。「ほんとうに誰かが彼女を見つけだす日が来るかしら？　もう一年以上も秘密を隠しとおしてるのよ」

「永遠に秘密を隠しとおせる人などいないわ」メアリーは答えた。縫い針を刺繍の布に刺し、長い黄色の糸を引きだす。「覚えておきなさい。いずれにせよ遅かれ早かれ、あきらかになるわ。そのときには、街じゅう、いままで見たこともないようなとんでもない騒ぎになるはずよ」

「でも、もし彼女が誰だかわかったら」ケイトは言いながら一枚刷りの新聞紙を裏の頁《ページ》に返した。「わたしはきっととても親しくなれそうな気がする。とびきり楽しい人に決まってるもの。それに、誰がなんと言おうと、彼女の書いていることはほとんどいつも正しいわ」

そのとき、ケイトの愛犬で、いくぶん太めのコーギー種のニュートンが、とことこ部屋のなかへ入ってきた。

「その犬は外に出しておくわけにはいかないの？」メアリーが訊く。それから、声を張りあげた。「ケイト！」犬がメアリーの足に身を寄せて、まるでキスをせがむようにハアハアと荒い息をついていた。

「ニュートン、いますぐこっちにいらっしゃい」ケイトは命じた。

犬は名残惜しそうにメアリーのほうを見てから、とぼとぼとやって来てソファに飛び乗り、ケイトの膝《ひざ》に前脚をかけた。

「毛だらけになってしまうわよ」エドウィーナが言う。

ケイトはふさふさのカラメル色の毛を撫でてやりながら肩をすくめた。「わたしは気にならないわ」

エドウィーナはため息をつきながらも手を伸ばし、ニュートンを軽く叩いてやった。「ほかにどんなことが書いてあるの？」興味津々で身を乗りだす。「裏の二頁目は読めなかったんだもの」

ケイトは妹の皮肉に笑みを返した。「たいしたことは書いてないわ。今週の初めに、ヘイスティングス公爵夫妻が街に戻ってきたらしいという話が少しと、レディ・ダンベリーの舞踏会で供された料理の数々を『絶品だった』と褒めて、月曜日にフェザリントン夫人が着ていたドレスをひどくこきおろしてる」

エドウィーナは眉をひそめた。「フェザリントン家はとてもよく取りあげられてるわよね」

「仕方ないわよ」メアリーが刺繍を置いて立ちあがった。「あのご婦人は首に虹を巻きつけられても、娘たちに似合うドレスの色を選べないでしょうから」

「お母様！」エドウィーナが声をあげた。

ケイトは笑わないよう手で口を押さえた。メアリーはふだん辛らつな物言いはしないのだが、たまにこうして娘たちを驚かせることを口走る。

「あら、事実でしょう。いちばん下の娘さんにいつもオレンジ色のドレスを着せてるのよ。誰が見ても、あの気の毒な娘さんには青色か、ペパーミント色が似合うことはわかるのに」

「わたしに黄色のドレスを着せたわよね」ケイトはさりげなく指摘した。

「あれはごめんなさいね。女性の店員の助言には耳を傾けるべきだという教訓になったわ。自分の目には絶対の自信があったのよ。あのドレスをエドウィーナに着せるにはまず丈を詰めなければいけないわね」

　エドウィーナはケイトより頭ひとつ背が低く、肌の色もさらにいくらか白いので、黄色のドレスも難なく着こなせるはずだった。

「丈を詰めるときには」ケイトは妹のほうを向いて言った。「袖のひだ飾りも取ってもらうといいわ。ものすごく邪魔だったの。しかも、肌がかゆくなるし。アシュボーン家の舞踏会の最中に剝《は》ぎとってしまおうかと思ったぐらい」

　メアリーがぐるりと目をまわした。「あなたがこらえられたというのは驚きだけれど、こらえてくれて良かったわ」

「たしかにお姉様がこらえられたのは驚きだけれど、わたしはそれで良かったとは思わないわ」エドウィーナがいたずらっぽい笑みを浮かべて言う。「ひだ飾りを取ったことをレディ・ホイッスルダウンが取りあげてくれたら楽しめたはずだもの」

「ええ、そうよね」ケイトは笑みを返して言った。「きっとこう書いたわよ。『花びらを剝《は》ぎとるラッパズイセン』」

「もう上に行くわ」メアリーは娘たちの悪ふざけに首を振りつつ告げた。「今夜はパーティに出席することを忘れないでね。出かける前に少し休んでおいたほうがいいわよ。また夜更《よふ》かしになるはずだから」

ケイトとエドウィーナがうなずいて、わかったというような返事をつぶやくと、メアリーは刺繍道具をまとめて部屋を出ていった。その姿が消えるとすぐさま、エドウィーナがケイトのほうに向きなおって訊いた。「今夜着ていく服は決めてる？」

「緑の紗《しゃ》のドレスにしようと思うの。白を着たほうがいいのかもしれないけれど、わたしには似合いそうもない気がして」

「お姉様が白を着ないのなら」エドウィーナが従順に言う。「わたしも着ないわ。青のモスリンのドレスにする」

ケイトはうなずきで答えて、腹部を擦《こす》りつけているニュートンを落とさないよう用心しながら、手もとの新聞に目を戻した。「つい先週、ミスター・バーブルックが、あなたは青色の天使だと言ってたわよ。あなたの目の色によく似合っているからなんですって」

エドウィーナが驚いて目をしばたたいた。「ミスター・バーブルックがそんなことを言ってたの？　お姉様に？」

ケイトは顔を上げた。「もちろんよ。あなたに夢中の男性たちはみんな、わたしを介して褒め言葉を伝えようとするんだから」

「そうなの？　いったいどうして？」

ケイトはゆっくりとやさしい笑みを広げた。「そうねえ、たぶん、エドウィーナ、あなたがスマイス-スミス家の音楽会で、姉の許しがなければ結婚はできないと出席者全員の前で宣言したことが関係しているのではないかしら」

エドウィーナの頬がうっすらと赤らんだ。「出席者全員の前で宣言なんてしてないわ」と、つぶやく。

「宣言したも同然よ。そういうニュースは火が屋根を伝うより早く広まるわ。わたしはそのとき同じ部屋にいなかったのに、ほんの二分後には耳にしてたのよ」

エドウィーナは胸の前で腕を組むと、姉とそっくりの口ぶりで「ふうん」と漏らした。

「でも、言ったことは事実だから、誰に知られてもかまわないわ。華々しい豊かな結婚に恵まれればさいわいだけれど、わたしにひどい態度を取るような男性に嫁ぎたいとは思わない。お姉様に心から気に入ってもらえるぐらいの人なら、間違いはないはずでしょう」

「だけど、わたしに気に入られるのはむずかしいわよね？」

姉妹は顔を見合わせてから、声を揃えた。「そのとおり」

けれど、ケイトは妹と一緒に笑いながら、胸のうちでくすぶる後ろめたさを感じていた。シェフィールド家の三人の女性たちは、爵位を持つ紳士の気を惹《ひ》いて、資産豊かな結婚ができるのはエドウィーナであることを承知している。一家がつましくも気高い暮らしを送らずともすむようにしてくれるのは、エドウィーナであることも。エドウィーナは美しいけれど、自分は……。

自分は自分だ。

ケイトは気にしていなかった。なにしろ、エドウィーナが美しいのは、わかりきったことだ。とうの昔から受け入れている揺るぎない事実。自分のほうはと言えば、主導権をとろうとせずにはワルツ踊ることもできない。そのくせ、ばかげていると自分に何度言い聞かせても、いまだに雷雨には怯《おび》えてしまう。たとえ何を着ようと、どんなふうに髪を結い、頬をつねって血色を良くみせても、けっしてエドウィーナのようにきれいにはなれない。

それでも、エドウィーナが注目を浴びていることを喜んでいいのかどうかはわからなかった。母と姉を養える有利な結婚をしなければならない責任を、妹が心から楽しんで引き受けているとは思えないからだ。

「エドウィーナ」ケイトは真剣な目つきで静かに呼びかけた。「好きでもない人と結婚する必要はないのよ。わかってるわよね」

エドウィーナはにわかに泣きだしそうな顔になってうなずいた。

「この人だと思える独身紳士がロンドンにいなければ、それはそれでいいのよ。サマセットに帰って、いままでどおり楽しく暮らせばいいのだもの。わたしはほんとうにどちらでもかまわない」

「わたしもよ」エドウィーナはか細い声で言った。

「でも、もし、あなたを夢中にさせる男性が現れたなら、メアリーもわたしも嬉しいわ。いずれにせよ、わたしたちのことは心配しなくていいの。ふたりでちゃんとやって行けるから」

「お姉様にもきっと結婚相手が見つかるわ」エドウィーナが請けあった。

ケイトは思わず唇をゆがめて苦笑した。「そうね」見つかりはしないかもしれないと思いつつ答えた。一生独身で通したくはないものの、このロンドンで夫となる男性を見つけられる自信もない。「あなたに夢中の求婚者たちのうちひとりくらいは、あなたが高嶺の花だとわかれば、わたしに目を向けてくれるかも」妹をからかうように言った。

エドウィーナがクッションを投げつけてきた。「変なこと言わないで」

「あら、変なことじゃないもの！」ケイトは言い返した。本心から出た言葉だった。正直なところ、この街で未来の夫を真剣に見つけようとするならば、それが最も見込みの高い手立てに思える。

「わたしがどんな人と結婚したいと思っているか知ってる？」エドウィーナがうっとりとした目で訊く。

ケイトは首を振った。

「学者さん」

「学者？」

「学者さん」エドウィーナはきっぱりと言った。

ケイトは咳払いをした。「シーズン中のこの街に、そういう人たちがたくさんいるとは思えないけど」

「わかってるわ」エドウィーナは小さなため息をついた。「でも、じつを言えば――もちろんこれはほかの人たちの前で言うつもりはないけれど――わたしはほんとうに本を読んでいられればそれでいいの。ハイド・パークを歩きまわるより、図書室で一日じゅう過ごしていたい。同じように学問を深めることに喜びを感じられる男性となら、楽しい人生を送れると思うわ」

「そうね。とはいっても……」ケイトは真剣に考えをめぐらせた。サマセットに戻ったところで、やはりそう簡単に学者は見つかりそうもない。「ねえ、エドウィーナ、大学のある街以外で本物の学者と出会うのはたぶん、むずかしいわ。あなたと同じように、読者や学ぶことが好きな男性でもいいのではないかしら」

「それでもいいと思うわ」エドウィーナは楽しげに答えた。「素人の学者さんでもじゅうぶん満足できそうだもの」

ケイトはほっと安堵《あんど》の吐息をついた。読書が好きな男性ならロンドンでもきっと見つかるだろう。

「ねえ、知ってる?」エドウィーナが続ける。「本は表紙だけではほんとうにはわからないの。だから、どのような人でも素人の学者さんの可能性があるのよ。ひょっとしたら、レディ・ホイッスルダウンがいつも取りあげてるブリジャートン子爵様だって、じつは学者さんみたいに本好きな紳士かもしれない」

「口を慎みなさい、エドウィーナ。あなたとブリジャートン子爵との共通点なんてあるわけないでしょう。彼が相当な放蕩者であることは誰もが知ってるわ。実際、いちばんの放蕩者に決まってる。ロンドンじゅう、いいえ、国じゅうでいちばんよ！」

「あら、ただの喩えとして彼のことを言っただけよ。それに、今シーズン中に花嫁を選ぶつもりはなさそうだし。レディ・ホイッスルダウンがそう書いていたものね。お姉様だって、彼女が書いていることはいつも正しいって言ってたでしょう」

ケイトは妹の腕を軽く叩いた。「心配いらないわ。あなたにふさわしい旦那様がきっと見つかるから。だけど――絶対、絶対、絶対、ブリジャートン子爵だけはだめ！」

まさにそのころ、姉妹が話題にしていた男性は、三人いる弟のうちのふたりと紳士のクラブ〈ホワイツ〉で、のんびりと遅い午後の酒を楽しんでいた。

アンソニー・ブリジャートンは革張りの椅子に背をもたれ、思慮深い表情でグラスをまわしてなかのスコッチを眺めつつ、ついに宣言した。「結婚しようと考えている」

ベネディクト・ブリジャートンは母にいやがられている癖――酔うと椅子の後ろの脚二本に重心をかけて傾ける――を満喫していたせいで転げ落ちた。

コリン・ブリジャートンはむせ返した。

さいわい、ベネディクトがさっさと椅子を起こして弟の背をまともに叩いてくれたおかげで、コリンは緑色のオリーブをテーブルの向う側に吐きだせた。

オリーブはアンソニーの耳をすれすれにかすめて飛んでいった。

アンソニーはその無作法を黙ってやり過ごした。自分の突然の宣言が少々の驚きを与えることは十二ぶんに承知していた。

いや、少々のどころではないだろう。〝このうえない〟とか、〝大変な〟とか、〝とんでもない〟といった形容詞のほうがふさわしいかもしれない。

自分が身を固めるつもりのある男に見えないことはよくわかっている。この十年、とりわけひどい部類の放蕩者として、行く先々で喜びを享受してきた。人生とは短く、存分に楽しまなければならないものであることをよくよく心得ているからだ。それでも自分なりの作法は守ってきたつもりだ。けっして若い令嬢をもてあそぶようなことはしていない。結婚を望む可能性のある女性には誰であれ、断じて手だしはしなかった。

自分自身、四人の妹の兄として、大切に育てられた令嬢の評判を守らなければならないという良識を重んじている。すでに妹のひとりが無礼なあつかいを受けたときに一度、決闘しかけたこともある。しかも独身の妹はあと三人残っていて……正直なところ、彼女たちが自分のような評判を立てられている男とつきあうことを考えただけでも、冷や汗がでてくる。

いや、むろん、自分の場合は、ほかの紳士の妹に手だししようとしたことはない。

だが、それ以外の女性たち――みずからが求めるものも、その成り行きも承知している未亡人や女優たち――とは気楽につきあい、思うがままに楽しんできた。オックスフォード大学を卒業し、ロンドンへ向けて出発した日以来、つねに誰かしら女性とつきあってきた。

時には、女性が必ずふたりいなければ飽き足らないのではないだろうかと苦々しく考えたこともある。

社交界が催す競馬にはほとんどすべてに参加し、〈ジェントルマン（ジョン）・ジャクソンズ〉のボクシングジムに通い、カードゲームでは数えきれないほど勝ってきた（何度か負けもしたが、気に留めてはいない）。二十代の十年を、家族への圧倒的な責任感のみを歯どめに、ひたすら快楽の追求に費やした。

エドモンド・ブリジャートンの死は突然で、まったく予想外の出来事だった。亡くなる前に、長男に最後の頼みを伝える機会も与えられなかった。だが、もしその機会が与えられていたなら、父はみずからがそうしてきたように、母ときょうだいたちを愛情深く支えていくことを求めただろうとアンソニーは確信していた。

だからこそ、パーティや競馬に足繁く通う合間を縫って、弟たちをイートン校やオックスフォード大学へ送り届け、妹たちの退屈きわまりない数多くのピアノの発表会に足を運び（なにしろ、四人の妹のうち三人は音痴なのだから、楽な仕事ではない）、家計の管理にも細かく目を配ってきた。総勢七人の弟と妹の兄として、全員に将来も困らない資金を残してやるのが自分の務めだと考えている。

年齢が三十に近づくにつれ、資産管理や家族のことを考える時間がますます増え、かつてのように自堕落な楽しみにふける時間が減ってきた。そして、そうなってきたことに心地良さを覚えていることにも気づいた。いまもつねにつきあっている女性はいるが、一度に複数とつきあうということはなくなったし、もはやいつしか、見境つけずに競馬に参加したり、カードゲームに切り札で勝利するまでパーティに長居したりしたいとは思わなくなっていた。

むろん、一度つけられた評判はいまでも変わらないが、そんなことは気にならなかった。

イングランドで屈指の不埒《ふらち》な放蕩者と思われていれば、便利なこともあるからだ。たとえば、ほぼ誰からも恐れられている。

それは概して都合のいいことだ。

しかし、とうとう結婚を考える時機が訪れた。身を固めて、息子をもうける頃合いだろう。なにはともあれ、爵位を引き継がなければならない。自分の息子が大人になるまで見届けられそうもないことを思うと、耐えがたい痛惜の念と、後ろめたさのようなものもわずかながら感じる。だが、ほかにどうすればいいというのだろう？　自分は八代にわたって引き継がれてきたブリジャートン家の長男だ。子孫を繁栄させるという、名家の長男の責務を負っている。

それに、自分の亡きあとも、信頼できる思いやり深い三人の弟たちがいることを考えれば、いくらか気持ちも慰められた。この弟たちがいれば、わが息子はブリジャートン家の全員が享受してきた愛情と敬意に包まれて育つことは間違いない。妹たちも可愛がってくれるだろうし、母はきっと孫を甘やかして……。

アンソニーはしじゅう騒々しい大家族のことを思い、実際にふっと笑みを浮かべた。息子には愛情豊かな父でさえ不要かもしれない。

それに、どれだけ多くの子を授かったとしても、亡きあとにはおそらく父を思いだしてはもらえないだろう。幼く、まだ未熟なうちに、父を亡くすことになるからだ。ブリジャートン家のきょうだいのなかでも長男である自分が、父の死に最も深い衝動を受けたことは忘れようがない。

　アンソニーは気の滅入る考えを頭から振り払おうと、スコッチをもうひと口ぐいと飲んで、背を伸ばした。当面の問題、すなわち、花嫁探しに気持ちを集中しなくてはならない。

　目も肥え、多少の計画性も備えた男として、妻にする女性の条件は胸に定めていた。まずひとつに、ある程度、魅力的であること。絶世の美女である必要はないが（美しいのに越したことはない）、ベッドをともにするときに少しでもそそられれば、より楽しく事をなせるはずだ。

　ふたつめに、愚かではないこと。この条件を満たす女性を探すことがとりわけむずかしいのではないかと、アンソニーは悩ましく思った。ロンドンの若い令嬢たちの知性は軒並み感心できる高さにはない。先日、つい最近まで子供部屋にいたような小娘に話しかけるという過ちをおかしたときには、食べ物（彼女はちょうど苺を盛った皿を手にしていた）と天気（それも、こちらの話をまともに理解できてすらいなかった。天気が荒れ模様《インクレメント》ではないかと問いかけると、彼女は『わかりませんわ。クレメントを訪れたことはないので』と答えたのだから）の話題以外に会話を続けられなかった。

　聡明とは呼べない妻とは会話を避ければすむことかもしれないが、愚かな子供が生まれるのは困る。

三つめは——これが最も重要だ——実際に自分が恋に落ちる女性であってはならないということだ。

いかなることがあろうと、この条件だけはゆずれない。

生来のひねくれ者というわけではない。本物の愛が存在することは知っている。両親と同じ部屋に居あわせたことがある人間ならば、誰にでもわかることだ。

だが、愛情といった面倒なものは避けたいと考えていた。おのれの人生にそんなとてつもない奇跡を望むつもりもない。

元来、欲しいものを手に入れることに慣れているせいか、魅力的で、聡明で、自分がけっして恋に落ちない女性も見つけられるという自信もあった。愛する女性ではないからといってなんの問題があるというのだろう？　生涯を懸けて愛せる女性など、探しつづけたところで、どうせ見つからないかもしれない。ほとんどの男性が見つけられずに終わるのだから。

「アンソニー兄さん、ひどいしかめっ面をしてどうしたんです。オリーブのせいじゃないですよね。かすりもしていないのはちゃんと見てたんですから」

ベネディクトの声に物思いを遮られ、アンソニーは二、三度瞬きをしてから答えた。「べつに。なんでもない」

むろん、死生観については誰にも、弟たちにすら、打ち明けたことはなかった。わざわざ人に触れまわりたいような話ではない。だいたい、もしも誰かが自分を訪ねて来てそのような話をされたなら、笑い飛ばして追い返すに決まっている。

けれども、父に感じていた絆の深さはほかの誰にも理解できないだろう。どうあっても父以上に長くは生きられないという、この確かな予感を理解できる人間などいるはずがない。父エドモンドはアンソニーにとってすべてだった。父のように偉大な男になりたいとつねに切望し、無理であることは知りながらも努力してきた。じつのところ、どれほど努力しようと、エドモンドを超えることを成し遂げるのは不可能にほかならない。

アンソニーにとって、父はまさしく、自分の知る誰よりも、あるいはこの世に生を授かった人間たちの誰よりも偉大な男だった。それが単なる過度な欲目だとも思わない。

父が亡くなった晩、何かが自分に起きたのだ。両親の寝室に遺体とともにとどまり、何時間もじっと坐って父を見つめ、ともに過ごした一瞬一瞬を必死に思い起こそうとした。ささいな事柄はたやすく忘れ去られてしまうのだろう――心細いときには必ず、父が肩を力強くつかんで励ましてくれたことも。父が、『から騒ぎ』のなかでバルサザールが歌う『ため息はもうたくさん』を、わざわざ覚えたのではなく好きが高じてそらんじていたことも。

そうして、アンソニーはようやく部屋から出ると、曙光《しょこう》で薄紅色に染まった空を見て、どういうわけか、おのれの寿命が定められていることを、父エドモンドと同じような年齢で死を迎えることを悟った。

「ちゃんと話してください」ベネディクトはまたも兄の思考を遮った。「だからといって、お金を払って聞かせてもらうほどの価値があるとも思えないので、一ペニーだって払う気はありませんよ。でも、いったい何を考えてるんです？」

アンソニーは突如さらにまっすぐ身を起こし、今度こそ当面の問題に注意を戻そうと思い定めた。なにはともあれ、花嫁を選ばなければならないのだし、それは間違いなく相当に骨の折れる仕事に違いない。「今シーズンのダイヤモンドは誰だと言われてるんだ?」

弟たちがしばし考えをめぐらせた。やがてコリンが口を開いた。「エドウィーナ・シェフィールド。兄さんもきっとすでに会ってますよ。ブロンドの髪に青い瞳の、どちらかといえば小柄な女性です。たいてい彼女の周りにはご執心の求愛者たちが羊みたいに群がってますから、すぐにわかるんです」

アンソニーは笑わせようとする弟の皮肉を聞き流した。「脳みそは入ってるのか?」

コリンは、女性の知性を問われるとは予想もしていなかったというように目をぱちくりさせた。「ええ、入ってると思いますけど。前に彼女がミドルソープ公爵と神話学について話しているのが聞こえたんです。いかにも一家言ありそうな感じでした」

「そうか」アンソニーは言うと、スコッチのグラスをがちゃんとテーブルの上に置いた。

「ならば、彼女と結婚するとしよう」

2

『水曜の晩に催されたハートサイド家の舞踏会で、ブリジャートン子爵が複数の適齢期の令嬢たちと踊る姿が見受けられた。ブリジャートン子爵がこれまでつねに、花婿探しに懸命な母親一同をいらだたせるどころか感心させるほどの頑固さで令嬢たちを避けていたことを考えると、その晩の行動は〝快挙〟としか言いようがない。

もしやつい先日、ご当人を取りあげた本コラムを読んで、男性種族に共通すると見られるあまのじゃくな気質から、筆者の主張が誤りであることを証明しようと決意したのではあるまいか。

筆者が実際よりもおのれの影響力を過信しているだけのことかもしれないが、殿方とはまったく、取るに足りないきっかけで決意を固めるものである』

一八一四年四月二十二日付〈レディ・ホイッスルダウンの社交界新聞〉より

午後十一時までに、ケイトの不安はすべて現実のものとなっていた。

アンソニー・ブリジャートンがエドウィーナにダンスを申し込んだのだ。

しかも、エドウィーナがその申し込みを受け入れた。

そのうえ、メアリーが、いまにも教会に予約を入れかねない表情で、そのふたりに見とれている。

「とめなくていいの？」ケイトはきつい声で囁いて、育ての母の脇腹を軽く突いた。

「何をとめるの？」

「そんなふうに見ちゃって！」

メアリーが目をしばたたいた。「そんなふうに？」

「結婚披露宴のことでも考えているような顔をしてるってことよ」

「あら」メアリーの頬がピンク色に染まった。やましそうなピンク色に。

「メアリーったら！」

「ええ、考えていたかもしれないわね」メアリーは認めた。「けれども、それのどこがいけないの？　エドウィーナにとっては願ってもないお相手じゃないの」

「お昼に客間で話してたことを聞いていたでしょう？　ただでさえ、あの子には放蕩者や、ならず者が山ほどたかってくるのよ。たちの悪い男性を押しのけて善良な求婚者を選びださなければならないのでは、わたしにいくら時間があっても足りないわ。よりにもよって、ブリジャートンだなんて！」ケイトはぞくりと身をふるわせた。「ひょっとすると、ロンドンじゅうでもいちばんの放蕩者かもしれないのよ。あんな男性に妹を嫁がせるわけにはいかない」

「あの子をどこへ嫁がせようと、あなたのさしずは受けないわよ、キャサリン・グレイス・

シェフィールド」メアリーはぴしゃりと言い放ち、背筋をぴんと張って、精一杯伸びあがった――それでもケイトより頭ひとつぶん低い。「わたしは一応あなたの母親なのですからね。たとえ、継母といえども、それぐらいの権利はあるでしょう」

ケイトはたちまちしょげ返った。メアリーのことはずっとほんとうの母のように思ってきたし、一度たりとも、娘としてエドウィーナより少しでも軽んじられていると感じたことはなかった。夜にはベッドで寝かしつけてくれて、お話を読んでもらい、キスをして抱きしめて、子供から大人になる不安定な時期を支えてくれた。してくれなかったのはただひとつ、〝お母さん〟と呼ぶよう求めることだった。

「そのとおりよ」ケイトは低い声で答えて、ばつが悪そうに足もとを見おろした。「じゅうぶんに権利があるわ。あなたはわたしの母親だもの。どんなことがあろうと」

メアリーはしばらく娘を見つめるうち、せわしなく瞬きを始めた。「もう、この子ったら」声を詰まらせ、手提げ袋《レティキュール》に手を入れてハンカチを探る。「もう、目がじょうろみたいになってしまったじゃないの」

「ごめんなさい」ケイトはつぶやいた。「ねえ、ほら、向きを変えれば誰からも見られないわよ。これでいいわ」

メアリーは白い正方形の亜麻布を取りだして、エドウィーナとそっくりの青い目をぬぐった。「愛しているわ、ケイト。それはわかってるわよね？」

「もちろんよ！」ケイトは念を押して訊かれたことに驚いて、声をあげた。「わかってくれてるわよね、わたしだって……つまり……」

「わかってるわ」メアリーは娘の腕を軽く叩いた。「もちろん、わかってる。産んでいない子の母になるということは、人一倍重大な責任を負うことなの。その子が安心して幸せに暮らせるようにするために、うんと努力しなくてはいけない」

「ああ、メアリー、わたしはあなたを愛してるわ。それに、エドウィーナのことも」

その名前が出た瞬間、ふたりは舞踏場の向こうで子爵としとやかに踊るエドウィーナに目をやった。いつもと変わらず、小柄で可愛らしい。顔を縁取るようにわずかに巻き毛を残してブロンドの髪を高く結いあげ、優雅さを絵に描いたような物腰でダンスのステップを踏んでいる。

いらだたしくも、相手の子爵も輝くばかりにハンサムであることにケイトは気づいた。洒落《しゃれ》者の貴族の紳士たちのあいだで流行っている派手な色ではなく、黒と白のすっきりとしたいでたちだ。長身で、堂々と胸を張り、豊かな栗色の髪が眉の上にふわりとかかっている。少なくとも見た目では、男性たちがおのれに求めるものをすべて備えている。

「似合いのふたりではないかしら？」メアリーがつぶやいた。

ケイトはきつく口をつぐみ、奥歯を噛みしめた。

「あの子には子爵様は少し背が高すぎるようだけれど、妨げになるようなことではないわよね？」

ケイトはきつくこぶしを握り、皮膚に爪を食い込ませた。子ヤギ革の手袋をしていても爪を感じるほど強い力がこもっていた。

　メアリーが微笑んだ。どことなく、いわくありげな笑みに見える。ケイトは育ての母にけげんそうに目を向けた。

「ダンスが上手な方だと思わない？」メアリーが訊く。

「あの人にエドウィーナと結婚する気などないわよ！」ケイトは思わず叫ぶように答えていた。

　メアリーの微笑みがにんまりと広がった。「あなたがどれぐらい黙っていられるのかしらと思ってたわ」

「その気になれば、いくらでも黙っていられるわ」ケイトは一語一語を吐きだすように答えた。

「ええ、よくわかっていますとも」

「メアリー、あの人がエドウィーナにはふさわしくない男性だということはわかるでしょう」

　メアリーはわずかに首を傾けて、眉を吊りあげた。「エドウィーナにふさわしい男性であるかどうかは、エドウィーナ自身に尋ねるべきことでしょう」

「どちらにしても、彼はふさわしくないの！」ケイトは興奮ぎみに反論した。「ついきょうの午後に、あの子の口から、学者さんと結婚したいのだと聞いたんだから。学者さんなのよ！」妹と踊っている濃い髪色のいけ好かない男性のほうに首をかしげる。「あの人が学者さんに見える？」

「いいえ、けれどもそれを言うなら、あなたが水彩画の達人だとひと目でわかる人もいないでしょう。でも、そうであることをわたしは知ってる」メアリーはケイトをちくりと皮肉って、かすかに笑った。

「人を」ケイトは食いしばった歯の隙間から言葉を吐きだした。「見た目だけで判断すべきではないことはわかってる。だけど、これだけは同意してもらえるはずよ。噂を聞くかぎり、彼は図書室でかび臭い本にかがみ込んで午後を過ごせる男性ではないわ」

「そうかもしれないわね」メアリーが思いめぐらすように言う。「でも、今夜はすでに、あの方のお母様と楽しくお話ししたのよ」

「彼のお母様と？」ケイトはその会話の内容を聞きたい気持ちを押し隠した。「だからなんだというの？」

メアリーが肩をすくめる。「彼の評判がどうあれ、あれほど上品で聡明なご婦人が育てたお子さんなら、すばらしい紳士にならないわけがないと思うの」

「だけど、メアリー――」

「あなたも母親になれば」メアリーが自信満々に言う。「わたしの言っていることがわかるわ」

「でも――」

「言ったとおりでしょう？」遮ろうとする意図があきらかな断固とした口調だった。「その緑色の紗のドレスを着たあなたはとてもきれいよ。それを選んでくれて嬉しいわ」

メアリーがなぜいきなり話題を変えたのかをいぶかしく思いながら、ケイトは黙って自分のドレスを見おろした。

「その色がよく似合ってるわ。これなら、レディ・ホイッスルダウンも金曜のコラムに焦げた葉っぱとは書けないはずよ！」

ケイトは唖然として見つめた。メアリーはきっと、気が動転しているのに違いない。なにしろ舞踏場は混雑していて、むっとする空気が垂れ込めている。

するとふいにメアリーの指に左の肩甲骨のすぐ下を突かれ、原因はまったくべつのところにあることを知らされた。

「ミスター・ブリジャートン！」メアリーが突然、若い娘のようなはしゃぎ声をあげた。

ケイトがぞっとする思いですぐに首を伸ばすと、ハンサムな男性が近づいてくるのが見えた。いま妹と踊っている子爵に驚くほどよく似ていて、驚くほど端正な顔立ちの男性だ。

ケイトは唾を呑み込んだ。そうしなければ、口がぽっかりあいてしまいそうだった。

「ミスター・ブリジャートン！」メアリーはふたたび呼びかけた。「お会いできて良かったわ。こちらは、娘のキャサリンです」

男性がケイトの力の抜けた手を取って、手袋の上から指関節にほんの軽く唇をかすめた。あまりに軽い感触だったので、実際には唇は触れなかったのではないかとケイトは疑った。

「シェフィールド嬢」男性が低い声で挨拶する。

「ケイト」メアリーが続ける。「こちらは、ミスター・コリン・ブリジャートンよ。先ほど、お母様のレディ・ブリジャートンとお話ししていたときに、ご紹介を受けたのよ」コリンのほうを向いて、にっこり笑う。「ほんとうにすばらしいご婦人ですわね」

男性が笑みを返した。「ぼくたちもそう思っています」

メアリーがくすりと笑った。くすりと！　ケイトは窒息しそうな気がした。

「ケイト」メアリーがふたたび呼びかけた。「ミスター・ブリジャートンは子爵様の弟さんなのよ。いまエドウィーナと踊ってらっしゃる方の」と余計な説明を加えた。

「そうでしょうね」ケイトは答えた。

コリン・ブリジャートンがじろりと横目を向けたので、ケイトはすぐにやんわり皮肉を込めたことに気づかれたのだとわかった。

「お会いできて光栄ですよ、シェフィールド嬢」コリンが礼儀正しいそぶりで言う。「今夜、ダンスのお相手のひとりにぼくを加えていただけませんか」

「あの――もちろん」ケイトは空咳《からぜき》をした。「喜んで、お相手しますわ」

「ケイト」メアリーがそっと突く。「ダンスカードをお見せして」

「あっ！　ええ、そうね」ケイトは緑色のリボンで手首にきちんと結んだダンスカードをつかみ損ねた。体にしっかり結ばれている物をつかみ損ねたことに少しうろたえもしたが、初対面のブリジャートン子爵の弟がいきなり現れて驚かされたせいだと自分を納得させた。

それに、そもそもなんの問題もない状況であったとしても、舞踏場のなかで最も優雅にふるまえる女性ではないことも残念ながら事実だ。

コリンはのちほどダンスを踊る相手として名前を書き入れてから、一緒にレモネードを取りに行きませんかと誘った。

「ええ、行ってらっしゃいな」ケイトが答える前にメアリーが言った。「わたしのことは心配無用よ。あなたがいなくてもちゃんと楽しめますから」

「グラスを持ってくるわよ」ケイトはミスター・ブリジャートンに気づかれずに母を睨みつけられるかどうかを果敢に試した。

「いらないわ。ほかの付き添い人《シャペロン》やお母様方のお仲間に入れてもらうつもりだから」メアリーはきょろきょろと辺りを見まわして、知りあいの顔を見つけだした。「まあ、あそこにフェザリントン夫人がおみえだわ。行かなくては。ポーシャ！　ポーシャ！」

ケイトはさっさと去っていく育ての母の姿をしばし見つめてから、ミスター・ブリジャートンのほうへ向きなおった。「たぶん」淡々と言う。「もうレモネードには飽きたのね」

彼のエメラルドのように鮮やかな緑色の目が、愉快そうに輝いた。「あるいは、スペインまではるばる自分でレモンを摘《つ》みに行くつもりかもしれない」

意に反して、ケイトは笑った。ミスター・コリン・ブリジャートンを気に入りたくはない。新聞で子爵について読んできたことを思うと、ブリジャートン家の人間は誰も好きになりたくなかった。とはいえたしかに、悪名高い兄弟がいるからといって、色眼鏡で見るのは公正ではないと思いなおし、少しばかり気を緩《ゆる》めた。

「それで、あなたは喉が渇いていらっしゃるの、それとも、単に礼儀としてお誘いくださったのかしら？」

「ぼくは礼儀を大切にする男です」コリンがいたずらっぽい笑みを浮かべる。「でも、喉も渇いてきたな」

ケイトは、その印象的な緑色の瞳がすばらしく映える笑顔をひと目見て、唸り声をもらしかけた。「あなたもやっぱり放蕩者なのね」ため息混じりにつぶやいた。

コリンがむせた――ケイトにはなんのせいなのかはわからなかったが、とにかくむせている。「いまなんて言ったんだい？」

ケイトは心のうちを声にだしていたことにはっと気づいて、顔を赤らめた。「いいえ、失礼なことを言ってしまったわ。どうかお許しください。とんでもなく失礼な発言でしたわ」

「いや、いいんだ」コリンは少しもからかうふうはなく、とても興味深そうに早口で言った。「続きを聞かせてほしいな」

ケイトは息を呑んだ。いまさらもう言い逃れはできない。「わたしはただ――」咳払いをする。「率直に言って……」

コリンがうなずいて、茶目っ気のある笑みで率直ではない物言いなど期待していないことを伝えた。

ケイトはふたたび咳払いをした。ほんとうに妙な会話になってきた。ヒキガエルでも呑み込んだような声で続けた。「つまり、あなたも、ご兄弟に似ているのだろうと思ったの」

「ご兄弟？」

「子爵様のことですわ」ケイトはわかりきったことなのにと思いつつ答えた。

「ぼくには三人の兄弟がいるんだ」コリンが説明した。

「あら」拍子抜けした気分だった。「ごめんなさい」

「こちらこそ失礼」コリンが屈託のない調子で言う。「だいたいいつも、恐ろしく厄介な連中ですからね」

ケイトは驚いて小さく息を呑んだ音を空咳でごまかした。

「でも、グレゴリーと一緒にされるのだけは勘弁してもらいたいな」やれやれというように大げさにため息をつく。「まだ十三歳なんだ」

ケイトは彼の目のなかに笑みを見てとり、初めからおどけて話していたことに気づいた。本気で兄弟たちの地獄行きを望んでいる顔ではない。「ご家族のことをとても大切に思ってらっしゃるのね？」

それまでずっとにこやかだった彼の目が瞬きもせず、たいそう真面目な表情に変わった。

「まさしく」

「わたしも同じだわ」鋭い口調で言った。

「つまり、何が言いたいんだい？」

「つまり」口を慎むべきだとわかっていても、続けずにはいられなかった。「妹の心を誰かに引き裂かせるわけにはいかないの」

コリンはしばしば押し黙り、ちょうどダンスを終えようとしている兄とエドウィーナのほうへゆっくりと振り向いた。「なるほど」と、つぶやく。

「わかってくださるわよね？」

「まあ、たしかに」レモネードのあるテーブルにたどり着くと、コリンがふたつのグラスを取って、片方を差しだした。ケイトはその晩すでに三杯のレモネードを飲み干し、メアリーが間違いなくそれを知りながらさらにグラスを取りに行くよう勧めたこともわかっていた。とはいえ、舞踏場のなかは暑くて——いつものことだが——またも喉が渇いてきた。

コリンがのんびりとレモネードを啜《すす》りながら、グラス越しにこちらを見やって言う。「兄は今年、身を固めるつもりなんだ」

相手がそう出るのなら、こちらも負けてはいられない、とケイトは思った。レモネードをゆっくりとひと口啜ってから答えた。「そうかしら？」

「弟のぼくが言うのだから確かさ」

「たいした放蕩者だという評判を聞いているわ」

コリンは見定めるような目を向けた。「それは事実だな」

「そんな悪名高い遊び人がひとりの女性に落ち着いて、幸せな結婚ができるとは思えないけれど」

「きみはずいぶんと悪い想像を働かせすぎなのではないかな、シェフィールド嬢」

ケイトは正面からあからさまに彼の顔を見据えた。「妹に求愛してきた男性で、問題があるのはあなたのお兄様だけじゃないわ、ミスター・ブリジャートン。言っておくけれど、わたしは妹の幸せについて、それほど軽々しく考えられないの」

「令嬢方が求めている幸せは、裕福で爵位のある紳士と結婚することなのは間違いない。ロンドンのシーズンはまさにそのためにあるんじゃないのかい？」

「そうなのでしょうね」ケイトは同意した。「でも、わたしはそういう考え方では、目の前のほんとうの問題を見過ごすことになるのではないかと思うわ」

「どんな問題だろう？」

「夫になってからは、ただの恋人だったときよりはるかに深く相手の女性の心を傷つけるということ」ケイトは訳知りふうの小さな笑みを浮かべて付け加えた。「そう思いません？」

「ぼくは結婚したことがないから、憶測を述べられる立場じゃない」

「まあ、ずいぶん下手な言い訳ではないかしら」

「そうかな？　かなり上手な言い訳だと思ったのに。どうやら勘が鈍ってきたらしい」

「あら、心配するほどのことではないと思うけれど」ケイトはレモネードの残りを飲み干した。今夜の女主人、レディ・ハートサイドはけちなことで知られていて、グラスは小さかった。

「きみはずいぶんと寛容な人らしい」コリンが言う。

ケイトは微笑んだ。今度は本物の笑みだった。「そんなふうにはめったに言われなくてよ、ミスター・ブリジャートン」

コリンが笑った。舞踏場の真ん中で高らかに。とたんにたくさんの好奇の視線にさらされて、ケイトはいたたまれない気持ちになった。

コリンがなおも心から愉快そうな調子で続ける。「兄に会ってみるといい」

「子爵様に？」ケイトは信じがたい思いで訊いた。

「まあ、きみなら、グレゴリーとも楽しくやれるだろうな。でも、さっきも言ったようにまだ十三だから、椅子に蛙《かえる》をのっけられかねない」

「子爵様のほうは？」

「椅子に蛙をのっけるようなことはしない」コリンが真面目くさった顔で言う。

自分でも笑いをこらえられたのが不思議なくらいだった。唇をきっちり引き結び、平静な表情のまま答えた。「そう。だったら、そちらのほうがずっとお勧めだというわけね」

コリンがにやりとする。「兄はそんなに悪い人間じゃない」

「それならほっとしたわ。さっそく結婚披露宴の準備にかからなくちゃ」

コリンの口がぽっかりあいた。「いや、そういう意味じゃ――そこまでは――つまり、時期尚早というか――」

ケイトは気の毒になって遮った。「冗談よ」

コリンの顔がうっすらと赤らんだ。「そうだよな」

「よろしければ、そろそろ失礼させていただくわ」

コリンが片眉を吊りあげた。「そんなにあわてて行かなくてもいいんじゃないのかい、シェフィールド嬢?」

「あわててなんていないわ」けれど、用を足しに行きたいのだと言うわけにもいかない。四杯もレモネードを飲んだ影響がついに体に表れてきていた。「友人と少しお話ししましょうって約束してるんです」

「楽しかったよ」コリンはさらりと頭をさげた。「ご友人のところまで付き添おうか?」

「いいえ、けっこうよ。ひとりでちゃんと行けますから」そして、肩越しに微笑んで、舞踏場の外へ向かった。

コリン・ブリジャートンは考え深げにその姿を見送ってから、やや居丈高に腕を組んで壁にもたれている兄のほうへ歩きだした。

「アンソニー兄さん!」呼びかけて、兄の背中をぱしりと叩いた。「見目麗しいエドウィーナ嬢とのダンスはいかがでした?」

「いけそうだ」アンソニーは簡潔に答えた。ふたりともその言葉の意味はわかっていた。

「そうですか?」コリンは唇をほんのわずかにゆがめた。「そういうことなら、姉のほうに会っておいたほうがいいですよ」

「なんのことだ?」

「彼女の姉です」コリンは言うと笑いだした。「とにかく、会っておくべきです」

二十分後、アンソニーはコリンから話を聞いて、エドウィーナ・シェフィールドのことをおおかた把握できたことに自信を深めた。そしてどうやら、エドウィーナの心をつかんで結婚を申し込むまでの道のりには、彼女の姉が立ちはだかっているということもわかってきた。

エドウィーナ・シェフィールドは姉の承認を得られなければ結婚しないらしい。コリンによれば、その決意は、少なくとも一週間ほど前にエドウィーナが毎年恒例のスマイス－スミス家の音楽会で表明して以来、周知の事実となっているという。ブリジャートン家の男きょうだいたちは全員、スマイス－スミス家の音楽会を（バッハ、モーツァルト、そのほかいかなる様式のものであれ音楽に多少なりとも愛着を持つ者のつねとして）疫病《えきびょう》のごとく避けているので、その重大発言を聞き逃していた。

エドウィーナの姉で、周りからはケイトと呼ばれているキャサリン・シェフィールドも今年社交界に初登場《デビュー》したのだが、すでに二十一にはなっているとの話だった。その経緯からすれば、シェフィールド家は上流階級のなかでもさほど裕福ではない一族であることが察せられ、それはアンソニーにとっては好都合なことだった。花嫁に多額の持参金を求める必要性はないし、その反対に持参金に恵まれていない花嫁ならば、なおさら自分のような花婿を求めているはずだからだ。

アンソニーはあらゆる強みを利用する心積もりだった。

エドウィーナとは異なり、シェフィールド家の長女のほうはいまのところ社交界でも注目を浴びそうな気配はない。コリンの話では、おおむね評判はいいものの、妹のような目もくらむばかりの美貌は持ちあわせていないのだという。エドウィーナが小柄で金髪であるのに対し、ケイトは長身で濃い色の髪をしている。しかも、エドウィーナのような人目をひく優雅さにも欠けている。さらにまたコリン（シーズン中のロンドンに来たばかりだというのに、まさしく情報と噂話の泉だ）が言うには、キャサリン・シェフィールドとダンスをして足を痛めたとこぼしている紳士はひとりではないらしい。

アンソニーはひととおり話を聞き終え、ややばかげた状況に思えた。だいたい、夫を選ぶのに姉の承認を必要とする女性がいるなどという話を聞いたことがあっただろうか？　父親や兄に尋ねるのならわかるし、母親に相談することもあるだろうが、姉に尋ねるだと？　とても考えられない。ましてや、あきらかに紳士のことに通じているはずもないキャサリンに、エドウィーナが助言を請うというのも妙な話だ。

だが、アンソニーにはとりたててほかにふさわしい結婚相手のあてもなかったので、エドウィーナは家族を大切に考えているのだろうという理屈でみずからを手っ取り早く納得させることにした。それに、自分にとっても家族はきわめて重要な存在なのだから、妻として彼女が最良の選択肢だと思える材料がまたひとつ増えたことになる。

となれば、まずはなにをおいてもあきらかに、彼女の姉に取り入らなければならない。それほどむずかしいことではないだろう。

「兄さんなら、難なく味方につけられますよ」コリンは自信たっぷりの笑みを輝かせて、予測した。「まったく問題はないでしょう。奥手の売れ残りですもんね？　兄さんのような男から関心を向けられたこともないはずだ。口説かれたこともないんじゃないかな」

「わたしにのぼせあがられても困る」アンソニーは軽口で返した。「わたしを妹に勧めてもらえばいいんだ」

「うまくいきますよ」コリンが言う。「失敗するはずがない。間違いありませんって。今夜つい先ほど彼女と何分か話をしたんですけど、兄さんについては話が尽きないふうでしたから」

「そうか」アンソニーは壁から身を起こし、意欲満々で目を凝らした。「それで、彼女はいまどこにいる？　おまえが紹介役を務めてくれ」

コリンが一分ほど部屋をざっと眺めてから、答えた。「ああ、あそこにいます。それもなんと、こちらのほうへ歩いてきますよ。ものすごい偶然だなあ」

アンソニーは弟の半径五メートル以内に偶然など起こりえないと承知しつつも、その視線の先を追った。「どれのことだ？」

「緑色のドレスですよ」コリンが彼女のいるほうへかろうじてわかる程度に小さく顎をしゃくった。

予想していた女性とはまるで違うではないか。アンソニーは人ごみを縫ってゆっくり進んでくる彼女を見とめて、そう思った。男まさりでもらい手のない独身女性にはとても見えない。百五十センチちょっとのエドウィーナと比べれば、だいぶ長身に見えるというだけのことだ。実際、豊かな茶褐色の髪と濃い色の目をしたキャサリン・シェフィールド嬢の外見は、きわめて好ましく見えた。肌は白く、唇は薄紅色で、心を惹かれずにはいられない自信を漂わせている。

妹のように最上質のダイヤモンドとは見なされないかもしれないが、この女性が夫を見つけられずにいる理由がアンソニーにはわからなかった。エドウィーナと結婚したら、妻の姉である彼女のために結婚持参金を用立ててやるとしよう。それが自分のしてやれるせめてもの計らいだろう。

横にいたコリンが人々を押しわけて、ずんずん進みだした。「シェフィールド嬢！　シェフィールド嬢！」

アンソニーはエドウィーナの姉に取り入る心がまえを整えて、足早にコリンのあとを追った。正当に評価されずに売れ残ってしまった独身女性なのだろうか？　そうだとすれば、手なずけるのにたいして時間はかかるまい。

「シェフィールド嬢」コリンが言う。「またお会いできるとは、とても嬉しいですよ」

彼女はややとまどっている様子だったが、それもやむをえないことだろうとアンソニーは思った。コリンはいかにもばったり居あわせたような口ぶりだが、そこへ着くまでに少なくとも六人の足を踏みつけている。

「ええ、またお会いできて、わたしも光栄ですわ」彼女が皮肉めいた口調で言う。「それも、つい先ほどお会いしたあとで、こんなにも早く再会できるなんて」

アンソニーは密かに笑みを漏らした。予想していた以上に機転の利く女性だ。

コリンが愛想よく笑みを広げる。その表情で、アンソニーは弟が何かたくらんでいることにぴんときて、いやな予感を覚えた。「うまく説明できないんだが」コリンがシェフィールド嬢に言う。「急に、どうしてもあなたを兄に紹介したくなってしまったんです」

彼女はさっとコリンの右側に目を移し、表情をこわばらせてこちらを見据えた。まさしく、解毒剤でも飲みくだしたような顔色をしている。

何かおかしい、とアンソニーは思った。

「それはご親切に」シェフィールド嬢は小声で答えた――歯の隙間から絞りだすように。

「シェフィールド嬢」コリンが兄のほうを手ぶりで示して、にこやかに続けた。「兄のブリジャートン子爵、アンソニーです。兄さん、こちらはキャサリン・シェフィールド嬢です。今夜はすでに彼女の妹さんとお知りあいになられたとか」

「そのとおり」アンソニーは弟の首を絞めたいという強烈な願望、いや欲求を感じつつ、答えた。

シェフィールド嬢がぎこちなくそそくさと膝を折ってお辞儀をした。「ブリジャートン子爵様、お知りあいになれて光栄ですわ」

コリンが鼻を鳴らすような不可解な音を立てた。それとも、笑ったのだろうか。いや、両方なのかもしれない。

そして突然、アンソニーは悟った。弟の顔がすべてを物語っている。この女性は、奥手で内気な、正当に評価されずに売れ残った独身女性などではない。つい先ほど、彼女がコリンに何を語ったにせよ、そこには自分への褒め言葉は含まれていなかったはずだ。

弟殺しはイングランドで法的に認められていただろうか？　もしまだならば、間違いなく合法にすべきだ。

アンソニーはいまさらながら、シェフィールド嬢が礼儀として仕方なく手を差しだしていることに気づいた。その手を取って、手袋の上から指関節にそっと唇を触れさせた。「シェフィールド嬢」考えもせずに囁いた。「妹さん同様に、お美しい」

それまでの彼女の態度が不愉快そうに見えていたとするならば、ついにまぎれもなく敵意をあらわにした。それを見て、アンソニーは完全な過ちをおかしたことに気づき、心のなかで毒づいた。むろん妹と比較するようなことはすべきではなかった。彼女にとってはけっして褒めているとは受けとれない言葉なのだろう。

「あなたのほうこそ、ブリジャートン子爵様」彼女が凍ったシャンパンでも呑み込んだような声で応じた。「弟さんと同じぐらい、ハンサムでいらっしゃるわ」

コリンがまたしても鼻を鳴らした。今度は首を絞められているかのような音だったが。

「どうかなさった？」シェフィールド嬢が訊く。

「なんでもありませんよ」アンソニーは高らかに答えた。

シェフィールド嬢はその言葉を無視して、コリンの様子を気にしている。「大丈夫？」

コリンは激しく首を振った。「喉がむずむずするんだ」

「何かやましいことでもあるんじゃないのか？」アンソニーはそれとなくほのめかした。

コリンが兄からケイトのほうへわざとらしく顔を振り向ける。「レモネードをもう一杯飲んだほうがいいかもしれないな」声を詰まらせて言う。

「あるいは」とアンソニー。「もっと刺激の強い飲み物がいいんじゃないか。毒人参《ヘムロック》はどうだ？」

シェフィールド嬢が、おそらくはひどく大きな笑い声を抑えようとして、すばやく手で口を覆った。

「レモネードでじゅうぶん効きますよ」コリンが何食わぬ顔で答えた。

「わたしがグラスを取ってきましょうか？」シェフィールド嬢が訊く。彼女がそれを口実に立ち去ろうとしてすでに一歩踏みだしていることにアンソニーは気づいた。

コリンが首を横に振る。「いえいえ、ちゃんと自分で行けますから。でもたしか、この次のダンスはぼくと踊ってくださることになってましたよね、シェフィールド嬢」

「無理をなさることはありませんわ」シェフィールド嬢が手を振って答える。

「いや、でも、あなたをお相手もなしで残していくような無礼はできません」と、コリン。

シェフィールド嬢がコリンのいたずらっぽい目の輝きに不安を強めているのを、アンソニーは見てとった。その姿に少しばかりいじわるな遊び心が芽生えた。いささか不謹慎な反応であることはわかっている。だが、キャサリン・シェフィールド嬢の何かに触発されて、一戦交えてみたいという強い衝動を掻き立てられた。

そして、勝つ。それは言うまでもないことだ。

「アンソニー兄さん」コリンは、その場で手だしするのは憚《はばか》られるほどしおらしく、真面目な口調で言った。「次の曲はダンスの予約をされてませんよね？」

アンソニーは無言で、ただ弟を睨みつけた。

「ちょうど良かった。それなら、シェフィールド嬢と踊れますね」

「その必要はまったくありませんわ」当の女性がすぐさま口を挟んだ。

アンソニーは弟を睨んだあと、まるで十人もの処女を襲った現場を目撃したかのような目でこちらを見ているシェフィールド嬢もついでに睨みつけた。

「いや、それはまずいなあ」コリンがわずか三人のあいだで飛び交う鋭い視線をものともせず、なんとも大げさな調子で続ける。「若いご令嬢の貴重なお時間を無駄にするなんてとてもできませんよ。まったくもって」――ぶるっとふるえてみせる――「紳士にあるまじきこと」

アンソニーはその紳士にあるまじきふるまいに及ぼうと真剣に考えていた。こぶしをコリンの顔に見舞ってやろうと。

「じつを言うと」シェフィールド嬢が早口に言う。「わたしの好きにさせていただけたほうがダンスをするよりはるかに嬉し――」

もう、じゅうぶんだ、とアンソニーは腹立ちまぎれに思った。ただでさえ弟にすっかりはめられたのだ。このうえ、エドウィーナの口の減らない売れ残りの姉に侮辱されるのを黙って聞いていることなど耐えられない。シェフィールド嬢の腕にがっしりと手をかけて言った。

「重大な過ちをおかす前に口を閉じていただけますか、シェフィールド嬢」

彼女が身を固くした。アンソニーには驚きだった。なにしろとうにその背中は硬直しているように見えていたのだから。「なんですって」

「あなたは」すかさず続けた。「すぐに後悔するようなことを言おうとしているからです」

「とんでもない」シェフィールド嬢がいかにも思慮深い口ぶりで言う。「後悔するとは思えませんわ」

「後悔しますよ」アンソニーは凄みを利かせた声で告げた。そして彼女の腕をつかむと、ほとんど引きずるようにして舞踏場へ出ていった。

3

『ブリジャートン子爵もまた、麗しきエドウィーナ・シェフィールド嬢の姉、キャサリン・シェフィールド嬢と踊っていた。その理由はひとつしか考えようがない。というのも、シェフィールド家の妹のほうが先週のスマイス-スミス家の音楽会で前例のない突飛な発言をして以来、姉のほうのシェフィールド嬢にダンスの申し込みが殺到していることを筆者が見逃そうはずがないからだ。

夫を選ぶのに姉の許可を求める女性など聞いたことがない。

それはさておき、そもそも、〝スマイス-スミス家〟と〝音楽会〟という言葉を同文に並べることが許されるのだろうか？　筆者はかつて、同家の同じ呼び名の集まりに出席したことがあるのだが、倫理的に〝音楽〟と呼べるものはまるで聞こえてこなかった』

一八一四年四月二十二日付〈レディ・ホイッスルダウンの社交界新聞〉より

どうすることもできないのだと、ケイトはうなだれて悟った。相手は子爵で、自分はサマセットからやって来た無名の娘で、そのふたりが混雑した舞踏場の真ん中に立っている。顔を見るのもいやな相手であろうとどうすることもできない。ダンスをするしかなかった。

「引っぱらなくても歩けるわ」ケイトはきつい声で囁いた。

子爵は腕をつかんだ手をこれ見よがしに緩めた。

ケイトは歯軋《はぎし》りして、絶対にこの男性に妹を嫁がせるものかと胸のうちで誓った。態度があまりに冷たく、高慢だ。同時に、ビロードのように深みのある褐色の目は髪の色と完璧に調和していて、まったく腹立たしいほどに美男子でもある。ほんの数センチとはいえ間違いなく百八十センチを超える長身で、唇は古典的に美しい形状でありながら（ケイトはそういった見きわめがつく程度には美術の心得があった）、笑い方を知らないのではないかと思うほどきつく引き結ばれている。

「さてと」子爵は慣れたふうにダンスのステップを踏みはじめるとすぐに言った。「わたしを嫌っているわけを聞かせてもらおうか」

ケイトは彼の足をうっかり踏みつけた。なんて、無遠慮な男性なのだろう。「なんですって？」

「傷つけるのは勘弁してくれ、シェフィールド嬢」

「いまのはほんとうに偶然よ」それこそ優雅さの欠如の表れであることは否めないが、偶然に踏みつけてしまったのは事実だ。

「そんなことを」独りごちるように言う。「どうやって信じろというんだ？」

率直に話すのが最善の策だろうとケイトは即座に判断した。相手が無遠慮に話してくるのなら、こちらも同じように返すまでだ。「たぶん」茶目っ気のある笑みを浮かべて答えた。

「わざとあなたの足を踏みつけようと思いついていたら、とっくにしていたもの」

子爵は頭をのけぞらせて笑った。その反応は、ケイトが予想していたものでも、望んでいたものでもなかった。考えてみれば、自分でもどのような反応を期待していたのかはわからないが、そんなふうに笑われるのを予想していなかったことは確かだ。

「やめてくださらない、子爵様？」ケイトはあわてて囁いた。「みんな、じろじろ見てるわ」

「二分前からじろじろ見られてたさ」子爵は言い返した。「きみのような女性とダンスをする男はそういないからな」

狙いすまして痛烈なひと言を放ったつもりかもしれないが、あいにく的をはずしていた。

「それは違うわね」ケイトはしたり顔で答えた。「エドウィーナに夢中で、気に入られようとして必死にわたしに近づいてくる愚か者は、当然あなただけではないのよ」

子爵はにやりとした。「求愛者ではなくて、愚か者なのかい？」

ケイトは彼の視線をとらえ、心から面白がっている目の表情に虚をつかれた。「もちろんあなたは、あの程度の褒め言葉でわたしを釣れるとは思ってらっしゃらないわよね、子爵様？」

「きみも釣られる気はないだろう」子爵がつぶやく。

ケイトはもう一度さりげなく彼の足を踏めないものかと考えて視線を落とした。

「わたしはとても分厚いブーツを履いてるんだ、シェフィールド嬢」

ケイトははっとして顔を上げた。

子爵が口の片端を上げて、からかうような笑みを浮かべている。「それに、目ざとい」

「どうやらそのようね。ほんと、足の置き場には用心しなくちゃ」

「なんと」子爵が間延びした口調で言う。「褒めてもらえたのかな？　ありがたくて、卒倒してしまいそうだ」

「褒め言葉だと思いたいのなら、お好きにどうぞ」ケイトは軽やかに答えた。「褒められるなんて、あなたにはそうそうないことでしょうから」

「傷つくなあ、シェフィールド嬢」

「つまり、そのお顔の皮はブーツほど分厚くはないということかしら？」

「そりゃ、あたりまえだろう」

ケイトは思わず笑って、ふいに自分が楽しんでいることに気づいた。「そうとはとても思えないけど」

子爵は彼女の笑みが消え去るのを待って言った。「きみはまだわたしの質問に答えていない。どうして、わたしを嫌ってるんだ？」

ケイトの唇から大きく息が漏れた。この質問をふたたび持ちだされるとは思わなかった。というより、持ちださないでほしいと願っていたのだが。「あなたのことを嫌ってはいないわ、子爵様」ケイトは答えて、きわめて慎重に言葉を選んだ。「あなたのことは知りもしないのだから」

「知っていたら嫌うともかぎらないだろう」子爵は穏やかに言い、恐ろしく揺るぎない視線を彼女に据えた。「さあ、シェフィールド嬢、きみは臆病者には見えない。質問に答えてくれ」

ケイトはまる一分間、沈黙した。この男性を好きになる気がないことは事実だ。彼のエドウィーナへの求婚を祝福することはありえない。改心した元放蕩者ほど良き夫になるなどということはかけらも信じられない。それ以前に、放蕩者がほんとうにまっとうに改心できるものなのかどうかも疑わしい。

でも、この男性なら、その先入観を覆せるのだろうかとケイトは考えた。ほんとうは人柄のいい、律儀で誠実な男性で、〈ホイッスルダウン〉に書かれていたことは単なる誇張だとすれば、今世紀始まって以来のロンドン一の遊び人などではないのかもしれない。じつは倫理を重んじる、信念を持った高潔な男性だとしたら……

……そうだとしたら、わたしをエドウィーナと比べるようなことはしなかっただろう。

それほど見え透いた嘘もないものだ。自分のことをべつだん卑下してはいない。顔立ちも姿も好ましいほうではあると思う。でも、けっしてエドウィーナと同等に並べて比べられるほどの容姿ではない。エドウィーナはまさに最上質のダイヤモンドだけれど、自分はさして目立つほどでもない平凡な部類の女性に過ぎない。

それなのに、しっかりと目が見えていて見え透いた嘘を言ったということは、何かしら思惑があるということだ。

何かべつの空々しいお世辞でも言われていたら、紳士の礼儀として受け入れることもできただろう。もしくはもう少し真実味のある上手な褒め言葉をかけられれば、気を良くしていたかもしれない。けれど、エドウィーナと比べられては……。

妹には深い愛情を抱いている。その思いに嘘はない。それに、エドウィーナの心がその顔と同じように美しく輝いていることは誰よりよく知っているつもりだ。妬《ねた》む気持ちなどないのだけれど……どういうわけか、比べられることには胸の奥を刺されるような痛みを感じた。

「あなたを嫌っているわけではないわ」ケイトはようやく答えた。目を子爵の顎に向けてから、臆病者になりたくないという気持ちが働いて、どうにか彼と視線を合わせて付け加えた。「でも、あなたを好きになれるとは思えない」

子爵の目に、しごく率直な言葉に感心するような表情が浮かんだ。「それで、その理由は？」静かな声で訊く。

「率直に言っていいかしら？」

彼の唇が引きつった。「どうぞ」

「あなたは、わたしの妹に言い寄るために、こうしていまわたしと踊ってる。それについてはべつにいいのよ」ケイトは急いで説明を付け足した。「エドウィーナへの求愛者たちに近づいてこられるのはすっかり慣れているから」

彼女は足もとまで気がまわらなくなっていた。アンソニーはまた踏まれないよう彼女の足から自分の足を離して動いた。彼女が愚か者ではなく求愛者と呼び替えていることを愉快に思いながら。「続けたまえ」低い声で言う。

「あなたは、わたしが妹と結婚してほしいと思える人ではないの」ケイトは簡潔に言った。率直な態度で、聡明そうな褐色の目をけっしてそらそうとしない。「あなたは放蕩者だとか、道楽者だと呼ばれている。実際、その評判はとても有名だわ。そんな人が妹の三メートル以内に近づくことを許すわけにはいかないのよ」

「ところがもう」アンソニーはちらりといたずらな笑みを浮かべて言った。「今夜、きみの妹さんとはワルツを踊ってしまった」

「そういうことは、わたしが二度とさせはしない」

「きみにエドウィーナの運命を決める権限があるのかい？」

「妹はわたしの判断を信頼してるわ」ケイトがとりすまして言う。

「なるほど」アンソニーはいかにも謎めいて見えるよう意識して続けた。「それはなんとも興味深いことだな。エドウィーナはもう大人なのかと思っていたよ」

「エドウィーナはまだ十七歳なのよ！」

「それで、きみのほうはずっと年上の二十歳だったかな？」

「もう二十一よ」ケイトは噛みつくように返した。

「なるほど、だから、男や、とりわけ夫のことについてはれっきとした達人なのか。結婚経験があるとすれば、なおさらだよな？」

「もちろん、わたしは未婚よ」ケイトが唸り声で答えた。

アンソニーは笑いたい衝動をこらえた。だがまったく、シェフィールド家の長女をからかうのはすこぶる楽しい。「きみのことだから」ゆっくりともったいをつけて言葉を継いだ。「これまで妹さんに言い寄ってきた男たちはおおかた、わりあいたやすくあしらえたんだろうな。そうじゃないか？」

ケイトは押し黙った。

「そうなんだろう？」

ようやくケイトはそっけなくうなずいた。

「そうだろうと思ったんだ」と、つぶやいた。「きみはそういう女性だろうとね」

彼女が鬼気迫る目で睨みつけるので、アンソニーは懸命に笑いを噛み殺した。踊っている最中でなければ、考え込むふりで顎《あご》をさすることもできただろう。だが、なにぶん両手がふさがっているので、頭をぎこちなく傾けて、ついでに眉を吊りあげてみせる程度にとどめるしかなかった。「しかしながら」と続ける。「わたしのこともあしらえると思っているのなら、大間違いだ」

ケイトはいったんいかめしく唇を引き結んでから答えた。「あなたをあしらおうとは思ってないわ、ブリジャートン子爵様。ただ、妹に近づけないようにしたいだけのことよ」

「その言葉を聞けば、きみがいかに男のことをわかっていないのかがわかるよ、シェフィールド嬢。少なくとも、遊びなれた放蕩者の類いの男については」アンソニーは前かがみに身を近づけて、彼女の頬に熱い息を吹きかけた。

ケイトが身をふるわせた。こちらの思惑どおりに。

アンソニーは含みをもたせて微笑んだ。「むずかしい試練ほど心そそられるものはない」

音楽が終わりに近づき、ふたりは舞踏場の真ん中で向きあって立っていた。アンソニーはケイトの腕を取り、舞踏場の端へ歩きだす前に、唇を彼女の耳もとに近づけて囁いた。「つまり、シェフィールド嬢、きみはわたしに最もそそられる試練を与えてくれたというわけだ」

ケイトは子爵の足を踏みつけた。思いきり。遊びなれた放蕩者のものとはけっして思えないか細い悲鳴を漏らさせるほどに。

子爵に睨みつけられても、ケイトは平然と肩をすくめて言った。「わが身を守っただけのことよ」

子爵の目が暗く翳った。「シェフィールド嬢、きみは困ったお嬢さんだ」

「あら、ブリジャートン子爵様、もっと分厚いブーツを履いてくるべきだったのよ」

子爵が彼女の腕をつかんでいる手の力を強めた。「きみを付き添い人やいかず後家の避難所へ戻す前に、ひとつはっきりさせておきたいことがある」

ケイトは固唾《かたず》を呑んだ。子爵のきつい口調が癇にさわった。

「わたしはきみの妹さんに交際を申し込むつもりだ。それでもし、レディ・ブリジャートンを引き継ぐにふさわしい女性だと認めれば、妻に娶《めと》る」

ケイトはさっと顔を上向かせて、煮えたぎるような目で彼を見つめた。「ということはつまり、あなたは自分にエドウィーナの運命を決められる権限があると思ってるのね。お忘れにならないで、子爵様、たとえあなたが妹をレディ・ブリジャートンにふさわしい」――あざけるように強調した――「女性だとお認めになったとしても、本人がべつの道を選択する可能性もあるのよ」

子爵はけっして拒まれない男性の自信を漂わせて、彼女を見おろした。「わたしに申し込まれたならば、エドウィーナは断わりはしないだろう」

「あなたに抵抗できる女性はいないとでも言いたいの？」

子爵は何も言わず、ただ横柄に片方の眉を吊りあげて、返答の解釈を相手にゆだねた。

ケイトは彼の手からぐいと腕を引き離し、育ての母のところへ大股で戻っていった。恐れは少しも感じなかったが、怒りといらだちで体がふるえていた。

なぜなら、子爵の言葉は嘘ではないという不吉な予感がしていたからだ。そしてもし、ほんとうに彼がどうしても抗《あらが》えない相手であるとしたら……。

ケイトは身ぶるいした。シェフィールド姉妹は、とんでもない災難に巻き込まれてしまう。


翌日の昼には、すでにもう次の盛大な舞踏会が始まったかのような有様だった。シェフィールド家の客間は花束であふれかえっていた。どの花束にも〝エドウィーナ・シェフィールド嬢へ〟と宛名が記された、ぴんと張った白いカードが添えられている。

ただ、シェフィールド家宛てにするだけで事足りるのにとケイトは顔をゆがめて思いつつ、意中の娘のほうへ間違いなく花束を届けたいと願うエドウィーナへの求愛者たちを本心からとがめることはできなかった。

　そうはいっても、花束の受けとり手を間違える者は誰もいない。贈り物の花束はほとんどエドウィーナ宛てだからだ。さらに言えば、ほとんどなどという言葉も不要かもしれない。先月、シェフィールド家に届けられた花束はすべてエドウィーナ宛てだった。

　けれども結局、得をするのは自分であるとケイトは考えることにしていた。エドウィーナはほとんどの花にくしゃみが出てしまうので、花束はたいがい、最後にはケイトの寝室に持ち込まれることになる。

「きれいなお花ね」

　ケイトはつぶやいて、美しい蘭《らん》の花にいとおしそうに触れた。「あなたはベッド脇のテーブルに似合いそうね。それで、こちらのあなたは」――身をかがめ、真っ白な薔薇《ばら》の花束の香りを嗅ぐ――「鏡台の上にぴったりだわ」

「いつも花に話しかけているのか？」

　深みのある男性の声に、ケイトはすばやく振り向いた。なんてこと、青のモーニング・コートを着た、罪つくりなほど颯爽《さっそう》としたブリジャートン子爵が立っている。いったいどうして、この人がここにいるわけ？

　訊かなければわかるはずもない。

「いったいどう――」ケイトはすんでのところで口をつぐんだ。たとえ心のなかではどれだけ罵り言葉を浴びせていようと、本人の前で声にだして言うような愚かなまねはできない。

「なぜ、こちらへ？」

子爵は脇にかかえた大きな花束を持ちなおして、片方の眉を上げた。それがピンク色の薔薇であることにケイトは気づいた。完璧な形の愛らしい薔薇。素朴でありながらも優雅で、きっと自分も選ぶだろうと思える花束だ。

「令嬢のお宅を訪ねるのが、交際を申し込む紳士の倣《なら》いだと思うが」子爵が低い声で言う。

「それとも、学ぶ本を間違えたのだろうか？」

「そうではなくて」ケイトは唸るような声で続けた。「どうやってここに入っていらしたの？　誰にもあなたの到着を知らされてないわ」

子爵は廊下のほうへ首を傾けた。「いたってふつうのやり方さ。きみの家の玄関扉をノックした」

ケイトがそのいやみっぽい言い方にいらだった目を向けても、子爵は気にするふうもなく言葉を継いだ。「すこぶる早く、きみの家の執事が扉をあけた。それで、こちらが名刺を差しだしたら、それを見てすぐに客間へ案内してくれた。こっそり巧妙な手口でも披露できれば良かったのだが」ますます傲慢な口ぶりになって続ける。「ほんとうにまったく正々堂々とふつうに入ってきた」

「腹の立つ執事だわ」ケイトはつぶやいた。「あなたを案内する前に、わたしたちが家にいるかどうかも確かめないなんて」

「おそらく、きょうはわたしが来るので何があっても家にいると、事前に言い渡されていたのではないかな」

ケイトはむっとして言い返した。「わたしはそんな指示をだしてないわ」

「ああ」ブリジャートン子爵が含み笑いを漏らして言う。「そんなことはわかっている」

「エドウィーナだって言うはずがないわよ」

子爵は微笑んだ。「きみの母上ではないかな？」

そうに違いない。「メアリー」ケイトはそのひと言に非難の気持ちを詰め込むように唸り声で言った。

「名前で呼んでいるのかい？」子爵がていねいな口調で訊く。

ケイトはうなずいた。「じつは、継母なの。でも、心からほんとうの母だと思ってるわ。父は、わたしがまだ三歳のときに再婚したのよ。とりたてて理由はないのだけれど、いまもメアリーと呼んでる」当惑したそぶりで肩をすくめ、首を小さく振った。「ただそれだけのことよ」

彼の褐色の目にじっと見据えられ、ケイトはこの男性――いわば天敵――に自分の人生の一端を垣間見せてしまったことに気づいた。喋りすぎたように感じて、反射的に謝る言葉が喉もとまで出かかった。でも、どんなことがあろうとこの男性には謝りたくないと思いなおして言った。「残念だけれど、エドウィーナは出かけているから、あなたの訪問は無駄足だったわね」

「いや、それはどうかな」子爵が右腕の下にかかえていた花束を左手に持ち替えたのを見て、ケイトはそれが大きなひとつの花束ではなく、小ぶりな三つの花束であることを知った。

「これは」そのうちのひとつの花束を側卓に置く。「エドウィーナに。それから、これは」

――もうひとつもその隣に並べる――「きみたちの母上に」

子爵の手もとにもうひとつの花束が残った。ケイトは見事なピンク色の花に目を奪われ、呆然と立ち尽くした。彼がこれから言おうとしていることはあきらかだった。自分にまで気づかいを見せるのは、エドウィーナに取り入るためにほかならないことはわかっている。でも、ああ、いままで誰にも花を贈られたことはなかったので、まさにこの瞬間までどれほど自分がそれを望んでいたのかに気づかなかった。

「こちらのは」子爵はついに最後に残ったピンク色の薔薇の花束を差しだした。「きみに」

「ありがとう」ケイトはためらいがちに言って受けとった。「すてきだわ」身をかがめて匂いを嗅ぎ、濃厚な香りにうっとりと吐息を漏らした。目を上げて言い添える。「メアリーとわたしのことまで考えてくださるなんて、ご親切なのね」

子爵は愛想よくうなずいた。「そう言ってもらえると嬉しいよ。白状してしまうと、わたしの妹への求愛者がかつて同じように母にも花を持ってきたんだ。あれほど喜んだ顔は見たことがない」

「お母様、それとも妹さんのこと？」

子爵は鋭い質問に微笑んだ。「どちらも」

「それで、その男性の求愛はどうなったの？」ケイトが訊く。

アンソニーは茶目っ気たっぷりに笑みを広げた。「彼はわが妹と結婚した」

「ふうん。歴史は繰り返すとはかぎらないわ。でも――」彼には素直になる気はしないけれど、ほかにできることも思いつかないので咳き込むふりをした。「でも、この花はほんとうにすてき。それに――あなたにしては気の利いた行動だわ」唾を呑み込む。ケイトにとってそのあとの言葉を続けるのは容易なことではなかった。「だから、感謝します」

子爵が暗い目の表情をことさらやわらげて、身をわずかに乗りだした。「嬉しい言葉だ」考えをめぐらすように言う。「いたく胸に響いたよ。口に出してしまえば、そうむずかしいことではなかったろう？」

花にうっとりとして前かがみになっていたケイトは、とたんにぎこちなく背筋を伸ばした。「あなたには間違いなく、人の気分を害することを言える才能があるようね」

「そう感じるのはきみだけだよ、親愛なるシェフィールド嬢。ほかの女性たちはいつだって、わたしのひと言ひと言に聞き入ってくれる」

「書いてあったとおりだわ」ケイトはつぶやいた。

子爵の目に光が灯った。「それできみは、わたしのことをそんなふうに思い込んでるんだな？　なるほど！　ご立派なレディ・ホイッスルダウンか。もっと早くに気づくべきだった。まったく、首を絞めてやりたくなるご婦人だな」

「わたしは、的確なことを書く、とっても聡明なご婦人だと思うけど」ケイトはそっけなく言った。

「きみらしい見方だ」子爵が切り返す。

「ブリジャートン子爵様」ケイトは歯を噛みしめて言った。「ここにわたしを侮辱するためにいらしたわけではないでしょう。エドウィーナへの伝言をお預かりしましょうか？」

「けっこうだ。そのまま正確に伝えてもらえるとはとても信じられないのでね」

あんまりな言い方だ。「人の伝言のやりとりを邪魔するようなことはけっしてしないわ」

ケイトはどうにか言い終えた。怒りで全身がふるえていた。取り乱しやすい女性であれば、間違いなく彼の首を両手で締めつけているだろう。「よくもそんなことが言えたものね」

「シェフィールド嬢、とどのつまり」腹立たしいほど落ち着き払った態度で言う。「わたしはきみのことをよく知っているわけではない。きみについて知っていることと言えば、わたしをきみの聖人のごとき妹ぎみの三メートル以内に近づかせないと熱心に公言していることぐらいだ。教えてくれ、これできみがわたしの立場なら、安心して伝言を託せると思うかい？」

「あなたがもし、わたしを利用して妹に取り入ろうとしているのなら」ケイトは冷ややかに言い返した。「うまくいっているとはとても言えないわ」

「それについては認めよう。きみを怒らせるようなことはすべきではない。わたしはろくなことをしていないよな？　だが、残念ながら、そうせずにはいられないんだ」いたずらっぽい笑みを浮かべながら、いかにも困ったというふうに両手を掲げた。「どう言えばいいんだ？　どうにかしてくれよ、シェフィールド嬢」

ほんとうに、油断ならない威力を持つ笑みだと、ケイトはとまどいながら思った。ふいにめまいを覚えた。椅子……そうよ、坐ればいいんだわ。「どうぞ、お掛けになって」青いダマスク織りのソファを手ぶりで示し、自分は足早に部屋の反対側の椅子へ向かう。あまり長居させたくはないものの、相手に勧めもせずに自分だけ坐ることはできないし、脚がひどく頼りなく感じてきた。

子爵は急に親切な言葉をかけられて妙に思っているはずだが、返事はなかった。黙ったまま縦長の黒いケースをソファから取りあげてテーブルの上に置き、空いた場所に腰をおろした。「楽器かな?」ケースのほうを手で示して尋ねた。

ケイトはうなずいた。「フルートよ」

「きみが吹くのかい?」

ケイトは首を振ってから、わずかに首を傾けてうなずいた。「練習中なの。今年始めたばかりなのよ」

子爵はうなずきを返した。あきらかにその話題を続けるつもりはないらしく、改まった口調で訊いた。「エドウィーナ嬢はいつごろ戻られるのだろうか?」

「一時間もかからないと思うわ。ミスター・バーブルックに誘われて、あの方の二頭立て二輪馬車に乗りに出かけたの」

「ナイジェル・バーブルック?」アンソニーは声を詰まらせぎみに訊き返した。

「ええ、なぜ?」

「知恵より髪のほうが多い男だ。はるかにずっと」

「だけど、彼の髪は薄くなってきてるわ」ケイトは指摘せずにはいられなかった。

子爵は顔をしかめた。「それでわかってもらえないとしても、ほかに喩えようがないからな」

ミスター・バーブルックの知性（の欠如と言うべきか）についてはケイトもまったく同じ結論に達していたのだが、あえて言った。「同じ女性に求愛する仲間をけなすのは無作法ではないかしら？」

子爵が小さく鼻を鳴らした。「けなしてるんじゃない。事実なんだ。彼は昨年わたしの妹に求婚した。いや、しようとしていた。ダフネは懸命に諦《あきら》めさせようとしたんだ。人がいいのは認めるが、無人島に取り残されたときに船づくりをまかせたい男ではないのは確かだ」

ケイトの頭に、無人島に取り残され、陽に焼かれた肌にぼろをまとった子爵の見たくもない妙な姿が思い浮かんだ。すると不可解な温かさをじんわり感じてきた。

アンソニーは首をかしげて、いぶかしげな目で見つめた。「あれ、シェフィールド嬢、具合でも悪いのかい？」

「元気よ！」ケイトはわめくように答えた。「とても快調だわ。どうして？」

「ちょっと顔が赤らんでいるようだ」もっとよく見ようと身を乗りだす。調子がいいようには見えない。

ケイトが手で顔を扇ぐ。「ここは少し暑いと思いません？」

アンソニーはゆっくりと首を横に振った。「ちっとも」

ケイトがドアを恨めしそうに見やる。「メアリーはどこにいるのかしら」

「彼女に来てほしいのかい？」

「わたしをこんなに長く、紳士とふたりきりにしておくことはありえないのよ」と言いつくろった。

紳士とふたりきり？　その言葉の意味に思い至って、アンソニーはぎょっとした。突如、シェフィールド家の長女のほうと結婚させられることになる可能性が頭によぎり、冷や汗が滲《にじ》みだしてきた。ケイトはこれまでに出会った令嬢たちとはずいぶん違うので、付き添い人が必要であることすらすっかり忘れていた。「わたしがここにいることに気づいておられないのかもしれないな」早口で言う。

「そうよ、そうに違いないわ」ケイトは勢いよく立ちあがり、部屋を横切って呼び鈴の引き紐のほうへ歩いていった。ぐいと紐を引いて言う。「誰かを呼んで、知らせてもらうわね。あなたの顔を見逃したくないでしょうから」

「それがいい。きみの妹さんが戻るまで、ここでおつきあいくださるだろう」

ケイトは椅子のほうへ戻りかけて急に足をとめた。「エドウィーナを待つつもりなの？」

アンソニーは不満げな彼女の様子を面白がって肩をすくめた。「きょうの午後はほかに用事があるわけでなし」

「でも、何時間もかかるかもしれないのよ！」

「せいぜい一時間程度だと言ってたじゃないか。それに――」戸口に女中が駆けつけたのに気づいて、口を閉じた。

「お呼びですか、お嬢様？」女中が尋ねた。

「ええ、ありがとう、アニー」ケイトは答えた。「シェフィールド夫人にお客様がみえていることを伝えてもらえないかしら？」

女中は膝を曲げてお辞儀をして立ち去った。

「すぐにメアリーがおりてくるわ」ケイトは言って、じっとしていられずに歩き続けた。

「すぐに来るわよ。間違いないわ」

アンソニーは彼女のいらだたしそうな表情にただ微笑んで、いかにものんびりとくつろいでソファに坐っていた。

部屋に気詰まりな沈黙が垂れ込めた。ケイトがこわばった笑みを向け、子爵がそれに応えて黙って片方の眉を持ちあげる。

「間違いなく、もう――」

「そろそろ来る」アンソニーは心から愉快そうに彼女の言葉を引き継いだ。

ケイトは椅子に腰をおろして、顔をしかめないよう心がけた。たぶん、成功していないだろう。

そのときふいに廊下からいささか騒々しい物音が聞こえてきた――あきらかに犬とおぼしき吠え声がして、人の甲高い叫び声が続いた。「ニュートン！　ニュートン！　やめなさいってば！」

「ニュートン？」アンソニーは不思議そうに訊いた。

「わたしの愛犬よ」ケイトは説明してから、ため息を吐いて立ちあがった。「あの子は――」

「ニュ――トン！」

「――残念ながらメアリーとあまりうまくいってなくて」ケイトはドアのほうへ歩いていった。「メアリー、メアリー？」

アンソニーも彼女に続いて立ちあがり、さらに三回、耳をつんざかんばかりの犬の吠え声と、続いてすぐにまたメアリーの怯えたような悲鳴を聞いてたじろいだ。「その犬は」ぼそりと言う。「マスチフなのか？」マスチフ犬に違いない。シェフィールド家の長女ならいかにも人食いのマスチフ犬を手なずけていそうだ。

「違うわ」ケイトは言うと、メアリーのさらなる悲鳴を聞いて廊下へ飛びだしていった。

「あの子は――」

その言葉の続きはアンソニーの耳に届かなかった。だが聞こえずともさして問題はなかった。ほんの一瞬おいて、カラメル色のふさふさの毛に覆われ、地面に着きそうなぐらい腹部がぽってりとした、見たこともないほど温和そうなコーギー犬がとことこと入ってきたのだから。

アンソニーは驚いて立ち尽くした。これが、廊下で人を絶叫させた生き物なのか？「やあ、わんこ」アンソニーは力強い声で呼びかけた。

犬はぴたりと脚をとめ、すとんと腰を落とすと……。

笑ったのか？

4

『残念ながら、事の詳細をつかみきれていないのだが、先の木曜日に、ハイド・パークのサーペンタイン池付近で、ブリジャートン子爵、ミスター・ナイジェル・バーブルック、シェフィールド家の令嬢二名、種族不詳、名前不明の犬を巻き込んだ、見過ごせない騒動が勃発した。

筆者は居あわせていなかったのだが、聞くところによれば、名前不明の犬が勝利を収めたものと思われる』

一八一四年四月二十五日付〈レディ・ホイッスルダウンの社交界新聞〉より

ケイトはメアリーと同時に戸口を抜けようとして肩をぶつけあい、つんのめりながら客間に戻ってきた。ニュートンは部屋の真ん中に嬉しそうに腰をおろし、青と白の柄の絨毯《じゅうたん》を尻尾ではたきながら、笑うように歯を剝きだして子爵を見あげている。

「あの犬はあなたのことが好きだから」メアリーがいくぶん非難がましい口調で言う。

「あなたのことも好きだわ、メアリー」ケイトは言った。「問題は、あなたがあの子を好きではないことよ」

「わたしが廊下に出るたび、駆け寄ってこないでくれれば、もっと好きになれると思うのだけれど」

「シェフィールド夫人は犬とうまくいっていないと言ってなかったかい」ブリジャートン子爵が口を挟んだ。

「そうよ」ケイトは答えた。「いいえ、うまくいってるわ。だからつまり、うまくいってないけれど、うまくいってるのよ」

「なんとも明快な返答だな」子爵がつぶやく。

ケイトはそのいやみなつぶやきを聞き流した。「ニュートンはメアリーのことが大好きなの。でも、メアリーはニュートンを大好きではないのよ」

「もうちょっと好きになりたいと思ってるわ」メアリーが弁解する。「あの子がもうちょっとわたしを好きでなくなってくれれば」

「つまり」ケイトは歯切れよく続けた。「かわいそうなニュートンにとってメアリーは追いかける存在なの。だから、彼女を見つけると……」仕方ないというふうに肩をすくめる。

「そういうわけで困ったことに、あの子は彼女をますます好きになってしまうのよ」

機会を見計らったように犬がメアリーを見とめて、その足もとに一目散に駆けていく。

「ケイト！」メアリーが叫ぶ。

ニュートンがちょうど後脚で立ってメアリーの膝に前脚をかけたとき、ケイトもすかさず母のそばに寄った。「ニュートン、おりなさい！」叱りつけた。「こらっ、悪い子よ」

犬はくうんと低い鳴き声を漏らし、床におりて坐った。

「ケイト」メアリーがやけにてきぱきとした口調で言う。「その犬をお散歩に連れていかなくてはいけないわ。いますぐに」

「ちょうどそうしようと思っていたときに、子爵様がいらしたのよ」ケイトは部屋の向こう側にいる男性を身ぶりで示した。実際、この鼻持ちならない男性のことを責めようと思えば、数かぎりなく理由を挙げられる。

「あら！」メアリーは甲高い声をあげた。「子爵様、どうかお許しくださいね。ご挨拶もせずになんて失礼なことを」

「気になさらずに」子爵はなめらかな口調で答えた。「少々取り込んでいらしたようですから」

「ええ」メアリーが嘆かわしそうに言う。「あの困った犬が……いえ、でも、わたしったら何をしていたのかしら。お茶をいかがです？　何か召しあがりませんかしら。ご親切にわたくしどもの家を訪ねてくださったのですもの」

「いえ、けっこうです。エドウィーナ嬢のお帰りを待ちながら、ご長女との刺激的なお喋りを楽しませていただきましたから」

「あら、そうですの」メアリーは答えた。「エドウィーナはミスター・バーブルックと出かけたはずですわ。そうよね、ケイト？」

ケイトは固い表情でうなずいた。刺激的と表現されたことを、喜んでいいものなのかわからない。

「ブリジャートン様、ミスター・バーブルックのことはご存じですの？」メアリーが訊いた。

「ああ、ええ」ケイトには驚くほど遠慮がちに思える口調で子爵が答えた。「一応、存じあげています」

「エドウィーナと馬車で出かけることを許していいものか迷ったんですのよ。二頭立ての二輪馬車を御すのは相当にむずかしいのでしょう？」

「ミスター・バーブルックでしたら、しっかりと手綱をとれると思いますよ」子爵は答えた。

「あら、良かったわ」メアリーがたいそうほっとしたらしい吐息をついて言う。「それをお聞きして、とても安心しました」

ニュートンがひとしきり吠え声をあげて、全員の注意を引き戻した。

「引き綱を取ってきて散歩に連れていくわね」ケイトは急いで言った。ともかく少し新鮮な空気を吸いたい気分だった。それに、子爵との不愉快な会話からようやく逃れられる絶好の機会に思えた。「では失礼しま……」

「ちょっと待ちなさい、ケイト！」メアリーが呼びとめた。「わたしがひとりでブリジャートン様のお相手をするわけにはいかないわ。ひどく退屈させてしまいますもの」

ケイトはメアリーの続きの言葉を恐れつつ、ゆっくりと振り返った。

「退屈などするはずがありませんよ、シェフィールド夫人」子爵がいかにも放蕩者らしくにこやかに言う。

「いいえ、退屈なさいます」メアリーが断言した。「わたしとでは一時間も会話が続きませんもの。エドウィーナが戻るまでそのぐらいはかかるでしょうし」

ケイトは驚きでまさに口をぽっかりあけて育ての母を見やった。いったいメアリーはどういうつもりなのだろう？

「よろしければ、ケイトと一緒にニュートンのお散歩におつきあいくださらないかしら？」メアリーが提案した。

「あら、でも、そんな雑用のおつきあいを、ブリジャートン様にお願いするわけにはいかないわ」ケイトは即座に言葉を差し入れた。「ひどく無作法なことですし、なんといっても、わたしたちの大切なお客様ですもの」

「何を言ってるの」メアリーは子爵に口を出す隙を与えずに続けた。「雑用だなんておっしゃるはずがないでしょう。そうですわよね、子爵様？」

「もちろんです」子爵はいたって誠実な表情で応じた。けれども実際、ほかに答えようがあるだろうか？

「ほらみなさい。話は決まったわ」メアリーがいつになく弾んだ声で言う。「それに、どうかしら？　ひょっとすると、お散歩のあいだにエドウィーナにばったり出くわすこともあるかもしれないわ。そうしたら、ちょうど都合がいいのではなくて？」

「そうね」ケイトは低い声でぼそりと答えた。子爵を家から追い払えるのは嬉しいけれど、なんとしてもエドウィーナが彼の魔の手にかかるのは阻止しなければならない。妹はとても若く、感受性に富んでいる。子爵のあの笑顔に、はたして抗えるだろうか？　あの口のうまさにも。

自分ならば、ブリジャートン子爵がきわめて魅力にあふれていることは認めても、このような男性を好きになることはありえない！　疑うことを知らないエドウィーナならきっと圧倒されてしまうだろう。

ケイトは子爵のほうへ向きなおった。「ニュートンを連れていきますので、わたしのことはかまわずに歩いてくださいね、子爵様」

「喜んでお伴しますよ」子爵がにやりと笑って答えた。ケイトは彼がただ自分を困らせるためだけに同意していることをはっきりと感じとった。「それに」と子爵が続ける。「きみの母上がおっしゃるとおり、エドウィーナ嬢にお会いできるかもしれない。そんな嬉しい偶然はありませんよね？」

「楽しみだわ」ケイトは淡々と答えた。「ほんとうに、楽しみ」

「まあ、すてき！」メアリーは喜んで両手を打ちあわせた。「ニュートンの引き綱は玄関のテーブルの上にあったはずだわ。わたしが取ってくるわね」

アンソニーはメアリーが消えるのを待って、ケイトのほうを向いて言った。「見事に誘導されてしまったな」

「まったくだわ」ケイトはつぶやいた。

「彼女が取りもとうとしているのは」子爵は身をかがめるようにして囁いた。「エドウィーナとだろうか、それともきみとなのかな？」

「わたし？」ケイトは思わず声を詰まらせた。「冗談もたいがいにして」

アンソニーは考え込むように顎をさすりながら、メアリーが出ていった戸口を眺めた。

「定かじゃないな」独りごちるように言う。「でも――」メアリーが引き返してきた足音を聞いて、口をつぐんだ。

「はい、これ」メアリーが言い、ケイトに引き綱を差しだした。ニュートンが威勢よく吠えて、メアリーに飛びかかろうと弾みをつけるように後ろに身を引いた――報われない愛情を浴びせているようにしか見えない――が、ケイトはしっかりとその首輪をつかんでいた。

「はい」メアリーはすぐさま言いなおし、引き綱をブリジャートン子爵のほうへ差しだした。

「ケイトに渡してくださるかしら？　あまり近づく気にはなれなくて」

ニュートンが吠えて、じりじりと離れていくメアリーを切なそうに見つめた。

「こら」アンソニーは強い調子で犬に言った。「おとなしく坐れ」

ニュートンがその言葉に従って、滑稽なほど敏速にふっくらとした尻を絨毯におろしたことに、ケイトは驚いた。

「ようし」子爵はいかにも満足げに言い、ケイトのほうへ引き綱を差しだした。「主人役を務めたまえ、それともわたしにまかせるかい？」

「あら、このままお願いするわ」ケイトは答えた。「あなたは犬ととっても気があうようだから」

「たしかに」子爵はメアリーに聞こえないよう声を落として切り返した。「女性たちとそう変わらないということだな。どちらの種族もわたしの言葉に聞き入ってくれる」

そうして彼がニュートンの首輪に引き綱をつけようとしゃがんだ瞬間、ケイトはその手を踏みつけた。「ああら」気の抜けた声で言う。「ごめんあそばせ」

「きみのご親切なお心づかいにはまったく恐れ入るよ」アンソニーは立ちあがって言葉を返した。「涙がでそうだ」

メアリーがケイトとブリジャートン子爵を交互に見やった。会話は聞こえなかったはずだが、あきらかに興味をそそられている。「どうかしたの？」不思議そうに訊く。

「なんでもありません」アンソニーが答えるのと同時に、ケイトもきっぱりと「どうもしないわ」と否定した。

「そう」メアリーがきびきびと言う。「それでは行きましょうか」ニュートンの熱烈な吠え声を聞いて、付け加えた。「と思ったけれど、わたしはやめておくわ。その犬の三メートル以内には近づく気にはなれないのよ。でも、手を振ってお見送りしますから」

「どういうつもり」ケイトは通りすがりにメアリーに囁いた。「見送るだけだなんて」

メアリーが茶目っ気のある笑みを浮かべた。「どういうことかしら、ケイト。言っていることがわからないわ」

ケイトは胃のむかつきを覚え、ブリジャートン子爵の言ったことは正しいのかもしれないという漠然とした疑念が湧いた。おそらくメアリーは、機会さえあれば、エドウィーナをさしおいても長女の縁談をまとめようとしているのだろう。

そう考えるとぞっとした。

メアリーを廊下に残し、ケイトとアンソニーは玄関を出て、ミルナー街《ストリート》を西へ向かった。

「わたしはたいていなるべく細い道を通って、ブロンプトン・ロードに出るの」子爵はこの周辺には詳しくないだろうと思い、ケイトは説明した。「それからハイド・パークに入る。でも、お望みなら、スローン街《ストリート》をまっすぐ歩いていくという手もあるわ」

「きみの好きなほうでかまわない」子爵がぶっきらぼうに言う。「わたしはきみの進むほうへついて行くだけのことだ」

「わかったわ」ケイトは答えると、迷うことなくミルナー・ストリートをレノックス・ガーデンズに向かって進んだ。ひたすら前を向いて速足で歩いて行けば、彼も会話をしようという気にはならないだろう。ケイトにとってニュートンとの毎日の散歩は、ひとりでじっくり考えごとができる大切なひと時になっていた。子爵に付き添われて歩かなければならないのは喜ばしいことではない。

数分はケイトの思惑どおり順調に過ぎていった。互いにずっと黙ったまま、ハンス・クレッセントとブロンプトン・ロードが交わる角まで来ると、まったく突然に子爵が口を開いた。「ゆうべは、ふたりとも弟にしてやられたな」

その言葉に、ケイトはすぐに足をとめた。「どういうこと？」

「わたしたちが引きあわされる前、あいつがきみのことをなんと話していたと思う？」

ケイトはよろりと一歩踏みだして、わからないと答える代わりに首を振った。ニュートンはともに足をとめるはずもなく、躍起になって綱を引っぱっている。

「きみがわたしについては話が尽きないふうだったと聞いたんだ」

「ええ、まあ」ケイトは言葉を濁《にご》した。「もってまわった言い方をしたとすれば、あながち嘘とは言えないわね」

「弟は」子爵が続ける。「きみがわたしを褒めていたような言い方をした」

ケイトは場違いであるとは思いつつ笑った。「それは事実ではないわね」

彼のほうも同じように感じているのだろうが笑ったので、ケイトはほっとした。「わたしは誤解していたんだ」とアンソニー。

ブロンプトン・ロードをナイツブリッジとハイド・パークのほうへのぼりながら、ケイトは尋ねた。「どうして弟さんはそんなことを言ったのかしら？」

アンソニーがちらりと横目で見やった。「男のごきょうだいはいないのかい？」

「ええ、残念ながら、きょうだいはエドウィーナだけで、もちろん彼女は女性だもの」

「あいつは面白半分にわたしをからかったんだ」アンソニーは説明した。

「感心な心がけだこと」ケイトはつぶやいた。

「聞こえてるぞ」

「わかってるわ」

「それにおそらく」アンソニーが続ける。「あいつはきみのこともからかおうとしたんだ」

「わたしを？」ケイトは声をあげた。「いったいなぜ？　わたしが彼に何をしたというの？」

「きみはおそらく、あいつの最愛の兄をけなして、少しばかりいたずら心を煽《あお》ったに違いない」アンソニーはそれとなく言った。

ケイトは眉を吊りあげた。「最愛の？」

「心から尊敬する、のほうがいいかな？」と訊く。

ケイトは首を横に振った。「どちらも信じがたいわね」

アンソニーはにやりとした。シェフィールド家の長女は憎らしいほど口がたつが、すばらしく機知に富んでいる。ナイツブリッジに突きあたると、彼女の腕を取って道を渡り、より細い道筋を抜けてハイド・パークの南縁を走るサイス・キャリッジ・ロードを進んだ。ニュートンはあきらかに野山に性が合うらしく、周囲により緑が増えてくると足どりをとたんに速めた。なにぶん太めの犬のことなので、速いという言葉から連想できるような動きではないのだが。

それでも、犬はいとも楽しげに、そこらじゅうの花々や、小動物や、通りすがりの人々を興味津々に眺めている。春の空気は凛としているが陽射しは暖かく、ロンドン特有の長雨が続いたあとの空が驚くほど青く澄んでいた。そして、自分が腕を取っているのは妻にしようと考えている女性ではなく、それどころか、ともに何かをしたいと思える女性でもないのだが、アンソニーはなんとも満ち足りた心地良さが湧きあがるのを感じていた。

「乗馬道《ロトンロウ》を横切って行くかい？」ケイトに訊いた。

「ううん」気もそぞろな声が返ってきた。ケイトは太陽のほうへ顔を向けて、陽射しの暖かさに浸っていた。するとアンソニーはふいに妙に落ち着かない気分に襲われ、何か……鋭い刺激を覚えた。

何かだと？　アンソニーは小さく首を振った。まさか欲望ではないだろう。この女性に感じるはずがないものだ。

「何か言った？」ケイトの低い声がした。

アンソニーは咳払いをして深く息を吸い、頭をすっきりさせようとした。ところがかえって、酔わせるような彼女のほのかな香りを吸い込んでしまった。異国の百合とやわらかな石鹸が入り混じったような独特の匂い。「陽射しを楽しんでいるようだな」

ケイトは微笑んで、澄んだ目を向けた。「あなたにそんなことを言われるとは思わなかったけれど、そのとおりよ。このところあまりにも雨が続いていたから」

「若い令嬢たちは陽射しを顔に浴びたがらないものだと思っていたが」アンソニーはからかうような口調で言った。

ケイトは肩をすくめ、気恥ずかしそうなしぐさで答えた。「そうでしょうね。つまり、一般にはということだけれど。でも、とても心地良く感じるわ」小さくため息をつき、心から焦がれるような表情を浮かべたので、アンソニーはやや気の毒に感じた。「婦人帽《ボンネット》を脱げたらいいのに」ケイトが残念そうに言う。

アンソニーは男性の帽子についても同じ思いを抱いていたので、同調してうなずいた。

「誰にも気づかれないように、少しだけ持ちあげるぐらいはかまわないだろう」

「そう思う?」ケイトが期待を込めて明るく顔を輝かせたのを見て、アンソニーはまたもあの鋭い刺激を下腹部に感じた。

「思うとも」小声で言い、手を伸ばしてボンネットの縁を動かした。それはいかにも女性たちが好みそうな凝った形の帽子で、分別がある紳士にはとうてい理解できないほどやたらにリボンやレースがあしらわれていた。「ほら、ちょっとじっとして。わたしが調節しよう」

穏やかな声で指示されてケイトは動きをとめ、子爵の指がたまたまこめかみをかすめたとき、呼吸もとまった。あまりの近さにひどく妙な気分を覚えた。彼の体温が感じられ、清潔な石鹸の香りが漂ってくる。

そして、神経がぴりぴりする刺激が体内をめぐった。

相手は憎むべき男性であり、少なくとも心の底から腹立たしく、気に入らないと思っている。それにもかかわらず、ケイトはどうにもできない衝動に駆られてわずかに身を傾け、ふたりのあいだの距離がほとんどなくなるほどに狭まり……。

唾を呑み込み、必死に身を後ろに引き戻した。ああ、もう、いったい何が起きたというの?

「じっとしていてくれ」子爵が言う。「まだ終わってない」

ケイトは無造作に手を伸ばして、自分で帽子をずらした。「これでいいわ。もうほんとうに——おかまいなく」

「それで陽射しを感じられるようになったのかい？」子爵が訊く。

ケイトはまごついて、ほんとうにそうであるのかを確かめることもできずにうなずいた。

「ええ、ありがとう。快適よ。もう――あっ！」

ニュートンがけたたましく吠えて、ぐいと綱を引っぱった。激しい力で。

「ニュートン！」ケイトは呼びかけて、綱に引っぱられた。けれども、犬はすでに何かを視界にとらえたらしく――何を見つけたのかはわかりようもない――勢いよく走りだし、ケイトは肩を大きく突きだした前傾姿勢でよろめきながら進んだ。「ニュートン！」懇願するような声でふたたび呼びかけた。「ニュートン！　とまりなさい！」

アンソニーは、ぐいぐいと力強く進む犬の姿を面白がって見つめた。あのずんぐりとした短い脚からは想像もできないほど速度をあげている。ケイトは綱を引っぱられまいと懸命につかんでいるのだが、ニュートンはなおもやみくもに吠えて、速度を落とさず走りつづけた。

「シェフィールド嬢、わたしが引き綱を預かろう」大声で申しでて、手を貸そうと大股であとを追った。英雄を気どるにしてはけっして格好のいい場面とは言えないが、未来の花嫁の姉に取り入るには手段を選んではいられない。

ところが、アンソニーがちょうど追いついたとき、ニュートンは猛烈に綱を引っぱり、飼い主の手を離れていった。ケイトは悲鳴をあげて駆けだしたが、犬は綱を草地に引きずって遠ざかっていく。

アンソニーは笑ってよいものか、唸り声にとどめるべきかを迷った。ニュートンはつかまる気などさらさらないらしい。

ケイトは片手で口を押さえ、しばしその場に立ちすくんだ。それから、ふたりの視線がかちあい、アンソニーは彼女のしようとしていることを読みとって胸騒ぎに襲われた。

「シェフィールド嬢」あわてて言う。「わたしが思うに――」

だが、ケイトは礼儀などまるでおかまいなしに、「ニュートン！」と盛大に声を張りあげて駆けだした。アンソニーも呆れた吐息をついて、あとを追って走りだした。彼女ひとりで犬を追いかけさせては紳士の名折れとなる。

さほど間をおかずに追いかけたのだが、角を曲がったところで追いつくと、ケイトは立ちどまっていた。息をはずませながら両手に腰をあて、辺りを見まわしている。

「どこへ行ったんだ？」アンソニーは尋ねて、息を切らしている女性に先ほど抱いた感情は頭から振り払おうとした。

「わからないわ」ケイトが言葉を切って息を整える。「兎《うさぎ》でも追いかけてるのかしら？」

「なるほど、それならば、つかまえるのは簡単そうだ」アンソニーは言った。「兎というのは必ず、踏みならされた道を行くものだからな」

ケイトが彼の皮肉っぽい物言いに顔をしかめた。「だから、どうすればいいのよ？」

アンソニーは〝うちに帰ってまともな犬に買い替えたらどうだ〟と口先まで出かかって、心配そうな彼女の表情にその言葉を呑み込んだ。といっても、よく見てみれば、心配しているというよりはいらだっているといったほうが近い表情なのだが、心配も少しは混じっているのは間違いない。

そこで結局、こう言った。「誰かの叫び声が聞こえるまで待つというのはどうだろう。どうせすぐに、どこかの若いお嬢さんの足に飛びかかって、ひどく驚かせるに決まっている」

「そうかしら？」ケイトは納得のいかない顔だった。「だって、あの子は見た目で人に怖がられる犬ではないわ。自分ではそう思っているけれど、実際はとても可愛らしいし、ほんとうは――」

「きゃああ――――！」

「答えが出たようだな」アンソニーはそっけなく言い、どこかのご婦人の叫び声が聞こえてくるほうへ駆けだした。

ケイトも急いであとを追って草地を横切り、ロトンロウのほうへ向かった。前を走っていく子爵を見ていると、ほんとうにエドウィーナと結婚したいのだろうとしか思えなかった。なにしろ見るからに運動能力に優れた男性であるというのに、公園のなかをぽっちゃりしたコーギー犬を追いかけて、相当にみっともない姿をさらしている。おまけに、貴族たちが乗馬を楽しみ、馬車で好んで通るロトンロウを渡っていかなければならない。

誰に見られているともかぎらない。それなりの覚悟がなければ、とっくに断念して足をとめているだろう。

ケイトは子爵と犬を懸命に追って走りつづけたが、足どりが頼りなくなってきた。これまでにズボンを穿いて過ごした時間はそう長くはないが、スカートで走るより楽であることは間違いないだろう。しかも、屋外に出ているときとあっては、スカートの裾を踝《くるぶし》の上まで持ちあげることもできない。

ロトンロウを走る抜けるときには、洒落た装いで馬を駆る貴婦人や紳士たちの誰とも目を合わせないよう注意した。そうしていれば、おてんばな令嬢が靴に火をつけられたかのように公園を駆けているとは必ずしも気づかれないのではないだろうか。その可能性はさほど高くはなくとも、まったくないわけではないはずだ。

ふたたび草地に入ったところで一瞬足がもつれ、しばしとまって何度か深い呼吸を繰り返した。それから、恐怖にとらわれた。もうあと少しでサーペンタイン池のところまで来ていた。

ああ、なんてこと。

ニュートンが、池に飛び込むことよりそそられることを見つけられるとは考えにくい。ただでさえ陽射しは心誘われる程度に暖かい。ましてや厚いふさふさの毛に覆われ、五分も猛烈な速さで走りつづけてきた生き物にとってはなおさらだろう。それも、猛烈な速さで走ってきた太りすぎのコーギー犬なのだから。

それにしても、百八十センチを超える長身の子爵を寄せつけないほど速く走っているのだと、ケイトは思い返して感心した。

スカートの裾を数センチほど引きあげると――人目を引こうとも、いまとなっては気にしている余裕はない――ふたたび駆けだした。ニュートンには追いつけないかもしれないが、きっとブリジャートン子爵には追いついて、ニュートンを殺すのをとめることはできるはずだ。

いまごろは殺したいと考えているに違いなかった。犬を殺すことはできないと考える聖人でもないかぎり。

そして、〈ホイッスルダウン〉に書かれていたことに一パーセントでも真実が含まれているとするならば、子爵は聖人ではない。

ケイトは大きく息を吸い込んだ。「ブリジャートン様！」追跡をやめるよう話すつもりで呼びかけた。こうなればもう、ニュートンが疲れ果てるのを待つまでだ。十数センチの長さの脚では、もうそろそろとまらずにはいられないだろう。「ブリジャートン様！　あとはもう――」

ケイトはつんのめって足をとめた。サーペンタイン池のそばにいるのはエドウィーナではないだろうか？　目を凝らした。体の前で手を握りあわせてしとやかに立っているのは、やはりエドウィーナだった。そしてどうやら、不運なミスター・バーブルックが二頭立て二輪馬車の修理をしているらしい。

まさにそのとき、ニュートンもエドウィーナを見とめてぴたりと足をとめ、突如進路を変えて、嬉しそうに吠えながら愛しい人のもとへ走りだした。

「ブリジャートン様！」ケイトはもう一度呼びかけた。「ねえ、見て！　あそこに――」

アンソニーはその声に振り返り、ケイトが指さしたほうを向いて、エドウィーナに目を留めた。それであのいまいましい犬は突如とまって九十度も方向転換をしたわけか。アンソニーも急に方向を変えようとしてぬかるみに足を滑らせ、あやうく尻餅をつきかけた。

あの犬を殺してやる。

いや、ケイト・シェフィールドを殺してやる。

いや、いっそ――。

アンソニーの愉快な復讐計画は、エドウィーナの突然の悲鳴に打ち消された。「ニュートン！」

つねに行動力のある男でいたいと思ってきたが、あの犬が跳ねあがり、エドウィーナのほうへ突進していくのを目にして、ただ呆然とその場に凍りついた。シェイクスピアですら、これほど巧妙な喜劇の結末を考えだすことはできなかっただろう。それも、すべてが自分のすぐ目の前で、まるで通常よりだいぶゆっくりと演じられているように見える。

もはや、できることは何もなかった。

犬がエドウィーナの胸に真正面からぶつかっていく。エドウィーナの体が仰向けに倒れていく。

まっすぐ、サーペンタイン池のなかへ。

「だめだ――！」アンソニーは叫び、この期に及んでどれほど勇ましい行動に出ようとまったく役に立たないことを知りながら、懸命に前進した。

ザブン！

「わあ、大変だ！」バーブルックが叫びを発した。「ずぶ濡れになってしまうぞ！」

「おい、何を突っ立ってるんだ」アンソニーは駆けつけてきつく言い放ち、池のそばへ寄った。「どうにかして助けるんだ！」

バーブルックは言われたことがとんと理解できないらしく、目を見開いて立ち尽くしている。アンソニーは腕を池へ伸ばしてエドウィーナの手をつかみ、引っぱりあげた。

「大丈夫かい？」荒い息で訊いた。

エドウィーナは続けざまのくしゃみで答えられず、ただうなずいていた。

「おい」アンソニーは池の縁に急いでやってきたケイトを見て、唸り声で呼びかけた。「いや、きみではない」隣でエドウィーナがぎこちなく顔を向けたことに気づいて付け加えた。

「きみのお姉さんのほうだ」

「お姉様？」汚れた水で濡れた目をまたたかせて訊く。「どこにケイトお姉様がいるの？」

「土手に上がってしっかり乾かそう」アンソニーはつぶやいてから、ケイトに向かって大声で言った。「そのろくでなしの犬をつかまえたまえ！」

ニュートンはサーペンタイン池から元気よく水しぶきを跳ね散らして出てきて、さっさと草地に坐り、満足げに舌を垂らしている。ケイトは急いでそのそばに走り寄り、引き綱をつかみとった。大声で命じた言葉に、威勢のいい返し文句はない。感心じゃないか、とアンソニーは冷然と考えた。この腹立たしい女性に口を閉じている分別があるとは思ってもみなかった。

向きなおると、驚くべきことに、エドウィーナが池の水を滴らせながら、なお愛らしさを保っていた。「ここからきみを連れだささせてくれ」さりげなく言い、答える隙を与えずにかかえあげて、乾いた地面のほうへ運んでいった。

「こんな場面を見たのは初めてだよ」バーブルックが首を振りながら言う。

アンソニーは何も答えなかった。言葉を交わせば、この愚か者を池に投げ込まずにいられるとは思えない。エドウィーナがあのろくでもない犬一匹のせいで水に沈んだというのに突っ立ったままでいるとは、この男はいったい何を考えてるんだ？

「エドウィーナ？」ケイトがニュートンの引き綱が届くところまで前進して問いかけた。

「大丈夫？」

「きみのせいだろう」アンソニーは吐き捨てるように言って、あと一歩というところまで詰め寄った。

「わたし？」ケイトが息を呑んだ。

「彼女を見てみろ」とげとげしい声で言い、目はケイトのほうへしっかりと据えたまま、エドウィーナのほうへ指を突きつけた。「よく見るんだ！」

「でも、偶然の事故だわ！」

「わたしはなんともないのよ！」エドウィーナが姉と子爵のあいだの険悪な空気にややうろたえたような声をあげた。「寒いけど、元気なんだから！」

「聞いた？」ケイトは妹の濡れそぼった姿を目にして喉をふるわせながら唾を呑み込み、言い返した。「事故だったのよ」

子爵はただ胸の前で腕を組み、片方の眉を吊りあげた。

「わたしの言うことが信じられないのね」ケイトは息をついた。「それがわたしには信じられないわよ」

アンソニーは黙っていた。ケイト・シェフィールドが機知に富む聡明な女性であろうと、妹に嫉妬心を抱かずにいられるとは思えなかった。それにたとえ、この災難を阻止するために彼女にできることはなかったのだとしても、濡れ鼠のようなエドウィーナを快適に乾いた体で見ていられるという事実に、多少なりとも気分の良さを感じないはずはない。妹のほうはたしかに鼠《ねずみ》にしては魅力的すぎるとはいえ、ずぶ濡れには違いないのだから。

けれども、ケイトにはそれで会話を終わらせるつもりはなかった。「わたしがエドウィーナを傷つけるようなことをけっしてしないのはもちろんだけれど」蔑《さげす》むように言う。「そもそもわたしにこんな芸当がいったいどうしたらできるというの？」いかにもひらめいたというそぶりで、空いているほうの手で自分の頰を打つ。「なるほど、そうだわ、わたしはコーギー犬に通じる秘密の言葉を知っているというわけね。わたしが犬にこの手から綱を引っぱりとれと命じた。それで、わたしは千里眼だから、エドウィーナがこのサーペンタイン池のそばに立っているのを察知して、犬に言ったのよね――わたしたちの心は強力な絆で結ばれているから、そのときどんなに離れていたとしても、犬にはわたしの声が聞こえたのよ――方向転換してエドウィーナのほうへ向かえ、そうして彼女を池のなかに落とすんだって」

「皮肉はきみに似合わないな、シェフィールド嬢」

「あなたにはなんにも似合わないわ、ブリジャートン子爵様」

アンソニーは身を乗りだして、目一杯凄んだ態度で顎を突きだした。「女性は手に負えないペットを飼うべきじゃない」

「それを言うなら、男性も、手に負えないペットを連れた女性と公園に散歩に出かけるべきではないのよ」ケイトは切り返した。

アンソニーは必死の思いで怒りをこらえ、実際に耳の先まで赤くなるのを感じた。「きみみたいな生意気な娘は社交界の厄介者だ」

ケイトは罵りの言葉を返そうとするかのように口を開いたが、結局答えずにどことなく不気味ないたずらっぽい笑みを浮かべると、犬のほうへ身を返して言った。「ブルブルするのよ、ニュートン」

ニュートンは主人がまっすぐ指さしたアンソニーのほうを見あげて、従順に近づいていき、全身をぶるんと揺すって池の水をそこらじゅうに飛び散らした。

アンソニーがケイトの喉につかみかからんばかりに踏みだした。「おまえを……殺してやる！」唸り声をあげた。

ケイトはすばやく身をかわし、エドウィーナのそばに寄った。「あらあら、ブリジャートン子爵様」水が滴る妹の後ろに避難して、すました口調で言う。「麗しきエドウィーナの前で、癇癪《かんしゃく》を起こすのは良くないわ」

「ケイトお姉様？」エドウィーナはあわてて囁いた。「どうなってるの？　どうしてそんなふうに子爵様に意地悪をするの？」

「子爵様のほうこそ、どうしてこんなふうにわたしに意地悪をするのかしらね？」ケイトはきつい調子で囁き返した。

「あのう」ミスター・バーブルックがだし抜けに言った。「犬のせいで濡れてしまったんだが」

「みんな濡れてるのよ」ケイトは答えた。自分も濡れてしまった。でも、それだけの価値はあった。なんといっても、この横柄な貴族の紳士があわてふためいて激怒する顔を見ることができたのだから。

「おまえ！」アンソニーは大声で言い、ケイトにいらだたしげに指を突きつけた。「口を閉じろ」

ケイトは押し黙った。これ以上、向こうみずに挑発するようなことはできない。子爵はいまにも爆発しそうな形相だった。それに、きょう訪ねて来たときにはあれほど自信たっぷりに見えていた威厳もいまやすっかり失われている。エドウィーナを池から引っぱりあげた右手の袖は水を滴らせ、ブーツはもう使い物になりそうもない汚れようで、体の残りの部分にも、ニュートンの見事な揺すぶりっぷりのおかげで水滴が飛び散っていた。

「これからやるべきことを伝える」ブリジャートン子爵が低くいかめしい声で告げた。

「ぼくがやらなければいけないのはまず」ミスター・バーブルックが陽気に切りだした。最初に口を開いた人物に手をかけかねない子爵の殺気には気づいている様子もない。「二輪馬車の修理だ。それが終われば、彼女をシェフィールド家へ送り届けることができる」どちらの女性のことなのかをあきらかにするために、エドウィーナのほうを指し示した。

「ミスター・バーブルック」子爵が歯軋《はぎし》りするように言った。「馬車の直し方はわかっているのかね？」

バーブルックが何度か瞬きをする。

「馬車の壊れている箇所は、わかっているのだな？」

バーブルックが何度か口をあけ閉めしてから、答える。「いくつか、見当はついてるんだ。実際の問題点を見つけるのにそれほど長い時間はかからないよ」

ケイトは子爵を見つめて、喉に浮きでている血管に目を奪われた。男性がこれほどあからさまに憤りをこらえている姿を見たことはない。さし迫る爆発に少なからず懸念を抱いて、エドウィーナの後ろに慎重に半歩退いた。

臆病者にはなりたくないと思っていても、その意識とはまるで関係なく自衛本能は働く。だが、子爵はどうにか感情を抑制し、気味悪いほど落ち着き払った声で言った。「これからやるべきことを話す」

三人の目が期待で見開かれた。

「わたしがあそこまで歩いていって」――二十メートルほど離れた場所で、目をそらそうとしながらこちらを見ずにはいられないでいる婦人と紳士を指し示す――「モントローズに、馬車をわずかな時間お貸し願えないかと依頼する」

「あれは」バーブルックが首を伸ばして言う。「ジェフリー・モントローズなのかい？　久しぶりにお目にかかるな」

今度はブリジャートン子爵のこめかみに血管が浮きあがってきた。ケイトは心の支えを求めてエドウィーナの手をつかみ、しっかりと握った。

けれども、子爵はバーブルックの並外れて間の悪い合いの手をものの見事に無視して続けた。「彼なら了承してくれるはずなので――」

「してくれるかしら？」ケイトはつい口を挟んだ。

子爵の褐色の目がなぜだか氷柱のように見えてきた。「わたしの提案に異論があるのか？」つっけんどんに訊く。

「まったくないわ」ケイトは地団駄を踏む思いでつぶやいた。「どうぞ、お続けになって」

「繰り返すが、友人であり紳士である彼なら」――ケイトを睨みつける――「了承してくれるはずなので、わたしがあの二輪馬車で彼女をシェフィールド家へお送りしてから、わたしも家に戻り、使用人にモントローズの馬車を返しに行かせる」

どちらの女性のことを言っているのか、誰もあえて尋ねようとはしなかった。

「ケイトお姉様はどうするの？」エドウィーナが問いかけた。当然ながら、モントローズの二頭立ての二輪馬車にもふたりしか乗ることができない。

ケイトは妹の手をぎゅっと握りしめた。なんて心やさしいエドウィーナ。

ブリジャートン子爵はまっすぐエドウィーナを見つめた。「きみの姉上は、ミスター・バーブルックが家へ送り届けてくれる」

「いや、無理だ」バーブルックが言う。「馬車を修理しなければならないのだから」

「きみの住まいはどこなのだ？」子爵が語気鋭く尋ねた。

バーブルックは怯んで目をまたたきつつ、住所を告げた。

「わたしがきみの家に寄り、きみがシェフィールド嬢を送り届けているあいだ、その馬車のところに来て待機するよう使用人に頼んでおく。それでいいな？」ひと呼吸おき、凄まじく険しい表情で一同——犬も含め——の顔を見渡した。もちろん、ただひとり彼の逆鱗に触れていないエドウィーナを除いて。

「それでいいな？」子爵は繰り返した。

全員がうなずき、彼の計画が実行に移された。数分後、ケイトは、ブリジャートン子爵とエドウィーナが馬車で去っていく姿を見送った——まさしく、自分が二度と同じ部屋では会わせないと誓っていたふたりが。

ケイトはミスター・バーブルックとニュートンとともに取り残された。

そしてほんの二分で、ニュートンのほうがまだ楽しい話し相手であることを思い知らされた。

5

『キャサリン・シェフィールド嬢が、最愛のペットを〝種族不詳、名前不明の犬〟と評されたことに対し憤慨しているとの情報を得た。

恐れながら、この件についてはたしかにゆゆしき重大な誤りであることを認め、陳謝する。親愛なる読者のみなさま、ぜひこのみじめな謝罪を聞き入れ、本コラム始まって以来の訂正をお許しいただきたい。

キャサリン・シェフィールド嬢の愛犬はコーギー種で、名をニュートンという。しかしながら、イングランドの偉大な発明家で物理学者のニュートンが、無作法なずんぐりむっくりの犬に名を継がれて喜んでいるとは想像しがたい』

一八一四年四月二十七日付〈レディ・ホイッスルダウンの社交界新聞〉より

その晩には、エドウィーナが試練（束《つか》の間のこととはいえ）を無傷で乗り越えられたわけではなかったことがあきらかとなった。鼻が赤らみ、目は潤みだし、そのむくんだ顔を見れば誰にでも、重病というほどではないにしろ、ひどい風邪をひいたことは一目瞭然だった。

エドウィーナは足のあいだに湯たんぽを挟み、ベッド脇のテーブルに料理人が煎《せん》じた水薬のマグカップを置いてベッドにもぐり込んでいたが、ケイトは妹と話をしておかなければならないと心を決めた。

「帰りの馬車のなかで、何か言われた?」ケイトは妹のベッドの端に腰かけて、強い調子で問いかけた。

「誰に?」エドウィーナが問い返して、恐る恐る水薬の匂いを嗅ぐ。「ねえ、これ」マグカップを突きだした。「煙が出てる」

「子爵様のことよ」ケイトは歯を嚙みしめて言った。「ほかに帰りの馬車であなたに話しかけられる人はいないでしょう? それに、変なこと言わないの。煙なんて出てないわ。それはただの湯気よ」

「そうかしら」エドウィーナはもう一度匂いを嗅いで、渋い顔をした。「湯気の匂いはしないわ」

「湯気よ」ケイトは焦《じ》れた声で言い、指関節が痛むほど力を込めてベッドのシーツをつかんだ。「何を話していたの?」

「ブリジャートン様と?」エドウィーナが無邪気な調子で訊く。「あら、べつにふつうのことよ。わかるでしょう。世間話程度のことよ」

「ずぶ濡れのあなたに、あの人は世間話をしたの?」ケイトは疑わしげに訊いた。

エドウィーナがためらいがちに水薬を啜《すす》り、吐きだしかけた。「何が入ってるのかしら?」

ケイトは身を乗りだしてカップの中身の匂いを嗅いだ。「甘草《かんぞう》の匂いが少しするわね。底に見えるのは干しぶどうじゃないかしら」ちょうどそのとき、雨が窓ガラスを叩くような音を耳にして、背を起こした。「雨かしら？」

「どうかしら」エドウィーナが言う。「そうかもしれないわね。日暮れごろにはだいぶ空が曇ってたから」改めてカップをいぶかしげに覗いてから、テーブルの上に戻す。「これを飲んだら、よけいに具合が悪くなるわ」断言した。

「それで、ほかには何を話したの？」ケイトは粘り強く訊いて、窓の外を見ようと立ちあがった。カーテンを脇に引いて覗き込む。雨は落ちているが、ほんの小降りで、これから雷鳴や稲光を引き起こすかどうかはまだ見きわめがつかない。

「誰のことよ、子爵様と？」

ケイトは、じれったさに妹を揺さぶらずにいられる自分は聖人だと思った。「ええ、子爵様よ」

エドウィーナはあきらかにケイトほど会話に身が入らない様子で肩をすくめた。「たいしたことは話してないわ。もちろん、体の調子を訊かれたわよ。サーペンタイン池に浸かったのだから、ごく当然の質問なのだけれど。わたしは完璧に不運だったと言ってもいいくらいよね。寒いうえに、どう見ても水はきれいではなかったし」

ケイトは咳払いをして、ふたたび腰をおろし、とても破廉恥なことだとしても聞いておかずにはいられない質問をしようと身がまえた。全身の血が駆けめぐるほど興味津々であることはみじんも声に表れないように尋ねた。「無作法に言い寄られるようなことはなかったのね？」

エドウィーナは驚きに目を丸くして、大きく身を引いた。「ないに決まってるでしょう！」声をあげた。「彼は完璧に紳士だったわ。だいたい、お姉様がどうしてそんなに知りたがるのかわからない。たいして面白い会話ではなかったもの。話したことの半分も思いだせないくらいなのに」

ケイトは妹をまじまじと見つめた。あの腹立たしい放蕩者とゆうに十分はふたりきりで話をして、内容をほとんど思いだせないなどということが理解できなかった。子爵に言われた忌まわしいひと言ひと言がしっかりと自分の脳裏に焼きついていることを思うと、うんざりして気が滅入ってくる。

「ちなみに」エドウィーナが続けた。「そっちはミスター・バーブルックと何を話したの？帰ってくるまでに一時間近くもかかったでしょう」

ケイトは目に見えるほど身をふるわせた。

「そんなにひどかったの？」

「あの人はたしかにどこかのご婦人の良き夫にはなれるわ」ケイトは答えた。「頭の働く人ではないだけのことよ」

エドウィーナはくすくすと低い笑い声を漏らした。「もう、ケイトお姉様は口が悪いんだから」

ケイトはため息をついた。「ええ、そうよね、言葉が過ぎたわ。あの気の毒な男性には不親切な性分はないの。ただ――」

「生まれつき知性もない、のよね」エドウィーナが言葉の続きを引きとった。

ケイトは眉を上げた。エドウィーナには似つかわしくない手厳しい発言だ。

「わかってるわ」エドウィーナがきまり悪そうに微笑んで言う。「思いやりのない言い方だったわよね。ほんとうはこんな言い方をしては失礼なのでしょうけど、一緒に馬車に乗っているのがとてもつらかったの」

ケイトは気づかわしげに背を伸ばした。「馬車のあつかいが乱暴だったの？」

「そんなことはないわ。問題は会話よ」

「退屈だったということ？」

エドウィーナは青い目にやや困惑したような表情を浮かべて、うなずいた。「会話を続けるのに無我夢中で、自分の考えをうまく伝達できないのね」呟き込んでから、付け加えた。

「おかげで、こちらは頭が痛くなってしまうの」

「つまり、あなたが理想とする学者の夫にはなれないわけね」ケイトはにっこりと微笑んだ。

エドウィーナはまた少し咳き込んだ。「残念だけど、そのようね」

「もうちょっと煎じたお薬を飲んでみたら」ケイトは勧めて、ベッド脇のテーブルに捨てておかれたマグカップを身ぶりで示した。「料理人が嘆くわ」

エドウィーナは激しくかぶりを振った。「ひどい味なのよ」

ケイトはしばし間をとって、やはり我慢できずに尋ねた。「子爵様はわたしのことを何か言ってなかった？」

「お姉様のこと？」

「ええ、わたしはほかにいないわ」ケイトはほとんどつっけんどんに答えた。「もちろん、わたしのことよ。世の中のひとはたいがい自分のことをわたしと呼ぶのではないかしら？」

「怒らなくてもいいじゃない」

「怒ってなんて――」

「でも、お姉様のことは何もおっしゃってなかったわ」

ケイトは突如、怒りを覚えた。

「でも、ニュートンのことはいろいろと話してらしたわ」

ケイトは呆然と唇を開いた。犬より影の薄い存在に思われていたとすれば喜べることではない。

「ニュートンはほんとうに申しぶんのないペットだと話しておいたわ。だから、わたしはまったく怒っていないということも。でも、子爵様はご親切にも、わたしのためにひどく怒ってらしたわ」

「ほんと、ご親切だこと」ケイトはつぶやいた。

エドウィーナはハンカチをつかんで鼻をかんだ。「ねえ、ケイトお姉様は子爵様にすごく興味がおありなのね」

「わたしは午後をまるまる彼との会話に費やしたようなものなのよ」ケイトはそれですべて

説明がつくとばかりに答えた。

「なるほどね。それなら、あの方がいかに礼儀正しくて魅力的な男性であるかがわかったでしょう。しかも、とても裕福なのよ」エドウィーナは音を立てて鼻をすすり、新たなハンカチを手探りした。「財力だけを基準に夫を選ぶべきではないと思うけれど、うちの資産不足を考えると、それも考慮しないわけにはいかないわよね？」

「それはまあ……」ケイトは返答を避けた。エドウィーナの言いぶんがたしかに正しいことはわかっていても、ブリジャートン子爵を認めることになるような言葉は口にしたくない。

エドウィーナがハンカチで顔を覆って、なんとも淑女らしくなく鼻をかんだ。「彼もわたしたちのリストに入れておくべきだと思うのよ」鼻を詰まらせた声で言う。

「わたしたちのリスト」ケイトは息を詰まらせて繰り返した。

「ええ、花婿候補の。子爵様とわたしはとてもお似合いなのではないかしら」

「でも、あなたは学者さんと結婚したいと言ってたわよね！」

「そうよ。そうしたい。だけど、本物の学者さんを見つけるのはむずかしいって、お姉様が言ったのよ。ブリジャートン様にはじゅうぶん知性があるわ。さっそく、読書がお好きかどうかを探る手立てを考えなくちゃ」

「あんな無作法な男性が本を読めるとすれば、驚きだわ」ケイトはぼそりと言った。

「ケイト・シェフィールド！」エドウィーナが笑いながら声をあげた。「そんなこと、ほんとうに思ってるの？」

「いいえ」ケイトはすんなり答えた。もちろん、子爵なら本を読めることは承知している。でも、そのほかのあらゆる部分はとんでもなく厭《いと》わしい男性なのだ。

「まったく」エドウィーナがとがめる口調で言う。「ケイトお姉様は、ほんとうにひどいことを言うんだから」と微笑んだ。「でも、わたしを笑わせてくれる」

夜空に遠雷が低く轟《とどろ》き、ケイトはびくつかないようこらえて、無理やり笑みをこしらえた。雷鳴と稲光が遠く離れているかぎり、たいてい平静でいられる。それが重なりあってひとつになり、両方が頭上にあるような気がしてくると、にわかに自分の皮膚が破裂するのではないかという不安に襲われるのだ。

「エドウィーナ」ケイトは妹ときちんと話しあっておきたいという気持ちからだけでなく、近づきつつある嵐から気をそらそうとして続けた。「子爵様のことは考えないようにすべきだわ。あの人は、あなたを幸せにする夫にはけっしてなれない。いまですら名うての放蕩者だけれど、もしかしたらあなたの鼻先で大勢の愛人たちと平気で――」

エドウィーナが眉をひそめたのを見てケイトはいったん言葉を切り、その方向で話を広げようと思い立った。「そうに決まってるのよ!」精一杯大げさな口ぶりで言う。「〈ホイッスルダウン〉を読んだでしょう? ほかの令嬢の母親たちが噂していることも知ってるわよね? あのご婦人方は長年社交界の催し事に参加しているのだから、事情をよく心得てるのよ。その人たちがみんな口を揃えて、彼はとんでもない放蕩者だと言ってるわ。唯一の美点は、家族をとても大切にしていることぐらいですって」

「まあ、そうだとすれば、とても見込みがあるのではないかしら」エドウィーナは指摘した。

「妻は家族になるのだもの、そうでしょう？」

ケイトは唸り声を漏らしかけた。「妻は血の繋がっている家族と同じというわけにはいかないわよ。男性たちは、母親の前で漏らす愚痴のひと言が妻の気持ちを毎日踏みにじっているとは夢にも思わないんだから」

「どうしてそれがお姉様にわかるの？」エドウィーナが強い調子で訊いた。

ケイトは唖然として口をあけた。エドウィーナが重要なことで自分の意見に疑問を投げかけるのはいつ以来のことだろう。不意をつかれて答えられる言葉はあいにくひとつしかなかった。「わかるからよ」

説得力のない返答であるのは認めざるをえない。

「エドウィーナ」話題を転換しようと決めて、なだめるような声で言った。「どうであれ、あなたが子爵様のことを知れば知るほど、好きになれるとは思えないのよ」

「家に送ってくださったときには、感じのいい方に思えたわ」

「それは行儀よくふるまっていたからでしょう！」ケイトは言いつのった。「もちろん、感じよく見えたはずよ。あなたに好きになってもらおうとしているのだから」

エドウィーナは目をぱちくりさせた。「つまり、あれはすべて演技だったというのね」

「そうなのよ！」ケイトは断言して、妹の考えに飛びついた。

「エドウィーナ、ゆうべときょうの午後で、わたしは子爵様と数時間をともに過ごしたわ。

それではっきりと言えるのは、彼はけっしていい態度ではなかったということ」

エドウィーナは恐れと、おそらくは少しばかり興奮も混じった表情で息を呑んだ。「キスをされたの？」囁き声で訊く。

「まさか！」ケイトは声をあげた。「もちろん、されてないわよ！　どうしてそんな考えが浮かぶの？」

「子爵様の態度が良くなかったと言ったからよ」

「それはつまり」ケイトは唸るような声で答えた。「礼儀正しくなかったということよ。とても親切なわけでもなかったわ。それどころか、我慢ならないぐらい横柄で、とんでもなく無作法で失礼だったわよ」

「それは面白いわね」エドウィーナがつぶやいた。

「ちっとも面白くなんてなかった。いやな気分だったわ！」

「違うの、そういう意味ではないわ」エドウィーナは言うと、考え込むように顎をさすった。

「子爵様がお姉様にひどい態度で接したなんて、とても妙なことだもの。わたしがお姉様の意見を聞いて夫を選ぶという話は子爵様の耳にも入っているはずだわ。そうだとすれば、ふつうはお姉様に気に入られようと努力するわよね。それなのにどうして」思いめぐらせる。

「無作法にふるまうのかしら？」

ケイトは顔をくすんだ赤色に染め――さいわい、蠟燭《ろうそく》の明かりのもとではたいして目立たなかった――、低い声で言った。「わたしには、そうせずにはいられないのだと言ってたわ」

エドウィーナは口をぽかんとあけ、時がとまったかのように、しばしぴたりと固まった。ほどなく枕に寄りかかると、けらけらと笑いだした。「ああ、ケイトお姉様！」息を継ぐ。「すごく可笑《おか》しいわ！　お腹がよじれそう。もう、傑作よ！」

ケイトは妹を睨みつけた。「ちっとも可笑しくないことだわ」

エドウィーナは目をぬぐった。「今月聞いた話のなかで、いちばん面白いかもしれないわ。今年いちばんかも！　もう、たまらない」激しく笑ったせいで、また少し咳き込んだ。「ねえ、お姉様のおかげで、鼻づまりが治りそうよ」

「エドウィーナ、ふざけないで」

エドウィーナはハンカチで顔を覆って鼻をかんだ。「だって、ほんとうなんだもの」得意顔で言う。

「一時的なことよ」ケイトは低い声で言った。「朝にはひどくなるわよ」

「そのとおりかもしれないわね」エドウィーナは認めた。「でも、ほんとうに可笑しいわ。そうせずにはいられない、だなんておっしゃったの？　ああ、お姉様、嘘みたいな話だわ」

「それについてはいちいち説明する気にもなれない」ケイトはこぼした。

「そうはいっても、今シーズンにわたしたちが出会った紳士たちのなかで、子爵様は、お姉様があしらえない初めての方かもしれないわね」

ケイトの唇が苦々しげにゆがんだ。子爵にも同じような言われ方をされたのだが、ふたりの言葉は正しかった。実際、ケイトはこのシーズンをずっと、男性たちをあしらうことに費やしてきた――エドウィーナのために。けれどもふいに、担わされてきた過保護な母親役に自分は満足していたのだろうかと疑念が湧いた。

そもそも、みずから進んで引き受けていた役割なのだろうか。

エドウィーナが姉の表情の変化に気づいて、すぐさま申し訳なさそうにかしこまった。

「まあ、どうしましょう」つぶやく。「ごめんなさい、ケイトお姉様。からかうつもりではなかったのよ」

ケイトは片方の眉を吊りあげた。

「ううん、たしかにからかってしまったわ。でも、ほんとうに気持ちを傷つけるつもりはなかったの。ブリジャートン子爵がそんなにお姉様を怒らせるようなことをしたとは思わなかったのよ」

「エドウィーナ、わたしはあの人をどうしても好きにはなれない。それに、あなたが彼との結婚を考えるのもどうかと思うわ。あの人がどれほど熱烈に粘り強くあなたに求愛してきたとしても関係ないのよ。彼が良い夫になれるわけがないのだから」

エドウィーナは優美な目を真剣そのものに見開いて、しばし押し黙った。それから、答えた。「ええ、お姉様がそうおっしゃるんだもの、事実に違いないわ。これまでお姉様の意見を聞いて間違ったほうへ向いたことは一度もなかったのだから。それに、お姉様が言うとおりり、わたしより子爵様と長い時間を過ごしたのだから、お姉様のほうがよくわかっているはずだものね」

ケイトは感情を隠しきれずに大きな安堵のため息を漏らした。「良かった」力を込めて言う。「あなたがもっと気を入れれば、いま言い寄ってきている男性たちのなかからもっとふさわしい人を探せるはずだわ」

「そしてきっと、お姉様にも花婿が見つかるわよね」エドウィーナがさりげなく言う。

「もちろん、わたしも探してるわよ」ケイトはきっぱりと言った。「そうでなければ、シーズン中のロンドンに来た意味がないでしょう?」

エドウィーナが疑わしげな顔をした。「ケイトお姉様は探しているようには見えないわ。わたしの花婿候補の面接をしているだけみたいなんだもの。お姉様は花婿を見つけなくてもいいなんて道理はないはずだわ。自分の家族を持つことは必要でしょう。お姉様ほど母親に向いている人がいるとは思えないのに」

ケイトは妹の指摘にすぐに答えるのを避けて、唇を噛んだ。エドウィーナの愛らしい青い瞳と完璧に整った顔の裏に、格別に鋭い洞察力が隠されていることは承知していた。それに、妹の指摘は的を射ている。自分はこれまで花婿を探そうとはしていなかった。けれど、どうやって探せというのだろう? どのみち、自分を結婚相手と見てくれる男性など現れはしないのに。

ケイトはため息をついて、窓のほうをちらりと見やった。嵐はロンドンのこの辺りを直撃することなく過ぎ去ったらしい。ささやかな幸運に感謝すべきなのだろう。

「まずはあなたのお相手を見つけるべきなのではないかしら?」ケイトはようやく答えた。

「あなたのほうが求婚されやすいことはお互いにわかっているのだから、わたしの花婿探しはあとまわしでもいいでしょう？」

エドウィーナが肩をすくめる。同意もできないのであえて答えないのだろうと、ケイトは受けとった。

「まあ、いいわ」ケイトは言って立ちあがった。「わたしはもう行くからお休みなさい。あなたには静養が必要だもの」

エドウィーナは咳で答えた。

「それと、そのお薬を飲むのよ！」ケイトは笑いながら言うと、ドアのほうへ向かった。

廊下に出てドアを閉めるとき、エドウィーナのつぶやきが聞こえた。「飲むぐらいなら死んだほうがましだわ」

それから四日間、エドウィーナは少なからず愚痴や文句をこぼしながらも、言いつけを守って料理人がこしらえた水薬を飲みつづけた。おかげで体調は快復していたが、完全にとは言いきれなかった。いまだベッドから離れられず、咳も残っていて、ひどくいらだたしそうだった。

メアリーはエドウィーナに、少なくとも火曜日までは社交界の催しに出席しないよう言い渡した。ケイトはそれを聞いて、三人ともしばし休みを取るということだろうと理解した（実際、エドウィーナがいなくては夜会に出席する意味などあるだろうか？）。ところが、金曜日、土曜日、日曜日を読書とニュートンとの散歩以外、とりたてて何をするでもなく平穏に過ごしたあとで、メアリーが突如、月曜日の晩にレディ・ブリジャートンが催す音楽会にふたりで出席すると告げた。しかも――ケイトはなんとしても、この時期に出席するのはいい考えではない理由を訴えようと口を開きかけた――これは決定事項です、と。

ケイトはすみやかに断念した。そう言われてはもはや抵抗する術はない。そのうえメアリーは「決定事項です」と言い放つとすぐさま踵《きびす》を返し、歩き去ってしまった。

ケイトも最低限の慎みというものは心得ており、閉じられた扉に反論の言葉を浴びせるようなことはできなかった。

というわけで、月曜日の晩、ケイトは淡い青色の絹地のドレスをまとい、扇を手に、メアリーとともに上等とは言えない馬車でロンドンの通りをグロヴナー・スクウェアのブリジャートン館《ハウス》に向かった。

「みんな、エドウィーナが一緒ではないことを知ったら、とても驚くでしょうね」ケイトは左手で黒い薄織りの外套《がいとう》をいじりながら言った。

「あなたも花婿を探しているのでしょう」メアリーが答えた。

ケイトは一瞬黙り込んだ。結局のところ、事実ではあるので、上手な切り返しを思いつかなかった。

「それと、外套をいじるのはやめなさい」メアリーが言う。「夜のあいだに皺《しわ》くちゃになってしまうわ」

ケイトは外套から手を離した。それからすぐに右手で座席を数秒続けざまに叩くと、メアリーが唐突に言った。「ちょっと、ケイト、じっとしていられないの？」

「見てのとおり、できないわ」ケイトは答えた。

メアリーはただため息をこぼした。

それからケイトは片足を軽く踏み鳴らすだけでしばらくこらえたあと、ふたたび口を開いた。「わたしたちが出かけてしまって、エドウィーナは寂しいでしょうね」

メアリーが顔を向けようともせずに答えた。「エドウィーナは小説を読んでるわ。女流作家オースティンの最新作よ。わたしたちが出かけたことにも気づいていないのではないかしら」

これもまたたしかに事実だった。本を読んでいるときのエドウィーナは、たとえベッドが燃えだしても気づかないだろう。

仕方なく、ケイトは話題を変えた。「きっと退屈な音楽会なのでしょうね。スマイス－スミス家で開かれたときも……」

「スマイス－スミス家の音楽会では、お嬢さんたちが演奏したのだもの」答えるメアリーの声にしだいにいらだちが滲んできた。「レディ・ブリジャートンはイタリアからプロのオペラ歌手を招いているのよ。そのような会に招待していただけるだけでも、光栄だわ」

それが間違いなくエドウィーナに対する招待であることをケイトは承知していた。自分とメアリーは単に儀礼上、ともに招かれただけであることはあきらかだ。けれど、メアリーが歯軋りを始めたので、ケイトはもう馬車が目的地に到着するまで口をつぐんでいようと胸に決めた。

といっても、まもなくブリジャートン館が目の前に見えてきたので、その決意を守り抜くのはたいしてむずかしいことではなかった。

ケイトは窓越しに眺めて、思わず口をあけた。「大きいのね」ほかに言葉が出てこなかった。

「そう？」メアリーは持ち物をまとめながら答えた。「ブリジャートン子爵はここには住んでいないはずよ。彼のものではあるのだけれど、ご自身は独身紳士用の部屋を借りて、お母様とごきょうだいたちをブリジャートン館に住まわせているの。思いやりのある紳士よね？」

ケイトは思いやりとブリジャートン子爵というふたつの語を同時に聞くとは思ってもいなかったが、石造りの建物の大きさと優雅さに感じ入って気の利いた言葉も見つからず、やむなくうなずいた。

馬車がゆっくりと停止し、メアリーとケイトは、ドアをあけるために駆けつけたブリジャートン家の従僕の手を借りておりた。執事が招待状を確認して外套をあずかり、廊下の突きあたりにある音楽室のほうへ案内する。

ケイトはすでにロンドンの数々の壮麗な邸宅のなかを目にしていたので、見るからに裕福で華やかな家具調度を人前で口をあけて眺めるようなことはせずにすんだが、アダム・スタイルで優雅に品よくあつらえた室内の装飾には目を見張った。壁すらも美術品のようだった——灰緑色と青色の淡い色調に彩られ、二色の境目には厚地のレースにも見える凝った模様の白い漆喰《しっくい》が施されている。

　音楽室も同様に美しいことこのうえなく、壁は温かみのあるレモン色に塗られていた。出席者のために椅子が並べられていたので、ケイトはすばやく母を後ろのほうへ導いていった。どう考えたところで、目立つ場所を選ぶべき理由など見つからない。ブリジャートン子爵も当然出席するはずなので——彼が家族思いであるという噂がすべて事実ならば——願わくは、自分が来ていることに気づかずにいてほしかった。


　その思いに反して、アンソニーは、ケイトが馬車をおりて屋敷に入る姿をしっかりと目にとらえていた。母が主催する毎年恒例の音楽会へ向かう前に、自分の書斎で酒のグラスをひとり傾けていた。ひとりの自由な時間を得るために、独身のあいだはブリジャートン館とはべつの所に居を定めながらも、書斎はこちらに残してある。ブリジャートン家の当主として重大な責任を負っているので、家族の面々とできるだけ近くにいられたほうが、その役目を果たしやすいだろうと考えたからだ。

　書斎の窓はちょうどグロヴナー・スクウェアを見渡せる位置にあり、到着する馬車からおりる招待客たちをいつしか楽しんで眺めていた。ケイト・シェフィールドが馬車をおり、ブリジャートン館の外観を見あげた。顔を上向かせたしぐさは、ハイド・パークで陽射しの暖かさを楽しんでいたときとほとんど同じだった。正面玄関の両脇の壁に取りつけられた燭台の灯りが彼女の肌に映り、きらきらと輝きを放っている。

ふいに、アンソニーは息苦しくなった。

タンブラーを幅広の窓枠にがちゃんと音を立てて置いた。体に異変が起きていた。この筋肉の緊張を欲望以外のものにすりかえられるほどの妄想力は備えていない。

ばかげている。好きでもない女性であるはずだ。生意気で、強情で、早合点の過ぎる女。すばらしく美しいというわけでもない――今シーズンにロンドンじゅうを飛びまわっている大勢の令嬢たちとはおろか、彼女の妹とは比べるにも値しない。

ケイトの顔はやや面長すぎるし、顎がちょっぴりとがりすぎていて、目はわずかながら大きすぎる。どの部分もほんの少しどこかがよけいなのだ。文句や意見をきりなく浴びせて自分をいらつかせるあの口も、少しばかりふっくらしすぎている。あの口を閉じて、おとなしく黙らせることはとても望めるべくもないが、ほんの一瞬でも（彼女がそれ以上長く黙っていられるはずがない）そのようなことが起きたとして、すねたようにとがらせた、ふっくらとした唇――口を閉じて実際に言葉を発しさえしなければ――を見つめたならば、どうしようもなくキスをそそられ……。

キスをそそられる？

アンソニーは身ぶるいした。ケイト・シェフィールドとのキスを想像して怖気立った。実際、そんなことを考えたという事実だけでも、じゅうぶん病院送りにされる理由になりうる。

にもかかわらず……。

アンソニーは椅子にへたり込んだ。

にもかかわらず、ケイトの夢をみてしまったのだ。

サーペンタイン池での騒動のあとのことだ。口もきけそうにないほど、彼女に腹が立っていた。馬車でエドウィーナを家に送り届ける短い道のりで、なんであれ話せたことが不思議なぐらいだった。世間話をするのが精一杯で、あまりにありふれた空虚な言葉が、まるで事務的に口をついて出ていくように思えた。

まさに天の恵みだった。なにしろ、自分の気持ちが本来あるべきところ、すなわち、将来妻となるはずのエドウィーナにまるで向いていなかったのだから。

いや、まだ、結婚の承諾を得たわけではない。結婚を申し込んですらいない。だが、エドウィーナはあらゆる点から考えて、妻とするのにふさわしい要件を満たしている。だからこそ、ついに結婚を申し込む相手とすることを思い定めたのだ。エドウィーナは美しく、聡明で、穏やかな性質だ。なんとも愛らしいが、熱情を掻き立てられることはない。彼女とならともに楽しい年月を過ごしていけるだろうし、けっして惚れ込んでしまうこともないだろう。

エドウィーナこそ、自分が求める女性だ。

それなのに……。

アンソニーはグラスに手を伸ばし、残りの酒をひと口でぐいと飲み干した。

それなのに、彼女の姉の夢をみてしまうとは。

思いださないようにしようとした。夢の細部——そのときの熱さや汗ばみ——を思いださないようにしようとしたが、今夜この一杯を飲んだ程度では、記憶を薄らがせることはできそうにもない。これ以上飲むつもりはなかったのだが、正体をなくすまで酔ってしまおうかという案がしだいに魅力的に思えてきた。

思いださずにいられるようにしてくれることならば、なんでも魅力的に思えるのだろう。とはいえ、飲みたい気分というわけでもなかった。ここ何年も深酒はしていない。まだ若い者たちには戯れにもなるだろうが、三十間近の男にとってはさほど心惹かれることでもない。それに、一時的に酒で忘れる策を選んだところで、彼女の記憶をいっさい消し去れるとも思えない。

記憶？　ふん。本物の記憶でもあるまいし。ただの夢ではないか、とアンソニーは自分に言い聞かせた。ただの夢だ。

あの晩、アンソニーは家に戻るとまもなく眠りに落ちた。服を脱ぎ捨てて一時間ほど熱い湯に浸かり、芯まで冷えた体を温めようとした。エドウィーナのようにサーペンタイン池に完全に沈んだわけではなかったが、両脚と片方の袖は濡れていたし、ニュートンに巧みに水気を飛ばされたせいもあって、借りた二頭立て二輪馬車で風に吹かれて帰るあいだに、体に残るぬくもりはかけらも残らず失われていた。

入浴のあと、まだ外は明るく、日が沈むまでにゆうに一時間はあることも気にせず、ベッドにもぐり込んだ。ひどく疲れていたし、夢もみない深い眠りに落ちて、夜明けの光が射すころまで目を覚まさないだろうとばかり思っていた。

　だが、夜中に、どうにも落ち着かない気分と渇望を覚えた。意識が不確かな頭になんともおぞましい光景があふれだした。それはまるで天井近くに浮きあがるように現れ、やがてすべてが形を成してきた――裸の自分が、しなやかな女性の体の上で動いていた。両手で温かな肉体を愛撫し、揉みしだく。心地良さそうに絡みあった両手足、愛しあうふたつの体の麝《じゃ》香《こう》――すべてが頭のなかに、熱く、鮮明に描きだされた。

　それから、顔の見えない女性の耳に口づけようとするように、ほんのわずかに身をずらした。けれども脇へ動くにつれ、とうとう女性の顔があらわになってきた。最初に見えたのは暗褐色の髪で、ふわりとカールした毛先に肩をくすぐられた。そうしてさらに身をずらすと……。

　ついに彼女の顔が見えた。

　ケイト・シェフィールド。

　その瞬間、アンソニーは目を覚ましてベッドからすばやく起きあがり、怖気にふるえた。これまでみたこともないほど艶めかしく淫らな夢だった。

　それどころか、かつてない悪夢だ。

　熱情の証しが残っているかもしれないと思うとぞっとして、片手でやみくもにシーツを探った。これまで出会ったなかでまさに最も忌まわしい女性の夢をみて、実際に放出していたらと考えると、神に救いを求めるより仕方なかった。

さいわい、シーツはきれいなままだったので、鼓動の高鳴りを聞き、荒い息をつきながら、夢の再来を必死に食いとめるかのようにゆっくりと慎重に枕に背を戻していった。

何時間も天井をじっと見つめ、とにかくケイト・シェフィールド以外のことを考えつづけようと、初めのうちはラテン語の動詞活用を唱え、そのあと千まで数えた。

すると、思いのほか彼女の画像を脳裏から振り払うことができて、眠りに落ちた。

それなのに、いまふたたび、彼女が戻ってきた。ここに。わが邸宅に。

心の底からぞっとした。

それに、エドウィーナはいったいどうしたというのだろう？　なぜ、母親と姉と一緒に来ていないのだ？

階下から弦楽四重奏の出だしの旋律が聞こえてきた。音が不調和に乱れているので、ロンドンじゅうを魅了している新進ソプラノ歌手、マリア・ロッソの伴奏役に母が雇った演奏家たちが音合わせをしているのに違いない。

母にはむろん話していないが、マリアとは彼女が前回ロンドンを訪れていた際に、愉快な幕あいを楽しんだ仲だった。ことによっては、友情を再確認するという手もありうるだろう。艶《あで》やかなイタリア美人に癒せない悩みならば、ほかに何をしようと効果は望めない。

アンソニーは立ちあがって胸を張り、いかにも戦いに赴《おもむ》く男のような姿勢をとっていることに気づいた。まったく、たしかにそのような心持ちだ。けれどもうまくすれば、ケイト・シェフィールドを完全に避けることもできるのではないだろうか。ケイトがあえて自分と会話をしようとするとはとても思えない。彼女の態度からして、互いに相手に対してほとんど同じような気持ちを抱いていることは目に見えてわかる。

そうとも、その手でいこう。ケイトを避ける。それくらいのことが、むずかしいはずはない。

6

『レディ・ブリジャートンが催した音楽会は、たしかに音楽を聴く会であった（ちなみに、ちまたの音楽会は必ずしもその名に見あうものばかりではない）。客演者は、ほかならぬイタリア人ソプラノ歌手、マリア・ロッソ。二年前、ロンドンで初舞台を踏み、その後しばらくウィーンで活動したのち戻ってきた。

豊かな黒髪に、きらめく褐色の瞳のロッソ嬢は声のみならず容姿も美しく、歌い終えたあとですら、社交界のいわゆる紳士と呼ばれる面々の複数（実際、十数人はくだらない）が、彼女からすっかり目を離せなくなっていた』

一八一四年四月二十七日付〈レディ・ホイッスルダウンの社交界新聞〉より

ケイトは彼が部屋に入ってくるとすぐに気づいた。

それはけっして、この男性を強く意識しているせいではないと自分に言い聞かせた。彼はどうしても目を向けずにはいられないほどの美男子だ。それは見解ではなく、事実。彼にすぐに気づかずにいられる女性が存在するとは思えない。

彼は遅れて登場した。ソプラノ歌手はまだ一曲目の何小節も歌い終えていないので、たいした遅れではない。けれどもすでに、家族がいる前列の席のほうへ進むには音を立てないよう配慮しなければならない時間にはなっていた。ケイトは後方の席で身じろぎもせず、彼がこちらを見ずに観客席に腰をおろしたのをしっかりと確認した。こちらのほうは見なかったはずだし、数本の蠟燭が消されて、部屋は心地良い雰囲気の薄暗さに包まれている。おそらく顔はぼんやりとしか見えないだろう。

ケイトは歌っているロッソ嬢をひたすら見つづけようとした。ところが、その歌い手がブリジャートン子爵から目を離せなくなっているために、ケイトの試みは成果をあげなかった。初めのうちはロッソ嬢が子爵に惹かれている気持ちになって歌っているのだろうと思っていたのだが、曲が半ばを過ぎたころには、それが演技ではないことに気づいた。マリア・ロッソは実際に色っぽい目つきで子爵に誘いをかけているのだ、と。

それでなぜ気持ちがざわつくのか、ケイトにはわからなかった。しょせん、前々から思っていたとおり、彼が正真正銘の不埒な放蕩者である証しがさらに見つかっただけのことだ。みずからの眼力に満足して、事実が証明されたことを喜ぶべきなのだろう。

それなのに、ケイトは落胆を覚えただけだった。暗く不愉快な気分に陥って、椅子にわずかに沈み込んだ。

曲が終わったときには、ソプラノ歌手を目で追わずにはいられなくなっていた。ロッソ嬢は愛想よく聴衆の拍手に応えてから、臆面もなく子爵のほうへ歩いていき、誘惑するように笑いかけた――ケイトがたとえ数十人のオペラ歌手に指導を受けようともけっして身につきそうにない微笑み。オペラ歌手がその笑顔で暗に伝えていることは取り違えようがない。

まったくたいした男性だわ、女性を自分から口説く必要すらないなんて。もっぱら女性たちのほうから平伏してくるのだから。

いやな気分だ。ほんとうに胸が悪くなる。

それでも、ケイトは見るのをやめられなかった。

ブリジャートン子爵のほうもオペラ歌手に謎めいた曖昧な笑みを返した。それから、手を伸ばし、なんと彼女のほつれた漆黒の髪の房を耳の後ろに戻してやった。

ケイトは身をふるわせた。

いまや子爵は身をかがめ、歌手の耳もとに何事か囁きかけている。離れているので言葉を聞きとるのはあきらかに無理だと知りながら、ケイトはいつしかふたりのほうへ無意識に耳をそばだてていた。

貪欲に好奇心に駆り立てられたからといって犯罪になるわけではないでしょう？　それに――。

なんてこと、子爵はいまオペラ歌手にキスをしなかった？　いやまさか、母親の家でそんなことをするはずがない。たしかに、ブリジャートン館は名義上は子爵の家とはいえ、ここには彼の母親とたくさんのきょうだいたちが住んでいる。いくら彼でも、そんなばかげたことはしないだろう。家族がいる席で最低限の礼儀作法を失するはずがない。

「ケイト、ケイト？」

けれど、たとえオペラ歌手の肌に唇を羽根のようにふわりとかすめただけの軽いキスだったとしても、キスに変わりはない。

「ケイト！」

「えっ！　なに？」飛びのきかけてさっと振り返ると、メアリーがいらだちもあらわな表情でこちらを見つめていた。

「子爵様を見つめるのはおよしなさい」メアリーが囁き声で叱る。

「見てないわよ――いえ、たしかに見てたわ。でも、見て」ケイトはもどかしげに囁いた。「破廉恥な人なのよ」

彼のほうへ目を戻した。子爵はなおもマリア・ロッソといちゃついていて、人目を気にしている様子はまるで見えない。

メアリーは唇を真一文字にきゅっと引き結んでから、言った。「彼のふるまいは、わたしたちには関係のないことだわ」

「まさに関係のあることよ。エドウィーナと結婚したがっている人なのだから」

「まだ確かな話ではないでしょう」

ケイトはブリジャートン子爵との会話を思い起こした。「いいえ、かなり、ほんとうに確かな話よ」

「それでも、子爵様をじろじろ見るのはおよしなさい。ハイド・パークでの一件があってから、あの方はあなたとの関わりを避けたがっているはずだわ。それに、ここには大勢の独身紳士がいらしてるのよ。きょうばかりはエドウィーナのことを考えるのはやめて、自分のお相手を探すことに専念すべきだわ」

ケイトは肩を落とした。求婚者を惹きつけなければならないと考えただけで疲れを感じた。なにしろ、エドウィーナに関心を持っている男性ばかりだ。それに、たとえ子爵とは関わりを持ちたくないと思っていても、メアリーから彼のほうもこちらを避けたがっているはずだと断言されるとやはり胸にこたえた。

メアリーが、抵抗を許さない強い力で腕をつかんできた。「いらっしゃい、ケイト」静かに言う。「招待主のところへ、ご挨拶に行きましょう」

ケイトは唾を呑み込んだ。レディ・ブリジャートンのところへ？　レディ・ブリジャートンに対面しなければならないの？　子爵のお母様に？　彼みたいな生き物にも母親がいるとはまったく信じがたいことだ。

とはいえ、礼儀は欠かせないし、たとえこっそり廊下に逃れるつもりでも、このようなすばらしい歌を聴く会を開いた主催者に礼を述べなければならないことは承知していた。

しかも、ほんとうにすばらしい歌だった。当の歌い手が子爵にのぼせあがっている女性なので、認めるのはなおさら癪ではあるものの、マリア・ロッソはたしかに天使の声を持っている。

メアリーにしっかりと腕を取られて、ケイトは部屋の前のほうへ進み、子爵未亡人に挨拶をする順番を待った。レディ・ブリジャートンは明るい色の目をした金髪の美しい婦人で、あのような大柄な息子たちの母親にしてはずいぶんと小柄に見えた。先代の亡き子爵が長身の男性だったのだろうとケイトは推測した。

ようやく小さな集団の先頭に達すると、子爵未亡人がメアリーの手をしっかりとつかんだ。

「シェフィールド夫人」温かみのある声で言う。「またお会いできて、ほんとうに嬉しいわ。先週のハートサイド家の舞踏会でご一緒したときには、とても楽しかったわよね。わたしの招待を受けてくださってありがとう」

「こちら以外の場所で今夜を過ごそうなんて、夢にも思いませんでしたわ」メアリーが応じた。「娘を紹介させていただいてよろしいかしら」メアリーに促され、ケイトは前に進みで て、慎ましく膝を曲げてお辞儀をした。

「お目にかかれて嬉しいわ、シェフィールド嬢」レディ・ブリジャートンが言う。

「わたしもお会いできて、光栄です」ケイトは答えた。

レディ・ブリジャートンが横にいる若い女性を手ぶりで示した。「こちらは娘のエロイーズよ」

ケイトはちょうどエドウィーナと同じ年ごろの女性に温かな笑みを向けた。エロイーズ・ブリジャートンは兄たちとそっくりの色の髪をしていて、親しみやすい朗らかな笑みを浮かべている。ケイトはひと目で好感を抱いた。

「初めまして、エロイーズ嬢」ケイトは声をかけた。「今年が最初のシーズンですの？」

エロイーズはうなずいた。「正式には来年からなのですが、ブリジャートン館での催しには母から出席の許しを得ています」

「それは幸運ですわね」ケイトは続けた。「わたしも、昨年いくつかのパーティに出席しておきたかったですわ。この春、ロンドンにやって来たものだから、何もかも初めてのことばかり。みなさんのお名前を憶えようとするだけでも、混乱してしまって」

エロイーズがにっこり笑った。「じつは、姉のダフネが二年前に社交界に登場したのですが、その姉からいつも出会った人々のことや、出来事をこと細かに聞かされていたので、もう知っている人々ばかりのような気がするんです」

「ダフネは年長のお嬢さんかしら？」メアリーがレディ・ブリジャートンに尋ねた。

子爵未亡人がうなずく。「昨年、ヘイスティングス公爵と結婚しましたのよ」

メアリーが微笑んだ。「お喜びになりましたでしょう」

「ほんとうに。お相手が公爵様というだけでなく、なにより良かったのは、善良な男性で、娘のことを愛してくださっていることなんです。あとの子供たちも同じようにすばらしい縁談に恵まれてくれることを願うばかりで」レディ・ブリジャートンは頭をわずかに横にかしげてから、ケイトのほうへ顔を戻した。「シェフィールド嬢、妹さんは今夜出席できないそうだけれど」

ケイトは唸り声をこらえた。きっとレディ・ブリジャートンはすでに、息子の子爵とエドウィーナが教会の通路を歩く姿を想像しているに違いない。「残念ながら、先週風邪をひいてしまったんです」

「重い症状ではないのよね？」子爵未亡人がいかにも母親同士といった口調でメアリーに訊く。

「ええ、たいしたことはないんです」メアリーは答えた。「実際、ほとんどもう治りかけているし。けれども、外出はあと一日控えて静養させたほうがいいと思いましたの。ぶり返してもいけないでしょう」

「ええ、もちろんそのとおりよ」レディ・ブリジャートンはひと呼吸おいて、微笑んだ。「でも、ほんとうに残念だわ。お嬢さんにお会いするのをとても楽しみにしていたのですもの。お名前はエドウィーナとおっしゃるのよね？」

ケイトとメアリーはうなずいた。

「美しいお嬢さんだとお聞きしてるわ」レディ・ブリジャートンはそう言いつつ、息子のほう――イタリア人のオペラ歌手といちゃついている――を見やって、眉をひそめた。

ケイトは言い知れぬ胸騒ぎを覚えた。このところの〈ホイッスルダウン〉によれば、レディ・ブリジャートンは息子を結婚させようと躍起になっているという。あの子爵は母親の言うことを（というより、誰の言うことであろうと）おとなしく聞くような男性とは思えないが、このレディ・ブリジャートンなら、お眼鏡にかなう女性を見つければ相当な圧力をかけるに違いないとケイトは感じた。

それから何分か世間話をしたあと、メアリーとケイトはほかの招待客にも挨拶をするためレディ・ブリジャートンのもとを離れた。するとまもなく、フェザリントン夫人に呼びとめられた。フェザリントン夫人も未婚の若い娘を三人かかえているということで、何かと話題を見つけては頻繁にメアリーに話しかけてくる。けれども、太めの婦人はケイトのほうへしっかりと視線を据えてすたすたと近づいてきた。

ケイトはとっさに逃げ道を探した。

「ケイト！」フェザリントン夫人が声高に呼びかけた。シェフィールド家の人々とは名で呼びあえる間柄なのだと、だいぶ前から公言している。「ここであなたに会えるとは思わなかったわ」

「なぜですの、フェザリントン夫人？」ケイトは当惑して訊いた。

「今朝の〈ホイッスルダウン〉を読んだわよね」

ケイトは弱々しい笑みを浮かべた。不機嫌になるわけにもいかない。「ああ、わたしの犬が絡んだ、ちょっとした事件のことですか？」

フェザリントン夫人の眉がゆうに一センチは吊りあがった。「わたしが聞いた話では、い、いい、ちょっとした事件どころではなかったようだけれど」

「たいしたことではなかったんです」ケイトはきっぱりと答えた。じつを言えば、このお節介なご婦人に唸り声をこらえるのは至難の業なのだが。「それと、レディ・ホイッスルダウンがニュートンについて種族不明の犬と書いたことには憤慨しています。あの子は、純血種のコーギー犬なのですから」

「ほんとうに、なんでもないことでしたのよ」メアリーが口を挟んで、ついにケイトに加勢した。「それなのに、コラムに取りあげられることになるなんて驚きましたわ」

　ケイトはフェザリントン夫人に柔和に微笑んでみせつつ、メアリーとふたりでしらじらしい嘘をついていることはじゅうぶん自覚していた。エドウィーナがサーペンタイン池に沈んだ（ついでに、ブリジャートン子爵も沈みかけた）ことは〝たいしたことではない〟はずもない。だが、レディ・ホイッスルダウンがあえて詳細を伏せたのだとしても、ケイトもわざわざ補足しようとは思わなかった。

　フェザリントン夫人が口をあけて慌しく息を吸い込んだので、立ち居ふるまい（あるいは礼儀や、しつけや、なんであれ日常生活に関わる作法のあれこれ）の大切さについて長い口舌を打とうとしていることをケイトは察し、すばやく切りだした。「おふたりにレモネードを持ってきましょうか？」

　ふたりの既婚婦人が同意して礼を述べると、ケイトはさっさと歩きだした。そうしてグラスを持って戻ってきて、屈託なく微笑んで言った。「二本の手では持ちきれなかったので、今度は自分のグラスを取ってきます」

　ケイトはそれを口実に、その場を離れた。

　レモネードが並んだテーブルの前で束の間足をとめ、メアリーがこちらを見ていないことを確かめてからすばやく廊下に出ると、少しでも新鮮な空気を吸いたくて、音楽室から十メートルほど先にあるクッションの付いた長椅子に沈み込んだ。音楽室には屋敷の裏手の小さな庭園に面したフランス窓があり、レディ・ブリジャートンがその窓をあけ放していたので少しばかりのそよ風は入るものの、なにぶん人が多すぎて空気はよどんでいた。

ケイトはほかの招待客たちが廊下に逃れずにいてくれることになにより満足して、そのまま何分か腰かけていた。ところがそのとき、人々の低いさざめきよりわずかに高い独特な声がした。それから、聞き違えようのない歌うような笑い声が響き、ケイトはブリジャートン子爵とその愛人志望者が音楽室から廊下に出てきたことを知ってぞっとした。

「ああ、どうしよう」ケイトは思わずつぶやいて声を押し殺した。廊下でひとりで坐っている姿を子爵に見られるのはどうしても避けたい。みずから好んでここにいるとはいえ、子爵にはきっと、社交界に適応できない人間だから逃げだしてきたのだと思われるに違いない。やはり彼が思ったとおり、ほかの貴族たちからも生意気で見映えもしない厄介者だと見なされている女性なのだ、と。

社交界の厄介者ですって？　ケイトは歯を食いしばった。この侮辱を許せる日が来るまでには果てしなく長い時間がかかるだろう。

けれども疲れていて、いまは彼と面と向かえる気力もないので、つまずかないようスカートの裾を数センチ持ちあげると、長椅子の脇のドアの内側へそそくさと身を隠した。運が良ければ、子爵と愛人が通りすぎた隙に、誰にも気づかれずに音楽室へすばやく引き返せるだろう。

ケイトはドアを閉めて、部屋のなかにざっと目を走らせた。机の上にランタンがひとつ灯されていて薄暗さに目が慣れてくると、執務室のような部屋であることがわかった。ブリジャートン家の図書室にしては少ない本が壁ぎわに並べられ、オーク材の机がどっしりと構えている。きちんと積み重ねられた書類、吸い取り器《ブロッター》に据えられた羽根ペンとインク瓶。あきらかに、単に執務室風に設《しつら》えられている部屋ではない。誰かが実際にここで事務仕事を行なっている。

ケイトは好奇心に逆らえず、机のほうへゆっくりと歩いていって、木の机の縁をぼんやりと指でなぞった。インクのほのかな匂いと、パイプ煙草らしきほんのかすかな残り香が漂っている。

全体的に見て、魅力的な部屋だとケイトは判断した。居心地も使い勝手も良さそうだ。ここでなら、くつろいだ気分で何時間でもじっくりと考えにふけることができるだろう。

ところが、机に寄りかかってひとりの静けさに浸っていると、恐ろしい音が聞こえた。ドアノブをまわす音。

ケイトは大きく息を呑んで机の下に飛び込み、四角い空間に身を縮こめて、ひょろ長い四本脚のお飾りなどより断然頑丈な机であることを天に感謝した。

ほとんど息もつかずに耳を澄ました。

「だけど今年は、悪名高きブリジャートン子爵がついに教会に連れ込まれることになるだろうって噂を聞いたわよ」軽やかな女性の声がした。

ケイトは唇を噛んだ。軽やかな女性の声にはイタリア訛《なま》りがある。

「そんなことをどこで聞いたんだい？」

聞き違えようのない子爵の声がして、続いてもう一度、ドアノブをまわす恐ろしい音が響いた。

ケイトは情けなさに目を閉じた。恋人たちとともに執務室に閉じ込められてしまった。人生でこれ以上みじめな思いをすることもないだろう。

いや、このうえ見つかってしまう可能性もある。そうしたらもっとみじめな思いを味わうに違いない。とはいえ、このような窮地に陥って、明るい気分を保てる方法など見つかるはずもないけれど。

「街じゅうで噂されてるわよ、子爵様」マリアが答えた。「誰もが、あなたが花嫁を選んで身を固めるつもりだと言ってるわ」

静まり返ったが、ケイトにはたしかに彼が肩をすくめる音が聞こえた。

おそらくは恋人たちが互いに近づく足音が聞こえたあと、子爵がつぶやくように言った。

「それは古い情報じゃないかな」

「あなたはわたしに胸が張り裂けそうな思いをさせてるのよ、知ってた？」

ケイトは自分の息にむせそうになった。

「おい、おい、わたしのいとしいお嬢さん《シニョリーナ》」――肌に唇が触れる音――「わたしがいかなるたくらみを講じようとも、きみの胸が動じないことは、お互いに承知のうえだろう」

今度は衣擦れの音がして、マリアが気を持たせて身を引いたのだろうとケイトは想像した。

声が続く。「でもわたし、ただの遊び相手になるつもりはないのよ、子爵様。もちろん、結婚を望んではいないけれど――そんな愚かなまねはしない。だけど、次に後援者を選ぶときには、言うなれば、長く続けられる人にしたいの」

足音。ブリジャートン子爵がふたたび、ふたりの距離を近づけたのだろうか？

子爵の低くかすれた声。「わたしには問題など見あたらないが」

「あなたの妻のほうは問題にするわよ」

子爵が含み笑いを漏らした。「男が愛人と手を切ることがあるとすれば、妻を愛してしまったときにかぎられる。わたしは愛してしまう可能性のある妻を選ぶつもりはないから、きみのような美しい女性との楽しみを断念する理由は何もないわけだ」

なのに、エドウィーナと結婚しようとしているの？　ケイトは必死に叫び声をこらえた。ほんとうなら、こんなふうに蛙《かえる》みたいに膝をかかえてしゃがみ込んでいるのではなく、復讐の女神のごとく飛びだしていって、襲いかかってやりたいのに。

それから、不可解な音がしばし続いたので、ケイトはもっとはるかに親密なことに及ぶ前触れではないことを心から祈った。けれども一瞬おいて、子爵の声がはっきりと聞こえた。

「飲み物はいかがかな？」

マリアが同意の言葉をつぶやき、子爵が床を力強く大股に歩く音がどんどん近づいてきた……。

ああ、どうしよう。

身を隠した机の下から、真向かいの窓枠にデカンタが置かれているのが見えた。子爵が窓を向いたまま飲み物を注げば見つからずにすむけれど、途中で向きを変えでもしたら……。

ケイトは凍りついた。完全に固まった。呼吸もとめた。瞬きもせずに目を大きく開いたままで（まぶたが動く音も聞こえるのだろうか？）すっかり怖気づいて待っていると、ブリジャートン子爵の姿が視界に現れ、その筋骨逞しい体が、ケイトの隠れているところから驚くほどよく見える位置に収まった。

かすかにガラスの触れあう音がして二個のタンブラーが置かれた。子爵がデカンタの栓を抜き、それぞれのグラスに指幅二本ぶんの琥珀色の液体を注ぐ。

振り返らないで。振り返らないで。

「大丈夫？」マリアが声をかける。

「完璧さ」子爵は答えたが、どこか落ちつかなげな声だった。グラスを持ちあげ、鼻歌まじりにゆっくりと向きを変えはじめた。

歩きだして。歩くのよ。子爵が向きを変えながら歩きだせば、マリアのほうへ戻るのだから、見つからずにすむだろう。けれど、もし彼が振り返ってから歩きだしたなら、万事休すだ。

見つかれば殺されるに決まっているとケイトは思った。じつを言えば、先週サーペンタイン池で、襲いかかられても不思議ではなかったのだから。

子爵がゆっくりと向きを変える。そして、振り返った。歩きださずに。

ケイトは、二十一で死を迎えるのもそれほど悪くはないと思えるありとあらゆる理由を、懸命に考えた。

アンソニーはあきらかな目的を持って、マリア・ロッソを書斎に連れ込んでいた。温かい血のかよった男ならば、彼女の魅力に抗える者はいない。豊満な肉体に、男を酔わせる声。しかもすでに実際の体験から、彼女の感触も見かけにたがわず官能的であることはわかっている。

だが、その艶やかな黒髪と、すねたようなふっくらとした唇に見とれ、同じようにふっくらとしてそそられる体のほかの部分を思いだして筋肉が張りつめても、彼女を利用しているという意識をぬぐい去ることはできなかった。

おのれの快楽のために彼女を利用することに後ろめたさを感じているわけではない。それを言うなら、彼女のほうも同じようにこの関係を利用しているからだ。それに少なくともこちらからはそのぶん、いくつかの宝石類、三カ月ごとの手当て、街の高級（最高級ではないが）住宅街に借りた洒落たタウンハウスといった代償を払っている。

それにもかかわらず、こうして不安やいらだちを感じ、煉瓦《れんが》の壁をこぶしで突き破りたいとすら思うのは、今回にかぎってはケイト・シェフィールドの悪夢を頭から振り払うためにマリアを利用しようと考えているからにほかならなかった。ケイト・シェフィールドのせいでうなされて目覚めるようなことは二度と御免だ。ほかの女性との快楽に浸って、あの夢の記憶をすっかり消し去ってしまいたかった。

そもそも、あのような官能的な夢想が現実になることはありえない。ケイト・シェフィールドには好感すら抱いていない。彼女とベッドをともにすることを考えると、欲望のさざ波が下腹部で渦巻きはしても、冷や汗がでてきた。

あんな夢が現実になるときが来るとすれば、熱で意識が混濁していて……むろん、彼女のほうもまったく同じ状態であるとか……ふたりきりで無人島に取り残されたとか、その朝死刑を宣告されたといった場合でもないかぎり……。

アンソニーは身ぶるいした。現実になることなどまずありえない。しかしまったく、あの女に魔術でもかけられたに違いない。そうでもなければ、あんな夢――いや、悪夢――をみる理由など考えられないし、なにせいまですら彼女の匂いがしっかりと鼻をついてくる。百合と石鹸の混じったような、先週ハイド・パークに出かけたときにも漂っていた腹立たしくも魅惑的な香り。

上等のウィスキーのみならず、それによってもたらされるいたずらな酔いの楽しみ方も心得ている数少ない女性のひとり、マリア・ロッソのグラスにこうして最上等のウィスキーを注いでいるというのに、いまいましいケイト・シェフィールドの匂いしかしてこない。彼女がこの家に来ているのは知っているが――それについては母の首を絞めたいとすら思った――匂いがするなどということはばかげている。

「大丈夫？」マリアが問いかけた。

「完璧さ」自分の耳にすらこわばった声に聞こえた。気をまぎらわせるときの癖で鼻歌を鳴らしはじめた。

振り返って、一歩踏みだそうとした。そうとも、マリアが待っている。

だが、またもいまいましい匂いがした。百合。間違いなく、百合の花の香りだ。それに石鹸。百合というのは興味深いが、石鹸については納得がいく。ケイト・シェフィールドのような几帳面そうな女性は石鹸でしっかりと体を洗うのだろう。

片足を上げてしばしとまり、いつものように大股ではなく、小幅に一歩踏みだした。この匂いは嗅ぎ違えようがない。身を返しながら、あるはずもない百合の花が、あるとしか思えないほど匂いのするほうへ本能的に目を向けた。

そして、アンソニーは彼女を目にした。

自分の机の下に。

ありえない。

きっとまた悪夢をみているのだろう。目を閉じて、ふたたびあければ、彼女は消えているはずだ。

アンソニーは瞬きをした。彼女はまだそこにいた。

イングランドじゅうで最も腹立たしく、癇にさわる不愉快きわまりない女、ケイト・シェフィールドが、机の下に蛙のように縮こまっている。

ウィスキーのグラスを落とさずにいられたのは驚きだった。

目が合って、ケイトの目が動揺し怯えたように見開かれた。よし、とアンソニーは無慈悲に考えた。怯えているがいい。そういうことなら、隠れているのがつらくて仕方なくなるまで懲らしめてやろうではないか。

だいたい、彼女はここで何をしているんだ？　サーペンタイン池の汚水でずぶ濡れにさせる程度では満足できないほど残忍な性分なのか？　妹への求婚の邪魔立てを楽しんでいるのか？　いったいここで何を嗅ぎまわる必要があるというんだ？

「マリア」アンソニーはさりげなく呼びかけ、向かいの机のほうへ移動して、ケイトの手を踏みつけた。強く踏んだわけではないが、悲鳴が聞きとれた。

このうえなく愉快な気分に浸った。

「マリア」と、繰り返す。「いま急に、すぐに片づけなければならない大事な仕事を思いだしたんだ」

「こんな夜更けに？」マリアがひどくいぶかしげに尋ねた。

「申し訳ない。うっ！」

マリアが目をしばたたいた。「いま唸らなかった？」

「いいや」アンソニーは言葉に詰まらないよう注意してごまかした。ケイトが手袋を脱いで彼の膝に手を巻きつけ、ズボンの上から皮膚に爪を食い込ませていた。力を込めて。

せめてそれが爪であることをアンソニーは願った。ひょっとすると歯かもしれない。

「どうかしたの？」マリアがけげんな表情で訊く。

「いや……なんでも」――ケイトの体のどこだかわからないものが、さらに少し深く脚の皮膚をへこませた――「ない！」最後の言葉はほとんど叫ぶように発し、彼女の腹部付近にあたりをつけて片足を蹴りだした。

いつもなら、女性を殴るくらいなら死んだほうがましだと考えるのだが、今回ばかりは例外に思えた。それどころか、こうして下にいる彼女を蹴ったぐらいでは喜びは得られなかった。

なにしろ、脚に嚙みつかれているのだから。

「送るのはドアのところまでで許してくれ」マリアに言って、足首からケイトを振り払った。だが、マリアは物知りたげな目をして、二、三歩近づいた。「アンソニー、あなたの机の下に動物でもいるの？」

アンソニーは大きな笑い声をあげた。「そうかもしれないな」

ケイトのこぶしが足の甲に落ちた。

「犬かしら？」

アンソニーは認めてしまおうかと本気で考えたが、やはりそこまで酷いことはできなかった。足から手が離れたので、ケイトも柄にもない心づかいに感謝してくれたらしい。

その機を逃さず、すばやく机の陰から足を離した。「きみをドアまでしか送らず、音楽室にも戻らなかったら」大股でマリアのそばに寄り、腕を取った。「許されない無礼者になってしまうだろうか？」

マリアは誘惑しているかのような低く色っぽい声で笑った。「わたしは成熟した女よ、子爵様。少しぐらいのお別れはどうにでもやり過ごせるわ」

「許してくれるかい？」

アンソニーがドアを開いて押さえると、マリアは戸口を抜けた。「その笑顔で許しを請われたら、拒める生身の女はいないんじゃないかしら」

「きみはきわめてまれな女性だよ、マリア・ロッソ」

マリアはまた笑った。「あら、まれなどころではないはずよ」

マリアが軽やかに立ち去ると、アンソニーはドアをすばやくしっかりと閉じた。それから、肩に乗った悪魔にせつかれるように施錠し、鍵をポケットにしまった。

「おい」声高に呼びかけて、大股に四歩で机までの距離を詰めた。「出てこい」

ケイトがすぐに出ようとしないので、手を伸ばして彼女の上腕の辺りをつかんで、引っぱりだした。

「説明してもらおうか」なじるように言う。

ケイトは十五分近くもしゃがんでいたせいで、血液がいっきに膝に流れ込み、いまにもくずおれそうだった。「偶然なのよ」身を支えるために机の端につかまって答えた。

「まったく、その言葉はびっくりするほど頻繁にきみの口から出てくるんだな」

「ほんとうなのよ！」ケイトは訴えた。「廊下で坐っていたら――」ぐっと唾を呑んだ。彼が進みでてきて、いまやすぐ目の前にいる。「廊下に坐っていたら」ひび割れたかすれ声で繰り返した。「あなたの声が聞こえてきた。わたしはあなたを避けようとしただけなのよ」

「それで、わたしの私室である書斎に侵入したというのか？」

「あなたの書斎だなんて知らなかったわ。わたし――」ケイトは息を吸い込んだ。子爵がさらに近づいてきて、糊のきいた幅広の襟の折り返しがドレスの胸もとからわずか数センチのところにまで迫っている。誘惑するつもりではなく、怖がらせようとしてわざと近づいていることに気づいても、凄まじく鳴る鼓動を鎮める役には立たなかった。

「きみはここがわたしの書斎であることを知っていたんじゃないのか」子爵は低い声で言い、彼女の頰の片側を人差し指でたどった。「わたしを避けるつもりなどなかったんだろう」

ケイトは平静を装える段階はとうに過ぎ、喉をひくつかせて唾を呑むしかなかった。

「どうなんだ？」指を彼女の顎の輪郭に滑らせる。「なんとか言ったらどうだ？」

ケイトは唇を開きはしたが、たとえその言葉に命がかかっていようとも、何も発することはできなかった。子爵は手袋をつけておらず――マリアと戯れていたときにはずしたのだろう――、肌に触れる指の感触に圧倒されて、まるで体を支配されているような気がした。ケイトはその指がとまると息をつき、指が動きだすと息をとめた。鼓動はあきらかに、彼の脈拍に調子を合わせている。

「おそらく」子爵はいまや彼女の唇に息が触れるほど近づいて囁いた。「きみはまったく違うものを求めて来たんだよな」

ケイトは首を振ろうとしたが、筋肉がいうことをきかなかった。

「そうなんだろう？」

今度は、意に反して首が小さくうなずいた。
子爵は微笑み、互いに彼が勝利したことを悟った。

7

『そのほか、レディ・ブリジャートン主催の音楽会の出席者には、フェザリントン夫人と年長の三人の娘たち（プルーデンス、フィリッパ、ペネロペ。どの娘の衣装も肌の色が映える色ではなかった）、ミスター・ナイジェル・バーブルック（いつもながら、指摘すべきことは山ほどある御仁だが、フィリッパ・フェザリントンの関心を引いていたことのみに触れておく）らが含まれ、当然ながら、シェフィールド夫人とキャサリン・シェフィールド嬢も出席していた。

むろん、シェフィールド家への招待状にはエドウィーナ・シェフィールド嬢の名も記されていたはずだが、彼女の姿は見あたらなかった。シェフィールド家の次女が不在だったにもかかわらず、ブリジャートン子爵は上機嫌の様子だったが、残念ながら、母親のほうは落胆の表情を見せていた。

とはいうものの、伝説的な縁結びの才覚を有するレディ・ブリジャートンのこと、娘をヘイスティングス公爵に嫁がせたいま、手持ち無沙汰になっていることは間違いない』

一八一四年四月二十七日付〈レディ・ホイッスルダウンの社交界新聞〉より

アンソニーは自分の頭がどうかしてしまったのだとしか思えなかった。ほかに説明のつけようがない。彼女を怖がらせ、怯えさせ、人の求婚を邪魔立てすることなど望めないのだとわからせてやるつもりだった。それなのに……。キスをしていた。

ただ脅かすつもりで、無垢なケイトが怯えずにはいられなくなるまでどんどん距離を詰めていった。彼女にしてみれば、男にそこまで近寄られ、布地をとおして体温を感じることも、互いの息の区別がつかなくなるほど顔が接近したのも初めてのことだろう。

ケイトはみずからの欲望の疼きには気づけないだろうし、体の奥でゆっくりととぐろを巻く熱情も理解できないはずだった。

そして、その熱情が現れた。アンソニーはそれを彼女の顔に見てとった。

だが、いたって無垢な彼女には、こちらの経験豊富な目に見えているものはけっしてわかるはずがなかった。彼女にわかっていたことといえば、男にのしかかられそうになっていること、その男が自分よりずっと強く、逞しいこと、そして、その男の個人の聖域に侵入したのはとんでもない失敗だったということだけだったに違いない。

アンソニーはそこまででとどめ、動揺で息を切らした彼女を残してその場を去るつもりだった。ところが、ふたりの距離が数センチもないほどに狭まったとき、強烈な力に引き寄せられた。彼女の匂《かぐわ》いはあまりに芳しく、息づかいはひどく官能的だった。彼女のなかに発火させようとした欲望の疼きが、突如自分のなかに点火して、熱く鋭い渇望が爪先にまでめぐった。そして、ほんとうに懲らしめるだけのために彼女の頬をたどっていた指でいつの間にか頭の後ろを支え、怒りと欲望をほとばしらせるように唇を重ねていた。

ケイトが唇を押しつけられてはっと息を呑んだ隙に、アンソニーは開いた唇のあいだから舌を滑り込ませた。腕のなかで彼女が身をこわばらせたのがわかったが、驚いているようにしか見えなかったので、さらに体を寄せて片手を彼女の腰に滑りおろし、尻のなだらかな膨らみを包み込んだ。

ケイトが言葉にならない混乱した呻き声を返し、腕のなかでわずかに身をしなわせて、引き寄せられるままにまかせた。アンソニーはやめるべきだとわかっていたし、ましてや始めるべきではないこともじゅうぶんわかっていたが、熱いものが体じゅうを駆けめぐり、彼女の感触があまりに……あまりに……。

あまりに心地良かった。

「どうかしている」

アンソニーは低く唸り、唇から離れて、彼女のわずかに塩気を含んだ首の皮膚を味わった。あたかも頭が考えないよう必死に避けてきたものを体が発見したかのように、彼女の何かに、これまで女性に感じたことのないような調和する感じを覚えた。

彼女の何かが……合っているという気がした。

彼女の感触も、匂いも、風味も、正しい。それに、もしもその服をすべて剝ぎとり、この書斎の絨毯の上に横たわらせたなら、彼女が自分の下にいて寄り添っている感触も――しっくりくるはずだと悟った。

自分に反抗さえしなければ、ケイト・シェフィールドはイングランドじゅうでこれ以上にないほど波長の合う女性なのかもしれない。

抱擁で閉じ込められていたケイトの手がゆっくりとのぼっていき、ためらいがちにアンソニーの背中を押さえた。そうして、唇が動いた。それはほんのかすかで、実際、額の薄い皮膚にかろうじて感じる程度の動きだったが、彼女はたしかにキスを返した。

アンソニーは勝ち誇った低い唸り声を漏らし、唇を彼女の唇に戻して、さらに反応を引きだそうと荒々しく口づけた。「ああ、ケイト」呻くように言い、そっと後ろへ押して机の端に寄りかからせた。「まったく、きみはとてもいい味がする」

「ブリジャートン？」ケイトの声はふるえ、その口調は質問にしか聞こえなかった。

「何も言うな」アンソニーは囁いた。「何をしてもいいが、話すことだけはやめてくれ」

「でも――」

「お喋りはなしだ」言葉を遮り、指を彼女の唇に押しあてた。彼女の口が開いて反抗し、この至極の瞬間をぶち壊されることだけは避けたかった。

「でも、わたし――」ケイトが両手を胸に突っ張り、身をねじって逃れたので、アンソニーはバランスを崩し、息を切らした。

アンソニーは悪態をついた。それも穏やかではない言葉を。

ケイトはあわてて離れて、部屋の反対側までは行かずに、ひとまず彼の手が届きそうもない背の高い袖付き椅子のところへ逃れた。硬い背もたれをつかみ、上質で丈夫な家具を楯にするのは名案かもしれないと考えて、すばやく椅子の裏にまわった。

子爵は上機嫌であるようにはとても見えない。

「どうしてこんなことをするの？」ケイトは囁くような低い声で言った。

子爵がとたんにやや怒りを鎮め、そのぶん感情も冷めたように肩をすくめた。「したかったからさ」

ケイトはしばし呆然とした。簡単な言葉とはいえ、これほど複雑な意味を込めた質問に、いともたやすく答えられることが信じられなかった。ようやく反論した。「そんなのは認められないわ」

子爵がゆっくりと微笑んだ。「だが、もうやってしまった」

「でも、あなたはわたしのことを好きではないじゃない！」

「そのとおり」と子爵。

「わたしだって、あなたのことは好きではないわ」

「そう言うのなら」なめらかに答える。「その言葉を信じるしかないだろうな。つい先ほどは、そんなふうにも見えなかったが」

ケイトは恥ずかしさで頬がほてるのを感じた。彼のみだらなキスに応えてしまった。親密な行為に引き込んだ相手に対してと同じぐらい、反応した自分にもひどく腹が立った。

けれども、なじられなければならない理由はない。あれは卑劣な男性の行為だ。ケイトは指関節が白くなるほど椅子の背をきつくつかんでいるうち、もはやわが身を守るために使おうとしているのか、彼に襲いかかって首を絞めないようこらえるための道具なのかがわからなくなってきた。

「あなたなんかとエドウィーナは結婚させないわ」とても低い声で言う。

「ああ」子爵はつぶやくように言って、椅子のすぐ反対側までゆっくりと歩いてきた。「そうだろうな」

ケイトは顎をぐいと上げた。「それと、わ、た、しも絶対にあなたとは結婚しない」

子爵は肘掛けに両手をついて身を乗りだし、彼女の顔のすぐそばまで顔を近づけた。「頼んだ憶えはないが」

ケイトは後方によろけた。「でも、わたしにキスしたじゃない！」

子爵が笑う。「キスをした女性にいちいち結婚を申し込んでいたら、重婚罪でとっくの昔に牢獄にぶちこまれてる」

ケイトは自分の体がふるえだしたのを感じて、必死に椅子の背にしがみついた。「あなたは」吐き捨てるように言った。「恥知らずだわ」

子爵は燃えたぎる目で片手を伸ばし、彼女の顎をつかんだ。何秒間かそのまま固定し、無理やり視線を合わさせた。「それは」恐ろしげな声で言う。「違うな。きみが男だったら、その言葉をそっくり返しているところだ」

ケイトはずいぶんと長い時間じっとしているような気がした。目を合わせられたまま、動けないよう手でしっかりと押さえられた頰の皮膚が熱くなっていく。仕方なくただひたすら、この男性とはけっしてかかわるまいと胸に誓うしかなかった。

頼むよりほかにない。

「お願い」かすれた声で言う。「放して」

子爵は不意をついていきなり手を放した。「すまない」その声にはほんのわずかに……驚きが含まれているように聞こえた。

いいえ、そんなはずはない。この男性が驚くなどということはありえない。

「きみを傷つけるつもりはなかったんだ」穏やかに付け加えた。

「そうかしら」

子爵は小さく首を振った。「ああ。怖がらせようとはしたかもしれないが、傷つけるつもりはなかった」

ケイトはふらつく脚であとずさった。「あなたは放蕩者以外の何者でもないわ」自分の声から少しでもふるえより軽蔑が伝わることを願った。

「わかってる」子爵は煮えたぎっていた目を愉快げに明るくやわらげて言った。「そういう性分なんだ」

ケイトはさらに一歩後退した。彼の急激な機嫌の変化についていく気力は残されていない。

「もう行くわ」

「ああ」子爵はにこやかに言って、ドアのほうに手を振った。

「とめても無駄よ」

子爵が微笑む。「そんなことは夢にも思わないさ」

ケイトは一瞬でも目をそらせば襲いかかられるのではないかと恐れて、一歩一歩ゆっくりと後退していった。「もう行くわよ」意味もなく繰り返した。

だが、ドアノブに手が届くまであと数センチに迫ったとき、子爵が言った。「次に会うのは、わたしがエドウィーナを訪ねるときだな」

ケイトは青ざめた。もちろん、自分の顔を目で見ることはできないけれど、生まれて初めて、皮膚から血の気が引くのを実際に感じた。「妹とは結婚させないという言葉に同意したはずよね」とがめる口調で言う。

「いいや」子爵がなんとも横柄な態度で椅子の片側に寄りかかる。「きみにわたしと彼女の結婚をどうこうさせはしないという意味で答えたんだ。わざわざ言うまでもないことだが、きみにわが人生を支配されるつもりはないのでね」

ケイトはふいに喉に砲弾がつかえたように感じた。「でもまさか、妹に結婚を申し込めるはずはないわ。だって、あなたはさっきわたしと――」

子爵は猫のようにしなやかなゆっくりとした動きで、二、三歩近づいた。「キスをしたから？」

「そんなことは――」けれど、続けようとした言葉があきらかに偽りであるために、喉の奥がひりついた。こちらからキスをしたわけではないにしろ、結果的には、応じてしまったのだから。

「さあ、続きはどうしたんだ、シェフィールド嬢」子爵は姿勢をまっすぐに立てなおして、胸の前で腕を組んだ。「その件に話を向けるのはよそう。われわれは互いに好きあってはいない。その点は間違いないが、わたしはきみに、なんというかゆがんだ形で敬意を抱いているし、きみが嘘つきではないことも承知している」

ケイトは押し黙った。実際、何を言えるというのだろう？　〝敬意〟と〝ゆがんだ〟という二語を並べられて返せる文句などあるだろうか？

「きみはキスを返してきた」子爵が満足そうな笑みをちらりと浮かべて言う。「たしかにすこぶる熱心ではなかったことは認めよう。だが、そうなるのも時間の問題だった」

ケイトは自分の耳を信じられずに首を振った。「あなたは、わたしの妹に求婚するつもりだと宣言して一分も経たないうちに、どうしてそんなことが言えるの？」

「あれがわたしの計画のちょっとした妨げになるのは、まあ、事実だ」子爵は気楽に考えをめぐらせているような口調で語った。まるで、新しい馬の購入を検討したり、馬具を選んだりするときのように。

その軽々しい態度のせいなのか、いかにも考え込んでいるふうに顎を撫でているしぐさのせいなのかはわからないが、ケイトの感情の導火線に火がついた。そして、考える間もなく踏みだして、世界じゅうの憤慨を一心に集めたかのような勢いで突進し、彼の胸にこぶしを叩きつけた。「妹とは結婚させないわ！」声を張りあげた。「絶対に！　聞いてるの？」

子爵は片腕を上げて、顔のほうへ振りあげられた手を払いのけた。「聞こえないふりでもするしかないな」それから、ケイトの手首を巧みにとらえ、激しい怒りに息を乱してふるえている体をがっちりと押さえつけた。

「あなたに妹を不幸にはさせない。妹の人生をあなたに壊させはしない」ケイトは声を詰まらせて言葉を継いだ。「あの子はほんとうに気立てが良くて、清廉で純真なのよ。あなたなんかよりもっとふさわしいお相手がいるんだから」

アンソニーはケイトをまじまじと見て、怒りのあまりなんとも美しく赤らんだ顔に釘づけになった。頰を上気させ、目を涙で潤ませて、必死に顔をそむけようとするケイトを見ているうち、自分がどうしようもなく卑劣な男のように思えてきた。

「なぜなんだ、シェフィールド嬢」穏やかに言った。「きみはそれほどまでに妹さんを愛しているのか」

「もちろん、愛してるわ！」即座に声をあげた。「そうでなければ、どうしてこんなに必死に、あなたから妹を遠ざけようとしていると思うの？　面白がってやれることだと思う？　はっきり言っておくけれど、子爵様、あなたの書斎に閉じ込められていることより面白いことならいくらでも考えつけるわ」

突然、子爵が彼女の手首を放した。

「考えてみれば」ケイトは鼻をすすり、押さえられて赤くなった手首をさすりながら言った。

「わたしのエドウィーナへの愛情については、あなたがいちばん良くわかることであるはずよ。あなたもご家族をとても大切にされているそうだから」

アンソニーは何も答えず、ただじっと彼女を見つめて、この女性には当初考えていた以上に多様な側面があるのかもしれないと思いめぐらせた。

「もしあなたがエドウィーナの兄だったとしたら」ケイトはきわめて歯切れよく続けた。「あなたのような男性と結婚することを許す？」

アンソニーはしばらく言葉が見つからず、そのあまりに長い静寂が自分の耳にもぎこちなく響いた。ようやく口を開いた。「それはまたべつの話だ」

ケイトは動じず、微笑みもしなかった。得意そうではないし、蔑んでいるわけでもない。そして静かに気持ちのこもった言葉を継いだ。「わたしにはその答えがわかるわ」

「わたしの妹は」アンソニーはことさら大きな声で、ドアのほうへ歩きだした彼女を引きとめた。「ヘイスティングス公爵と結婚した。きみも彼の評判はよく知っているだろう？」

ケイトは足をとめたものの振り返りはしなかった。「すばらしい愛妻家だと聞いてるわ」

アンソニーはふっと笑いを漏らした。「ということは、きみは彼の評判に通じていないんだな。少なくとも、結婚する前は、そういう男ではなかったんだ」

ケイトはゆっくりと振り返った。「もし改心した元放蕩者ほど良き夫になるのだと説いているつもりなら、聞く耳はもてないわ。まさにこの部屋で、ほんの十五分前、あなたは妻を娶っても愛人を手放す理由にはならないとロッソ嬢に話してたんだから」

「それは妻を愛せない場合だと言ったはずだが」

ケイトの鼻から妙な低い音が漏れた――鼻を鳴らしたわけではないが、呼吸よりは強い音で、少なくともその瞬間、相手に敬意を抱いていないことはあきらかに見てとれた。辛らつに面白がるような目で訊く。「それで、わたしの妹のことは愛せるのかしら、ブリジャートン子爵様？」

「無理だろうな」アンソニーは答えた。「きれいごとを答えて通用すると思うほど、きみの知性をみくびってはいないさ。ただし」声高に言い、間違いなく差し挟まれるはずの返し文句を牽制した。「きみの妹さんと知りあってからたったの一週間だ。聖なる結婚生活を長年営むうちに、愛するようにならないともかぎらない」

ケイトは胸の前で腕を組んだ。「どうしてこう、あなたの口から出てくる言葉は信用できないのかしら？」

アンソニーは肩をすくめた。「さあ、わからないね」いや、わかっている。エドウィーナを妻にしようと考えた理由はまさに、彼女を愛するようにはならないとわかっているからだ。彼女には好意と敬意を抱いているし、後継ぎの子供たちのすばらしい母親になることも確信しているが、どうしても愛せるとは思えなかった。閃《ひらめ》きがまったく感じられないのだ。

ケイトが呆れた目つきで首を振る。その呆れた表情を見て、アンソニーはなんとなく男としての自分の価値を貶《おとし》められたような気分に陥った。「わたしも、あなたのことは嘘つきだとは思ってなかったのよ」ケイトが穏やかに言う。「不埒な放蕩者で、ほかにもたくさん悪名をつけられる人でも、嘘つきではないと思ってた」

その言葉が殴打のごとくアンソニーの胸に響いた。何か不快なものに胸を締めつけられているようで――それを振り払うために彼女に殴りかかり、傷つけたいという衝動に駆られた。せめて、自分を傷つける威力など彼女にはないことを思い知らせてやりたい。「そうそう、シェフィールド嬢」ひどく冷たい物憂げな声で呼びかけた。「これ《ヽヽ》がないと、出られないぞ」

彼女が反応するより早くポケットに手を入れて書斎の鍵を取りだし、わざと彼女の足もとを狙って放り投げた。突然のことにケイトは機敏に動けず、鍵を取ろうと、まるで見当違いのほうへ手を伸ばした。両手をむなしく打つ音が響き、続いて鍵がどさりと鈍い音を立てて絨毯の上に落ちた。

ケイトがしばしじっと鍵を見つめる。取れるように投げたのではないことはすぐに気づいたようだった。ケイトはまったく動かず、やがて彼の目に視線を合わせた。燃えたぎるような目には憎しみと、もっと何か強い感情が浮かんでいる。

軽蔑。

アンソニーは腹部にこぶしを食らわされたような痛みを感じた。なんともばかげた考えが頭をもたげてきた。急いで絨毯の上の鍵を拾い、片膝をついてその鍵を彼女に手渡し、自分のふるまいを詫びて許しを請いたい。

だが、そのうちの何ひとつ実行には移さなかった。ふたりのあいだの亀裂を埋めようとは思えない。彼女に好意を求めてはならない。

なぜなら、得がたいはずの閃きが――自分が結婚しようとしている彼女の妹にはまったくもって感じられないものが――、この部屋が真昼のように明るく見えるほどに激しく、音を立てて燃え立っているからだ。

アンソニーにとって、それ以上恐ろしいことはなかった。

ケイトは考えられないほど長く動かなかったが、その鍵を拾えば念願叶って部屋を出られるというのに、いかにも大儀そうに膝をついた。

アンソニーは無理に笑みをこしらえて、床に落としていた視線を彼女の顔に戻した。「出ていきたいんじゃないのかい、シェフィールド嬢？」いやになめらかな口調で言う。

アンソニーが見つめる先で、ケイトは顎をふるわせ、喉を引きつらせて唾を呑み込んだ。そして唐突に身をかがめ、鍵を拾いあげた。「妹とは結婚させないわ」その言葉の低く強い口調に、アンソニーは骨まで凍りつきそうな気がした。「絶対に」

まもなく、力強く鍵をあける音がして、ケイトは出ていった。


二日経っても、ケイトの怒りは鎮まらなかった。音楽会の翌日の午後、エドウィーナ宛てに届けられた大きな花束にも気分を逆撫でされただけだった。添えられたカードにはこう記されていた。〝一刻も早く快復されることを心よりお祈りしています。昨晩は、あなたの輝くばかりのお姿が拝見できず、じつに退屈でした。――ブリジャートンより〟

メアリーはその書付を見て、盛大に感嘆の声をあげた――とても詩的で美しい文句だとか、あきらかに女性に心奪われた紳士の言葉だとため息をこぼした。けれど、ケイトは真実を知っていた。その書付には、エドウィーナへの賛辞よりも、自分への侮辱が込められていることを。

じつに退屈だなんて、とケイトは書付を——さっそく丁重に居間のテーブルに据えられた——眺めていらだち、偶然に見せかけて破く手立てはないものだろうかと考えた。色事や男女の心の機微といったことはあまりよくわからないけれど、あの晩、子爵が書斎でどのような気持ちでいたにしろ、退屈だったとは思えない。

とはいうものの、子爵は訪ねて来なかった。書付を送るより、エドウィーナを馬車での外出に誘うほうが大きな効果を期待できるはずなので、来ない理由は想像もつかなかった。夢想を目一杯働かせて、自分と顔を合わせたくないから訪ねて来られないのだと思い込めば気分もはずむが、あきらかにそうではないことはわかっていた。

誰かを恐れるような男性ではない。そうでなければ、見映えのしない、売れ残りの独身女性に、たとえ好奇心や怒りや哀れみからであろうとキスなどできないだろう。

ケイトは部屋を横切って窓に近づき、ミルナー・ストリートを見やった。ロンドンのなかではとりたてて美しい眺めというわけではないが、こうしていれば少なくとも書付に目を向けずにすむ。なにより哀れみは胸にこたえた。あのキスにどんな思いが込められていたにせよ、好奇心と怒りが哀れみに勝っていたことを心から願った。

子爵に哀れまれていたとしたら、つらくてとても耐えられない。

だが、そのキスにどんな意味があったにしろ、なかったにしろ、ケイトがそのことで思い煩う時間はそう長くは続かなかった。というのも、その日の午後――花束が届いた日の翌日――ブリジャートン子爵本人が何をするよりもはるかに心を揺るがす招待状が届いたからだ。どうやらレディ・ブリジャートンは、一週間にわたってのんびり催す田舎の本邸でのパーティに、シェフィールド家の人々の出席を望んでいるらしかった。

あの悪魔を産んだ母親め。

ケイトが出席を断われる術はなかった。地震が発生し、ハリケーンも吹き荒れ、さらには竜巻も襲ってきて――どれもこのイングランドに起こりそうにはないけれど、雷鳴や稲光さえ伴わなければ、ハリケーンには期待をかけてみたい――、メアリーがエドウィーナを従えてブリジャートン家の牧歌的な邸宅の玄関先にたどり着けなくなるということでもないかぎり。それに、メアリーが長女をひとりロンドンに残し、気ままに過ごさせるようなことを許すはずもない。言うまでもなく、自分の付き添いなしでエドウィーナを行かせることもケイトには考えられなかった。

子爵はためらいなど持ちあわせていない。おそらく、自分にしたようにエドウィーナにキスをするだろうし、あのような口説きに抗える気丈さがエドウィーナにあるとも思えない。妹のことだからきっと、うっとりとした気分に浸るだけではすまずに、その場で恋に落ちてしまうのではないだろうか。

自分ですら、彼の唇が唇に触れてきたとき、冷静さを保つのはむずかしかったのだ。あの至福の時間、ケイトはすべてを忘れていた。慈しまれ、望まれている――いいえ、求められている——という、このうえなく心地良い感覚だけしかわからなくなり、まさしく酔いしれていた。

キスをしている相手がどうしようもない卑劣な男だということも、ほとんど忘れかけてしまうほどに。

ほとんどであって、完全にではなかったのだけれど。

8

『本コラムの愛読者ならどなたでもご存じのとおり、ロンドンには永遠に相容れない二派閥が存在する。すなわち、野心満々の母親たちと、意志強固な独身男子たちである。

野心満々の母親たちは結婚適齢期の娘をかかえている。意志強固な独身男子たちは妻を娶る気がない。両者の対立の核心は、多少なりとも知性のある者、いわば本紙読者のおよそ半数の人々にはあきらかであろう。

筆者はレディ・ブリジャートンが田舎の本邸で開くパーティの招待客名簿を目にしていないが、情報筋によれば、来週、結婚適齢期の若き令嬢たちはほぼ全員、ケントに集結するもようだ。

この情報に驚く者はいないだろう。レディ・ブリジャートンに、息子たちを結婚にせきたてようというもくろみを隠すそぶりはまるで見えない。この心意気が、ブリジャートン兄弟を意志強固な独身男子たちのなかでも最も手強いと嘆く野心満々の母親たちから好評を博している。

賭け表を信じるとするならば、ブリジャートン兄弟の少なくともひとりは今年じゅうに教会の鐘を鳴らすことになるだろう。

筆者としては賭け表を認めるのは癪なのだが（男性のみによって賭けられたものゆえ、本質的に不備がある）、この予測には同意せざるをえない。

レディ・ブリジャートンはまもなく嫁を迎えることになるだろう。だが、ああ、読者のみなさま、その女性が誰で、ブリジャートン兄弟のうちいずれが結婚するのかは、まだ誰にも予測がつかない』

一八一四年四月二十九日付〈レディ・ホイッスルダウンの社交界新聞〉より

一週間後、アンソニーはケントの本邸で――より正確に言えば、書斎付きの私室で――母が開くパーティが始まるのを待っていた。

すでに招待客名簿は目にしていた。そこには、母がこのパーティを開いた理由が明確に示されていた。そのたったひとつの理由とは、息子たちのうちひとりでも、それも願わくは長男を結婚させることだった。ブリジャートン家の先祖代々の本邸であるオーブリー屋敷は、前回のパーティ以上にみな愛らしく、頭の軽い結婚適齢期の令嬢たちであふれかえることだろう。レディ・ブリジャートンは男女の人数の釣りあいを考えて、むろん同じように多くの紳士たちも招待していたが、少数の既婚男性を除き、息子たちより裕福で有力な家柄の者は含まれていなかった。

母は恥じらいなどいっさい忘れてしまうのだ、とアンソニーは苦々しく思った。少なくとも、子供たちの幸せ（ただし、母独自の幸せの定義がある）にかかわることには。

招待状がシェフィールド家の令嬢たちにも送られていることには驚きもしなかった。母は何度か、シェフィールド夫人に非常に好感を抱いていることを口にしていた。さらには、〝善良な親のもとに善良な子は育つ〟という母の持論は、その意味を疑いたくなるほど何度も聞かされている。

アンソニーは実際、招待客名簿にエドウィーナの名を見つけて、腹を決めた満足感のようなものを覚えていた。とにかく彼女に結婚を申し込んで承諾を得ておきたい。ケイトとあのようなことがあって気まずさもないわけではないが、これから新たな花嫁候補を探す苦労に比べれば、たいした問題にはならないように思えた。

いずれにせよ、考えてはいられない。いったん決意したことなのだから――今回の場合は、ついに結婚するという決意――求婚を先延ばしにする理由は見あたらない。もう少し長く生き延びられる人間ならば、ぐずぐず先延ばしにしてもかまわないだろう。アンソニーはいわば、十年近くも教会の鼠捕りに掛かるまいと避けてきたわけだが、ようやく花嫁を娶る頃合いと思い定めたからには、遅らせることに意味を見いだせなかった。

結婚し、子孫をもうけて、この世を去る。父と叔父がそれぞれ三十八と三十四で突然この世を去ったからというだけでなく、これぞ気高きイングランド紳士の生きざまだからだ。

となれば、現時点ではなるべく、ケイト・シェフィールドを避けるのが得策だ。そしてできれば謝っておくべきなのだろう。あの女性にへりくだることだけはしたくないので容易なことではないが、良心の囁きはぼんやりと耳に響いてくるし、謝るのが当然のことをしたのも承知している。

ほかにもさらに言うべきことがあるのだろうが、それについて考えるのは気が進まなかった。

言うまでもなく、こちらから謝らないかぎり、彼女は自分とエドウィーナとの結婚を命を懸けて阻止しようとするだろう。

いまこそ行動を起こすことが先決だ。結婚を申し込むのにうってつけの雰囲気の場所を選ぶとすれば、間違いなくこのオーブリー屋敷だろう。一七〇〇年代初めに建てられた、緑の芝地にゆったりと構える温かな黄色の石造りの邸宅で、周りには六十エーカーの庭が広がり、そのうち十エーカー以上が花園で占められている。夏の終わりには薔薇が咲き誇るが、この時期には葡萄色のヒヤシンスと、母がオランダから取り寄せた色鮮やかなチューリップの絨毯で覆われている。

アンソニーは部屋の向こうの窓の外へ目をやった。家の周囲にそびえ立つ楡の老木が見える。その木々が車寄せに影を落とし、玄関広間にどことなく自然の一部といった趣きを与え、そのぶん貴族の富と地位と力を誇示する典型的な田舎の領主屋敷といった風情が弱められているのを好ましく思っていた。敷地内にはいくつかの池と、ひと筋の小川、それに数えきれないほどの丘や窪地があり、そのひとつひとつに子供のころの格別な思い出が刻まれている。

父の思い出も。

アンソニーは目を閉じて大きく息をついた。オーブリー屋敷へ帰ってくるのを心から楽しみにしているのだが、懐かしい景色や匂いは胸が苦しくなるほど鮮明に父の記憶を呼び起こした。エドモンド・ブリジャートンが亡くなってもう十二年が経とうとしているが、いまでさえアンソニーは、父がふっとすぐそこの角から現れるのではないかという気がしていた。嬉しそうにはしゃぐブリジャートン家のちびたちのひとりを肩車して。

その光景を思い浮かべると自然に顔がほころんだ。父の肩に乗っているのは男の子、それとも女の子だろうか。エドモンドはどの子供にもわけ隔てなくやんちゃに遊ばせた。だが、世界じゅうで一番行きたいその場所をどの子が勝ちとろうと、必ず乳母に追いかけられて、すぐにばかなことはやめなさい、子供の居場所は育児室《ナースリー》で父親の肩の上ではありませんと叱られた。

「ああ、父上」アンソニーは囁きかけて、暖炉の上に掛けられたエドモンドの肖像画を見あげた。「ぼくに、あなたが成し遂げたことがやれるのでしょうか？」

とはいえ必ずや、エドモンド・ブリジャートンの偉業を引き継がなければならない――すなわち、愛と、笑いと、貴族の生活には往々にして欠けているすべてのものに満ちた家族を統率していかなくては。

アンソニーは父の肖像画に背を向けると窓のほうへ歩いていき、車寄せに次々にやってくる四輪馬車を見やった。その午後はひっきりなしに人々が到着し、どの馬車からも、ブリジャートン家のパーティへの招待を受けて嬉しそうに目を輝かせた初々しい令嬢たちがおりてきた。

レディ・ブリジャートンがケントの本邸を来客であふれさせるのはめったにあることではなかった。ここに大勢の客を招くのはシーズンに一度のことにかぎられている。

じつを言えば、ブリジャートン家ではもう誰もオーブリー屋敷で長い時間を過ごしている者はいない。母も自分と同じ病に悩まされているのではないかとアンソニーは推察していた――屋敷のどこを目にしてもエドモンドを思いだしてしまう病に。下のほうの子供たちはおもにロンドンで育てられたので、この場所での思い出はあまりないはずだった。ましてや野原を何時間も歩いたことや、釣りをしたこと、樹上小屋《ツリーハウス》で遊んだことはまず憶えていないだろう。

現在十一歳になったヒヤシンスは父の腕に抱かれたことすらない。そのため、アンソニーはできるかぎり父親役を補おうとしてきたが、父とはまったく比べものにならないことはわかっていた。

アンソニーは疲れた吐息をついて、窓枠にぐったりともたれかかり、酒を一杯飲むべきかどうかを思案した。見るともなく芝地のほうへ目をやると、抜きんでてみすぼらしい馬車が車寄せのほうへやって来た。粗末な馬車というわけではなく、たしかに造りはしっかりとして丈夫そうに見える。だが、ほかの馬車のように華美な紋章を飾っていないし、ほんの少し揺れも大きく、乗り心地が快適であるとは思えなかった。

シェフィールド家の馬車だ、とアンソニーは直感した。名簿に載っていたほかの招待客たちはみなそれ相応の資産家たちだ。シーズン用に馬車を借りなければならない者がいるとすれば、シェフィールド家しか考えられない。

はたして、ブリジャートン家の洒落た空色のお仕着せをまとった従僕が馬車に駆け寄って扉をあけると、浅黄色の遠出用のドレスに揃いの婦人帽《ボンネット》を身につけた見目麗しいエドウィーナ・シェフィールドがおりてきた。この距離からでは顔をはっきりと確かめることはできないが、容易に想像はつく。頬はやわらかそうなピンク色で、優美な目に雲ひとつない空を映しているはずだ。

続いて、シェフィールド夫人が出てきた。エドウィーナの隣に並んだのを見て初めて、なんとよく似ているのだろうかとアンソニーは思った。ふたりとも小柄だし、愛らしくしとやかで、話すときには同じようなしぐさをするのが見てとれた。姿勢と態度もさることながら、そっくりの角度に首を傾ける。

エドウィーナの美しさが色褪せることはないだろう。それはいかにも妻としてすばらしい特性だが――アンソニーは父の肖像画に悲しげな目を向けた――、老いた彼女を見られるころまで生きられそうもない。

ついに、ケイトが馬車をおりてきた。

アンソニーはとっさに息をとめていた。

ケイトはシェフィールド家のほかのふたりの女性とは動きが違っていた。ふたりは手首を優雅に曲げて従僕に手を取らせ、上品に支えられて馬車からおりてきた。

かたや、ケイトはほとんど飛びおりたようなものだった。従僕が差しだした腕を取ったものの、支えてもらおうというそぶりはまったく見えなかった。足が地面に着くとすぐに、凛と背筋を伸ばし、オーブリー屋敷の外観を見あげた。彼女の何もかもが、まっすぐで率直な性質を物語っていて、もっと近くで見ることができたなら、このうえなく清廉な目が見えるのだろうとアンソニーは思った。

とはいえ、自分を見つければすぐに、その目は軽蔑に満たされ、おそらくはわずかな憎悪すらも浮かべるに違いない。

そのような目で見られても当然なのだろう。紳士ならば、ケイト・シェフィールドにしたような態度で淑女に接しないし、そんなことをして機嫌のいい対応を望めるはずもない。

ケイトが母親と妹のほうを向いて何事か話しかけ、エドウィーナが笑い、メアリーはにこやかに微笑んだ。考えてみれば、三人が話をする姿はこれまでほとんど見る機会がなかった。三人ともくつろいだ様子で、言葉を交わすときのそれぞれの顔には温かみが感じられる。まさしく本物の家族だった。アンソニーはメアリーとケイトに血の繋がりがないことを知っていたので、とりわけ感慨深く見入った。

血の繋がりよりも何か強い絆があるのだろうという気がした。わが人生では築ける余地のないはずの絆。

だからこそ、結婚式で花嫁と向かいあったとき、ベールの向こうの顔はエドウィーナ・シェフィールドでなければならないのだ。

ケイトはオーブリー屋敷に感嘆させられるだろうとは思っていたが、魅了されるとは思っていなかった。

その邸宅は予想していたよりも小さかった。といっても、これまで招かれる栄誉に授かった邸宅よりははるかにずっと大きいのだが、この田舎の領主屋敷は、場違いな中世の城よろしく風景から浮きあがった巨大な建造物ではない。

むしろ、オーブリー屋敷はこぢんまりとした印象すら与えた。五十部屋以上はある邸宅についての説明としてはたしかに不似合いな表現かもしれない。でも、ちょうど午後も遅い太陽が黄色の石壁をほんのり赤く輝かせ、可愛らしい小塔と狭間窓がおとぎ話に出てきそうな趣きを添えている。いかめしさや威圧感のまったくないオーブリー屋敷をケイトはひと目で気に入った。

「すてきじゃない？」エドウィーナが囁いた。

ケイトはうなずいた。「おかげで、あのぞっとする男性との一週間をどうにか耐えられそうだわ」

エドウィーナが笑い、メアリーは顔をわずかにしかめたが、すぐに我慢できずににこやかに微笑んだ。けれども、従僕が旅行鞄を降ろすために馬車の後方にまわるのを目で追いながら言った。「そういう発言は慎みなさい、ケイト。誰が聞いているかわからないのだし、招待主のことをそんなふうに言うべきではないわ」

「大丈夫よ、彼には聞こえてないわ」ケイトは答えた。「それに、わたしたちを招待してくださったのはレディ・ブリジャートンのはずでしょう。あのご婦人が招待状を送ってくださったのだもの」

「このお屋敷の持ち主は子爵様だわ」メアリーは切り返した。

「わかったわよ」ケイトは応じて、オーブリー屋敷を大げさに手ぶりで示した。「こちらの神聖なお屋敷に一歩入ったら、ちゃんとにこやかにお行儀のいい娘になります」

エドウィーナが鼻で笑った。「面白い見物《みもの》になりそう」

メアリーが含みをもたせた目を向ける。「もちろんお庭でも、に、こ、や、か、に、お、行、儀、よ、く、するのよね」

ケイトは素直に微笑んだ。「もちろんよ、メアリー、お行儀よくするわ。約束します」

「それと、できるかぎり子爵様を避けるように」

「そうするわ」ケイトは請けあった。向こうができるかぎりエドウィーナを避けてくれればだけれど。

従僕がそばに来て、玄関のほうへ美しい弧を描くように腕を振り向けた。「お入りください。レディ・ブリジャートンがお客様方をお出迎えします」

シェフィールド家の三人はすぐさま玄関口のほうへ歩きだした。奥行きの浅い階段をのぼりながら、エドウィーナがケイトに茶目っ気のある笑みを向けて囁いた。「ここからもう、にこやかにお行儀よくしなくちゃね、お姉様」

「人前でなければ」ケイトは同じように声をひそめて返した。「あなたをぶってるところよ」

屋敷のなかに入ると、大広間にレディ・ブリジャートンの姿が見えた。少し先に馬車をおりた人々がちょうど部屋へ案内されていくところらしく、ケイトの視線の先で、よそゆきのドレスのリボンに縁取られた裾が階段の上へ消えていく。

「シェフィールド夫人！」レディ・ブリジャートンが呼びかけて近づいてきた。「いらしてくださって光栄ですわ。シェフィールド嬢も」ケイトのほうに振り向いて言い添える。「来てくださって嬉しいわ」

「ご招待ありがとうございます」ケイトは挨拶を返した。「それに、一週間も街から離れていられるなんて、ほんとうに楽しみです」

レディ・ブリジャートンは微笑んだ。「ということは、あなたは田舎好きなお嬢さんなのね？」

「じつはそうなんです。ロンドンは刺激的ですし、つねに訪れる価値のある場所ですけれど、わたしはどちらかと言えば、田舎の緑豊かな野原や新鮮な空気が好きなんです」

「息子も同じような性分なのよ」レディ・ブリジャートンが言う。「まあ、もっぱら街で過ごしているわけだけれど、母親にはお見通しなの」

「子爵様が？」ケイトは疑わしげに問いかけた。彼はどう見ても手慣れた放蕩者だし、放蕩者の生来の棲みかが街であるのは誰もが知っている。

「ええ、アンソニーのことよ。あの子が子供のころ、わたしたち一家はほとんどここで暮らしていたの。わたしがパーティや舞踏会に出席するのが好きなものだから、もちろん、シーズン中はロンドンにいたのだけれど、それも数週間程度だったわ。生活の拠点を街に移したのは夫が亡くなってからのことなのよ」

「お悔やみ申しあげます」ケイトは低い声で言った。

子爵未亡人は青い目に切なげな表情を浮かべて答えた。「ご親切にありがとう。夫が亡くなってもう何年も経つというのに、わたしはいまだに毎日毎日あの人を恋しく思ってしまうのよね」

ケイトは喉に何かがつかえたように感じた。メアリーと父がどれほど愛しあっていたのかは憶えているし、ここにもまたもうひとり、本物の愛を経験した女性がいるのだと気づいた。するとにわかにとても悲しい気分に襲われた。メアリーは夫を亡くし、レディ・ブリジャートンも同じように夫に先立たれたという事実のせいだろうか……。

そしてきっと、自分は本物の愛の喜びを知ることはけっしてないのだと思うせいでもあるのだろう。

「いやだわ、感傷的になってしまって」レディ・ブリジャートンはだし抜けに言うと、やや明るすぎる笑みを浮かべてメアリーのほうへ向きなおった。「ええと、もうひとりのお嬢さんにはまだお会いしてなかったわよね」

「あら、そうだった？」メアリーは眉を寄せて問い返した。「そうかもしれないわね。エドウィーナはお宅の音楽会に出席できなかったものだから」

「もちろん、遠くからは拝見したことがあるのだけれど」レディ・ブリジャートンは言うと、エドウィーナのほうへまぶしいばかりの笑みを投げかけた。

　メアリーが娘を紹介する。そのときケイトには、レディ・ブリジャートンの目つきがエドウィーナを値踏みしているように感じられた。たしかにそうに違いない。エドウィーナを、家族に迎えるのに申しぶんのない女性だと見込んだのだろう。

　さらに少し世間話をしたあと、レディ・ブリジャートンから旅行鞄を部屋に運び込むあいだにお茶をいかがかと勧められたが、メアリーが疲れていて横になりたいと言い、ていねいに断わった。

「ゆっくりなさってね」レディ・ブリジャートンは言って、家政婦のほうへ合図した。「ローズにお部屋まで案内させますわ。晩餐は八時からよ。お部屋に入る前にほかに何かご要望はありますかしら？」

　メアリーとエドウィーナが首を横に振り、ケイトもふたりに倣おうとしたが、ふと思いついて口を開いた。「じつはお尋ねしたいことがあるんです」

　レディ・ブリジャートンはやさしく微笑んだ。「何かしら」

「こちらに到着したとき、広大な花園が見えたんです。拝見してもかまいませんか？」

「あなたも園芸をされるのね？」レディ・ブリジャートンが訊く。

「それほど詳しくはないんです」ケイトは答えた。「でも、とても美しく手入れなさっていて見とれてしまいました」

　子爵未亡人は顔を赤らめた。「見てくださるのなら光栄だわ。わたしの自慢の花園なの。

いまはあまり手をかけていないのだけれど、エドモンドが生きて――」言葉を切り、咳払いをした。「いえ、つまり、ここで多くの時間を過ごしていたときには、いつも土いじりに没頭していたわ。それで母にはしじゅうひどく叱られていたのだけれど」

「それにもしかしたら、庭師にも」ケイトは言った。

微笑んでいたレディ・ブリジャートンが声をあげて笑った。「ええ、そうなのよ！　腹立たしい庭師だったわ。女性は贈り物として花を受けとることだけ知っていればじゅうぶんだ、というのが口癖で。けれども、信じられないくらい園芸の腕には長けていたから、我慢してあげたのよ」

「あちらも、我慢なさっていたのかも」

レディ・ブリジャートンはいたずらっぽく微笑んだ。「あら、そんなことはないわよ。まあ、たとえそうだとしても、引きさがるつもりはなかったけれど」

ケイトはこの年配の婦人に自分と通ずる部分を感じて、にっこりした。

「あら、これ以上お引きとめしてはいけないわ」レディ・ブリジャートンは言った。「ローズにお部屋までご案内させます。それと、シェフィールド嬢」と、ケイトのほうを向く。「よろしければ、今週中に喜んで花園めぐりにお連れするわ。いまはお客様へのご挨拶に追われてしまっているけれど、後日ぜひ時間を作りますから」

「ありがとうございます、楽しみにしております」ケイトは答えて、メアリーとエドウィーナとともに女中のあとについて階段をのぼっていった。

アンソニーはほんのわずかにあけておいたドアを開いて部屋を出ると、母のところへ廊下を大股で歩いていった。「いま挨拶されていたのはシェフィールド家ですか？」じゅうぶん承知のうえで尋ねた。だが、私室の書斎は廊下のだいぶ先にあり、四人の女性が実際に話していたことまでは聞こえなかったので、ちょっとした調査が必要だと考えたのだ。

「ほんとうに」ヴァイオレットが言う。「すばらしいご家族よね？」

アンソニーはただ低く唸った。

「お招きして良かったと心から思うわ」

アンソニーはもう一度唸ろうかと思ったが、黙っていた。

「招待客名簿の最後にぎりぎりで付け加えたのよ」

「知りませんでした」アンソニーはつぶやいた。

ヴァイオレットがうなずく。「それで人数あわせのために、村から殿方をさらに三人かき集めなければならなかったの」

「それできょうの晩餐に教区牧師がいらっしゃるわけですね？」

「それに、ちょうど滞在中のお兄様と、息子さんも」

「ご子息のジョンはまだ十六歳ですよね？」

ヴァイオレットは肩をすくめた。「必死だったのだもの」

アンソニーはその言葉を反芻した。にきび面の十六歳まで晩餐に招いたのだとすれば、ほんとうに母はどうにかしてシェフィールド家をわが家のパーティに招待しようと必死だったのだろう。たしかに必ずしも、家族の夕食会に少年を招待しないというわけではない。正式な会席でなければ、ブリジャートン家では一般的な慣習にはとらわれず、年齢に関係なく子供たちもみな食堂で食事をさせている。実際、アンソニーは初めて友人の家を訪ねたとき、子供部屋に食事を用意されて仰天したものだった。

とはいえ、本邸でのパーティはやはり正式な催しであり、ヴァイオレット・ブリジャートンといえども、子供たちの同席は許していなかった。

「あなたはシェフィールド家のどちらのお嬢さんも紹介を受けているのよね」ヴァイオレットが言う。

アンソニーはうなずいた。

「どちらも感じのいいお嬢さんだわ」母は続けた。「財産という面では恵まれていないけれど、わたしはつねづね、生涯の伴侶を選ぶときには、相当に貧窮しているのでもないかぎり、財産は人柄ほど大事ではないと思ってるの」

「母上が勘ぐってらっしゃるようなことは、何もありませんよ」アンソニーは間延びした声で答えた。

ヴァイオレットは鼻を鳴らして、とりすました目を向けた。「あら、母親がそう簡単にごまかされるものですか。わたしはただ事実を話しているだけだし。ほんとうならあなたは毎日ひざまずいて、資産家の令嬢を選んで結婚しなくてもいいことを創造主に感謝しなくてはいけないのよ。ほとんどの殿方は、好き勝手に結婚相手を選べるような贅沢に恵まれていないのだから」

アンソニーはつい微笑んだ。「ぼくが感謝すべき相手は創造主なんですか？　それとも母上？」

「憎らしい子だわね」

アンソニーはほんのかすかに舌打ちした。「その憎らしいのを育てたのはご自身ですよ」

「しかも、楽な仕事ではなかった」母がつぶやく。「それは断言できるわ」

アンソニーは身を乗りだして、母の頬にキスを落とした。「お客様へのご挨拶を楽しんでいらしてください、母上」

母は睨みつけてみせたが、内心は怒っていないことはあきらかだった。「どこへ行くつもり？」立ち去ろうとした息子に問いかけた。

「散歩に」

「ほんとう？」

アンソニーは母のはずんだ口調に少しばかりとまどって振り返った。「そのつもりですが、何か問題でも？」

「とんでもない」母が言う。「ただ、あなたが歩きたいという理由だけで歩きに行くなんて、もう長いことなかったでしょう」

「もう長いこと、田舎に来てませんでしたからね」アンソニーは答えた。

「それもそうね」母はすんなり認めた。「だったら、ぜひ花園を見ていらっしゃい。早咲きの花がちょうど開きだしていて、それは見事な眺めだわ。ロンドンではけっして見られないものだから」

アンソニーはうなずいた。「ではのちほど晩餐の席で」

ヴァイオレットはにっこり笑って手を振り、書斎に戻っていく息子を見送った。その部屋はオーブリー屋敷のちょうど角に位置し、脇に面した芝地に出られるフランス窓がある。長男がシェフィールド家に関心を抱いていることには、大いに興味をそそられた。そういうことならば、あとは息子が姉妹のどちらのほうに関心を抱いているのかを突きとめなければ……。

およそ十五分後、アンソニーは母の花園をぶらぶらと歩きながら、温かい陽射しと冷たいそよ風の相反する組みあわせを楽しんでいた。そのとき、そばの道筋を進むべつのやわらかな足音を耳にした。好奇心が疼いた。招待客たちはみな部屋でひと休みしているころだろうし、庭師は休みの日であるはずだ。じつを言えば、ひとりの時間を楽しみたいと思って来たのだが。

足音のするほうへ向きを変え、静かに近づいていくと、道筋の突きあたりに行き着いた。右を見て、それから左を向き、そして見つけた……。

彼女を。

どうしてこう驚かされてばかりなのだろうかとアンソニーは思った。

淡いラベンダー色のドレスを着たケイト・シェフィールドは、アイリスと葡萄色のヒヤシンスの花畑のなかに見事に溶け込んでいた。年の後半にはピンクと白の蔓薔薇《つる》で覆われる木彫りのアーチ門の横に立っている。

アンソニーがしばし見つめていると、ケイトは名称を思いだせない綿毛状の植物を指でなぞってから、かがんでオランダ産のチューリップの匂いを嗅いだ。

「それは匂わない」アンソニーは大きな声で言い、ゆっくりと近づいていった。

ケイトはすぐさま背を起こし、全身をこわばらせて振り返った。アンソニーは彼女が自分の声を聞きわけたことに気づき、なんとも言いようのない満足感を覚えた。

すぐそばまで来ると、鮮やかな赤い花々を身ぶりで示して言った。「イングランドの庭ではなかなか見られない美しい花だが、残念ながら、香らない」

予想外に長い間があり、ケイトが答えた。「チューリップを見たことがなかったのよ」

その言葉に自然と笑みが浮かんだ。「まったく？」

「そうではなくて、地面に咲いているのを見たことがなかったの」ケイトが説明する。「エドウィーナにはたくさんの花束が届くし、この季節は球根花が街にあふれてるわ。でも、わたしは実際に地面に咲いているのを見たことがなかった」

「その花は母のお気に入りなんだ」アンソニーは手を伸ばして一本摘みとった。「もちろん、そこのヒヤシンスもだが」

ケイトが面白がるふうに微笑んだ。「もちろん？」と彼の言葉を繰り返す。

「いちばん下の妹の名がヒヤシンスなんだ」アンソニーは言うと、摘みとった花を手渡した。

「知らなかったのかい？」

ケイトが首を振る。「知らなかったわ」

「そうか」アンソニーはつぶやいた。「わが家のきょうだいはアンソニーからヒヤシンスまで、アルファベット順に名づけられているという話はかなり有名なんだ。ということはおそらく、きみがわたしについて知っていることより、わたしがきみについて知っていることのほうが断然多そうだな」

ケイトはその不可解な発言に驚いて目を広げたが、さらりと答えた。「たしかにそうかもしれないわね」

アンソニーは片方の眉を吊りあげた。「驚きだな、シェフィールド嬢。『わたしのほうがずっと知ってるわ』と言われると思ってせっかく身がまえていたのに」

ケイトは自分の口調を真似られ、しかめっ面にならないようどうにかつくろった。とはいえ皮肉たっぷりの口調で答えた。「お行儀よくするって、メアリーに約束したのよ」

アンソニーはからかうように声高に笑った。

「奇遇なことに」ケイトは低い声で言った。「エドウィーナにも同じような反応をされたわ」

アンソニーは、蔓薔薇の枝の棘《とげ》を慎重に避けてアーチ門に手をかけた。「行儀よくするというのはどういうことなのか、なんとも興味深い」

ケイトは肩をすくめて、手にしているチューリップの花に触れた。「自分でも、そのうちわかるだろうと期待してるの」

「だが、むろん、招待主には逆らえないわけだよな?」

ケイトはいたずらっぽい目を向けた。「あなたがわたしたちの招待主であるかどうかという点に議論の余地があるのではないかしら、子爵様。なにしろ、招待状はあなたのお母様からいただいたんだもの」

「それはそうだが」と応じてから「この家はわたしのものだ」

「ええ」ケイトは低い声で答えた。「メアリーもそう言ったわ」

アンソニーはにやりと笑った。「さぞ苦痛だろうな?」

「あなたに親切にすることが?」

子爵がうなずく。

「これまで経験してきたことのなかで、いちばん簡単というわけではないわね」

からかうのはここまでだとでもいうように、子爵は表情をわずかに変えた。ほんとうはまったくべつのことを考えていたとでも言いたげなそぶりだ。「だが、こうしてみると、いちばんむずかしいことというわけでもないんじゃないか?」低い声で訊く。

「あなたのことは好きじゃないわ、子爵様」ケイトはとっさに返した。

「ああ」子爵が楽しげな笑みを浮かべて言う。「きみに好かれているとは思っていないさ」

ケイトは彼の書斎でキスをされる直前に感じたような、とてつもなく妙な気分に襲われた。

急に喉が少しばかり苦しくなり、手のひらがじっとりと熱くなってきた。それに、体の内側にも――腹部がきりきりと締めつけられるような言いようのない緊張を感じた。ふいに防衛本能が働いて、ケイトは一歩あとずさった。

子爵は彼女の心のうちを正確に見抜いているかのように、愉快そうな顔をしている。

ケイトはまたも花をさわりながら、だし抜けに言った。「こんなふうに花を摘みとってはいけないわ」

「きみにチューリップを贈りたかったんだよ」こともなげに言う。「エドウィーナにばかり花が贈られるのはおかしいだろう」

ケイトはすでに張りつめて疼いていた胃が小さく飛び跳ねた気がした。「それでも」懸命に言葉を継ぐ。「せっかく育てたものを切りとられて、庭師が喜ぶはずがないでしょう」

子爵は狡猾な笑みを湛えた。「庭師はおそらく、小さいきょうだいたちの仕業だと思うだろう」

ケイトは思わず笑みをこぼした。「そんな悪知恵を働かせるなんて、あなたへの評価をさげなければいけないのでしょうけれど」

「さげないのかい？」

ケイトは首を振った。「だって、これ以上さげようがないんだもの」

「おっと」子爵は指を立てて振ってみせた。「お行儀よくするはずだったよな」

ケイトは辺りを見まわした。「聞こえるところに誰もいなければ、許されるわよね？」

「わたしに聞こえている」

「あなたは数に含まれないわ」

子爵が彼女のほうへやや近づけるように首を傾けた。「ということは、ここにいるのはむろんわたしだけということでもある」

ケイトは目を見ようともせずに押し黙った。そのなめらかな深みのある目をちらりとでも見たら、胃がふたたび飛び跳ねるに決まっている。

「シェフィールド嬢?」子爵が囁いた。

ケイトは目を上げた。大失敗。胃がまたも飛び跳ねた。

「どうして、わたしを探しにきたの?」ケイトは訊いた。

アンソニーは木の門柱に手を突っ張って姿勢を正した。「じつのところ、探しにきたんじゃない。きみもそうだろうが、こっちもきみを見つけて驚いたんだ」とはいえ、驚かずにすんだはずなのだとアンソニーは苦々しく考えた。母に散歩先を具体的に提案されたとき、何か意図があることに気づくべきだったのだ。

それにしても、どうしてまた母はシェフィールド姉妹の姉のほうがいるところへ息子を差し向けたのだ? 母が将来の嫁としてエドウィーナではなくケイトのほうを選ぶとは考えにくい。

「だが見つけてしまったからには」アンソニーは続けた。「ひと言、言っておこうと思ったわけだ」

「まだ言いたいことなんてあるの?」ケイトは辛らつに言った。「想像もつかないわ」

アンソニーは皮肉を聞き流した。「謝りたかったんだ」

その言葉にケイトは反応した。驚きで唇が開き、目を丸くしている。「なんですって?」とケイト。まったく蛙みたいな声ではないかとアンソニーは思った。

「先日の晩のふるまいについて、わたしはきみに謝らなくてはならない。わたしはきみに非常に無礼な態度をとった」

「キスをしたことを謝っているの?」ケイトがますます驚いた様子で訊く。

キス? あのキスに謝らなければならないなどとは考えてもいなかった。キスをして謝ろうと思ったことはないし、謝らなければならないような相手とキスをしたこともない。実際は、キスをしたあとに気分を害する発言をしたことのほうを謝ろうと思っていたのだ。「ああ、そうだ」嘘をついた。「キスのことだ。それと、そのあとの発言についても」

「そう」ケイトが低い声で答えた。「放蕩者に謝られるなんて思いもしなかったわ」

アンソニーは手を握って開き、さらにきつくこぶしを握った。そうやっていつも自分のことをすぐに決めつけようとする彼女の癖がひどく腹立たしかった。「放蕩者でも謝りはするさ」歯切れよく言う。

ケイトは大きく息を吸い込んでから、ゆっくりと落ち着いて息を吐きだした。「そういうことなら、謝罪を受け入れるわ」

「ありがたい」アンソニーは言うと、愛嬌たっぷりの笑みをみせた。「屋敷まで付き添おうか？」

　ケイトはうなずいた。「だからといって、あなたとエドウィーナのことについて、わたしの気持ちが急に変わるとは思わないでね」

「きみがそれほどたやすく考えを変えるとは夢にも思っていない」アンソニーはいたって正直に答えた。

　ケイトが、はっとするほどまっすぐな目を向けた。「あなたがわたしにキスをしたという事実は消えないのよ」率直に言った。

「きみがわたしにキスを返したことも」アンソニーは言い返さずにはいられなかった。

　彼女の頬が愛らしいピンク色に染まった。「起こってしまった事実は消えないわ」きっぱりと繰り返した。「それでもあなたがエドウィーナと結婚しようとすれば——あなたがどのような評判の人だろうと、わたしには取るに足りないことだとは思えないし——」

「ああ」アンソニーは深みのある甘い声で遮った。「きみがそう思うとは考えていない」

　ケイトは子爵を睨みつけた。「あなたの評判がどうあれ、あのことはずっとわたしたちのあいだに残りつづける。一度起こってしまったことを取り消すことはできない」

　アンソニーは心のなかの悪魔にせきたてられて、間延びした口調であのこととは何かと訊き、〝キス〟という言葉を繰り返させようかと思ったが、ケイトが気の毒にも思えて控えることにした。それに、彼女の言葉は的を射ている。あのときのキスはずっとふたりのあいだに残りつづける。いまでさえ、その恥ずかしそうにピンク色に染まった頬と、いらだたしげにすぼめた唇を見ていると、抱き寄せたならどのような感じがして、唇を舌でなぞったらどのような味がするのだろうかと考えてしまう。

花園のような匂いがするのだろうか？　それとも、百合と石鹸が入り混じった、頭が変になりそうな香りがまだしっかりと肌に染みついているのだろうか？

抱きしめたら身をゆだねてくれるだろうか？　あるいは腕を振りほどいて、屋敷へ駆けていってしまうだろうか？

それを確かめる手立てはひとつしかなく、実行に移せば、エドウィーナを娶る望みをふいにすることになるだろう。

だが、ケイトに指摘されたように、エドウィーナとの結婚は、状況をあまりにひどく複雑にするかもしれない。なにしろ、妻の姉に欲望を抱かないよう気をつけなくてはならなくなるわけだ。

もしかしたら、考えるのもうんざりするが、新たに花嫁を探したほうがいいということなのだろうか。

それとも、このオーブリー屋敷のすばらしく美しい花園で、足もとにそよぐ花々を感じ、辺りに漂うライラックの匂いに包まれ、ケイト・シェフィールドともう一度キスをすべきだということなのか。

きっと……。

たぶん……。

9

『男とは矛盾する生き物である。男の思考と感情はけっして一致しない。いっぽう女はそれをよく心得ているので、おおむね臨機応変に対処できるというわけだ』

一八一四年四月二十九日付〈レディ・ホイッスルダウンの社交界新聞〉より

いや、そんな場合ではなさそうだ。

アンソニーがちょうど彼女の唇への最短距離を見きわめたとき、なんともぞっとする弟の声が聞こえた。

「アンソニー兄さん！」コリンが大声で呼びかけた。「そこにいたんですか」

シェフィールド嬢はもう少しでまったく無防備にキスをされるところだったとは知る由もなく、近づいてくるコリンのほうを振り返った。

「いずれ近いうちに」アンソニーはつぶやいた。「殺してやる」

ケイトが向きなおった。「何かおっしゃった、子爵様？」

アンソニーはそしらぬふりをした。それが最善の策であるはずだった。そうでもしなければ、よけいに欲望を掻き立てられるはめとなり、ひいては、不幸への道をいっきに突き進むことになるのは目に見えている。

じつのところ、折悪しく邪魔してくれたコリンに感謝すべきなのだろう。あとほんの数秒遅れていたら、ケイト・シェフィールドにキスをして、人生で最大の過ちをおかしていたに違いない。

ケイトとのキスが一度だけで終われば、それもあの晩、書斎で彼女がどれほど挑発的な態度をとったのかを考えれば、なんとでも言い逃れはできるはずだ。だが、二度も……二度目ともなれば、名誉を重んじる男である以上、エドウィーナ・シェフィールドへの求婚は断念せざるをえない。

そして、名誉を重んじることは、アンソニーにとってけっして捨て去ることのできない信条だった。

エドウィーナと結婚する計画をあとほんの少しでふいにしようとしていたとは自分でも信じがたかった。いったい何を考えていたんだ？　エドウィーナこそ目的を叶えるには理想的な花嫁だ。それなのに、彼女のお節介な姉が現れると、どうも頭が混乱させられる。

「アンソニー兄さん」コリンがそばまで来て、ふたたび呼びかけた。「と、シェフィールド嬢」興味深そうにふたりを眺めた。そりが合わないふたりであることは先刻承知のうえだからだ。「びっくりだなあ」

「わたしはあなた方のお母様の花園を拝見していただけですわ」ケイトが言う。「そうしたら、偶然、あなたのお兄様に出くわしたんです」

アンソニーは同意のしるしにうなずいた。

「ダフネとサイモンが着きましたよ」コリンが言う。「妹とその夫だ」

アンソニーはケイトのほうを向いて説明した。

「公爵様ですね？」ケイトがていねいな口ぶりで尋ねた。

「そういうことだ」ぼそりと言う。

コリンは兄の不機嫌そうな口調に声を立てて笑った。「兄はふたりの結婚に反対してたんです」ケイトに言う。「でも、ふたりが幸せそうなんで、いらだってるわけで」

「そうとも、だいたい何も――」アンソニーは罵り言葉を吐こうとしてケイトの前であることに気づき、ぴたりと口を閉じた。「妹が幸せで、わたしはなにより喜んでいる」さして喜んでいるふうもない唸り声で言う。「ただ、ふたりが永遠《とわ》の幸せを誓う前に、あいつ、いや無礼者をもう一回ぶちのめす機会を持ちたかったというだけのことだ」

ケイトは笑いをこらえた。「なるほど」と答えたものの、思うように真面目な顔を保てていないことが自分でもはっきりわかった。

コリンがケイトににやりと笑ってから、兄のほうへ向きなおった。「ダフからペル・メルをしようと誘われました。どうします？　もう長いこと、してませんよね。でも、すぐに始めれば、母上がぼくたちのために招待したねんねの令嬢たちから逃げられます」ケイトのほうを向き、相手をどんなことでも許せる気にさせてしまう笑みを見せた。「もちろん、ここにおられる方は例外ですが」

「わかってますわ」ケイトは低い声で答えた。

コリンが緑色の目をいたずらっぽく輝かせて身を乗りだした。「間違っても、あなたをねんねの令嬢などと呼ぶ者はいませんからね」

「褒め言葉なのかしら?」ケイトは皮肉っぽい調子で訊いた。

「もちろんですよ」

「でしたら、謹《つつし》んでありがたくお聞きしておきます」

コリンは笑ってアンソニーに言った。「愉快なご婦人ですね」

アンソニーは面白がっているふうもない。

「シェフィールド嬢、ペル・メルをされたことはありますか?」コリンが訊く。

「残念ながらないんです。どういうものなのかも、よくわからなくて」

「芝地でする競技です。ものすごく楽しめます。フランスでのほうが盛んなのですが、あちらではペイユ・マイユと呼ばれています」

「どのようなやり方をするんですの?」ケイトは尋ねた。

「コース上に柱門《ウイケット》を設置して」コリンが説明する。「木槌《マレット》で木の球を叩いて、そこをくぐらせるんです」

「なんだか簡単そうね」ケイトは思いめぐらして言った。

「いいや」コリンが笑いながら言う。「ブリジャートン家とする場合にはそうはいかない」

「どういう意味かしら?」

「つまり」アンソニーが口を挟んだ。「規定のコースでするわけではないからだ。コリンはウィケットを木の根元に設置するし――」

「兄上は池のほうを狙う」コリンが遮った。「それでダフネが赤い球を沈めてしまって、見つからなくなってしまいました」

ケイトはブリジャートン子爵と午後をともに過ごすことには気乗りしないものの、ペル・メルという競技にはとても興味を惹かれた。「よろしければ、もうひとり競技者が加わることをお許し願えないかしら？」と尋ねた。「ねんねのお嬢様方からはすでに除外されているのだものね？」

「もちろんですとも！」コリンが応じた。「あなたなら、策士や詐欺師だらけのわれらきょうだいとうまくやれるはずです」

「あなたから言われると」ケイトは笑いながら言った。「褒め言葉に聞こえるわ」

「あれ、そのつもりですよ。時と場合によっては名誉と正直さが必要ですが、ペル・メルの競技にかぎっては無用なんです」

「ならば」アンソニーがすました表情で言葉を差し入れた。「きみの妹さんも誘うべきではないかな？」

「エドウィーナを？」ケイトは息を呑んだ。なんてこと。彼の思うつぼだ。ふたりを遠ざけようとしていたつもりが、反対に午後をともに過ごさせるきっかけを作ってしまった。けれども、自分がゲームへの招待を受けておきながら、エドウィーナを除け者にするようなことはできない。

「ほかにも妹さんがいるのかい？」子爵がやんわりと訊く。

ケイトはきっと睨みつけた。「あの子は参加したがらないかもしれないわ。部屋で休んでいるでしょうから」

「部屋のドアをとても静かにノックするよう女中に指示しよう」アンソニーはする気もないことをしらじらしく請けあった。

「名案だ！」コリンが意気揚々と声をあげた。「それで人数がちょうど釣りあいますよ。男性三名に女性三名」

「チームを組んで行なうものなのですか？」ケイトは訊いた。

「いや」コリンが答える。「ですが、何事にも釣りあいが大事だとつねづね母からいい聞かされてるんです。半端な人数で競技をすれば、母はたいそう気分を害するはずです」

ケイトは、ほんの一時間ほど前にお喋りした上品で魅力的な婦人がペル・メルといった競技に目くじらを立てるとは思えなかったが、口をだせるような立場ではないと思い、言葉を控えた。

「では、エドウィーナ嬢を呼びに行かせるとするか」アンソニーが癪にさわるほど気どった表情でつぶやいた。「コリン、おまえはこっちのお嬢さんを競技場《フィールド》にお連れしてくれ。三十分後に落ちあおう」

ケイトは、少しの時間といえども子爵とエドウィーナをふたりきりで競技場へ歩かせるという提案に抗議しようと口をあけたが、言葉が出てこなかった。もっともな理由が見つからないかぎり、引きとめられないことはよくわかっている。

そうして魚のように口をあけ閉めしたそぶりにアンソニーが気づき、ひどくいやみったらしく口の片端を引きあげて言った。「賛同してくれたようで光栄だよ、シェフィールド嬢」

ケイトは唸り声しか出せなかった。たとえ発音できていたとしても、上品な言葉にはなりえなかった。

「承知しました」コリンが言う。「では、のちほど」

コリンはケイトの腕にすっと腕を絡ませ、せせら笑いを浮かべたアンソニーを残して歩きだした。


コリンとケイトは屋敷から四百メートルほど歩いて、なだらかな起伏のある芝地へたどり着いた。

「赤い球が放り込まれた場所なのよね？」ケイトは池のほうを身ぶりで示して尋ねた。

コリンが笑ってうなずいた。「残念ですよ、八人用の道具が揃ってたんですから。母は必ず子供たちが全員で遊べるように道具を揃えてきたんです」

ケイトは微笑んでいいものか、顔をしかめるべきなのかがわからなかった。「とても仲のいいご家族なんですね？」

「ええ、とても」コリンが簡潔に答えて、近くの小屋のほうへ歩いていく。

ケイトはなにげなく太腿を軽く叩きながら、その姿を目で追った。「何時ぐらいなのかしら？」問いかける。

コリンは足をとめ、懐中時計を取りだしてぱちんと開いた。「三時十分過ぎです」

「ありがとう」ケイトは答えて、その時刻を心に留めた。アンソニーと別れたのが三時五分前ぐらいで、三十分以内にエドウィーナをペル・メルの競技場に連れてくると約束したのだから、三時二十五分ぐらいにはここへ現れるはずだ。

遅くとも三時半には。ここは心を広く持って、最低限の遅れは許そうと思い定めた。子爵がエドウィーナを三時半までに連れてきたなら、いっさい文句を口にするのはよそう。

コリンがふたたび小屋に向かって歩きだした。それから、ドアをこじあけようとしているのをケイトは興味深く見つめた。「錆びているような音だわ」と声をかけた。

「前にここで競技をしてからだいぶ経ってるんです」コリンが言う。

「そうなの？　わたしなら、オーブリー屋敷のような家があれば、ロンドンへは行きたくなくなってしまうわ」

コリンは小屋の半開きの扉に手をかけたまま振り向いた。「あなたはアンソニー兄さんと、とても似てませんか？」

ケイトは息を呑んだ。「まさか、ご冗談でしょう」

コリンが口もとに妙な笑みを浮かべて首を振る。「たぶん、どちらもいちばん上の子供だからではないかな。ぼくは毎日、アンソニー兄さんの立場に生まれなくて良かったと心から感謝してますからね」

「どういう意味かしら？」

コリンは肩をすくめた。「つまり、兄のような責任を負いたくはないということですよ。爵位、家族、財産――ひとりで相当な重荷をしょい込まなくてはならない」

あの子爵が爵位の後継ぎとしていかにしっかりと責任を担っているかという話は、ケイトはあまり聞きたくなかった。内心、先ほどの一見誠実そうな謝罪に心を動かされたとはいえ、彼への見方を変えざるをえなくなりそうな事柄は耳にしたくない。「それがオーブリー屋敷とどう関係しているのかしら？」と問いかけた。

コリンは一瞬呆然とケイトを見つめた。そもそもケイトがこの本邸のすばらしさを何の気なしに褒めたことから始まった会話であるのを忘れていたかのようだ。「関係なかったかな」ようやく答えた。「まあ、なにはともあれ、アンソニー兄さんはここを愛しているということです」

「でも、ずっとロンドンで過ごされているわ」ケイトは続けた。「そうでしょう？」

「そうですよ」コリンは肩をすくめた。「妙ですよね？」

ケイトは答えようがないので、コリンが小屋の扉を完全に開くまでただ見つめていた。

「さあ、準備にかかりますよ」コリンは言うと、八人ぶんのマレットと木の球が収まるよう特別に設えたカートを引きだした。「ちょっとかび臭いですが、使うのに支障はありません」

「赤い球は足りないけれど」ケイトはにっこりして言った。

「それについてはぜんぶダフネのせいですね」コリンが言う。「ぼくはなんでもダフネのせいにしてるんです。そうするとすごく楽に生きられる」

「聞こえたわよ！」

ケイトが振り返ると、魅力的な若い男女が近づいてくるのが見えた。男性のほうは思わず目を奪われてしまうほど整った顔立ちで、とても濃い色の髪にとても明るい色の目をしている。女性のほうはアンソニーとコリンと同じ栗色の髪で、ひと目でブリジャートン一族であるとわかる容貌だ。言うまでもなく輪郭や笑顔もよく似ている。ケイトはブリジャートン家の子供たちがみなそっくりだという話は聞いていたが、これほどまでとは思っていなかった。

「ダフ！」コリンが呼びかけた。「ちょうど良かった、ウィケットを置くのを手伝ってくれよ」

ダフネは茶目っ気たっぷりに微笑んだ。「わたしがあなたひとりにコースを作らせるとでも思う？」夫のほうを向く。「競技の相手である以上、兄を信用できないわ」

「耳を貸さなくていいですからね」コリンがケイトに言う。「妹は凶暴なんです。ぼくを池に放り込むぐらいのことはやりかねない」

ダフネは目をぐるりとまわして見せて、ケイトのほうを向いた。「情けない兄は気がまわらないので、自分で名乗ります。わたしはヘイスティングス公爵夫人のダフネです。こちらは夫のサイモンよ」

ケイトはさっと膝を曲げてお辞儀を返した。「初めまして」低い声で言い、公爵のほうに向きを変えてもう一度言った。「初めまして」

しゃがんでペル・メルのカートからウィケットを取りだしていたコリンがケイトのほうを手ぶりで示した。「こちらはシェフィールド嬢だ」

ダフネはとまどいの表情を浮かべた。「ついさっき、屋敷の前でアンソニーお兄様とすれ違ったのよ。シェフィールド家のお嬢さんを迎えに行くところだと言っていたはずだけれど」

「それはわたしの妹のエドウィーナのほうです」ケイトは説明した。「わたしはキャサリン。友人たちからはケイトと呼ばれています」

「あら、ブリジャートン一族とペル・メルをしようというくらい勇ましい方なら、ぜひお友達になりたいわ」ダフネが大きな笑みを広げて言う。「ですから、わたしのこともダフネと呼んでください。それに、夫のことはサイモンと。サイモン？」

「ああ、もちろんだ」公爵が答えた。たとえ空がオレンジ色だと妻に言われても、この夫は同じ返答をしただろうとケイトは直感的に悟った。聞いていなかったからというわけではなく、どう見ても妻に心酔しきっているからだ。

エドウィーナにもこういう結婚をしてほしいとケイトは切に願った。

「その半分を渡して」ダフネは言って、兄がかかえているウィケットに手を伸ばした。「シェフィールド嬢とわたし……ではなくて、ケイトとわたしで」――ケイトに人懐っこく微笑みかける――「三つ設置するわ。残りはサイモンとふたりで設置してよ」

ダフネは言葉を差し挟む隙も与えず、ケイトの腕をとって池のほうへ歩きだした。

「今度こそ、アンソニーお兄様の球を水のなかに沈めてやるわ」ダフネがつぶやいた。「前回のことはいまだに許せない。ベネディクトお兄様とコリンに大笑いされたのは仕方がないわ。でも、アンソニーお兄様の場合はもっとひどかった。突っ立って、せせら笑ってたのよ。せせら笑うだなんて！」ひどく悔しそうな表情をケイトに向ける。「あれほど憎らしくせせら笑える人はいないわ」

「ほんとだわ」ケイトはぼそりとつぶやいた。

さいわい、公爵夫人の耳には届いていなかった。「殺せるものなら、間違いなく殺してたわよ」

「もしも球がすべて池のなかに落ちてしまったらどうするの？」ケイトは尋ねずにはいられなかった。「まだたいしてお話ししていないけれど、あなた方はとても競争心が強いようだから……」

「災難は避けられない？」ダフネはケイトの言葉の続きを引きとった。「あなたの言うとおり。ペル・メルのこととなると、うちの家族はスポーツマン精神を忘れてしまうのよ。ブリジャートン一族はマレットを手にすると、どうしようもない策士や詐欺師に成りさがる。まさしく、勝つためというより、敵を負かすための競技なのよ」

ケイトは言葉に窮した。「なんだか……」

「恐ろしそう？」ダフネはにんまり笑った。「そんなことないわ。これほど面白いものはないって請けあうわ。でも、このぶんだと、道具がぜんぶ池のなかに沈むのもそう先のことではないわね。フランスから新たに道具を取り寄せなくっちゃ」ウィケットを地面にぐいと押し込む。「浪費のようにも思えるけれど、兄たちを懲らしめるためには仕方のない代償なのよ」

ケイトは笑いをこらえようとしたが、うまくいかなかった。

「男性のごきょうだいはいらっしゃるの、シェフィールド嬢？」ダフネが訊いた。

公爵夫人が名で呼ぶ約束を忘れていたので、ケイトも礼儀正しい物言いに戻したほうがいいのだろうと判断した。「いませんわ、公爵夫人。きょうだいはエドウィーナだけです」

ダフネは目の上に手をかざし、球をくぐらせるのがむずかしそうなウィケットの設置場所を探した。一箇所にあたりをつけると――木の根元の最頂部――さっさと歩きだしたので、ケイトも選択の余地なくあとを追った。

「四人も男性のきょうだいがいると」ダフネがウィケットを地面に押し込んで言う。「すばらしくいい勉強になるわ」

「いろいろ学べるのでしょうね」ケイトはいたく感心して言った。「もしや男性の目の周りに痣《あざ》を作ることもできるのかしら。男性を地面に倒せるとか？」

ダフネはいたずらっぽく微笑んだ。「夫に訊いてみるといいわ」

「わたしに何を訊きたいって？」向かいの木の根元にコリンと一緒にウィケットを据えていた公爵が問いかけた。

「なんでもないわ」公爵夫人がそしらぬふりで答える。「それと」ケイトに囁きかける。「口を閉じているべきときも学んだわ。いくつかの基本的な特性を憶えておけば、殿方のあつかいはとっても簡単になる」

「どんな特性？」ケイトは続きをせかした。

ダフネが身を乗りだし、両手で口を囲って囁いた。「殿方はわたしたちみたいに賢くないし、勘が働かないし、わたしたちの行動の五割ぐらいは確実に理解できてない」辺りを見まわす。「あの人に聞こえてないわよね？」

サイモンが木の陰から現れた。「聞き漏らすものか」

ダフネがはっと飛びのき、ケイトは笑いを呑み込んだ。「だって、ほんとうのことなんだもの」ダフネがすまし顔で言う。

サイモンは胸の前で腕を組んだ。「きみにそう思わせてるのさ」ケイトのほうを向く。「こちらも長年のあいだに、女性については多少は学んでますよ」

「そうなんですか？」ケイトは興味を惹かれて訊き返した。

公爵はうなずき、重大な国家機密でも打ち明けるかのように身を乗りだした。「男たちよりも賢く、勘が働くと信じさせておけば、女性たちのあつかいはすこぶる簡単になる。それに」高慢そうな視線を妻に投げて続ける。「女性たちの行動の五割ぐらいしか理解できていないふりをしておけば、われら男性たちはなおさら平穏に暮らせる」

コリンが近づいてきてマレットを軽く振り動かした。「痴話喧嘩ですか？」ケイトに訊いた。

「議論よ」ダフネが訂正した。

「そんな議論は願いさげだな」コリンはつぶやいた。「好きな色を選んでください」

ケイトはコリンのあとについてペル・メルの道具のところへ戻り、太腿をとんとんと軽く打った。「何時かしら？」問いかけた。

コリンが懐中時計を取りだす。「三時半ちょっと過ぎですが、何か？」

「エドウィーナと子爵様がそろそろ来てもいいころだと思ったものだから」ケイトはさほど気にかけていないふうを装おうとした。

コリンが肩をすくめる。「もう来るでしょう」それから、ケイトの落ち着きのなさを気にするそぶりもなく、ペル・メルの道具のほうへ手を向けた。「さあ、あなたはお客様です。最初に選んでください。何色がお好みですか？」

たいして考えもせず、ケイトは手を伸ばして一本のマレットをつかんだ。手にしてから初めて、それが黒色であることに気づいた。

「〝死のマレット〟だ」コリンがしたり顔で言う。「幸先がいいですよ」

「ピンクをアンソニーお兄様に残しておきましょうよ」ダフネは言うと、緑色のマレットを手に取った。

公爵がオレンジ色のマレットを引き抜き、ケイトのほうに向きなおって言う。「わたしがブリジャートンのピンク色のマレットとはいっさいかかわりがないことは、あなたが証言してくれますよね？」

ケイトはいたずらっぽく微笑んだ。「あなたがピンク色を選ばなかったことは見てましたわ」

「選ぶわけがない」公爵は切り返して、負けずにさらにいたずらっぽい笑みを浮かべた。「妻が先に兄上のために選んだものだ。わたしが逆らえるはずもないですからね」

「ぼくは黄色にします」とコリン。「エドウィーナ嬢は青色でよろしいでしょうか？」

「ええ、いいわ」ケイトは答えた。「エドウィーナは青色が好きなんです」

四人はいっせいに、残ったマレットを見おろした。ピンク色と紫色の二本。

「どちらも好みの色ではなさそうね」ダフネが言う。

コリンがうなずいた。「でも、どちらかと言えば、ピンクをいやがるだろうな」と言うと、紫色のマレットを引き抜いて小屋に放り込んでから、紫色の球も拾って投げ入れた。

「ところで」公爵が言う。「アンソニーはどこにいる？」

「とてもいい質問だわ」ケイトはつぶやいて、太腿を指で打ちはじめた。

「時間を知りたいんじゃありませんか」コリンが茶化す口調で言った。

ケイトは顔を赤らめた。もう二度も懐中時計で時間を確かめさせている。「ええ、お願いするわ」気の利いた皮肉も交えず答えた。

「かまいませんよ。あなたはそうやって手を動かしだすとだいたいすぐに――」

ケイトはぴたりと手をとめた。

「――何時かと尋ねることには気づいてましたから」

「この短い時間にいろいろなことを知られてしまったのね」ケイトは淡々と言った。

コリンがにやりとした。「観察力には長《た》けてるんです」

「そのようね」低い声で応じた。

「ご所望なら、お答えしますが、いまの時刻は四時十五分前です」

「予定の時間を過ぎてる」ケイトは漏らした。

コリンが身を乗りだして囁いた。「兄が妹さんを誘惑している可能性も大いにありうる」

ケイトはよろりとあとずさった。「ミスター・ブリジャートン！」

「ふたりで何を話してるの？」ダフネが訊く。

コリンがまたにやりとした。「アンソニー兄さんがシェフィールド家の妹さんのほうを汚すようなことに及びはしないかと、こちらのシェフィールド嬢が心配されてるんだ」

「コリン！」ダフネが声をあげた。「ちっとも面白くない冗談だわ」

「しかも、まったくありえないことだわ」ケイトも口を挟んだ。いや、まったくとも言いきれない。子爵がエドウィーナを汚すようなことに及ぶとは思わないが、きっとおのれの魅力ですっかりまいらせようと手を尽くしているに違いない。そして、それこそが妹に危険を及ぼしかねない行為なのだ。

ケイトは手にしたマレットにふと思い至り、いかにも偶然に見せかけて子爵の頭に振りおろせないものかと考えをめぐらせた。

それでこそ、〝死のマレット〟だ。

アンソニーは書斎で炉棚の上の時計に目をくれた。まもなく三時半。約束の時間には間にあわない。

アンソニーはほくそ笑んだ。だが、それでもまったくかまわない。

ふだんは時間厳守を貫いているのだが、遅れるほどケイト・シェフィールドを苦しめられるとなれば、遅刻はほとんど気にならなかった。

いまごろ、ケイト・シェフィールドは間違いなく、大切な妹が邪悪な手にかかることを恐れて悶々と気を揉んでいるはずだ。

アンソニーはその邪悪な手を見おろし――いやいや、ただの手だとみずから訂正する――改めてほくそ笑んだ。これほど楽しい気分を味わうのは久しぶりのことだ。それも、書斎をぶらぶらしながら、ケイト・シェフィールドが歯を食いしばり、耳から湯気を噴きだしている光景を想像しているだけだというのに。

なんと愉快なのだろう。

そのうえ、今回の遅刻は自分のせいではない。エドウィーナを待たなくてもいいのならば、約束の時間どおりに着いていただろう。エドウィーナは女中をとおして十分ほどで現れると伝えてきた。それを聞いたのが二十分前。彼女が遅れているのだから仕方がないではないか。

アンソニーはふいに今後の人生を予感した――エドウィーナを待ち続ける日々。もしやふだんから遅刻癖のある女性なのだろうか？　そうだとすれば、だんだんといらだちを覚えるようになるかもしれない。

その思いが伝わったかのように廊下から足早な靴音が聞こえてきて、目を上げると、エドウィーナの麗しい姿が額縁のなかの絵のように戸枠に収まっていた。

理想的な美貌の持ち主だとアンソニーは冷静に見定めた。どこをとってもじつに美しい。完璧な顔立ちに、立ち姿は優雅そのもので、きわめて明るい青色の瞳は瞬きのたびにどきりとさせられる輝きを放つ。

アンソニーは自分のなかで何かしらの感情が湧きあがってくるのを待った。この美貌にまったく反応しない男がいるはずもない。

反応なし。キスをしたいという思いすらまるで湧いてこない。自然の摂理に反することのようにすら思えた。

とはいえ、それは望ましいことでもあるに違いない。どのみち、惚れ込んでしまいそうな女性を妻に娶るわけにはいかないのだ。欲望は快いものだとしても、危険なものにもなりうる。欲望を抱けば間違いなく、無関心でいられずに愛してしまう確率が高くなるのだから。

「お待たせしてほんとうに失礼しました、子爵様」エドウィーナが可愛らしく言う。

「まったく問題ありませんよ」アンソニーは自分の行動を正当化する理屈を思い起こし、いくぶん気分が明るくなって答えた。いずれにせよ、彼女は花嫁にふさわしい。ほかのことはどうでもいいではないか。「ですが、すぐに出かけましょう。ほかの者たちがすでにコースを準備していますから」

エドウィーナの腕を取り、ふたりでのんびりと屋敷を出ていった。アンソニーは天気の話をした。エドウィーナも天気の話をした。アンソニーは前日の天気について話した。エドウィーナもその話に（一分後には思いだせないくらいの内容だ）調子を合わせた。

天気に関する話題が尽きてしまうと、どちらも黙り込み、互いに無言の状態がまる三分は続いたあとで、ようやくエドウィーナが突如として口を開いた。「大学では何を学ばれたのですか？」

アンソニーはいぶかしんで相手を見やった。これまで若いご婦人にこのような質問をされた憶えはない。「ああ、ふつうのことです」と答えた。

「でも、そのふつうのことというのは」エドウィーナはまるで似つかわしくないもどかしげな表情で、声を絞りだすように続けた。「なんですの？」

「おもに歴史ですかね。文学も少々」

「まあ」エドウィーナは一瞬考えるような顔をした。「わたし、読書が好きなんです」

「ほんとうに？」アンソニーは新たな興味を覚えてまじまじと見つめた。文学好きの女性であるとは思ってもいなかった。「どのようなものを読むのですか？」

エドウィーナはくつろいだ表情になって答えた。「空想にふけりたいときには小説を。自分を成長させたい気分になると哲学書を」

「哲学書だって？」アンソニーは訊き返した。「わたしにはまるで意欲が湧かない分野だな」

エドウィーナは心地良い音楽のような笑い声をあげた。「姉のケイトも同じようなことを言うんです。自分の人生の生き方はじゅうぶんよくわかってるから、死人からさしずされる必要はないってしじゅう言われています」

アンソニーは、アリストテレス、ベンサム、デカルトの哲学書を大学で読んだことを思いだした。それから、その三人の哲学書をけむたがっていた記憶もよみがえった。「それについては」低い声で言った。「きみのお姉さんに賛同せざるをえない」

エドウィーナはにっこり笑った。「姉に賛同なさるのね？　いま筆記具でも持っていたら書き留めておくのに。こんなこと初めてに違いないもの」

アンソニーは見きわめるようにちらりと横目を向けた。「きみは見かけより生意気のようだな？」

「ケイトお姉様にはとうてい叶わないけど」

「それについては間違いない」

くすくす笑う声を聞いてアンソニーが見やると、エドウィーナはいかにも懸命にすました顔を取りつくろっていた。競技場までの最後の角を曲がり、丘をのぼるにつれ、ペル・メルに参加するほかの面々が手持ち無沙汰にマレットを素振りしながらのんびりと待っているのが見えてきた。

「うわ、なんたること」アンソニーは妻にしようとしている女性を連れていることも完全に忘れて毒づいた。「あの女が〝死のマレット〟を持っている」

10

『田舎の本邸での泊りがけのパーティは非常に危険な催しだ。既婚の人々が配偶者より気の合う相手を見つけることもままあり、未婚の人々がなんとも慌しく婚約を決めて街へ戻ってくるということも頻繁に起こる。

実際、そうした田舎でのしばしの滞在の直後には、きわめて意外な婚約が発表されている』

一八一四年五月二日付〈レディ・ホイッスルダウンの社交界新聞〉より

「ずいぶん時間がかかりましたね」アンソニーとエドウィーナが合流するとすぐにコリンが言った。「もう準備はできてます。エドウィーナ、あなたは青色で」とマレットを手渡す。「アンソニー兄さんはピンク色です」

「わたしがピンクで、彼女が」――ケイトのほうへ指を突きつける――「死のマレットなのか？」

「最初に選んでいただいたんですよ」コリンが言う。「なんといっても、お客様ですからね」

「アンソニーお兄様はたいてい黒なのよ」ダフネが説明する。「だから、黒のマレットに名前まで付けてるわけ」

「ピンクになさることはないわ」エドウィーナがアンソニーに言った。「あなたにはまったく似合いませんもの。これと」——自分のマレットを差しだした——「交換なさいませんか？」

「それはだめですよ」コリンが遮った。「ぼくたちはあえてあなたに青色を選んだんです。瞳の色とぴったりだから」

ケイトは、アンソニーの唸り声が聞こえたような気がした。

「ピンクでいい」アンソニーはきっぱり告げて、気に食わないマレットをコリンの手からや強引に取りあげた。「それでも、わたしが勝つ。さあ、始めようではないか」

公爵夫妻とエドウィーナが必要最低限の挨拶を終えるとただちに、全員が木の球を出発地点のそばに落とし、競技を始める準備を整えた。

「歳の若い順に打つことにしましょうか？」コリンが提案し、エドウィーナのほうへうやうやしく頭をさげた。

エドウィーナは首を横に振った。「むしろ最後のほうがいいですわ。そうすれば、経験豊富な方々のプレーを見習うことができますから」

「賢明なご婦人だ」コリンはつぶやいた。「では、年齢の高い順からにしましょう。アンソニー兄さんがこのなかではいちばん年上ですよね」

「おっと、残念ながら、ヘイスティングスのほうがわたしより数カ月先に生まれてるんだ」

「なんだか」エドウィーナがケイトの耳もとに囁いた。「きょうだい喧嘩に巻き込まれてしまったような気がしない？」

「ブリジャートン家はとっても真剣にペル・メルに取り組むらしいのよ」ケイトは囁き返した。ブリジャートン家のきょうだい三人は闘犬さながらのしかめ面で、ひたすら勝つことだけを考えているように見える。

「そこ、そこ！」コリンがふたりに指を振りつつ叱った。「密談は禁止です」

「密談なんてやりようがないわ」ケイトは反論した。「誰も競技のルールを説明しようとすらしてくれないのだもの」

「追い追い話すわ」ダフネがテキパキと答えた。「やっているうちにわかるようになるはずよ」

「どうやら」ケイトはエドウィーナに囁いた。「対戦相手の球を池に沈めるのを狙えばいいみたい」

「ほんとう？」

「ほんとうは違うようだけれど、ブリジャートン家ではそうらしいのよ」

「まだひそひそ声が聞こえますよ！」コリンがふたりのほうに目を向けもせずに指摘した。それから公爵のほうへ大声で言った。「ヘイスティングス、さっさと球をぶったたいてください。日暮れまでたいして時間がありません」

「コリン」ダフネが口を挟んだ。「言葉に気をつけてよ。淑女がいることをお忘れなく」

「妹を淑女とは見なせない」

「だとしても、ほかにもふたりの淑女がいるのよ」ダフネは歯軋りするように言った。

コリンが目をぱちくりさせて、シェフィールド姉妹のほうを振り向く。「気にさわりましたか？」

「ちっとも」ケイトはすっかり面白がって答えた。エドウィーナはただ首を振った。

「良かった」コリンが公爵のほうへ向きなおる。「ヘイスティングス、始めてください」

公爵は球の集まりのなかから自分の球を軽く突いて前に出した。「言っておくが」誰にともなく言う。「ペル・メルをやったことは一度もないんだ」

「球をあそこに向かって正確に打てばいいのよ、あなた」ダフネがひとつめのウィケットのほうを指して言う。

「それは最後のウィケットだろう？」アンソニーが訊く。

「最初のよ」

「最後のはずだ」

ダフネが顎を突きだした。「わたしがコースを設置したんだもの、最初なのよ」

「なんだか大変な戦いになりそう」エドウィーナが姉に囁く。

公爵がアンソニーのほうを振り返って、わざとらしく笑ってみせる。「ダフネの言葉を信じるとするよ」

「彼女がコースを設置したんですもの」ケイトが言葉を差し挟んだ。

アンソニー、コリン、サイモン、ダフネが一様に唖然としてケイトを見つめた。まるで大胆にも会話に立ち入るとはとても信じられないといった表情だ。

「だって、そうでしょう」ケイトは言った。

ダフネが腕を絡ませてきた。「あなたを大好きになりそうよ、ケイト・シェフィールド」と宣言した。

「神よ、救いたまえ」アンソニーはつぶやいた。

公爵がマレットを引いて前へ振りだすと、オレンジ色の球は勢いよく芝地を転がっていった。

「さすがだわ、サイモン！」ダフネが声をあげた。

コリンが呆れた目を妹に向ける。「ペル・メルで対戦相手を称えたことなどなかったのに」茶化したふうに言う。

「いままでやったことがない人なのよ。勝つ見込みはないもの」

「それは関係ないだろう」

ダフネがケイトとエドウィーナのほうを向いて説明した。「残念ながら、ブリジャートン家のペル・メルではスポーツマン精神にかまってはいられないのよ」

「わかるわ」ケイトは淡々と応じた。

「わたしの番だな」アンソニーが大声で言う。ピンク色の球を横柄に見やり、マレットを正確にぶつけた。球は芝地の上をなめらかに飛んでいったものの、木に当たって石のように地面に跳ね返った。

「お見事！」コリンは叫んで、今度は自分が打つ構えに入った。

アンソニーが上品な人々の耳には不向きな文句をぶつくさこぼした。

コリンが黄色の球を最初のウィケットのほうへ進めてから、ケイトのお手並み拝見とばかりに脇によけた。

「素振りをしてもいいのかしら？」ケイトは尋ねた。

「だめ」三人が同時に口を開き、やたら大きな否定の言葉が返ってきた。

「わかったわよ」ケイトは唸り声で答えた。「全員、後ろにさがっててよ。いきなり打って誰かにけがをさせても責任はとれないんだから」マレットを力いっぱい引いて球を打ちだした。球はなんとも美しい弧を描いて空《くう》を飛び、アンソニーの行く手を阻んだのと同じ木に当たって、彼の球のすぐ隣に着地した。

「あら、まあ」ダフネは言うと狙いを定め、実際には球を打たずに何度かマレットを後ろに引いた。

「あら、まあって、どういうこと？」ケイトは公爵夫人のどこか哀れむような笑みが気になって、不安な思いで訊いた。

「すぐにわかるわ」ダフネが打ち終えて、転がった球のほうへ向かって歩きだす。

ケイトはアンソニーを見やった。目下の状況を心から喜んでいるような顔をしている。

「いったい、わたしに何をしようっていうの？」ケイトは訊いた。

子爵が憎々しいそぶりで身を乗りだした。「そういう決めつけるような質問は失礼だろう」

「わたしの番よね」エドウィーナが言って、出発地点に進みでた。弱々しく球を打つと、ほかの人々の三分の一程度の距離にしか届かず、不満の声を漏らした。

「次はもう少し力を込めたほうがいいな」アンソニーが助言し、自分の球のあるほうへすたすたと歩いていく。

「ほんとうね」エドウィーナは子爵の背中に向かってつぶやいた。「全然、見当がつかなかったわ」

「ヘイスティングス！」アンソニーが声を張りあげた。「おまえの番だ」

公爵が次のウィケットへ向かって球を打つあいだ、アンソニーは木に寄りかかって、不似合いなピンク色のマレットを片手にぶらさげて腕を組み、ケイトが来るのを待った。

「やあ、シェフィールド嬢」待ちかねて呼びかけた。「自分の球を追っていくのが、このゲームの決まりだぞ！」

重い足どりでそばへやって来るケイトを見つめた。「だから来たのよ」ケイトが唸り声で言う。「今度はなんなの？」

「まったく、きみはもっとわたしに敬意を払うべきだ」そう言うと、ゆっくりといわくありげな笑みを広げた。

「エドウィーナを連れて遅刻してきた人に？」ケイトは言い返した。「四つに裂かれても仕方がないぐらいだと思うけど」

「残忍な跳ねっ返りめ」子爵は独りごちた。「ペル・メルもうまくなるさ……いつかは」

アンソニーはじつに愉快な気分で、ケイトの顔が赤らんでから白ばむさまを見つめた。

「どういう意味？」ケイトが訊く。

「何してるんですか、アンソニー兄さん」コリンが大声をあげた。「もう順番ですよ」

アンソニーが見おろすと、ケイトの黒い木の球と、自分の不愉快なピンク色の木の球が芝地の上で軽く触れあっていた。「わかってる」つぶやいた。「可愛い弟のコリンを待たせるわけにはいかないからな」そう言いながら、自分の球の上に足をおき、マレットを後ろに引いて――

「何してるのよ？」ケイトが甲高い声をあげた。

――振りぬいた。自分の球はブーツの下にしっかりととどまっている。ケイトの球だけが丘を何マイル先にも思えるほど遠くへ吹っ飛んでいった。

「ひどい人ね」ケイトが唸るような声で言った。

「恋愛と戦いに手段は選ばない」アンソニーはにべもなく答えた。

「殺してやるわ」

「やれるものならどうぞ」あざ笑う口調で言う。「だが、まずはわたしに追いつかないとな」

ケイトは考えをめぐらせて〝死のマレット〟に目を落とし、それから彼の足を見やった。

「変な気は起こさないほうがいい」アンソニーが警告する。

「たまらなくそそられるんだもの」ケイトは低い声で答えた。

アンソニーは威嚇するように身を乗りだした。「みんなが見てるんだぞ」

「いまはそれしか、あなたの命を救う策はないってわけね」

アンソニーは笑って受け流した。「きみの球はいまごろ丘の下だよな、シェフィールド嬢。きみが追いついてきてまた顔を見られるまでに三十分かそこらはかかるはずだ」

そのとき、ダフネが、知らないうちにふたりの足もとを通り過ぎた球を追って歩いてきた。

「だから、『あら、まあ』って言ったのよ」と、ケイトにはいまさら不要な言葉をかけた。

「憶えてなさい」ケイトはアンソニーに捨てぜりふを吐いた。

言葉に勝るせせら笑いが返ってきた。

それからケイトは丘をおりていき、球が生垣の下に留まっているのを見とめ、声にだして思いきり淑女らしくない悪態をついた。


三十分後、最後尾のケイトはすぐ前の競技者からなおウィケット二つぶんの差をつけられていた。なんとも腹の立つことに、アンソニーが先頭に立っている。唯一の慰めは、ずいぶんと遅れをとっているせいで、当の子爵の得意満面の表情が見えずにすむことだった。

そうして両手を組みあわせて親指をまわしながら自分の番を待っていると（ほかの競技者たちはみなだいぶ離れているので、自分の番を待つあいだにできることはほかにほとんどなかった）、アンソニーの不機嫌なわめき声が聞こえた。

ケイトはすぐさま注意を振り向けた。

彼が何かしらしくじった可能性を期待してほくそ笑み、急いで見まわすと、ピンク色の球がこちらへ向かってまっすぐ芝の上を飛んでくるのが見えた。

「あら！」ケイトは呻くように言い、あわててつんのめりながら脇へ飛びのいた。

振り返ると、コリンがマレットを大きく振りまわして飛びあがり、はしゃぎ声をあげている。「ひゃっほ――！」

アンソニーはいまにも弟の腹を引き裂かんばかりの形相だ。

ケイトも密かに勝利のダンスを踊りたいところだったが――自分がもう勝てないのなら、彼も勝てなくなることがせめてもの望みだ――ふと、これであと何度か彼に張りつかれて打たなければならなくなったのだと気づいた。ひとり離れているのはちっとも楽しくなかったが、彼と会話をしなければならないよりはましだった。

とはいえ、子爵がまさに雷でも引き起こしかねない渋面でとぼとぼと向かってくるのを見ると、どうしても少しばかり得意げな顔をせずにはいられなかった。

「お気の毒だわ、子爵様」ケイトは小声で言った。

子爵がじろりと睨む。

ケイトはため息をついた――もちろん、やや大げさに。「でも、まだ二位か三位になれる可能性はあるわよ」

子爵は脅すように身を乗りだしてきて、唸り声らしき音を立てた。

「シェフィールド嬢！」丘の上からコリンがじれったそうに大声で呼びかけた。「あなたの番です！」

「さてと」ケイトは言って、考えうるかぎりの打ち方を思案した。次のウィケットを狙うのか、アンソニーにさらに打撃を与える策に出るのか。残念ながら、ふたりの球は密着していないので、彼にやられたように球を足で押さえておく策で仕返しするのはむずかしそうだった。それができればどれほど気分がいいだろう。悪くすれば、球をまったく打ち損ねて、自分の足の骨を折ることにもなりかねないけれど……。

「決断、決断」つぶやいた。

アンソニーが腕組みをした。「わたしの競技をぶち壊そうとすれば、きみも自滅するだけのことだ」

「そうよね」ケイトは認めた。子爵を遠ざけるなら、彼の球を動かすには自分の球を打ってぶつけるほかに手はないので、自分も同じように遠くへ追いやられることになる。しかも、狙いどおりに打てるとはかぎらないから、自分の球がどこへ行くのかは神のみにしかわからない。

「でも」ケイトは子爵のほうを見て涼しげに微笑んだ。「わたしにはどのみち勝てる見込みはもうないわ」

「きみだって二位か三位になれる可能性はある」と、たしなめる。

ケイトは首を振った。「無理だわ、そう思うでしょう？　わたしはこんなに離されてしまっているのだし、もう競技は終盤戦よ」

「本気じゃないよな、シェフィールド嬢」子爵は釘を刺した。

「あら」ケイトはたいそう気分よく答えた。「本気よ。本気も本気」それから、いかにも不敵な笑みで口もとをほころばせ、マレットを後ろに引き、全身全霊を込めて自分の球を打った。球は驚くほど激しく彼の球にぶちあたり、丘のさらに下へ吹っ飛ばした。

もっと先へ……。

もっと遠くへ……。

池のなかへ。

ケイトは嬉しさで口をあけたまま、ピンク色の球が池のなかへ落ちる瞬間を見つめた。すると、得体の知れない本能的な感情が湧きあがってきて、どうすべきかに頭がまわらぬうちに、たがはずれた女性のごとく飛びあがって叫んでいた。「やった！　やった！　勝ったわ！」

「勝ったわけじゃないだろ」アンソニーが言い捨てた。

「ええ、勝ったような気分だってことよ」浮かれた声で答えた。

コリンとダフネが丘を駆けおりてきて、ふたりの前でともに足をとめた。「見事です、シェフィールド嬢！」コリンが声高らかに言う。「あなたなら死のマレットを使いこなせると思ってたんだ」

「すばらしいわ」ダフネも同調した。「ほんとうに、すばらしいわよ」

むろん、アンソニーは腕を組んで、いかめしく睨みつけているしかなかった。

コリンが親しげにケイトの肩を軽く叩いた。「まさかブリジャートン家の誰かが変装してるんじゃないでしょうね？　あなたはほんとうにこの競技の醍醐味《だいごみ》を心得てるなあ」

「あなたがいなければ、できなかったはずだわ」ケイトは愛想よく応じた。「あなたが彼の球を丘の下に転がしてくれなければ……」

「あなたなら、兄を破滅に追い込むきっかけをうまく生かしてくれるだろうと期待してました」コリンが言う。

公爵もエドウィーナと並んでようやくやって来た。「それにしても劇的な結末だよな」と言い添えた。

「まだ終わってないわ」ダフネが言う。

公爵は妻にわずかにからかうような視線を投げた。「これでまだ競技を続ければ、興ざめしてしまうのではないかな？」

意外にも、コリンも同意した。「これ以上の締めくくりはないでしょう」

ケイトは顔をほころばせた。

公爵が空を見あげる。「そのうえ、ちょうど雲も出てきたし。雨が落ちてくる前に、ダフネを屋内へ連れて行きたい。ご存じのとおり、からだが大事なときだからな」

ケイトが驚いて目を向けると、ダフネは顔を赤らめた。それまで妊娠しているそぶりは少しも見られなかった。

「そうですね」コリンが言う。「今回はシェフィールド嬢の勝利ということで、競技はここで終わりにしましょう」

「わたしはみなさんよりふたつも多くウィケットを残してるわ」ケイトはとまどいがちに言った。

「たとえそうでも」コリンが続ける。「ブリジャートン家の真のペル・メル愛好者たちは誰しも、アンソニー兄さんの球を池に入れることのほうが、実際にすべてのウィケットに球をくぐらせることよりはるかに重要であるのは承知しています。その考え方でいけば、あなたが勝者なんです、シェフィールド嬢」全員を見まわしてから、アンソニーをまっすぐ見つめる。「異議のある方はいませんね?」

誰も異議を唱えはしなかったが、アンソニーは暴れだす寸前といった表情だった。

「いいですね」コリンが言う。「ということで、勝者はシェフィールド嬢、そして、アンソニー兄さん、敗者はあなたです」

そのとき突如ケイトの口から、笑いのようで、むせたようにも聞こえるくぐもった妙な音が漏れた。

「一応、敗者を決めなければならないんです」コリンがにやりと笑って言う。「しきたりですから」

「そうよね」ダフネが同調する。「わたしたちは容赦なく戦うけれど、いつもちゃんとしきたりは守っているものね」

「それについてはたしかにうるさいものな」公爵がにこやかに言い足した。「ということであれば、ダフネとわたしは失礼させてくれ。コースの片づけを手伝わずに去るのを許してもらえるだろうか？」

もちろん、異論のある者はいなかったので、公爵夫妻はほどなくオーブリー屋敷のほうへ戻っていった。

そのやりとりのあいだじゅう黙っていたエドウィーナが（ブリジャートン家の面々を類まれな変わり者たちに出会ったように見つめてはいたが）、ふいに咳払いをした。「球を拾いに行かなくていいの？」そう尋ねて、丘の下の池のほうへ目をすがめた。

あとの三人はそんなことは考えてもみなかったといわんばかりに、穏やかな水面《みなも》へぼんやりと目をくれた。

「真ん中までは飛んでないわよね」エドウィーナが続ける。「転がっていったのだもの。縁に残っているかもしれないわ」

コリンが頭を掻いた。アンソニーはいまだ睨みをきかせている。

「これ以上、球をなくしたくはないでしょう」エドウィーナは粘った。それでも誰も答えないので、マレットを放りだし、両手を振りあげて言い放った。「いいわ！　わたしが気の毒な古い球を拾ってくる」

それでようやくぼうっとしていた男たちが目を覚ましたかのように、エドウィーナに手を貸すべく急いであとを追った。

「ばか言わないでください、エドウィーナ嬢」コリンがかいがいしい調子で言って、丘をくだっていく。「ぼくが取ってきます」

「何を言ってるんだ」アンソニーがつぶやいた。「わたしがあのろくでもない球を取りにいく」大股で丘をくだり、たちまち弟を追い越した。怒り心頭に発していようとも、本心からケイトの行動をとがめることはできなかった。自分も彼女の立場ならまったく同じことをしていたはずだからだ。もっとも、彼女の球をもっとしっかり打って、池の真ん中に沈めていただろうが。

とはいえ、女性に、それも彼女に負かされるのは耐えがたい屈辱だった。

アンソニーは池のへりに着き、目を凝らした。ピンクの球はなにぶん派手な色合いなので、浅瀬のほうに残っているとすれば、水面でも目立つに違いない。

「ありますか？」コリンがそばに来て尋ねた。

アンソニーは首を振った。「なんたって、おかしな色だからな。いままでみずから望んでピンク色の球を選んだ者はいなかった」

コリンは同意してうなずいた。

「紫色のほうがまだましだ」アンソニーは話しながら、岸のもう少し先を調べようと右へ数歩移動した。ふいに顔を上げて弟を睨みつける。「ところで、その紫色のマレットはどこへいったんだ？」

コリンが肩をすくめる。「皆目わかりませんね」

「おそらく」アンソニーがつぶやくように続ける。「明晩あたり、ペル・メルの道具箱のなかに奇跡的に突然また現れるんだろうな」

「見事な推測ですね」コリンは陽気に答えて、水面に綿密に目を配りつつ兄の少し先へ進んだ。「運が良ければ、きょうの夕方にも現れるかもしれません」

「ほんとうにいずれそのうち」アンソニーは淡々とした口調で言った。「報いを受けさせてやるからな」

「覚悟しときます」コリンは水面を眺め渡して、唐突に指差した。「あった！　あそこです」

はたして、ピンク色の球は池の縁から一メートル足らずの浅瀬にとどまっていた。水深は三十センチ程度しかないだろう。アンソニーは小声で毒づいた。ブーツを脱いで水に入らなければならないということだ。どうもケイト・シェフィールドと一緒にいると、必ずブーツを脱いで体を水に濡らさなければならなくなるような気がする。

いや、エドウィーナを救うためにサーペンタイン池に入ったときにはブーツを脱ぐ時間も取れなかったのだ、とアンソニーは苦々しく思い起こした。おかげで、革製のブーツはまったく使い物にならなくなった。近侍がその無残な有様に卒倒しかけたほどだ。

アンソニーは唸り声を漏らして岩に腰かけ、靴を脱ぎにかかった。エドウィーナを救うためならば、上質のブーツを犠牲にする価値もあるだろう。だがピンク色のペル・メルの球ごときを拾うためでは、本音を言えば、足を濡らす価値などない。

「ひとりでも楽に片づけられますね」コリンが言う。「なのでぼくは、シェフィールド家のお嬢さんを手伝ってウィケットを抜いてきます」

アンソニーはしぶしぶうなずき、水のなかへ入っていった。

「冷たい？」女性の声がした。

なんと、彼女だ。アンソニーは振り返った。ケイト・シェフィールドが岸辺に立っている。

「ウィケットを抜いてたんじゃないのか」ややつっけんどんに言った。

「それはエドウィーナのほうよ」

「まったく、ややこしいな」アンソニーは独りごちた。いっそ同じシーズンに姉妹を登場させることを禁止する法律を定めるべきだ。

「なんですって？」ケイトが小首をかしげて訊く。

「凍えそうだと言ったんだ」嘘をついた。

「まあ、ごめんなさい」

その言葉が胸に引っかかった。「本心ではないだろう」ようやく切り返した。

「ええ、そうね」ケイトが認めた。「たしかに、あなたが負けたことはなんとも思ってないわ。でも、あなたの爪先をかじかませるつもりはなかった」

アンソニーはふいに彼女の爪先を見てみたいという、突飛な欲求に駆られた。気分を害する思いつきだ。この女性に欲望を感じる理由などありはしない。惹かれてすらいないのだから。

ため息が漏れた。それは事実とは言えないだろう。なんとも不可思議な矛盾する心持ちで、彼女に惹かれているような気もする。しかも、奇妙なことだが、彼女のほうもほとんど同じような心持ちで自分に惹かれはじめているように思える。

「あなたがわたしの立場だったら、まったく同じことをしたはずだもの」ケイトが声高に続けた。

アンソニーは答えず、ゆっくりと水のなかを進んだ。

「そうでしょう?」ケイトが念を押す。

アンソニーは身をかがめて球を拾いあげ、その際に袖が水に浸かった。くそっ。「そうだとも」と返す。

「あら」ケイトは認めるとは考えていなかったらしく、驚いた声で言った。

水のなかを引き返すと、ありがたいことに岸辺の地面がしっかりと固まっていて足を泥で汚さずにすんだ。

「どうぞ」ケイトが毛布らしきものを差しだした。「小屋のなかにあったのよ。ここに来る途中に覗いてみたの。足を拭くものが必要だろうと思って」

口を開いたものの、どういうわけか声が出てこない。しばらくして、どうにか言った。「ありがとう」そして、ケイトの手から毛布をつかみとった。

「わたしはそれほどひどい人間ではないのよ」ケイトが笑いながら言う。

「わたしだってそうだ」

「そうかもしれないけれど」と認めつつ、「エドウィーナを連れて、あんなに遅れて来ることはないでしょう。わたしを困らせるためだということはわかってるんだから」

アンソニーは片方の眉を吊りあげて、足を拭くために岩に腰をおろし、脇の地面に球を落とした。「遅れてきたのは、わたしが妻にしようとしている女性とふたりで過ごしたかったからだとは思わないのか?」

ケイトはわずかに顔を赤らめたが、すぐに小声で答えた。「こんな自惚れた物言いをしたことはないのだけれど、いいえ、あなたはわたしを困らせたかっただけだと思う」

むろん、そのとおりなのだが、アンソニーはそれを認めるつもりはなかった。「偶然だ。エドウィーナが遅れたんだ。理由は知らない。部屋を訪ねて急がせるのは不作法だと考えて、彼女の準備が整うまで自分の書斎で待っていた」

長い沈黙があってから、ケイトが言った。「わけを話してくれてありがとう」

アンソニーは苦笑いを浮かべた。「わたしはそれほどひどい人間ではないさ」

ケイトが吐息を漏らした。「そうよね」

その仕方ないというような表情に、アンソニーは思わず笑みを返した。「だが、ちょっとはひどいかな?」冗談めかして言う。

軽い調子に戻ると、ケイトははるかに話しやすそうに顔を輝かせた。「ええ、間違いないわ」

「けっこうだとも。退屈よりはいい」

ケイトは微笑んで、子爵が靴下とブーツを穿くのを見守った。前かがみに手を伸ばし、ピンク色の球を拾いあげる。「これは、わたしが小屋に戻しておいたほうがいいわね」

「わたしが手にすれば、池に投げ戻したいという衝動に負けてしまうかもしれないからかい？」

ケイトはうなずいた。「そんなところかしら」

「さてと」アンソニーは立ちあがった。「ならば、わたしが毛布を持っていこう」

「それでおあいこね」ケイトは丘をのぼろうと向きを変えて、コリンとエドウィーナがだいぶ遠ざかっているのを目にした。「まあ！」

アンソニーもすぐに向きを変えた。「どうした？　ふう、なんてことだ。どうやらふたりは姉と兄をおいて、さっさと先に帰ることにしたらしい」

ケイトは去っていくふたりを睨みつけ、諦め顔で肩をすくめると、重い足どりで丘をのぼりはじめた。「あと数分、あなたがわたしに耐えられるなら、わたしもたぶん耐えられるわ」

子爵が黙っているので、ケイトは拍子抜けした気分だった。そのような軽口を叩けば、当意即妙に、おそらくは皮肉も込めた言葉を返されると思っていた。ケイトは彼の顔を見あげ、驚いてわずかに身を引いた。なんだかとても妙な様子でこちらを見ている……。

「あ、あの、どうかなさったの、子爵様？」ためらいがちに尋ねた。

子爵は首を振った。「どうもしない」だが、どことなく気もそぞろな声だった。

それからふたりとも黙ったまま歩きつづけて小屋へ着いた。ケイトはピンク色の球をペル・メルのカートのなかに戻すとき、コリンとエドウィーナがコースをすっかり片づけて、道具がすべて整然と収められていることに気づいた。行方知れずだったはずの紫色のマレットと球も一緒に。ケイトはアンソニーをちらりと見やって、微笑まずにはいられなかった。彼も同じ物に気づいていることは不機嫌そうにひそめた眉が物語っている。

「毛布はそこにあったのよ、子爵様」ケイトは笑みを隠して言い、脇によけた。

アンソニーが肩をすくめた。「これは屋敷まで持っていく。よく洗わないといけないからな」

ケイトは同意してうなずき、ふたりは扉を閉めると歩きだした。

11

『男性の最たる短所——あるいは女性の最たる長所は競って見せあうものではない』
一八一四年五月四日付〈レディ・ホイッスルダウンの社交界新聞〉より

アンソニーは口笛を吹いてのんびりと屋敷への道を進みながら、ケイトがこちらを見ていない隙にちらりとその顔に目をやった。こうして改めて彼女ひとりを見てみると、じつのところきわめて魅力的な女性だった。どういうわけか、彼女にはいつもこんなふうに驚かされてばかりいる。この惚れ惚れするような顔をまともに目にした憶えはなかった。彼女はつねに動いていて、笑っているか、顔をしかめているか、唇をすぼめている。若い令嬢たちが意識して見せる穏やかで朗らかな表情が身についてはいないのだろう。

アンソニーは社交界のほかの人々と同じ罠に陥っていた——ケイトのことを、その妹に取り入るために必要な相手としか見ていなかったのだ。彼女の妹のエドウィーナは、思わず目を奪われるほど美しく、そばにいる誰もがかすんで見えてしまうような女性だ。エドウィーナが部屋にいれば、ほかの誰にも目が向きにくくなるのはアンソニーも同じだった。

それなのに……。

アンソニーは眉をひそめた。それなのに、ペル・メルの競技をしているあいだ、最後までほとんどエドウィーナには目が向かなかった。むろん、ブリジャートン家のペル・メルなのだから仕方がないという事情もある。なにしろ、ブリジャートンの名を持つ者ならばみな最たる短所を競って見せあうような競技なのだ。たとえ、その競技に摂政皇太子が参加するようなことがあろうと、おそらくはちらりとも目を向けてはいられないだろう。

けれどもそれだけでは、頭に数々の光景が浮かびあがる理由を説明できない。集中しようと緊張した面持ちで身をかがめてマレットをかまえるケイト。誰かの打ち損ないをくすくす笑うケイト。エドウィーナの球がウィケットをくぐり抜けたのを喜ぶケイト――まさしくブリジャートン一族には見られない特性だ。そして、もちろん、ピンク色の球を池に打ち飛ばす直前にいたずらっぽく微笑んだケイト。

つまりはあきらかに、エドウィーナをちらりとも見ていなかったくせに、ケイトのことはしじゅう見ていたということだ。

憂慮すべき事態に違いないのだが。

もう一度ケイトのほうへ視線を戻した。今度は空のほうへわずかに顔を上向けて、眉をひそめている。

「どうかしたのかい?」ていねいな口調で尋ねた。

ケイトが首を振る。「雨が降るのかしらと思っただけ」

アンソニーも空を見あげた。「まだすぐには降らないだろう」

ケイトも同意してこっくりとうなずいた。「雨は嫌い」

むくれた三歳児を思わせるようなケイトの表情に、アンソニーはふっと笑った。「ならばきみは住む国を間違えているな、シェフィールド嬢」

ケイトが気恥ずかしげな笑みを向けた。「静かな雨なら気にならないわ。激しくなると、いやなのよ」

「わたしはむしろ、雷雨になると胸がはずむ」アンソニーはつぶやいた。

ケイトは驚いた目を向けたが何も言わず、足もとの小石に視線を戻した。ふたりで歩いていく道すがら、ケイトは小石を蹴り飛ばしていた。ときには歩調を変え、脇にずれて、小石を蹴りあげては前へ進めていく。一定の間をとりながらドレスの裾の下からブーツを覗かせて小石を蹴るさまがどことなく愛らしく、心惹かれた。

アンソニーがいつしか彼女の顔から目を離せなくなって見つめていると、ケイトがその顔を上げた。

「何を考えてるの――どうしてそんなふうにわたしを見てるの？」ケイトが訊く。

「何を考えてるんだろうな」アンソニーは後半部分の質問はあえて聞き流して答えた。

彼女の唇が不機嫌そうに引き結ばれた。急に可笑しくなって顔が緩み、唇がふるえてきた。

「わたしのことを笑ってるの？」ケイトがいぶかしげに訊く。

アンソニーは首を振った。

ケイトの足がぴたりととまった。「笑っているように見えるんだけど」

「断じて」自分の耳にすらいかにも笑いをこらえている声に聞こえる。「きみを笑ってはいない」

「嘘だわ」

「嘘など――」口を閉じるしかなかった。言葉を継げば、笑い声が吹きだしてしまうのは間違いない。しかも、なんとも妙なことだが――なぜ可笑しいのかがまるでわからない。

「もう、なんなのよ」ケイトはつぶやいた。「どうしたっていうの？」

アンソニーはそばの楡《にれ》の木の幹にもたれ、もはや笑いを抑えきれずに体全体をふるわせた。

ケイトは腰に手をあてて、その目にほんのわずかな好奇心と憤りを滲ませている。「何がそんなに可笑しいわけ？」

アンソニーはとうとう笑いだし、やっとのことで肩を持ちあげ、すくめて見せた。「わからない」ひいひいと息をつく。「きみの顔の表情が……なんというか……」

ケイトの笑みにアンソニーは気づいた。この笑った顔がとても好きなのだ。

「あなたの顔の表情も笑えないものでもないわよ、子爵様」ケイトが言い返した。

「ああ、そうだろうな」アンソニーは何度か深呼吸を繰り返し、われながら見事に笑いを鎮めて平静な顔を取り戻した。なおもいぶかしげなケイトの顔に目が留まり、突如、彼女が自分のことをどう思っているのかを知っておかねばならないという衝動が芽生えた。

翌日まで待つことはできない。今晩までも待てそうにない。

なぜこのような気持ちが湧いてくるのかはわからないが、ケイトに高く評価されることにとても大きな意味があるように思えた。むろん、すっかり滞っているエドウィーナへの求婚を認めさせなければならないことも確かだが、それだけでは満足できなかった。ケイトにはこれまで侮辱され、サーペンタイン池に沈められかけて、ペル・メルでも恥をかかされたが、それにもかかわらず、どうしても彼女に自分を高く評価してほしかった。

これほどまで誰かに認められたいと最後に思ったのはいつだったのかすら憶えていないし、正直なところ、屈辱的な気分だ。

「きみはわたしに借りがあるはずだ」アンソニーは木に手をついて身を起こし、姿勢を正した。考えが慌しくめぐった。ここは賢く進める必要がある。ケイトの自分への評価をなんとしても聞きださねばならない。なおかつ、その評価が自分にとってどれほど大きな意味があるのかを悟られてはならない。なぜ大きな意味があるのかをまずはみずから突きとめるまでは。

「なんですって？」

「借りだよ。ペル・メルの競技での」

ケイトは淑女らしくしとやかに鼻を鳴らして木に寄りかかり、腕組みをした。「誰が誰に借りがあるのかという話なら、あなたがわたしに借りがあるのではないかしら。なにしろ、わたしが勝ったのだから」

「ああ、だが、わたしは恥をかかされたのだぞ」

「たしかに」ケイトは認めた。

「きみらしくないな」アンソニーはひどく冷ややかな声で言った。「逆らわずに同意するとは」

ケイトがとりすました視線を向けた。「淑女は何事にも正直であるべきだわ」

ケイトが目を上げて顔を見やると、子爵は口の片端をゆがめて、いかにも得意げな笑みを浮かべた。「そうくるだろうと思ってたよ」小声で言う。

ケイトはとたんに不安を覚えた。「どういうこと？」

「わたしに借りがあるのだから、シェフィールド嬢、きみはわたしの質問に――どんな質問であろうと――しごく正直に答えなければならない」子爵が片手を彼女の顔に近い木の幹につき、身を乗りだした。ケイトは簡単に逃げだせるはずであるにもかかわらず、突如とらわれたような気分に襲われた。

わずかなとまどいと、高揚のふるえを感じながら、ケイトは彼の目にとらわれていた。やや翳った熱い瞳に目が焦がされてしまいそうな気がする。

「答えられるかな、シェフィールド嬢？」子爵が囁きかけた。

「ど、どんな質問かしら？」ケイトは風音のように乾いたかすれ声を耳にして初めて、自分が囁いていることに気づいた。

子爵がわずかに首を傾ける。「正直に答えなければならないことはわかっているよな」

ケイトはうなずいた。少なくとも、自分ではうなずいたように思えた。いや、うなずいたつもりだった。

子爵が身を寄せてきた。息がかかるほどでもないのに、近さを感じて全身がふるえた。

「では、シェフィールド嬢、質問だ」

ケイトの唇が開いた。

「きみは」――さらに近づく――「まだ」――またわずかに近づく――「わたしのことが嫌いなのか?」

ケイトは喉をひくつかせて唾を呑み込んだ。尋ねられることをいくら想像したとしても、この質問だけは考えられなかった。どう答えればいいのかもわからないまま話しだそうと唇を舐めたが、言葉は出てこなかった。

子爵の口もとにゆっくりと男らしい笑みが浮かんだ。「違うわけだな」

それから子爵は、ケイトがめまいを覚えるほどのすばやさで木から身を起こし、きびきびと言った。「では、そろそろ屋敷へ戻って晩餐の支度をしなければならないだろう?」

ケイトは完全に気が抜けて、木にぐったりともたれかかった。

「きみはまだ少し外にいたいのかい?」つい先ほどまでのんびりと物憂げに誘惑していた男性がうってかわって、せわしげなてきぱきとした態度で腰に手をあて、空を見あげた。「それもいいだろう。まだすぐには雨は降りだしそうもないからな。少なくともあと二、三時間はもちそうだ」

ケイトはただじっと子爵を見つめていた。子爵がどうかしてしまったからなのか、自分が話し方を忘れてしまったからなのかはわからない。あるいは、その両方なのかも。

「けっこう。新鮮な空気を楽しめる女性にはつねづね敬服してるんだ。では、晩餐のときにお会いできるかな？」

ケイトはうなずいた。どうにか反応できたことは自分でも驚きだった。

「すばらしい」子爵はケイトの手をとると、手首の内側の、手袋と袖の縁のあいだに細く覗いた素肌に焼けつくようなキスを落とした。「ではまた今夜、シェフィールド嬢」

そうして子爵は大股で去っていき、残されたケイトは、何か大変なことが起こりつつあるという不可思議な予感に襲われた。

けれど、それがいったいどんなことであるのかは見当もつかなかった。

その晩七時半に、ケイトは重い病気にかかることを考えた。八時十五分前には、やはり何かしらの発作を起こしたことにしようと計画を改めた。しかし、八時五分前になって晩餐の合図の鐘が鳴り、招待客たちに客間に集まる時刻であることが知らされると、ケイトはメアリーと落ちあうため背筋を伸ばして、宿泊している部屋から廊下へ踏みだした。

臆病者にはなりたくない。

臆病者などではないのだから。

ケイトはその晩をうまくやり過ごせることを信じた。それに、アンソニー・ブリジャートンのそばに坐ることにはならないのだからと自分に言い聞かせた。彼は子爵で、屋敷の当主であり、つまりは、食卓の上座につくはずだからだ。男爵の次男の娘である自分はほかの招待客たちに比べて階級が劣るため、ほぼ間違いなく食卓のだいぶ下座のほうへ坐ることになり、首筋を違えるほど伸びあがらなければ子爵の顔すら見えないだろう。

部屋をともにするエドウィーナは、ネックレス選びを手伝うためにすでにメアリーの部屋に入っていたので、ケイトはひとり廊下に立っていた。メアリーの部屋に入ってふたりを待てばいいのかもしれないが、あまりお喋りをしたい気分ではないし、エドウィーナにはすでに、いつになく考え込んでいることに気づかれている。なにより避けたいのは、メアリーから、何かあったのかと詮索を受けることだ。

それにじつを言えば、ケイトにも何があったのかがわからなかった。わかっているのは、その日の午後、自分と子爵とのあいだで何かが変わったということだけだ。何かしらの変化に恐れを抱いているのは素直に（少なくとも心のなかでは）認めている。

でも、それは当然のことなのではないだろうか？　人はみな理解できないものを恐れるものだ。

そして、子爵はとうてい理解できない相手なのだから。

けれどもちょうどひとりの時間を心から楽しめてきたとき、廊下の向こう側のドアが開き、若い婦人がもうひとり出てきた。ケイトはすぐにそれが有名なフェザリントン家三姉妹――厳密に言えば、社交界に登場している三姉妹――のなかで最も若いペネロペ・フェザリントンだと気づいた。三姉妹の下にはさらにまだ子供部屋にいる四女がいると聞いている。

残念ながらフェザリントン三姉妹は、結婚市場で幸運に恵まれていないことで名を馳せていた。プルーデンスとフィリッパは今年三シーズン目で、どちらも結婚の申し込みを一度も受けていない。ペネロペはちょうど二シーズン目を迎え、社交界の催しではほとんどいつも、総じて変わり者と見なされている母と姉たちを避けようとしているのが窺えた。

ケイトは以前からペネロペに好感を抱いていた。とりわけともにレディ・ホイッスルダウンに不似合いな色のドレスを着ていたことをこきおろされてからというもの、ふたりのあいだに親近感が生まれていた。

そのペネロペが、またもひどく顔色がくすんで見えるレモン色のドレスをまとっていることに気づき、ケイトは同情のため息をついた。それだけならまだしも、やたらにひだ飾りだらけというおまけつきだ。ペネロペは長身ではないので、ドレスにすっかり覆いつくされているように見える。

誰かが母親を仕立て屋から連れだしてペネロペに好みの服を選ばせれば、きわめて魅力的な婦人になるはずなので気の毒に思えた。ペネロペはとても愛くるしい顔立ちで、抜けるように白い肌の赤毛の女性だ。より正確に言うと、赤毛というより赤褐色で、さらに詳しく言えば、褐色に近い赤毛だ。

それを何色と表現するにしても、その髪色や肌にレモン色だけはそぐわないとケイトはもどかしく思った。

「ケイト！」ペネロペが呼びかけて、出てきたドアを閉めた。「驚いたわ。あなたが出席しているとは思わなかった」

ケイトはうなずいた。「うちには遅れて招待状が届けられたのだと思うわ。わたしたちがレディ・ブリジャートンにご挨拶したのはつい先週のことだったから」

「じつは、つい驚いたと言ってしまったけれど、ほんとうは驚いてないの。ブリジャートン子爵はあなたの妹さんにとても関心を示してらっしゃるのだものね」

ケイトは顔を赤らめた。「えっ、ええ」口ごもる。「そうよね」

「ともかく、噂ではそう言われてるわ」ペネロペが続ける。「といっても、噂が必ずしも正しいわけではないけれど」

「レディ・ホイッスルダウンが間違いを書いたことはほとんどないのではないかしら」ケイトは言った。

ペネロペはちらりと肩をすくめて、厭わしげに自分のドレスを見おろした。「わたしについて書いたことは、たしかに間違いではないわ」

「あら、そんなことないわよ」ケイトはすぐさま否定したが、ふたりともそれが慰めの言葉であることは心得ていた。

ペネロペがうんざりしたように首を振る。「母は黄色が幸せの色で、幸せ色の衣装をまとった娘は花婿をつかまえられると信じてるのよ」

「やれやれね」ケイトは言って、くすりと笑いを漏らした。

「母はわかってないの」ペネロペが顔をゆがめて言葉を継ぐ。「幸せを表す黄色がわたしを不幸せに見せて、紳士たちをよけいに遠ざけていることを」

「緑色を提案してみた？」ケイトは尋ねた。「あなたには緑色がぴったりだと思うわ」

ペネロペが首を振る。「母は緑色が好きではないの。陰気な色なんですって」

「緑色が？」ケイトは信じられない思いで訊いた。

「母のことは理解しようという気にもなれないわ」

緑色のドレスをまとったケイトは、できるだけ黄色の生地を隠すようにしてペネロペの顔のそばに袖を持ちあげた。「顔全体が明るくなるわ」

「もう言わないで。黄色を着ているのがよけいにつらくなるだけだから」

ケイトは思いやりを込めた笑みを浮かべた。「わたしのドレスを貸してあげたいところだけれど、床を引きずる格好になってしまうものね」

ペネロペは手を振って申し出を拒んだ。「ご親切は嬉しいけれど、運命だと思って諦めるわ。少なくとも、昨年よりはましなんだもの」

ケイトは片方の眉を吊りあげた。

「あら、そうだわ、あなたはまだ昨年は来ていなかったのよね」ペネロペが顔をゆがめる。

「わたしはいまより十キロ以上も重かったの」

「十キロ？」ケイトはおうむ返しに尋ねた。とても信じられない。

ペネロペはうなずいて表情を曇らせた。「赤ちゃんみたいにぽっちゃりしていたの。十八になるまで社交界には出たくないって訴えたのだけれど、母は少しでも早く出たほうが有利だと考えたのよ」

その表情をひと目見れば、それがペネロペに有利に働かなかったことはすぐにわかった。ペネロペは自分より三歳ほど若いのだが、ともに舞踏場のなかでとりたてて人気のある娘ではないことをしっかりと自覚し、ダンスを申し込まれなくても気にしていないように見せたいばかりに冷静な顔を取りつくろっている。

「ねえ」ペネロペが言う。「ふたりで一緒に晩餐の席へ行くというのはどうかしら？　あなたのご家族も、うちの家族も遅れそうだから」

ケイトは早々と客間におりてブリジャートン子爵と顔を合わせることになるのは避けたいものの、メアリーとエドウィーナを待っていても苦しみの時間の始まりがたかが数分後に延びるだけなのだし、ペネロペとともに先に行くのもいいだろうと思いなおした。

ふたりはそれぞれ、母親の部屋を覗いて先に行くことを伝えると、腕を組んで廊下を歩きだした。

客間に着くと、すでにかなりの数の招待客が集まっており、みなお喋りをしながら、残りの人々が来るのを待っていた。田舎の本邸でのパーティに出席するのは初めてのケイトは、ほとんどの人々がロンドンにいるときよりもくつろいで、生き生きとしている様子に目を見張った。きっと新鮮な空気のせいなのだろうと考えて微笑んだ。それとも、規律のきびしい街から離れて気が緩んでいるのだろうか。いずれにせよ、ケイトにはロンドンでの晩餐会よりこちらの雰囲気のほうが好ましく思えた。

部屋の向こう側にブリジャートン子爵の姿が見えた。というより、感じとったというほうが正しいのかもしれない。暖炉のそばに立つその姿を目にするとすぐさま、細心の注意を払って視線をそらした。

それにもかかわらず、ケイトは彼を感じていた。自分でもどうかしているとは思うのだが、たしかに彼が首をかしげるのが見えるし、話す声や笑い声も聞こえた。

そして、彼の目が自分の背中を見ているのがはっきりとわかった。首がいまにも燃えだしそうに熱くなった。

「レディ・ブリジャートンがこれほどたくさんの人々を招いているとは思わなかったわ」ペネロペが言う。

ケイトは暖炉に目がいかないよう気をつけながら、人々の様子を見るために部屋をひとめぐり見渡した。

「あら、やだ」ペネロペが囁きにも呻きにも聞こえる声で言う。「クレシダ・クーパーがいるわ」

ケイトは慎重にペネロペの視線の先を追った。一八一四年のシーズンで随一の美女の名をエドウィーナと競える相手がいるとすれば、クレシダ・クーパーだ。クレシダは背が高く細身で、蜂蜜のようになめらかなブロンドの髪にまばゆい緑色の瞳を持ち、ほとんどいつも取り巻きの小さな群れを引き連れている。とはいえ、エドウィーナが心やさしく、おおらかな性格であるのに対し、クレシダはケイトから見ると、苦しんでいる人間を見て喜ぶような自己中心的で不作法な底意地の悪い女性だ。

「彼女に嫌われてるのよ」ペネロペが囁いた。

「彼女は誰のことでも嫌ってるわ」ケイトは答えた。

「違うのよ、わたしはほんとうに嫌われてるの」

「どういうこと？」ケイトは友人に興味深げな目を向けた。「あなたが彼女に何かしたとでもいうの？」

「去年、彼女にぶつかって、彼女とアシュボーン公爵にパンチを引っかけてしまったの」

「それだけ？」

ペネロペが目をぐるりとまわす。「クレシダにとっては大変なことだったのよ。衣装が汚れていなければ、公爵様に求婚されるはずだったと信じてるんだから」

ケイトは淑女らしいしとやかさもつくろわず、鼻を鳴らした。「アシュボーン公爵は近いうちに身を固めようなんて気はないわよ。そんなことは誰でも知ってるわ。ブリジャートン子爵と同じぐらい始末の悪い放蕩者なのだから」

「子爵様のほうは今年最も結婚しそうな男性なんだものね」ペネロペが指摘した。「噂が正しければだけれど」

「あら」ケイトは鼻先で笑った。「レディ・ホイッスルダウン自身が、彼が今年結婚するとは思えないと書いていたじゃない」

「それは何週間も前のことでしょう」ペネロペはあてにならないというふうに手を振って答えた。「レディ・ホイッスルダウンはしょっちゅう意見を変えるもの。それに、子爵様があなたの妹さんに言い寄ろうとしているのは誰の目にもあきらかだわ」

ケイトは唇を噛んでから、小声で返した。「思いださせないでよ」

けれど、その悩ましい胸の痛みもペネロペの低いかすれ声に掻き消された。「ああ、いやだわ。彼女がこっちへ来る」

ケイトは安心させようと友人の腕を握った。「心配いらないわ。人として彼女のほうが勝ってるところなんてないんだから」

ペネロペは皮肉っぽい目を向けた。「それはわかってるわ。でも、不愉快な思いをさせられることは変わらない。それに、彼女は必ずわたしが避けられないような手を使うの」

「ケイト、ペネロペ」クレシダがさえずるように呼びかけてふたりのそばで足をとめ、つややかな髪を見せつけるように揺らした。「ここでお会いできるなんて驚きだわ」

「それはまたどうして？」ケイトは訊いた。

クレシダは自分の言葉にケイトが疑問を投げかけたことにあからさまに驚いて、目をぱちくりさせた。「そうねえ」ゆっくりと言う。「あなたがここにいるのはたいして意外でもないわ。あなたの妹さんはとても人気が高いし、妹さんの行くところにはあなたも必ず現れるのは誰もが知っていることだもの。けれども、ペネロペがここにいるのは……」優美に肩をすくめる。「まあ、わたくしはあれこれ言える立場ではないわよね。ただ、レディ・ブリジャートンは格別に思いやり深いご婦人だということよ」

あまりに無礼な発言に、ケイトは唖然とするしかなかった。驚きで口をあけたまま見つめているあいだに、クレシダがとどめを刺しにかかった。

「すてきなドレスね、ペネロペ」そう言ったときのクレシダの笑顔はいかにも甘ったるく、ケイトは空気まで砂糖の味がするように思えた。「わたくしは黄色が好きなのよ」自分の淡い黄色のドレスの皺を伸ばすようにして続ける。「この色は格別に顔色が引き立つものね、そう思わない？」

ケイトはきつく歯軋りした。当然のことながら、そのドレスを着たクレシダは光り輝いていた。彼女ならぼろ切れをまとっても光り輝いて見えるのだろう。

クレシダがふたたび微笑み、ケイトにはその顔が蛇のように見えてきた。わずかに向きを変えて、部屋の反対側にいる誰かを手招きしている。「あら、グリムストン、グリムストン！　ちょっとこちらへいらして」

ケイトは肩越しに見やり、バジル・グリムストンが近づいてくるのに気づいて、どうにか唸り声をこらえた。グリムストンはまさしくクレシダをそのまま男性にしたような、無礼で、傲慢で、うぬぼれが強い人物だ。なぜブリジャートン子爵未亡人のような魅力的な婦人が彼を招待したのか見当もつかない。きっと、若い令嬢たちを大勢招待したので、男女の人数を釣りあわせるために呼ばざるをえなかったのだろう。

グリムストンは滑るようにやって来て、口の片端を上げて気どった笑みを浮かべた。「仰せのとおり来ましたよ」クレシダに言ってから、ケイトとペネロペにほんのちらりと尊大な視線を投げた。

「ペネロペ嬢はとっても似合いのドレスを着ていると思わない？」クレシダが言う。「黄色はきっと今シーズンの流行りの色になるわ」

グリムストンはペネロペの頭のてっぺんから爪先や背中のほうに至るまで、ゆっくりとぶしつけに眺めまわした。首はほとんど動かさず、目だけを体の隅々に走らせている。ケイトは激しい嫌悪感からこみあげてきた吐き気をこらえた。なによりいまは、気の毒なペネロペに腕をまわして抱きしめてあげたかった。けれどもそのような気づかいは友人をよけいに弱く、いじめられやすい立場に追い込むだけのことだ。

グリムストンはようやく無作法な眺めまわしを終えると、クレシダに向きなおり、いかにも褒めようがないというように肩をすくめた。

「もうどこかほかへいらしたら？」ケイトは言い放った。

クレシダが驚いた顔をした。「あら、シェフィールド嬢、聞き捨てならない言い方ね。ミスター・グリムストンとわたしはペネロペの姿に見惚れていただけなのよ。黄色のドレスがとっても肌の色に似合っているのですもの。それに、昨年に比べたらほんとうに見違えたわ」

「たしかに」グリムストンが間延びした声で言い、そのおもねるような調子をケイトは心からおぞましく思った。

ケイトは隣でペネロペが身をふるわせているのを感じた。苦痛からではなく、怒りのせいであることを願った。

「なんのお話なのかさっぱりわからないわ」ケイトは冷ややかな声で言い返した。

「そんなこと、決まってるじゃないか」グリムストンが愉快そうに目を輝かせた。それから身を乗りだし、囁くふりをしつつ、大勢の人々に聞こえるようことさら大きな声で言った。「太ってたんだよ」

ケイトは痛烈に言い返してやろうと口をあけたが、声が出るまえに、クレシダが言い添えた。「なにしろ昨年は街にたくさんの殿方がいらしていたから、よけいにお気の毒だったわ。もちろん、わたしたちのほとんどはダンスのお相手に事欠かなかったわけだけれど、ペネロペは年配のご婦人方と坐ってらしたから同情してしまって」

「舞踏場で多少なりとも知的な会話ができるお相手といったら」ペネロペが吐きだすように言う。「年配のご婦人方ぐらいしかいなかったのよ」

ケイトは飛びあがって喝采を送りたかった。

クレシダは気分を害する権利があるとばかりにため息混じりの声で「まあ」と漏らした。

「それにしたって、誰が見ても……あら！　ブリジャートン様！」

ケイトはクレシダの態度が一変したことにうんざりしながら、子爵が小さな輪へ加われるよう脇にずれた。クレシダはキューピッドの弓形のように唇をすぼめ、まぶたを忙しくはためかせている。

ケイトはその変わり身の速さに呆れ、子爵を意識することも忘れていた。

ブリジャートン子爵はクレシダに鋭いまなざしを向けたが何も言わなかった。それどころか、ケイトとペネロペのほうへわざとらしく向きなおり、ふたりの名を呼びかけて挨拶した。

ケイトはしてやったりの喜びの声を漏らしかけた。子爵はクレシダ・クーパーを完全に無視したのだ！

「シェフィールド嬢」なめらかな口調で言う。「フェザリントン嬢を晩餐の席へご案内してもよろしいだろうか」

「そんなことは認められなくてよ！」クレシダが口を挟んだ。

子爵が冷淡な目をくれる。「失礼ながら」仕方なく話しているといった声で言う。「あなたに話しかけただろうか？」

クレシダは声を荒らげたことを恥じるように身を縮こませた。とはいえ、子爵がペネロペに付き添うというのはきわめて異例なことだ。屋敷の当主には、最も身分の高い婦人の案内役となる務めがある。今夜はそれがどの婦人なのかケイトにはわからなかったが、爵位を持たない紳士の娘であるペネロペではないことは確かだ。

ブリジャートン子爵はペネロペに腕を差しだしながら、クレシダに背を向けた。「いじめっ子は嫌いだな」つぶやいた。

ケイトは手ですばやく口を覆ったが、忍び笑いをこらえきれなかった。子爵がペネロペの頭越しに密やかにちらりと微笑んだ。その瞬間、ケイトはこの男性をほんとうに理解できたような、とても妙な感覚にとらわれた。

まだわからない部分はあるにしても――非情でどうしようもない放蕩者というわけではな

いと、信じてもいいのかもしれないという気持ちが湧いてきた。

「いまのを見た？」

ケイトはほかの招待客たちとともに、ブリジャートン子爵がペネロペを地球上で最も魅力的な女性であるかのように部屋から導いていく光景を呆然と見届けて、ちょうどそばにやって来たエドウィーナのほうを向いた。

「わたしはぜんぶ見てたのよ」ケイトはぼんやりとした声で言った。「ぜんぶ聞いてたわ」

「いったい何があったの？」

「あの男性《ひと》は……あの男性は……」ケイトは子爵の行動をうまく表せる言葉が見つからず口ごもった。そうして、思いも寄らなかった言葉を口にした。「英雄だったわ」

12

『愛嬌に富む男性は場を楽しませ、見映えのする男性は当然ながら目を楽しませてくれるが、高潔な男性こそ――ああ、親愛なる読者のみなさま、若き令嬢たちが群がるに値する人物である』

一八一四年五月二日付〈レディ・ホイッスルダウンの社交界新聞〉より

その晩おそく、食事のあとで男性たちはポートワインを楽しみ、いかにもロイヤル・アスコット（アスコット競馬場で毎年六月に行なわれ、王族も観戦する伝統のレース）の勝ち馬予想よりも重要なことを話していたかのような気どったそぶりで、ふたたびご婦人方と合流した。そうして、招待客たちはたまに退屈で、たまには愉快なジェスチャーゲームに興じ、やがて、レディ・ブリジャートンが咳払いをして、寝床に入るべき時間であることを丁重に伝えると、淑女たちは蠟燭《ろうそく》を手にベッドへ向かい、紳士たちもおおむねそのあとに続き……。

ケイトは眠ることができなかった。

あきらかに、天井のひび割れをじっと見つめて過ごす一夜になりそうだった。といっても、オーブリー屋敷の天井にひび割れは見あたらない。それに、月も出ておらず、カーテンを通して漏れてくる明かりもないので、たとえひび割れがあったとしても見つけることはできなかっただろう。しかも……。

ケイトは唸り声を漏らして上掛けを押しやり、ベッドをおりた。いずれそのうち、一度にあらゆる方面へ考えがめぐる癖をとめる術を身につけなければ。今夜はすでに一時間近くもベッドに横たわり、闇夜のなかで天井を見あげて、意志の力で眠ろうと目を閉じることを繰り返していた。

うまくいかなかった。

さっそうと助けに現れた子爵に連れ去られていくときのペネロペ・フェザリントンの表情を、頭から振り払うことができなかった。きっと自分も、だいたい似たような顔をしていたのだろう――少し驚いて、ちょっぴり嬉しそうで、見るからにいまにも床に溶け落ちてしまいそうな表情。

ブリジャートン子爵の計らいはすばらしかった。

ケイトはその一日のあいだにブリジャートン家の人々を実際に目にして言葉を交わし、はっきりとわかったことがひとつあった。アンソニー・ブリジャートンが家族をとても大切にしているという話はすべて真実だったということだ。

不埒な放蕩者だという見方は変えられないが、子爵にはそれだけではないほかの側面もあるらしいことがわかってきた。

何か良い側面もあることが。

つまり、その事実をいたって客観的に考えるとするならば、認めるのは気が進まないものの、一概にエドウィーナの花婿にふさわしくないとは言いきれないということだ。

ああ、いったいどうして、彼をいい人だなどと考えなければならなくなってしまったのだろう？　これまでのように、愛想がいいだけの薄っぺらな遊び人だと信じていられたなら、どれほど気が楽だったことか。いまや彼はこれまでとはまったくべつの存在に、恐ろしくも気にかけずにはいられない相手になろうとしている。

暗闇のなかだというのに、顔が赤らむのをケイトは感じた。アンソニー・ブリジャートンのことを考えるのはやめなければいけない。こんな調子では、この先一週間ほとんど眠れなくなってしまう。

何か本を読んでみるのもいいかもしれない。ケイトはその晩早くに、広々として蔵書も多そうな図書室を見つけていた。あそこにならきっと、眠気を誘う分厚い書物もあるに違いない。

ケイトは化粧着をまとうと、エドウィーナを起こさないよう用心して密やかに戸口へ向かった。といっても、それはたやすいことだった。エドウィーナはいつも死んだように熟睡している。メアリーによれば、妹は赤ん坊のときですら、ひと晩じゅう眠っていたという
――まさに生まれたその日から。

ケイトは室内履きに足を滑り込ませ、静かに廊下に出ると、辺りを注意深く確かめてからドアを閉めた。田舎の本邸への泊りがけの訪問は初めてだが、そうした催し事についてはあ

れこれ耳にしており、誰かしらの寝室へ向かう途中の殿方と出くわすことだけは避けたかった。

もしも配偶者ではない女性と戯れている殿方がいるとすれば、知らずにいたいとケイトは思った。

廊下にはランタンがひとつ灯され、おぼろげにちらつく炎が暗がりを照らしていた。ケイトは歩み寄ってランタンの蓋をあけ、手にしていた蠟燭の芯に火を移した。炎がしっかりと灯ると歩きだし、角に来るたび立ちどまり、誰もいないことを慎重に確かめながら階段のほうへ向かった。

数分後、ケイトは図書室のなかに入った。貴族の屋敷の一般的な図書室に比べれば大きいとは言えないが、壁面はすべて床から天井まで書棚で埋め尽くされている。ドアをほんの少し隙間を残して閉じると――付近に誰かがいるかもしれないので、ドアを閉じる音でここにいることを気づかれたくなかった――、書棚に近づいていって書名を眺めた。

「ふうん」独りごちて、一冊引き抜き、表紙の『植物学』という文字を見つめた。園芸はとても好きなのだが、それについての解説書といったものにはたいして興味をそそられない。想像力を掻き立てられる小説とか、反対にいかにも眠気を誘われそうな本はないだろうか？

ケイトは手にした本をもとの場所に戻し、隣の書棚に移動して、そばのテーブルに蠟燭を置いた。そこはどうやら哲学書の棚らしかった。「ありえないわ」つぶやくと、テーブルの上の蠟燭をそっとずらして、もうひとつ右の書棚の前へ動いた。植物学の本ならば眠気を感じる程度ですむかもしれないが、哲学書では何日も寝込んでしまいそうだ。

蠟燭をさらに少し右のほうへずらし、次の書棚を見ようと身を乗りだしたとき、まったく思いがけず、稲光が部屋を照らした。

ケイトは切れぎれの叫びを発して後ろへ飛びのき、テーブルに背中をぶつけた。いまはやめて、ここではやめて、と胸のなかで懇願した。

けれど、胸のなかでつぶやきを唱え終わると同時に、くぐもった雷の轟きが部屋じゅうに響き渡った。

それからふたたび暗くなり、ケイトはふるえながら指の関節が固まりそうなほど強くテーブルを握りしめた。いやだ。ああ、なんていやなものなのだろう。この音も、稲光も、大気中に伝わる振動も嫌いだけれど、なによりいやなのは、こういうときの自分の心の状態だった。

ついにはまったく何も感じられなくなってしまうのではないかという気がして、恐ろしくなる。

ケイトは、少なくとも物心がついてからはずっと同じような思いを味わってきた。幼いときには、嵐が来るたび父やメアリーに慰められていた。近くで雷が鳴り響き、稲光が起きているあいだ、ふたりのうちのどちらかがベッドの端に腰かけて、自分の手を取り、やさしく囁きかけていてくれたことが幾度もあった。けれど、成長するにつれ周りの人々にはいかにもその苦しみを克服したふりをするようになった。もちろん、いまだ嵐を苦手としているのはみなに知られている。でも、恐怖すら感じていることは自分の胸のなかだけに押し隠していた。

なにしろ、原因があきらかではなく、そのためはっきりとした治し方もわからないので、とりわけ厄介な弱点なのだ。

窓を叩く雨音はまったく聞こえない。ということは、嵐はさほど激しいものではないのだろう。たぶん、遠くで始まって、さらに遠くへ離れていくに違いない。そうよ、きっと――。

もう一度、閃光に部屋が照らされ、ケイトの肺が二度目の叫びを絞りだした。そして今度は先ほどよりも稲光と雷鳴が起きる間隔が縮まり、嵐がさらに近づいていることがわかった。

ケイトは思わず床に沈み込んだ。

音が大きすぎる。音が大きすぎるし、まぶしすぎるし、それに――。

ドドーン！

ケイトはテーブルの下にもぐり、脚を折り曲げて膝を抱え込み、次の一撃を恐れて身がまえた。

そのうち、雨が降りだした。


午前零時をわずかに過ぎたころ、招待客たちはみな田舎の生活時間にいくぶん慣れてきた様子ですでに床に就いていたが、アンソニーはいまだ書斎に残り、窓を叩く雨の音に合わせて机の端を軽く叩いていた。時おり、稲光が部屋をぱっと照らし、そのたび雷鳴が思いのほか大きく響いて、アンソニーは椅子の上でびくりと身を跳ねあげた。

おお、雷雨には胸が躍る。

なぜなのかは説明しがたい。いわば自然の力が人間に勝る証しだからだろうか。光と音の威力をひしひしと感じるからなのかもしれない。いずれにせよ、気分が活気づいてくる。

母に就寝の時刻だと促されたときにはさほど疲れを感じていなかったので、独りになれるわずかな時間を、家令から渡されていたオーブリー屋敷の帳簿の確認に使わない手はないと考えた。なにぶん、母のことなので、翌日は独身令嬢たちとの催し事の予定を分刻みで詰め込んでいるに決まっているからだ。

けれども、乾いた羽根ペンの先端で帳簿の数字をひとつひとつたどって綿密に確認し、足したり、引いたり、掛けたり、たまに割ったりして一時間かそこらを過ごすうち、まぶたが重くなってきた。

長い一日だったと思い返し、まだ確かめておかなければならない頁を一枚残して帳簿を閉じた。午前中はほとんどの時間を、領地の住人を訪ね、建物を点検するのに費やした。一軒の家が扉の修理を望んでいた。ほかにも、父親の脚の骨折で作物の収穫と地代の支払いに難儀している家があった。アンソニーは人々の話を聞いて揉め事を収め、赤ん坊の誕生を祝い、雨漏りする屋根の修理を手伝いもした。どれも領主の仕事の一部であり、楽しくこなしたが、くたびれもした。

ペル・メルの競技は愉快な気晴らしになったが、屋敷に戻るとすぐさま、母が催したパーティの招待主の務めに追われた。こちらも領地の住人たちを訪ねるのと同じぐらい労力の要る仕事だった。十七歳になったばかりのエロイーズにはあきらかに誰かが目を配ってやらなければならなかったし、意地の悪いクーパー嬢が気の毒なペネロペ・フェザリントンにいやみを浴びせていたので、誰かが何かしら手を打たなければならず……。

行ってみると、ケイト・シェフィールドがいた。

わが身を滅ぼす元凶。

そして、わが欲望の対象。

そのどちらでもあるのだ。

なんというややこしさ。そもそも、彼女の妹に求婚するつもりだったはずだ。エドウィーナに。今シーズン随一の美女に。美しさは比べものにならない。愛らしく、おおらかで、穏やかな性格。

にもかかわらず、アンソニーはケイトのことを考えずにはいられなかった。ひどく腹立たしいいっぽうで、敬意も感じずにはいられない女性、ケイト。あれほど断固として信念を貫き通そうとする相手をどうして称賛せずにいられるだろう？　しかも、その信念の核になっているもの——家族への献身——は、何にもまして自分自身が大切にしている信条でもある。

アンソニーはあくびをすると、机の後ろで立ちあがり、両腕を伸ばした。さすがにベッドに入る頃合いだ。うまくすれば、頭を枕にのせると同時に眠りに落ちるだろう。天井を見つめてケイトのことを考えつづけることだけは避けたい。

ましてやケイトにしたいことを考えるなどもってのほかだ。

アンソニーは蠟燭を手に取り、ひと気のない廊下へ出ていった。静かな屋敷にはどこか安穏とした心惹かれる雰囲気が漂っている。雨が外壁を叩いてはいても、自分のブーツが床を踏む音がつぶさに聞きとれた――踵、爪先、踵、爪先。そして稲光が空を切り裂く瞬間を除けば、廊下を照らしているのは手にした蠟燭の明かりだけだ。蠟燭の炎をゆらゆらとそよがせて壁や家具に映る影を見ていると、なんとなく楽しくなってきた。支配力を得たようにも感じ――。

アンソニーはいぶかしげに片方の眉を吊りあげた。図書室のドアがほんのわずかにあいていて、部屋のなかから蠟燭の淡い光の筋が漏れている。

ほかには誰も起きていないものと思い込んでいた。それに、図書室のなかから音はまったく聞こえてこない。誰かが本を取りに来て、蠟燭を灯したまま出ていったのだろうか。アンソニーは顔をしかめた。それにしても無責任なことをするものだ。たとえ暴風雨のさなかであろうと、炎は何より速く家を破壊するものなのだから、本に埋めつくされている図書室は火を灯すのにふさわしい場所ではない。

アンソニーはドアを押しあけて部屋のなかへ入っていった。図書室のいっぽうの側面には高い窓が嵌《は》め込まれているので、雨音が廊下よりもはるかに大きく聞こえた。雷鳴が床に轟き、その音にほとんどかぶさるように、稲光が夜空を切り裂いた。

その瞬間、アンソニーはにやりとして、灯したままの危険な蠟燭のほうへ部屋を横切っていった。身を乗りだし、火を吹き消し……。

　何かが聞こえた。

　息づかいの音。せわしなく苦しそうで、かすかにすすり泣きも混じっている。

　アンソニーはまんじりと辺りを見まわした。「誰かいるのか？」呼びかけた。だが誰の姿も見えない。

　それからふたたび音が聞こえた。下のほうから。

　アンソニーは蠟燭をしっかりと握り、かがんで机の下を覗き込んだ。

　とっさに大きく息を呑んだ。

「なんてことだ」息を乱して言った。「ケイト」

　ケイトは折り曲げた脚を抱きしめ、砕け散ってしまいそうなほどにきつく身を縮こませていた。頭を垂れ、眼窩《がんか》を膝に伏せて、全身を小刻みに激しくふるわせている。

　アンソニーはたちまち血の気が失せた。こんなふうにふるえる人間は見たことがない。

「ケイト？」もう一度呼びかけて蠟燭を床に置き、そばに寄った。声が聞こえているのかどうかは判断がつかない。何かから必死で逃れようと自分の殻に閉じこもってしまったように見える。嵐のせいなのか？　たしか雨が嫌いだとは言っていたが、そのような感情をはるかに超えた反応だ。自分とは違い、たいがいの人々が雷雨に心浮かれるわけではないことは知っているが、これほどの状態になるという話は聞いたことがない。

　触れただけでも、粉々に砕けてしまいそうに見える。

雷鳴が部屋に轟き、ケイトがひどく苦しげにすくみあがると、アンソニーはいたたまれない思いで囁いた。「ああ、ケイト」その姿を見ていると胸が引き裂かれそうだった。慎重に、力強い手をケイトのほうへ伸ばした。自分がそばにいることを彼女が認識しているのかどうかもまだ定かではない。夢遊病者が目覚めるときのように驚かせてしまうだろうか。

二の腕にそっと手をおいて、ほんのわずかに握った。「わたしだ、ケイト」囁きかけた。「もう何も心配することはない」

稲光が夜闇を貫き、突如鋭い閃光に部屋が照らされると、可能であるとするならば、ケイトがさらにきつく小さく身を縮こめた。顔を膝に突っ伏して、目を隠そうとしているのだ、とアンソニーは気づいた。

さらに身を寄せて、彼女の片手を取った。皮膚は氷のように冷たく、指は怯えのせいでこわばっている。脚から腕を引き離すのは容易ではなかったが、どうにか彼女の手を自分の口もとに持っていき、唇で皮膚を擦って温めようとした。

「わたしだ、ケイト」ほかに言葉が見つからず、繰り返した。「わたしだ。もう何も心配はいらない」

とうとうアンソニーは自分もするりと机の下に入って、ケイトの隣に腰をおろし、ふるえている肩に腕をまわした。触れるとわずかに彼女の体がやわらいで、妙な気持ちに襲われた――自分こそ彼女を救える人間だったのだという誇らしさ。それに、あまりに苦しげな姿を見ているのは忍びなかったので、心の底から安堵の思いが沸いた。

耳もとに安心させる言葉を囁き、肩をやさしくさすって、わが身のぬくもりだけで慰めようとした。するとゆっくりと——あまりにゆっくりで、一緒に机の下にどれぐらいのあいだ坐っていたのかもわからない——ケイトの筋肉がほぐれてくるのを感じた。肌からひどく冷たい湿り気が消え、呼吸も、まだ速いとはいえ、激しく乱れているというほどではなくなってきた。

ようやく準備が整ったものと見て、アンソニーはケイトの顎の下に二本の指を添え、できるかぎりそっと顔を持ちあげて、互いの目の高さを合わせた。「わたしを見るんだ、ケイト」穏やかだが威厳に満ちた声で言った。「わたしを見れば、もう大丈夫だと信じられるはずだ」

ケイトの目の周りの細かな筋肉がゆうに十五秒は小刻みにふるえたあと、やっとまぶたが動きだした。本人は目をあけようとしているものの、体が逆らっているらしい。アンソニーはこれほど怖がる人間を見た憶えはなかったが、ケイトが何かをひどく恐れるあまり、それを見ることを拒んで、目を開くのをいやがっているのだろうということはなんとなくわかった。

さらに何秒かまぶたを動かしてから、ケイトはついにどうにか目をあけて、視線を合わせた。

アンソニーはみぞおちを殴られたような衝撃を受けた。

目がほんとうに心を映す窓だとするならば、その晩、ケイト・シェフィールドの心のなかでは何かが砕け散っていた。ケイトは何かにとりつかれ、追いつめられて、完全に混乱しているように見えた。

「憶えてないの」かろうじて聞きとれる声で言う。

アンソニーはしっかりと握った手をけっして手放すまいとして、もう一度自分の唇のほうへ持ちあげた。手のひらにやさしく唇を押しあて、まるで父親のようなキスをした。「何か思いだせることはあるかい?」

ケイトが首を振る。「わからない」

「図書室に来たのは憶えてるだろう?」

ケイトがうなずいた。

「嵐のことは?」

まるで、目をあけているにはいまある力だけではとても足りないとでもいうように、ケイトは一瞬目を閉じた。「嵐はまだ続いているのね」

アンソニーはうなずいた。それは事実だ。雨は相変わらず凄まじい激しさで窓を叩いているが、先ほど雷鳴と稲光が起きてからすでに数分が過ぎている。

ケイトはせっぱ詰まった目でアンソニーを見つめた。「わたし……思いだせない……」

アンソニーは彼女の手を握りしめた。「何も言わなくていい」

彼女の体のふるえと、やわらぎを感じ、低い声が聞こえた。「ありがとう」

「話しかけていたほうがいいかな?」アンソニーは尋ねた。

ケイトが先ほどよりは軽く目を閉じて、うなずいた。

アンソニーは相手には見えていないことを知りつつ微笑んだ。だがおそらく、感じとってはいるだろう。声から笑みを聞きとれているかもしれない。「さてと」思いめぐらす。「何について話せばいいだろう？」

「このお屋敷について聞かせて」ケイトが囁いた。

「お屋敷？」アンソニーは驚いて訊き返した。

ケイトがうなずく。

「わかった」アンソニーは答えて、自分にとってはかけがえのない石と漆喰の塊りに興味を示してくれたことに言い知れぬ喜びを感じた。「知ってのとおり、わたしはここで育ったんだ」

「あなたのお母様から伺ったわ」

アンソニーは彼女の言葉を聞いて、胸に何か温かく心強い感情が湧いた。つい先ほど何も言わなくていいとなだめたときには、ケイトもそれであきらかにほっとしているように見えたが、いまやみずから会話を始めている。間違いなく、気分が良くなってきている証しだ。これでもしケイトが目をあけていたなら――そしてふたりが机の下に坐っているのでなければ――ほとんどいつもの調子に思えただろう。

そして、彼女の気分が良くなることを自分がどれほど望んでいたかに気づいてどきりとした。

「弟が妹のお気に入りの人形の首を引っこ抜いたことについて話そうか？」アンソニーは尋ねた。

ケイトは首を振ってから、風の煽りでさらに激しく窓に打ちつけるようになった雨音にびくんと身じろいだ。それでも顎をこわばらせて言った。「あなたのことを何か聞かせて」

「わかった」アンソニーはゆっくりと言って、ぼんやりと胸に漂う落ち着かない気分を振り払おうとした。自分自身のことよりも、大人数のきょうだいたちの話をするほうがずっと気が楽だ。

「あなたのお父様のことを聞かせて」

アンソニーは凍りついた。「わたしの父？」

動揺のあまり、ケイトが微笑んだことにも気づけなかった。「どんなことでもいいわ」ケイトが言う。

アンソニーはにわかに息苦しさを感じた。家族とすら、父の話はあまりしていない。その理由は、ずいぶんと時が経ってしまったからだと自分に言い聞かせてきた。なにしろ父エドモンドが亡くなって十年以上が経っている。だが、実際は思いだすのがつらすぎるからなのだ。

たとえ十年が過ぎようとも、いまだ癒されない傷が心に残されている。

「父――父は偉大な男だった」アンソニーは穏やかに言った。「偉大な父親だった。わたしは父を心から愛していた」

ケイトが目を向けて、もう何分も前にアンソニーがその指で顎を持ちあげてから初めてふたりの視線が合った。「あなたのお母様はとても愛情深い方だったと話してらしたわ。それで、わたしはあなたにお尋ねしたの」

「家族はみな父を愛していた」アンソニーは簡潔に答えて横を向き、部屋の向こう側に目をやった。椅子の脚に視線を据えたが、実際に見ているわけではなかった。頭に浮かぶ記憶以外には何も見えない。「息子にとってはそれ以上は望めないぐらい、すばらしい父親だった」

「お亡くなりになったのはいつ？」

「十一年前。夏だった。わたしが十八のときだ。オックスフォードに入る直前に」

「男性にとってむずかしい年ごろにお父様を亡くされたのね」ケイトはつぶやいた。

アンソニーは鋭い目を向けた。「父親を亡くしても平気な年ごろなどないだろう」

「もちろんよ」ケイトは即座に同意した。「でも、人それぞれに特につらく感じられる時期というのがあると思うの。そしてそれはたぶん、男の子と女の子でも違うのではないかしら。わたしの父は五年前に亡くなったわ。わたしも父のことがほんとうに恋しいけれど、あなたの場合と同じ気持ちとは思えない」

アンソニーが質問を声にだすまでもなく、その目が伝えていた。

「父はすばらしい人だったわ」ケイトは温かみを帯びた目で思い返しながら続けた。「やさしくて温和だけれど、必要なときにはきびしくて。でも、男の子の父親であれば――たぶん、息子に男性としての心がまえを教えなくてはいけないでしょう。だから十八で父親を亡くしたということは、そういったことをちょうどまだ学んでいた時期で……」ケイトは長い息を吐きだした。「こんな話をするだけでもさしでがましいことでしょうし、わたしは男性ではないから、あなたの立場で考えられないのかもしれないけれど……」間をおいて、言葉を選ぶように唇をすぼめる。「やはり、とてもむずかしい年ごろだったのだろうと思うのよ」

「弟たちは十六歳、十二歳、二歳だった」アンソニーは静かに言った。

「弟さんたちにとっても同じようにむずかしい年ごろだったのでしょうね」ケイトは答えた。

「一番下の弟さんはお父様を憶えてらっしゃらないかもしれないけれど」

アンソニーはうなずきで答えた。

ケイトは切なげに微笑んだ。「わたしも母を憶えていないの。妙な話よね」

「いくつのときに母上を亡くされたんだい？」

「わたしの三歳の誕生日に。ほんの数カ月後に父はメアリーと再婚したわ。喪があけるのを待たなかったから、周囲の人々にも驚かれたようだけれど、父は体裁を取りつくろうことより、わたしに母親を与えることのほうが大切だと考えたのよ」

このとき初めて、アンソニーは、母が若くして亡くなり、父が赤ん坊や幼児も含む大勢の子供たちと遺されていたらどうなっていただろうかと考えた。その後の日々は容易には過ごせなかっただろう。誰であれそうなのだろうが。

母ヴァイオレットも気楽に日々を送ってこられたわけではない。だが少なくとも母には、もし下のきょうだいたちの父親代わりの役目を務めようと考えることのできる長男がいた。

亡くなったのがヴァイオレットだったとすれば、ブリジャートン家に母親の代わりを務められる存在はいなかった。なにしろ、エドモンドが亡くなった当時、ブリジャートン家の長女であるダフネはまだ十歳だった。それに、父はけっして再婚はしなかっただろうとアンソニーは確信していた。

どれほど子供たちに母親が必要だと考えたとしても、父はほかの女性を妻に迎えることはできなかったはずだ。

「きみの母上はなぜ亡くなったんだい？」アンソニーは、好奇心を強く掻き立てられていることに自分でも驚きつつ尋ねた。

「流感よ。少なくともみなそう思ってた。とにかく呼吸器性の熱病だったらしいわ」頬杖をつく。「あっという間だったと聞かされてるわ。父によれば、わたしも同じ病気にかかったのだけれど、症状は軽かったそうよ」

アンソニーは、ついに結婚を決意した理由でもある、授かるはずの息子のことを考えた。

「きみは、まったく知らない親を恋しいと思うのか？」囁くように訊いた。

ケイトはその質問にしばし考えをめぐらせた。彼のかすれ声の切迫した調子から、その返答に何か重要な意味があることが窺えた。その理由は想像もつかないが、きっと自分の子供時代の話が何か彼の心の琴線に触れたのだろう。

「ええ」ケイトはようやく答えた。「でも、ふつうの恋しいという意味とは違うと思うわ。知らない人をほんとうに恋しがることはできないのかもしれないけれど、人生に穴が――大きな隙間が空いてしまったような気がするの。そこを埋めるべき人が母であるのはわかっていても、思いだせないし、どのような姿だったのかもわからないから、その穴にどんなふうに母を埋めればいいのかもわからない」唇をゆがめて、やや悲しげに微笑んだ。「こういう説明で、わかってもらえるかしら？」

アンソニーはうなずいた。「とてもよくわかるよ」

「顔を知っていて愛していた親を亡くすほうがつらいのでしょうね」ケイトは言い添えた。

「わたしの場合、両方を経験しているから、そう思うの」

「ごめん」アンソニーは静かに言った。

「いいのよ」きっぱりと言う。「時がすべての傷を癒す、ということわざは的を射てるわよね」

ケイトはアンソニーに強いまなざしで見つめられ、その表情から同意していないことを読みとった。

「もっと成長してからのほうが、ほんとうにずっと大変なのでしょうね。両親を知る機会に恵まれたわけだけれど、だからこそ亡くしたときの悲しみがもっと深い」

「腕をもぎとられたような気持ちだった」アンソニーは低い声で答えた。

ケイトはなぜだか彼がその悲しみを多くの人には話していないことを察して、真剣な面持ちでうなずいた。すっかり乾いた唇を落ち着きなく舐める。不思議なこともあるものだ。外ではあれほど激しい雨が打ちつけているというのに、自分はすっかり乾ききっているなんて。

「きっと、わたしにとってはかえって良かったのかもしれないわ」ケイトはしんみりと言った。「ほんの小さなときに母を亡くしたほうが。メアリーにはとても良くしてもらったのだもの。じつの娘のように愛してくれている。実際――」ケイトはふいにこみあげた涙にはっとして言葉を途切らせた。「実際、これまで、エドウィーナと差別するようなことはけっしてしなかった。わたし――わたしだって、実の母でもこれ以上愛せたとは思えないぐらいなの」

アンソニーがケイトの目を焦がすように見つめた。「それはなによりだ」気持ちのこもった低い声で言う。

ケイトは唾を呑み込んだ。「メアリーは時どき、おかしなことをするのよ。わたしの母の墓所を訪ねて、ただひたすらわたしがどんな様子なのかを語りかけるの。ほんとうに、とてもいい人なのよね。わたしが小さかったときには一緒に連れていってもらって、メアリーがどんなことをしているのかを母に話してあげたわ」

アンソニーは微笑んだ。「報告をしたのはいいことばかりだった？」

「もちろんよ」

ふたりはそれからしばらく蠟燭の炎を見つめ、溶けた蠟が灯芯から燭台に滴り落ちるさまを眺めながら心地良い沈黙に浸った。ちょうど四つめの蠟の滴が細長い円柱を伝ってこぼれ落ち、溜まりに固まってきたとき、ケイトはアンソニーのほうを向いて言った。「どうしようもない楽天主義者だと思われてしまうかもしれないけれど、人生というのは全体としてきちんと設計されているものなのではないかしら」

アンソニーはケイトの顔を見やり、片方の眉をゆがめた。

「最後には帳尻が合うようにできているということよ」ケイトは説明した。「わたしは母を亡くしたけれど、メアリーにめぐり会えた。そして、心から愛する妹にも。それに――」

稲光が部屋を照らした。ケイトは唇を噛んで、鼻からゆっくり穏やかに呼吸しようと努めた。これから雷が鳴るだろうが、心がまえはできている。そして――。

轟音が部屋に響き渡ったが、ケイトは目をあけたままでいられた。

長く息を吐きだして、誇らしげに顔をほころばせた。それほどむずかしいことではないんだわ。たしかに楽しいものではないとはいえ、耐えられないものでもないらしい。隣に頼りになるアンソニーがいてくれたおかげなのか、先ほどより嵐が遠ざかっただけなのかもしれないが、心臓が飛びだしそうな思いをせずにやり過ごせた。

「大丈夫かい？」アンソニーが訊く。

ケイトはアンソニーを見やり、その心配そうな表情を目にして、心のなかで何かが溶けたような気がした。彼が過去に何をしてきたにしろ、これまで互いにいくら言いあいをして衝突したにせよ、この瞬間は心から自分を気づかってくれている。

「ええ」自分の声に思いがけず驚きが含まれていることに気づいた。「ええ、大丈夫そうだわ」

アンソニーが彼女の手を握りしめた。「こんなふうになったのはいつからだい？」

「今夜のこと？　それとも、いままでのこと？」

「どちらについても」

「今夜は、最初に雷が鳴ったときから。雨が降りはじめると、とても緊張してくるのだけれど、雷と稲光が起きなければ、平気でいられるわ。雨そのものに動揺するわけではないのよ。でも、ほかにも何かが起こるかもしれないと感じて怖くなる」ケイトは唾を呑み込み、乾いた唇を舐めてから続けた。「もうひとつの質問については、いつから嵐に怯えるようになったのかは思いだせないの。もう自分の一部みたいな気がする。まったくばかげたことなのはわかっているけれど――」

「ばかげてなどいない」アンソニーが言葉を挟んだ。

「そんなふうに言ってくれるなんて、とてもやさしいのね」ケイトは恥ずかしそうにかすかに笑った。「でも、それは違うわ。理由もなく何かを恐れることほど、ばかげたことはないでしょう」

「ときには……」アンソニーが途切れがちな声で言う。「ときには人は、説明がつかない恐れを抱くものなんだ。ほかの人々からはばかげたことに見えるかもしれないが、人には時どき、理由もなく揺らめく予感を覚えたり、真実だと確信できたりすることがある」

ケイトが蠟燭の揺らめく炎に照らされた彼の暗い目を黙ってじっと見つめ、苦悩の光に気づいて息を呑んだ瞬間、彼は顔をそむけた。そしてケイトは全身の神経で感じとった――ただ漠然と、たとえ話をしているわけではないことを。アンソニーは、自分自身が恐れ、日々つねに悩まされている具体的な何かについて話している。

ケイトは、それが何かを尋ねる権利が自分にないことはわかっていた。それでも、彼に自分自身の恐怖と向きあう心の準備ができたとき、手助けできる存在でありたいと思った——ああ、ほんとうにそうなれたらいいのに。

でも、その思いが叶うはずがなかった。アンソニーはほかの誰かと結婚するだろうし、その相手がエドウィーナの可能性すらある。そして、そのような個人的な問題について話しあえる権利を持つのは、彼の妻だけだ。

「もう階上《うえ》へあがれそうだわ」ケイトは言った。とたんに、彼と一緒にいることがあまりにつらく、彼がほかの誰かと結ばれることを考えるのがとても切なくなってきた。

アンソニーが唇をゆがめて少年のような笑みを浮かべた。「つまりようやく、この机の下から這いだせるということだな？」

「まあ、ほんと！」ケイトははにかんだ表情で頰を片手で軽く打った。「ほんとうにごめんなさい。どこにいるのかも忘れて、こんなに長く坐っていたなんて。とんでもない愚か者だと思われてしまうわね」

アンソニーはなお笑いながら首を振った。「そんなことはないさ、ケイト。きみのことを地球上で最も鼻持ちならない女性だと思っていたときですら、知性の高さについては確信していた」

ケイトは机の下から出かかって動きをとめた。「褒められているのか、けなされているのかわからないわ」

「たぶん、両方だな」アンソニーは認めた。「だが、友情に免じて、褒め言葉にしておいてくれ」

ケイトの手や膝はちょうどぎこちない姿勢になっていたものの、あとまわしにできない大切な瞬間に思えたのでそのまま彼のほうを向いた。「つまり、わたしたちは友人であるわけね？」低い声で言う。

アンソニーはうなずいて立ちあがった。「信じがたいが、そのようだ」

ケイトは微笑んで、彼の手を借りて立ちあがった。「嬉しいわ。あなた――あなたは、これまで思っていたような悪人ではなかったのね」

アンソニーは眉を片方だけ上げて、やにわにひどく遊び人っぽい顔をしてみせた。

「いいえ、やっぱりそうなのかも」社交界で囁かれてきたように不埒な放蕩者であるのも事実なのだと思い至って、ケイトは言いなおした。「でもきっと、少しはいい人の一面もあるのよね」

「いい人というのはなんとも曖昧な言い方だな」アンソニーがぼそりと言う。

「いい人は」ケイトは強調して言った。「いい人ってことよ。それに、いままでわたしがあなたのことをどう思っていたのかを考えれば、褒めたことに感謝してほしいわ」

アンソニーは笑った。「ひとつ言えるとすれば、ケイト・シェフィールド、きみはけっして退屈しない相手だよ」

「退屈という言葉もすごく曖昧だわ」軽口で返した。

アンソニーが微笑んだ――社交界の催しでいつも見せてきた皮肉っぽくゆがんだ笑顔ではなく、本物の心からの笑み。ケイトはふいに喉が息苦しく感じた。

「申し訳ないが、部屋まできみに付き添うことはできない」子爵が言う。「この時間に誰かに出くわすようなことがあると……」

ケイトはうなずいた。思いも寄らず友情関係を結ぶことができたからとはいえ、結婚に追い込むような危険なことを望めるはずもない。それに、きみとは結婚したくないと言われることだけは避けたかった。

子爵が彼女のほうを手ぶりで示した。「それに、きみがそのような格好ではなおさら……」

ケイトは見おろしてはっとし、化粧着をことさらきつく引き寄せた。きちんとした装いではなかったことを完全に忘れていた。艶めかしい形状でもなければ肌が出ているわけでもなく、しかも厚地なのだが、寝間着であることに変わりはない。

「もう大丈夫かい？」アンソニーがやさしい声で訊く。「まだ雨が降っているが」

ケイトがじっとして耳を澄ますと、窓を打つ雨音は軽い響きにやわらいでいた。「嵐は鎮まったようだわ」

子爵はうなずいて廊下に顔を覗かせた。「誰もいない」

「行くわね」

子爵が脇によけて道をあける。

　ケイトは歩きだしたが、戸口の手前で立ちどまり、振り返った。「ブリジャートン様？」

「アンソニーだ」子爵が言う。「アンソニーと呼んでくれ。わたしはすでにきみをケイトと呼んでいたよな」

「そうだった？」

「わたしがきみを見つけたとき」手を振って言う。「きみにはわたしの言葉が何も聞こえていなかったんだろうな」

「たぶん、そうなのね」ケイトはためらいがちに微笑んだ。「アンソニー」その名を発した自分の声が不自然に聞こえた。

　アンソニーが目に怪しげな、いたずらっぽい光を灯してわずかに身をかがめた。「ケイト」呼びかけ返した。

「ただ、お礼を言いたかっただけ」ケイトは言った。「今夜、わたしを助けてくれたことを。わたし――」咳払いをする。「あなたがいなければ、もっとずっと大変なことになっていたわ」

「わたしは何もしていない」アンソニーがぶっきらぼうに言う。

「いいえ、あらゆることをしてくれたわ」それから、ケイトはとどまりたくなる前に急いで廊下を駆け抜け、階段をあがった。

13

『少なからぬ人々がケントのブリジャートン邸へ泊りがけのパーティに出かけているため、ロンドンではお伝えできる話題がほとんどない。もはや、まもなく街に届くはずの噂話を想像して待つよりほかにないだろう。むろん、何かしら事件は起きているはずだ。泊りがけのパーティに事件はつきものなのだから』

一八一四年五月四日付〈レディ・ホイッスルダウンの社交界新聞〉より

翌朝は、激しい嵐のあとのつねで空は明るく晴れ渡ったが、細かな霧の湿気のせいで、肌に触れる空気はひんやりとしてすがすがしかった。

アンソニーはひと晩じゅうほとんどずっと暗闇を眺めながら、ケイトの顔だけを思い浮かべて過ごし、そのような天候には気づいてもいなかった。ようやく眠りに落ちたのは空に曙光が射してきたころで、目覚めたときには正午をとうに過ぎていたが、休めた感じはしなかった。体じゅう、疲労と神経の高ぶりが混じりあった妙な感覚に満たされている。まぶたは重く、視界もぼんやりとしているのだが、指だけが引っぱり起こそうと奮闘しているかのように、軽くベッドを打ちながら端のほうへじりじりと進んでいく。

とうとう、天井の漆喰が揺れたように見えるほど腹の虫が盛大に音を鳴らすと、アンソニーはよろめきながら立ちあがり、ローブをまとった。大きく声を漏らしてあくびをすると、窓辺へ歩いていった。とりたてて見たいものがあるわけでもないが、なにより眺望に恵まれている部屋だからだ。

そして、見おろそうとして視線が地面に届く寸前に、どういうわけか目にするものを先に予感した。

ケイト。ケイトが、これまで見たことがないほどにゆっくりと、芝地を横切っていく。ふだんはまるで競争しているかのように歩いていたはずだ。

だいぶ距離があるので、輪郭と頬の膨らみがわかる程度で顔の造作はよく見えない。それでも、アンソニーは彼女から目を離せなかった。芸術品さながらにぴんと背を伸ばし、腕を振って歩く姿が不思議と優美で魅惑的だった。

花園のほうへ向かっているのだ、とアンソニーは悟った。

そして、追いかけなければと思い定めた。

その日の天候はしばらく中途半端な状態が続いたので、泊りがけのパーティの招待客たちもちょうど半数ずつに行動が分かれる形となった。明るい陽光に誘われて野外で楽しもうという人々と、濡れた草と湿った空気を避けて、より暖かくて乾いた客間で過ごそうという人々。

ケイトは断然、前者のほうに惹かれたが、誰かとともにいたい気分ではなかった。ひどく気がふさぎ、ほとんど知らない人々と社交的に話せそうにはなかったので、ふたたびレディ・ブリジャートンのすばらしい花園に逃れてきて、薔薇を這わせたあずまやのそばのベンチに静かに落ち着いた。石造りのベンチに坐るとひんやりとして、お尻の下にほんのわずかな湿り気も感じたが、ゆうべはあまりよく眠れず疲れていたので、立っているよりはましに思えた。

それに、独りでいられそうな場所はほかにないのだと考えると、ため息が出た。屋敷のなかにいれば、客間で友人や家族への書簡をしたためながらお喋りをするご婦人方に間違いなくつかまることになり、もっと悪ければ、オレンジ栽培用の温室にこもって刺繍にいそしむ一団に引っ張り込まれてしまうだろう。

野外愛好者たちにしても、さらにふたつの集団に分かれていた。買い物や名所巡りにいそいそと村へ出かける者たちと、運動を兼ねて池まで散歩に出る者たち。ケイトは買い物には興味がないし、池についてもすでにじゅうぶん目にしていたので、こちらの人々にも加わる気にはなれなかった。

そういうわけで、ひとり花園にやってきた。

ただ辺りをぼんやりと眺めて何分か坐っていると、なんとはなしに固くすぼまった薔薇の蕾に目が留まった。ひとりなので、あくびをするときに口を手で覆ったり、眠そうな唸り声を噛み殺したりする必要がないのは気楽だった。ひとりなので、目の下の隈《くま》や、めずらしく静かで口数が少ないことを指摘される心配もない。

ひとりだから、じっと坐って、子爵についての混乱した思いを整理しようと考えることもできる。それは気の滅入る作業で、先送りにしたいぐらいだが、やはりやらなければならないことだった。

じつのところ、整理しなければならないというほど複雑なことではなかった。この数日に経験した出来事のすべてが、みずからの良心に選ぶべきたったひとつの道筋を示していたからだ。そして、ブリジャートン子爵のエドウィーナへの求婚には、もはや反対できないことを悟っていた。

この数日のあいだに、アンソニー・ブリジャートンは、感性豊かで、思いやりにあふれ、道徳的信念を持った男性であることを証明した。そのうえ、ペネロペ・フェザリントンがクレシダ・クーパーの毒舌から子爵の英雄らしいふるまいで救われたときの目の輝きといったら、とケイトは思い返して笑みをこぼした。

子爵は家族に身を尽くしている。

社会的地位と権力があるからといって、人々に高慢な態度をとるわけではないし、ほかの人々を侮辱することもない。

そして、ケイトが恐怖発作のようなものを起こしたときも思いやり深い心くばりで助けてくれた。こうして改めて冷静に考えてみれば、驚くべきことだ。

子爵は不埒な放蕩者だったかもしれないが——いまもそうなのかもしれない——、行動を見れば、あきらかにそれだけの男性であるとは決めつけられない。だから、エドウィーナとの結婚を反対する理由がひとつだけあるとすれば……。

ケイトは痛切な思いで唾を呑み込んだ。喉に砲弾ほども大きな塊りがつかえているように感じる。

なぜなら、心の奥底に、自分自身と結婚してほしいという思いがあるからだ。けれど、それは身勝手な願望だし、これまでずっと身勝手な人間にはなるまいと努力して生きてきたというのに、そんな理由でエドウィーナにアンソニーと結婚しないでほしいなどと頼めるはずもない。姉がほんのわずかでも子爵に好意を抱いていると知れば、エドウィーナは即座にきっぱりと求婚を断わるだろう。それでいったい何が叶えられるというのだろう？　アンソニーはまたべつの美しい適齢期の令嬢を見つけて求愛するはずだ。なにしろロンドンにはいくらでも花嫁候補がいるのだから。

代わりに自分を選んでもらえるわけでもないのに、子爵とエドウィーナの縁談を阻止したからといってどんな得があるというの？

彼と妹が結婚する姿を見るつらさを味わわずにすむというだけのことだ。でも、そんなつらさは時とともにやわらいでいくものなのだろう。そうに決まっている。ゆうべ自分で、時がすべての傷を癒すものなのだと言ったばかりだ。それに、ほかの女性と結婚する姿を見ることになったとしても、つらい思いをするのは同じだ。違いと言えば、祝い事や洗礼式といったときに彼の姿を見ずにすむというだけで。

ケイトはため息を吐いた。肺から呼気がすべてなくなるくらい長く悲しげな疲れたため息を吐きだし、肩を落としてうなだれた。

心が痛い。

それから、耳が声に満たされた。温かみが漂ってくるような、低くなめらかな彼の声。

「まったくもう、重症だわ」

ケイトは急に立とうとして石造りのベンチの角に膝の裏をぶつけ、バランスを崩してよろめいた。「子爵様」思わず呼びかけた。

アンソニーの口もとにほんのかすかに笑みが浮かんだ。「ここにいるだろうと思ったんだ」

ケイトはわざわざ自分を探しにきたのだと知って目を見開いた。同時に鼓動も速まりだしたが、こちらのほうは少なくとも相手に見えることはないだろう。

アンソニーはちらりと石造りのベンチを見やり、気兼ねなくもう一度坐るよう身ぶりで伝えた。「ほんとうは、窓からきみの姿が見えたんだ。きみの気分が良くなったかどうかを確かめたかった」静かに言う。

ケイトは喉もとに失望がせりあがるのを感じて腰をおろした。子爵はただ礼儀としてやってきただけだった。もちろん、わかっていたことだ。愚かにも――たとえ一瞬でも――それ以上の意味があると夢みてしまった。結局、子爵は親切な人で、親切な人ならば、前夜あのようなことがあったあとに具合を確かめたいと思うのは当然のことなのだろう。

「わたしは」ケイトは答えた。「元気よ。ありがとう」

子爵は、頼りないとぎれがちな声の調子に何を感じたにせよ、目に見える反応は示さなかった。「良かった」そう言って、彼女の隣に腰かけた。「ゆうべはずっときみを心配していたんだ」

すでに急激に速まっていた鼓動が跳ねあがった。「ほんとうに？」

「もちろん。どうして心配せずにいられる？」

ケイトは唾を呑み込んだ。これもまた責め苦のような社交辞令だ。ああ、でも、自分に向けられた子爵の関心と気づかいが間違いなく本物であることは疑いようがない。それが自分への何か特別な感情からではなく、やさしい性質ゆえの行動であることに胸が締めつけられた。

それ以外のものなど期待してはいなかった。なのに、もはや望まずにはいられなくなっている。

「夜遅くまでご迷惑をおかけして申し訳なかったわ」ケイトはとにかく適切なことを言わなければという思いだけで、静かに言った。内心では、彼が一緒にいてくれたことをこれ以上ないほどに感謝しているのに。

「なに言ってるんだ」アンソニーはわずかに背を起こし、やや険しいほどの視線を突きつけた。「嵐のあいだ、きみがひとりきりだったらと思うとぞっとする。わたしが付き添っていることができて良かった」

「嵐のとき、わたしはいつもひとりで過ごしてるわ」ケイトは言った。

アンソニーは眉をひそめた。「嵐が来ても、きみのご家族は付き添ってはくれないのかい？」

ケイトは少し気まずそうに答えた。「わたしがいまだに恐れているのは知らないのよ」

アンソニーはゆっくりとうなずいた。「なるほど。そういうことも――」空咳をして間をとった。何を言いたいのか自分でもあまり定かではないときによく使うごまかしの手だ。「母上や妹さんに助けを求めれば慰めを得られるのだろうが――」もう一度空咳をした。家族をこよなくいとおしく思いながらも、心の奥底のどうにもしがたい恐れまでは理解してもらえるはずもないという複雑な気持ちが、アンソニーには痛いほどよくわかった。賑やかな愛情あふれる一団のなかで自分だけがただひとり、孤立しているような不可思議な感覚に襲われるのだ。

「わかるよ」改めて切りだすと、努めて平静に落ち着いた口調で続けた。「とりわけ深く愛している人々に自分の恐れを明かすのは、非常にむずかしいことなのかもしれない」

ケイトの知的で温かい、ひときわ鋭敏な褐色の目が彼の目をとらえた。その一瞬の間に、アンソニーはなぜだか自分のすべてを、誕生の瞬間から避けられない死までのあらゆる細かなことまでを見通されているのではないかという突飛な考えが湧いた。ケイトが自分のほうへ顔を上向けて、わずかに唇を開いたまさにそのとき、この地球上に存在するほかの誰より、彼女が自分のことをほんとうにわかっているのだという気がした。

胸がふるえた。

だがそれ以上に、恐ろしさを感じた。

「あなたはとても賢い方だわ」ケイトが低い声で言う。

アンソニーは何について話していたのかをしばし思いだせなかった。ああ、そうだ、恐れについてだ。それについてはよく知っている。ケイトの褒め言葉を笑い飛ばそうとした。

「ふだんはたいがい、とても愚かしい男なんだが」

ケイトは首を振った。「いいえ、あなたの言葉はことわざ並みに核心をついてるわ。たしかに、メアリーとエドウィーナに打ち明けるつもりはないの。ふたりを心配させたくないのよ」ケイトが一瞬、唇を嚙みしめた――その愛らしい口もとのわずかな動きが、アンソニーには妙に艶《なまめ》かしく見えた。

「それにもちろん」ケイトが言葉を継ぐ。「自分に正直になるとすれば、その理由は完全に人のためとも言いきれない。間違いなく、同じぐらいの割合で、家族に弱く見られたくないからどうにか隠しとおしたいという気持ちも働いているの」

「そのぐらいはたいした罪ではない」アンソニーはつぶやいた。

「たぶん、隠しとおせるかぎりはね」ケイトは微笑んで応じた。「でも、もしかしたら、あなたもご家族に同じような気持ちを抱くことがあるのではないかしら」

アンソニーは何も言わず、同意のしるしにうなずいた。

「人にはそれぞれ人生で果たすべき役割があるわ」ケイトは続けた。「そして、わたしにとってはそれがつねに強く、分別のある女性でいることだった。雷雨のあいだ机の下ですくみあがっているのでは、強くも分別があるとも言えない」

「きみの妹さんは」アンソニーは静かに言った。「おそらく、きみが思うよりはるかに強いのではないかな」

ケイトは彼の顔にさっと目を向けた。子爵はエドウィーナに恋していることを説明しようとしているのだろうか？　以前にも妹の優雅さや美しさは褒めていたけれど、内面にまで触れたことはなかった。

ケイトは厚かましいほどに長々と彼の目に浮かぶものを探ったが、本心を窺わせるものは何も見つからなかった。「妹が強くはないと言いたかったのではないわ」ようやく答えた。「でも、わたしはあの子の姉なの。妹にとってつねに強い存在でいなくてはいけない。けれど妹は自分のために強くあればそれでいい」彼の目に改めて視線を戻すと、妙に強いまなざしで見つめられていたことに気づいた。まるで皮膚を貫いて心の奥底まで見通されているようにすら思えてくる。「あなたも同じように、きょうだいで一番上の存在なのよね」ケイトは言った。「わたしが言っていることをわかってもらえるのではないかしら」

アンソニーはうなずいて、面白がると同時に諦めてもいるような目を向けた。「そのとおり」

ケイトは、似たような思いや試練を経験してきた者同士で交わす笑みを返した。しだいに子爵の隣でくつろいでいられるようになり、その場に沈み込んで、彼の体の温かみに埋もれてしまいそうな気がしてきた。そしてもはや、自分の務めを先送りにはできないと心を決めた。

エドウィーナとの結婚への反対を撤回することを伝えなければいけない。少しでも彼を自分のもとに引きとめておきたいばかりに、その言葉を胸にとどめておくのは卑怯なことだ。たとえこうして花園で過ごせるすばらしいひとときがほんの一瞬で終わろうとも。

ケイトは深く息を吸い込んで背を伸ばし、子爵に向きなおった。

アンソニーは期待して見やった。なんであれ、彼女が何かを話そうとしていることはあきらかだ。

ケイトの唇が開いた。だが、言葉は出てこない。

「なんだい？」アンソニーはいくぶん面白がるように訊いた。

「子爵様」ケイトが切りだした。

「アンソニーだ」やんわりと訂正する。

「アンソニー」ケイトは言いなおした。名前で呼ぶとなぜよけいに話しにくくなるのだろう。

「ちょっと話しておきたいことがあって」

アンソニーは微笑んだ。「そうだろうと思ったよ」

ケイトはいつしか、土で押し固められた道に半月形を描く自分の右足から目を離せなくなっていた。「つまり……その……エドウィーナのことなの」

アンソニーが眉を上げ、彼女の視線の先をたどると、半円を描いていた足が今度は波線を引きはじめた。「きみの妹がどうかしたのかい？」穏やかに促した。

ケイトは首を振って、目を上げた。「どうもしないわ。妹は客間で、サマセットの従妹たちに手紙を書いているはずよ。淑女たちはそうするのが倣《なら》いだから」

アンソニーは目をしばばたたいた。「何が倣いだって？」

「手紙を書くことよ。わたしはあまり得意ではないのだけれど」言葉が妙にせわしく口をついた。「わたしは手紙を書き終えるまで机の前にじっと坐ってもいられないの。字も上手なほうではないし。でも、ほとんどのご婦人方は毎日、相当な時間を費やして手紙をしたためているわ」

アンソニーは笑みをこらえた。「妹さんが手紙を書くのが好きだということを警告してくれたのかい？」

「いいえ、もちろん違うわ」ケイトは口ごもった。「あなたが、妹がどうかしたのかとお尋ねになったから、わたしは当然それに応えて妹の居場所をお知らせしたまでで、そうしたら、話がすっかりそれてしまって――」

アンソニーは彼女の腕に手をかけて、さりげなく言葉を遮った。「わたしに何を伝えたいんだい、ケイト？」

興味深く見つめていると、ケイトは肩をこわばらせ、歯を食いしばった。いかにも忌まわしい仕事に取りかかろうとしている表情だ。それから大慌てでひと口に言ってのけた。「わたしはただ、あなたのエドウィーナへの求婚に反対するのはやめにすると伝えたかったの」

アンソニーはふいに胸に小さな穴があいたような気がした。「わ……わかった」実際にわかったからではなく、何か言わなくてはならないのでそう答えたにすぎない。

「たしかに、わたしはあなたに対してひどい偏見を抱いていたわ」早口に続ける。「でも、オーブリー屋敷に来てから、あなたのことがいろいろとわかって、良心に照らして、わたしが邪魔をしているとあなたに思われつづけることに耐えられなくなった。わたしに――わたしにそんな権利はないのよ」

アンソニーはすっかり面食らって、ただじっとケイトを見つめていた。妹との結婚を了承する彼女の言葉に、拍子抜けしたような気分を覚えた。なにしろこの二日間はほとんどずっと、彼女にキスをしたいというなんともばかげた衝動と闘っていたのだ。

とはいうものの、これこそ自分が望んでいたことではなかったのか？　エドウィーナなら完璧な妻となるだろう。

ケイトではそうはいかない。

エドウィーナは、ついに結婚する頃合いだと胸に決めて考えたすべての条件を満たしている。

ケイトは満たしていない。

そして、エドウィーナと結婚するつもりなのであれば、ケイトと戯れるようなことは断じて許されない。

ケイトは自分が求めているものを差しだしてくれた――これこそ、自分が求めていたものではないかと、アンソニーは自分に言い聞かせた。姉の了承が得られて、こちらが強く望めば、エドウィーナは来週結婚することにも応じるだろう。

それなのにいったいどうして、すぐにもケイトの肩をつかんで激しく揺さぶり、まったくもってよけいなたわ言を撤回させたいなどと考えてしまうのだろう？

閃きのせいだ。ふたりのあいだに、腹立たしくもけっしてかすみそうにないほどに輝いているもの。ケイトが部屋に入ってきたとき、息を吸ったとき、爪先を立てたとき、何をするときにも必ず胸に強烈な刺激を感じた。気を許したとたん、彼女を愛してしまいかねない不吉な予感。

それは、アンソニーが最も恐れていたものだった。

ひょっとすると、唯一恐れていたものなのかもしれない。

皮肉にも、死を恐ろしいとは思わなかった。人を怖がらせるものは死だけであるとはかぎらない。この世に執着を持つまいとしてきた人間にとって、あの世は恐れるものではない。かたや、愛はまさしく神聖なすばらしいものだ。アンソニーはそれを知っていた。子供時代には毎日、両親が見つめあい、手を触れあうたびに愛を見せられていたのだから。

だが、死を近くに控えた者にとって愛は敵だ。すべて奪い去られることを知りながら、残された日々に幸福を味わうのはやりきれない。だからこそきっと、ケイトのひと言でついに自分の思いに気づいても、彼女を引き寄せて息を切らせるほどのキスはしないし、耳もとに唇を押しつけて彼女の皮膚を吐息でほてらせ、妹のほうではなく、彼女にどれほど燃えあがっているのかをわからせようとすることもできないのだろう。

妹のほうではないのに。

そこで結局、アンソニーは内心よりはるかに落ち着いた目で、ただ無表情にケイトを見つめて言った。「心からほっとしたよ」その間ずっと、実際には自分がそこにいるのではなく、体から抜けだして――まったく、滑稽としか言いようがない――全体を眺めているような不思議な感覚で、いったいこの先どうなるのだろうかと考えていた。

ケイトが弱々しく微笑んで言う。「そう言ってくれるだろうと思ってたわ」

「ケイト、わたしは――」

何を言おうとしたのか、彼女にわかるはずもないだろうとアンソニーは思った。正直なところ、自分ですら何を言おうとしたのかわからない。彼女の名が口をつくまで、自分が話そうとしていることにすら気づけなかった。

だが、その続きの言葉が口にされることは永遠になかった。というのもその瞬間、耳にしたからだ。

ブーンという低い唸りを。なんとも耳につく響き。たいがいの人々がいささかうっとうしいと感じる音だ。

アンソニーにとっては、それほど厭わしい音はなかった。

「動くな」恐れでざらついた声で囁いた。

ケイトは目をすがめ、当然ながら首を動かそうとした。「なに言ってるの？　どうかした？」

「とにかく動くな」アンソニーは繰り返した。

ケイトは左のほうへ視線を動かしてから、ほんの数センチだけ首も動かした。「あら、ただの蜂じゃない！」たちまちほっとした笑みを広げ、叩き払おうと片手を持ちあげた。「お願いよ、アンソニー、こういうことは二度とやめて。一瞬、怯えてしまったわ」

アンソニーはさっと手を伸ばして彼女の手首をしっかりとつかんだ。「動くなと言っただろう」きつい声で叱った。

「アンソニー」ケイトが笑いながら言う。「ただの蜂よ」

アンソニーはケイトの手首を強引にきつく押さえつけ、彼女の頭の周りをやけにうるさく飛ぶ忌まわしい生き物をひたすら目で追った。恐れと、憤りと、はっきりと見定めがつかない何かのせいで、身動きがとれなくなっていた。

父が亡くなってから十一年のあいだに、蜂に出くわしたことがないわけではない。どのみち、イングランドに住んでいるかぎり、生涯、蜂を避けることなどできはしない。

現にいままで、宿命を信じる者のひらきなおりといった調子で、わざわざ蜂を挑発するようなことすらしてきた。あらゆる面で父の足跡をたどるよう運命づけられているのではないかという思いはつねに抱いている。たとえあのちっぽけな虫けらに襲撃されても、神にかけて、足を踏ん張り地面に立っているつもりだった。いつかは……いや、早々に死ぬ運命であろうとも、虫けらなどから逃げたくはない。だから蜂が飛んでくると、アンソニーは笑い、あざけり、罵って、仕返しも恐れず手で叩き払った。

それでも、まったく刺されなかった。ところが、蜂が危険なほどケイトに接近し、髪をかすめて、ドレスのレース地の袖にとまるのを見て——催眠術をかけられたかのように身がすくんだ。考えが先走り、ちっぽけな怪物がやわらかな肌に針を刺し、ケイトが苦しげにあえいで地面に倒れ込む姿が目に浮かんだ。ケイトがこのオーブリー屋敷で、父の遺体を寝かせていたのと同じベッドに横たわった光景が見える。

「黙っていてくれ」アンソニーは囁いた。「一緒に立つんだ、ゆっくりと。それから一緒に歩きだす」

「アンソニー」ケイトは言って、いらいらと当惑ぎみに眉間に皺を寄せた。「どうしたっていうの？」

アンソニーは手をぐいと引っぱって立たせようとしたが、ケイトは抗った。「ただの蜂よ」いらだった口調で言う。「妙なふるまいはよして。だいたい、刺されたって死にはしないわ」

彼女の言葉が形ある物のように空中に重く漂い、まもなく落下して、地面もろとも砕けてしまいそうに思えた。それから、アンソニーはようやく話せる程度に喉がやわらいだのを感じ、低く強い調子で言った。「そんなことはない」

ケイトは指示に従おうとしたわけではなく、彼の顔つきと、その目に浮かぶ何かに心底ぞっとして、動きをとめた。何か得体の知れない悪魔にとりつかれて、人が変わってしまったように見える。「アンソニー」冷静な毅然とした声に聞こえることを願って言った。「いますぐ、わたしの手首を放して」

手を引いても、アンソニーは力を緩めず、蜂はなおしつこく周りを飛びまわっている。

「アンソニー！」ケイトは声をあげた。「こんなことはもうやめ――」

最後まで言いきらないうちに、彼に押さえつけられている手をぐいと引き抜いた。すると突然手を放されてバランスを崩し、腕を振りあげた拍子に肘の内側が蜂にぶつかった。その衝撃に憤った蜂が唸りをあげて空間を飛び抜け、レースに縁取られたドレスの胸もとに細長く覗く素肌に突きあたった。

「ああ、うるさいったら――痛いっ！」蜂は罵りに憤慨したのか皮膚に針を刺し、ケイトは呻き声を漏らした。「もう、なんなのよ」淑女らしい言葉づかいも気にせず毒づいた。もちろん、蜂に刺されただけなのはわかっているし、何度か刺されたことがないわけでもないけれど、驚くほどに痛かった。

「もう、いや」つぶやいて、顎を胸に押しつけるようにして見おろすと、ドレスの胸もとの縁に沿って赤く腫れているのがはっきりと見てとれた。「お屋敷のなかに戻って湿布をあてなくちゃ。それにドレスも着替えるわ」さげすむように鼻を鳴らし、スカートから蜂の死骸を払って、ぼそりと言った。「まあ、でも、蜂は死んでしまったのだし――」

ちょうど目を上げて、アンソニーの顔を見とめた。その顔は白くなっていた。青ざめているのでも、血の気を失っているというのでもなく、真っ白だった。「ああ、なんてことだ」

奇妙なことに、唇を動かしもせずにつぶやいた。「ああ、なんてことなんだ」

「アンソニー？」ケイトは呼びかけて、胸を刺された痛みもいっとき忘れて身を乗りだした。

「アンソニー、どうかしたの？」

アンソニーは忘我の境から急に正気づいたかのように動きだし、ケイトの肩を手荒につかむと、もう片方の手でドレスの身ごろを握り、刺された皮膚が見えるよう引きおろした。

「子爵様！」ケイトは金切り声をあげた。「やめて！」

アンソニーは何も答えなかったが、荒く速い息をついてケイトをベンチの背に押しつけた。胸こそ見えてはいないが、あきらかに礼儀上許されないところまで布地が引きおろされている。

「アンソニー！」ケイトは名で呼びかけることで注意を引き戻そうとした。そこにいるのは知らない男性だった。ほんの二分前に隣に坐っていた男性とは別人だ。我を忘れて取り乱し、その耳に抵抗の声はまるで届いていない。

「黙れないのか？」アンソニーはケイトをいっさい見ずに小声できつく言い放った。彼女の胸もとの赤い円形の膨らみに目を据えて、ふるえる手で蜂の針を抜く。

「アンソニー、わたしは大丈夫だから！」ケイトは訴えた。「あなたは――」

ケイトは息を呑んだ。アンソニーが片手でポケットからハンカチを引きだしながら、もう片方の手をわずかに動かし、いまやぶしつけに乳房全体を包み込んでいた。

「アンソニー、何してるの？」ケイトは彼の手をつかんで体から払おうとしたが、握力が及ばなかった。

アンソニーはケイトの乳房が平らになるほど手を押しつけ、さらにしっかりとベンチの背に固定した。「じっとしてるんだ！」怒鳴りつけてから、刺されて膨らんだ部分にハンカチを押しあてた。

「何してるのよ？」ケイトはなおも逃れようともがきながら訊いた。

アンソニーは目を上げない。「毒を搾りだす」

「毒なんてあるの？」

「あるに違いない」つぶやく。「あるはずなんだ。きみの命が奪われる」

ケイトは呆然と口をあけた。「命が奪われる？　気は確か？　命を奪われるはずがないでしょう。蜂に刺されただけなのよ」

けれども、アンソニーはその言葉を無視して、黙々と自己流の手当てを施している。

「アンソニー」ケイトはきちんと説得しようと声をやわらげて言った。「心配してくれるのはありがたいけれど、わたしはこれまでに少なくとも六回は蜂に刺されてるわ。だから――」

「以前に刺されていてもだめだったんだ」アンソニーが遮った。

その声の調子に、ケイトは背筋に寒気を覚えた。「誰のこと？」囁き声で訊く。

アンソニーは皮膚の膨らみをさらに強く押し、滲みだしている透明な液体をハンカチでぬぐいとった。「父だ」にべもなく言う。「そのせいで死んだ」

ケイトはとうてい信じられなかった。「蜂に刺されて？」

「ああ、そうだ」そっけなく答える。「知らなかったのか？」

「アンソニー、ちっぽけな蜂に人を殺すことはできないわ」

ほんの束の間、手当てをぴたりと中断し、何かにとりつかれたような強いまなざしでケイトを見つめた。「間違いなく、殺せる」つっけんどんに返した。

ケイトはその言葉が真実であるとは信じられないものの、嘘を言っているとも思えずにしばし押し黙り、蜂刺されを手当てしなければならないというアンソニーの気持ちのほうが、自分が彼から逃れようとする気持ちよりもはるかに強いことに気づいた。

「まだ腫れてるな」アンソニーがつぶやいて、ハンカチをさらに強く押しあてた。「完全に搾りだしきれてないんだな」

「わたしは大丈夫よ」ケイトは穏やかに言った。子爵への憤りは母親の気づかいのようなものに取って代わられていた。アンソニーは集中して眉間に皺を寄せ、なおもただならぬ熱心さで手当てを続けている。わたしがとてもちっぽけな蜂に襲われたせいで、この花園のベンチで急死してしまうのを恐れて、動揺しているんだわ。

信じられないようなことだが、現実なのだ。

アンソニーが首を振った。「まだじゅうぶんじゃない」かすれ声で言う。「完全に搾りださなければ」

「アンソニー、わたしは——何してるの？」

彼女の顎を上向かせて、キスしようとするかのように顔を近づけてきた。

「毒を吸いだしたほうがいいだろう」いかめしい表情で言う。「じっとしててくれよ」

「アンソニー！」甲高い声をあげた。「そんなこと――」ケイトは皮膚に彼の唇を感じたとたん、まったく言葉が継げなくなって息を呑んだ。やさしく、けれどもしっかりと皮膚にあてられた彼の唇に引き込まれていくような気がする。押しのければいいのか、引き寄せればいいのか、いったいどのように反応すればいいのかわからない。

けれども、ついにケイトは凍りついた。なぜなら顔を上げて彼の肩越しを見やったとき、三人の女性たちが一様に驚きの表情でこちらを見つめていることに気づいたからだ。

メアリー。

レディ・ブリジャートン。

それに、まず間違いなく社交界一噂好きな、フェザリントン夫人。

もはやケイトの人生が様変わりすることは疑いようがなかった。

14

『そして、実際にレディ・ブリジャートン主催のパーティで事件が発生したならば、ぜひともありとあらゆる情報をできるかぎり速く、ロンドンに残されたわれわれの敏感な耳に届けてほしい。噂好きで名高い面々も多く出席しているので、事細かな報告が入ることは間違いない』

一八一四年五月四日付〈レディ・ホイッスルダウンの社交界新聞〉より

ほんの一瞬、全員が画中の人々を演じる役者のように動きをとめた。ケイトは驚愕して三人の年配女性たちを見つめた。三人も呆気にとられて見つめ返している。

そして、アンソニーは、誰かに見られているとはつゆ知らず、いまだケイトの蜂刺されから毒を吸いだそうと奮闘していた。

五人のうち、ケイトが最初に声と力を取り戻し、「やめて！」と切迫した声をあげて、精一杯の力でアンソニーの肩を押しやった。

不意をつかれたアンソニーは驚くほどやすやすと押しのけられ、地面に尻餅をつきながら、その目はなお、ケイトを死に行く運命から救いだそうとする気迫に燃えていた。

「アンソニー？」レディ・ブリジャートンが息を乱し、自分の目が信じられないとでもいうようにふるえ声で息子の名を呼んだ。

アンソニーが振り向いた。「母上？」

「アンソニー、何をしているの？」

「彼女が蜂に刺されてしまったんだ」いかめしい表情で言う。

「わたしは大丈夫です」ケイトはきっぱりと言い放ち、ドレスを引っぱりあげた。「大丈夫だと言ったのですが、耳を貸してくれないんです」

レディ・ブリジャートンの目が事情を察して潤んできた。「わかるわ」切なげな低い声を耳にして、アンソニーは母にわかってもらえたことを悟った。おそらく、この世にわかってもらえる人間がいるとすれば、母だけだろう。

「ケイト」メアリーがようやく口を開き、言葉を詰まらせた。「子爵様の唇はあなたの……あなたの――」

「胸に触れていたわ」フェザリントン夫人がわざわざ言葉を継いで、豊満な胸の前で腕を組んだ。とがめるような渋い表情を浮かべつつ、大いに面白がっているのはあきらかだ。

「違うわ！」ケイトは叫んで立ちあがろうとしたが、アンソニーをベンチから押しのけたときに片足を踏まれていたのですばやくとはいかなかった。「蜂に刺されたのはここなのよ！」まだ赤く膨らんでいる鎖骨の薄い皮膚の上を躍起になって指さした。

三人の年配女性たちはケイトの蜂刺されにとくと見入り、揃って顔をほんのり深紅色に染めた。

「胸にはまるで近くないわ！」ケイトは会話の行き着く先を恐れるあまり、恥ずかしげもなくみずから体の部位の名称を口にした。

「遠くはないわ」フェザリントン夫人が指摘した。

「どなたか、そのご婦人を黙らせてくれないか？」アンソニーが言い捨てた。

「まあ！」フェザリントン夫人が鼻息を立てた。「ここは黙っていられないわ！」

「いいや」アンソニーが言う。「いつもだろうに」

「いったいどういう意味かしら？」フェザリントン夫人は強い調子で訊き、レディ・ブリジャートンの腕を突いた。子爵未亡人が答えないので、メアリーのほうを向いて同じ質問を繰り返した。

だが、メアリーの目は娘だけをとらえていた。「ケイト、いますぐこちらにいらっしゃい」と命じた。

ケイトは素直にメアリーのそばに移動した。

「さてと」フェザリントン夫人が言う。「わたしたちはどうしたらいいのかしらね？」

四人がいっせいにいぶかしげな目を向けた。

「わたしたち？」ケイトが消え入りそうな声で尋ねた。

「この件で、あなたのご意見を伺わなければならない理由などない」アンソニーがきっぱりと言った。

フェザリントン夫人はいくぶん詰まりぎみな音を立てて尊大に鼻息を吐いた。「あなたは、この娘《こ》と結婚なさらなければいけないわ」と告げた。

「なんですって？」ケイトは吐きだすように言葉を発した。「どうかしてるわ」

「この花園で分別がある人間はわたしだけのようだから、言わせてもらいますけれど」フェザリントン夫人がさしでがましく言う。「よくお聞きなさい、彼の口があなたのおっぱいに触れたのよ。そして、わたしたちはそれを目撃した」

「違うわ！」ケイトは唸り声をあげた。「わたしは蜂に刺されたのよ。蜂に！」

「ポーシャ」レディ・ブリジャートンが言葉を差し挟んだ。「そこまで露骨な言い方をする必要はないと思うわ」

「いまは言葉を選んでいる場合ではないじゃないの」フェザリントン夫人が言い返す。「どんな言葉を使ったところで、格好の噂話の種になるはずだわ。社交界でいちばん人気の独身男性が蜂一匹のせいで評判を落とすなんて。ああ、まったくほんとうに想像もしていなかったことだわ」

「噂話の種になどならない」アンソニーは唸り声で言い、威嚇するように夫人に詰め寄った。「なぜなら、誰もいっさい他言しないからだ。わたしはどのような手を使ってでも、シェフィールド嬢の評判を汚させはしない」

フェザリントン夫人は信じられないといったように目を剝いた。「このようなことを隠し通せるとでもお思いなの？」

「わたしはいっさい他言するつもりはないし、シェフィールド嬢が他言するとも思えない」アンソニーは腰に手をあてて、夫人を睨みつけた。大の男をも怯ませる目つきだったが、フェザリントン夫人は鈍感なのか、単なる愚か者であるらしく、さらに言葉を継がなければならなかった。「そして、互いの母上たちについては、子供たちの評判を守ることに大いに意欲をお持ちであるはずだ。残るは、あなただ、フェザリントン夫人。このごくわずかな集団のなかで、この一件に関して面白おかしく騒ぎ立てて触れまわる可能性があるのは、あなただけだ」

フェザリントン夫人は顔を暗紅色に染めた。「屋敷からも誰かが見ていたはずだわ」いかにも極上の噂話の種を失うことを残念がるように苦々しく言い逃れた。この事件の唯一の目撃者となれば、一カ月はもてはやされるに違いない。といっても、話を明かす唯一の目撃者なのだが。

レディ・ブリジャートンは屋敷のほうを見やって、みるみる青ざめた。「ほんとうだわ、アンソニー。招待客の翼棟から丸見えだもの」

「蜂のせいなのよ」ケイトはほとんど泣き声で訴えた。「ただの蜂なの！　蜂のせいで結婚させられるなんてありえないわ！」

必死の叫びにみな沈黙した。ケイトがメアリーからレディ・ブリジャートンへ視線を移すと、ふたりとも心配と思いやりと哀れみの混じる複雑な表情で見つめ返した。それから、アンソニーを見ても、固く閉ざされた表情で、心情はまったく読みとれない。

ケイトは惨めな思いで目を閉じた。このようなことになるとは考えてもいなかった。妹との結婚を認めることを伝えたときには、心密かに自分と結婚してほしいという思いも抱いていたものの、このようなことを望んではいなかった。

ああ、こんなふうになるはずではなかったのに。彼は、罠にはめられたと感じているのではないだろうか。わたしを見るたび、ほかの誰かであればいいのにと思いながら残りの人生を過ごしてほしくはない。

「アンソニー？」ケイトは囁きかけた。きっと言葉を交わせば、あるいはせめてこちらを見てくれるだけでも、彼の心のうちを知る手がかりがつかめるに違いない。

「われわれふたりは、来週結婚する」アンソニーは宣言した。明瞭な毅然とした口ぶりとはいえ、感情を欠いているようにも聞こえた。

「まあ、良かったわ！」レディ・ブリジャートンは心からほっとしたように言い、両手を打ち鳴らした。「シェフィールド夫人と一緒にさっそく準備にかかるわね」

「アンソニー」ケイトは先ほどより切迫した声で囁いた。「本気なの？」ケイトは彼の腕をつかんでほかの三人から引き離そうとした。ほんの数十センチ動かせただけだったが、少なくともいまは三人と向きあってはいない。

アンソニーはきびしい目で見据えた。「結婚するんだ」いかにも貴族らしく、異議を認めず服従のみを求める口調で簡潔に言う。「ほかにとるべき道はない」

「でも、あなたはわたしと結婚したくないのよね」

この言葉に子爵は眉を片方だけ吊りあげた。「きみも、わたしとは結婚したくないのだろう？」

ケイトは答えなかった。多少なりとも誇りを保ちたいのなら、口にできる言葉はない。

「われわれはうまくやっていけるのではないかな」アンソニーがわずかに表情をやわらげて続けた。「なにしろ、すでに友人になっている。ほとんどの男女に比べて、結婚の始まりとしては恵まれているほうではないだろうか」

「あなたはしたくないはずなのに」ケイトは粘り強く言葉を継いだ。「あなたはエドウィーナと結婚したがっていたのよ。エドウィーナになんて説明するつもり？」

アンソニーが腕組みをする。「エドウィーナと何か約束を交わしたわけではない。それに、われわれが恋に落ちたと簡潔に話せばすむことだ」

ケイトは無意識に目をぐるりとまわしていた。「妹はそんな話を信じないわ」

アンソニーが肩をすくめる。「ならば真実を話せばいい。きみが蜂に刺されて、わたしが手当てをしようとして、ふたりは評判を汚す姿をさらしてしまったと。きみの好きなように話せばいいだろう。きみの妹なのだから」

ケイトは石造りのベンチにへたり込んで、ため息をついた。「あなたがわたしと結婚したがっていたなどという話を信じる人はいないわ。誰もが、あなたが罠にはめられたと考えるに決まってる」

アンソニーは、いまだ興味深げにこちらを見ている三人の婦人を鋭い視線で睨みつけた。

「何か？」という言葉に、母親たちは数メートルあとずさり、さらに気づかって背を返した。フェザリントン夫人はすぐには動かなかったが、ヴァイオレットが手を伸ばして関節がはずれそうなほどぐいとその腕を引っぱった。

アンソニーはケイトの隣に腰をおろして言った。「ポーシャ・フェザリントンに見られたからにはなおさら、人々の噂になることは避けられそうもない。あのご婦人のことだ、家に帰るまででさえ口を閉じていられるか怪しいものだ」背をもたれて、左の足首を右の膝にかける。「つまり、われわれふたりは最善の道を選ぶより仕方がないんだ。わたしは今年結婚しなければ――」

「なぜ？」

「何がなぜなのだ？」

「なぜ、今年、結婚しなければならないの？」

アンソニーは一瞬沈黙した。じつのところ、その質問に明確に答えることはできない。なので、言った。「そうすると決めたからだ。わたしにとってはそれでじゅうぶんな理由になる。きみのほうにしても、いつかは結婚しなければならないわけだし――」

ケイトはふたたび言葉を差し挟んだ。「正直に言うと、しないだろうと思ってたの」

アンソニーは筋肉の緊張を感じ、数秒かかって、それが怒りのせいであることに気づいた。

「一生、独身を貫こうと思っていたのか？」

ケイトは邪気のない率直な目でうなずいた。「ええ、確実にそうなるだろうと思ってたから」

アンソニーはしばし黙って、ケイトをエドウィーナと比べて劣ると見ている人間たちすべてを殺してやりたいとすら思った。ケイトは自分自身に美しさや魅力が備わっていることにまったく気づいていないのだ。

フェザリントン夫人にふたりは結婚しなければならないと告げられたとき、アンソニーも当初はケイトと同じようにただあわてふためいた。言うまでもなく、自尊心をいくぶん傷つけられてもいた。無理やり結婚させられることを望む男はいないし、それが蜂のせいであるとすれば、とりわけ癪にさわるというものだ。

けれども、その場に立ち尽くして、ケイトが声高に抗議する姿を見ているうちに（とりたてて喜ばしい反応とは言えないが、彼女にも同じように自尊心を守る権利はある）言い知れぬ満足感が湧きあがってきた。

自分は彼女を求めている。

どうしようもなく求めている。

百万年かかっても、ケイトを妻として選ぶことはありえないと思っていた。彼女は心の平穏を恐ろしく脅かす存在であるはずだった。

だが、運命のいたずらで、こうして結婚しなければならない状況に追い込まれてみると……どういうわけか、大騒ぎして抵抗するようなことではないように思えた。自分を夜どおし欲望で疼かせた、聡明で面白みのある女性と結婚するのはさほど悪い運命でもない。

問題は、はたしてほんとうに彼女を心から愛さずにいられるだろうかということだ。できないことではないだろう。顔を合わせれば口げんかを繰り返しつつ、その間しじゅう狂おしく心を乱されていたのを知るのは神だけだ。ケイトとなら愉快な結婚生活が送れるだろう。友情と、肉体を愉しみ、そのままの関係を保っていくこともできるに違いない。それ以上、深入りさえしなければいいだけだ。

それに、自分がこの世を去ったあと、息子たちをまかせる母親として、これほどふさわしい女性はほかに探せないだろう。とすれば、この結婚にはたしかに計り知れない価値がある。

「この結婚はうまくいく」アンソニーは威厳たっぷりに言った。「いまにわかる」

ケイトは不安げな表情だったが、うなずいた。むろん、そうするよりほかにできることはなかっただろう。男性の口に胸を触れられたところを、ロンドン一噂好きなご婦人に目撃されたのだ。それでその男性から結婚を申し込まれなければ、傷ものとして生きていかざるをえない。

まして、みずからその結婚の申し込みを断わったとすれば……むろん、ふしだらで、しかも愚かな女という汚名を着せられる。

アンソニーは突如立ちあがった。「母上！」大声で呼びかけ、ケイトをベンチに残して大股で歩み寄っていった。「この花園で、婚約者と少しふたりきりで話したいのですが」

「承知したわ」レディ・ブリジャートンは低い声で答えた。

「賢明なことかしら？」フェザリントン夫人が口を挟んだ。

アンソニーは身をかがめ、母の耳もとに口を寄せて囁いた。「あのご婦人を十秒以内に連れ去ってくださらないと、この場で手をかけてしまいそうです」

レディ・ブリジャートンはぐっと笑いを呑み込んでうなずき、どうにか答えた。「わかったわ」

一分足らずで、アンソニーとケイトは花園にふたりきりになった。

アンソニーが振り返ると、ケイトも立ちあがって数歩近づいた。「屋敷から」アンソニーは低い声で言い、ケイトの腕にするりと手を通した。「見えないところへ移動しよう」

アンソニーが大股でさっさと歩きだしたので、ケイトは追いつこうとつんのめりながら歩調を合わせた。「子爵様」急ぎ足で進みながら問いかけた。「賢明なことかしら？」

「まるで、フェザリントン夫人みたいな物言いだな」一瞬たりとも歩調をゆるめず指摘した。

「その喩えだけはよして」ケイトはつぶやいた。「でも、質問自体は取り消さないわ」

「ああ、きわめて賢明なことだと思っている」アンソニーは答えて、あずまやに彼女を引き入れた。四方の衝立《ついたて》はそれぞれ間隔が空いているが、生い茂るライラックに囲まれているため、外側からはほとんど見えない。

「でも――」

アンソニーは微笑んだ。ゆっくりと。「口答えが多すぎるんじゃないか？」

「それを言うために、ここに連れてきたの？」

「いや」間延びした声で言う。「こうするために連れてきたんだ」

ケイトが言葉を発するどころか息をつく間もとれないうちに、アンソニーの口が即座におりてきて彼女の唇を飢えたように熱くとらえた。彼の唇は彼女が与えうるものすべてを貪欲に呑み込み、それ以上のものを求めてきた。ケイトの体のなかに点火された炎は、彼の書斎で鉢あわせた晩に焚きつけられたものより、十倍も熱く音を立てながら燃え盛った。

ケイトはとろけそうだった。ああ、神様、とろけそうだけれど、もっともっとこうしていたい。

「こんなことをさせないでくれ」アンソニーはケイトの口もとで囁いた。「だめだ。きみの何もかもが、まったくもって間違っている。それに……」

彼の手がお尻に滑り落ち、荒々しく下半身の隆起を押しつけられて、ケイトは息を切らした。

「わかるか？」アンソニーが唇を彼女の頬にずらし、ざらついた声で言う。「感じるか？」どことなくあざけるような、かすれた含み笑いを漏らした。「理解できているのか？」無慈悲にきつく抱きしめてから、彼女の耳のやわらかな皮膚を齧《かじ》った。「無理だよな」

ケイトは彼のなかに滑り落ちていくような気がした。肌がほてりだし、意に反して腕を彼の首に巻きつけた。鎮める気力も出せないほど激しく炎を焚きつけられていく。熱く溶けだしてくるような本能的な欲求に駆られ、ひたすら肌を触れあわせようとすることしか考えられなかった。

ケイトはアンソニーを求めていた。ああ、彼のことをどれほど求めているだろう。間違った理由で自分と結婚しようとしている男性を求めたり、欲したりしてはいけない。

なのに、息苦しいほどに心から彼を求めている。

ほんとうに、まったく間違っている気がした。ケイトはこの結婚に重大な疑念を抱いており、冷静さを保たなければならないことはわかっていた。そう自分に言い聞かせようとしているのに、唇を開いて彼を招き入れることも、みずからためらいがちに彼の口角に舌を這わせることも、やめられなかった。

やがて、下腹部に欲望が溜まりだし――これこそ間違いなく、ずきずきと体内をめぐる妙な刺激の要因だ――、ますます濃度を増していく。

「わたしはだめな人間なの？」ケイトは彼にというより自分の耳に問うように囁いた。「ふしだらな女だということ？」

アンソニーはその声をしっかりと聞きとり、熱く湿った声でケイトの頬をかすめた。

「違う」

もっとよく聞こえるように、唇を彼女の耳のほうへずらした。

「違う」

さらに彼女の唇へ移動して、彼女に自分の言葉を呑み込ませた。

「違う」

ケイトは自然に頭を後ろへそらせた。低く官能的な声を聞いて、まるでいまにして初めて生きていることに気づいたような思いにとらわれた。

「きみは完璧だ」アンソニーは囁くと大きな手でもどかしげに彼女の体をたどり、片手を腰におき、もう片方の手を胸のなだらかな膨らみにのぼらせた。「この花園に、たったいま、この瞬間にこうしているきみは完璧だ」

ケイトはその言葉の何かに違和感を覚えた。あたかも、そうなのだと相手に、そしておそらくは自分にも言い聞かせているかのようで、あすには完璧ではなくなり、その翌日にはもっとひどくなるかのようにも聞こえた。それでも、彼の唇と手の動きに説得されるように、ケイトはそのいやな考えを無理やり頭から振り払い、その瞬間の心地良さに身をゆだねた。

自分は美しい。それに……完璧なのだ。そして、たったいまこの場所で、そんなふうに感じさせてくれる男性をいとおしく思わずにはいられなかった。

アンソニーは腰においていた手を後ろのくびれにまわしてケイトを支え、もう片方の手で薄いモスリンのドレスの上から乳房を揉みしだいた。崖から落下しかけてどうにかしがみつこうとするように、ケイトをつかんだ指がどうしようもないほどこわばってふるえていた。ドレスの布地を通してでさえ、手のひらの下で彼女の乳首が硬くなるのを感じた。自制心を懸命に働かせ、ドレスの後ろに手を伸ばしてボタンをひとつひとつゆっくりと外していきたい衝動をこらえた。

唇を重ねて焼けつくようなキスをしていても、その光景がまざまざと頭に浮かんできた。モスリンのドレスがそそるようになめらかに肩から滑り落ちて乳房があらわになる。そこでまたどういうわけか、あらわになった完璧な乳房をはっきりと思い描けた。片方の乳房を手のひらで包み込み、乳首を太陽のほうへ持ちあげるようにしながら、ゆっくりと、ことさらゆっくりと頭を垂れて、かろうじて触れる程度に舌でかすめる。

ケイトの呻き声が聞こえたら、逃れられないようきつくつかんで、さらに愛撫を続けよう。そうして、彼女が頭をそらせてあえぎだしたら舌をとめ、叫びが聞こえるまで味わいつくす。

ああ、まったく、どうしようもなくそうしたくて破裂してしまいそうだ、とアンソニーは思った。

だが、時と場所を間違えている。結婚の誓約を行なうまで待たなければならないと考えているわけではない。人々の前で宣言したのだから、ケイトはすでに自分のものであるのも同然だ。とはいえ、母の花園のあずまやで彼女を押し倒すわけにはいかない。それ以上に、自分の名誉と、彼女への敬意を重んじたい気持ちが働いた。

しぶしぶながら、彼女の華奢な肩に両手をかけたままゆっくりと身を離していき、まだ続けたいと思わずにすむところまで腕を伸ばそうとした。

それでも誘惑はさらに待ち受けていた。彼女の顔を見るという過ちをおかし、その瞬間、間違いなく、ケイト・シェフィールドが妹のエドウィーナに少しも劣らず美しいことに気づいた。

その美しさには独特な魅力がある。唇はふっくらとしていて、社交界でもてはやされている形とはやや違うが、たまらなくキスをそそられる。睫毛は――どうしてこれほど長いことにいままで気づけなかったのだろう?――瞬きをすると、絨毯の毛足のように頬をかすめる。

そして、欲望でピンク色がかった肌はほんのり輝いている。自分でも空想が過ぎるとは思いつつ、彼女の顔を眺めていると、太陽が地平線から徐々にのぼってくるまさにその瞬間の、空が薄紅色の絵の具で染められていく夜明けを想像せずにはいられなかった。

ふたりは息を呑んでまる一分その場に立ち尽くしていたが、ようやくアンソニーが腕をおろすと、互いに一歩あとずさった。ケイトが片手を口もとに持ちあげ、人差し指、中指、薬指をかすかに唇に触れさせた。「こんなことをすべきではないわ」ケイトが囁き声で言う。

アンソニーはみずからの運命にすっかり満足のいった表情で、あずまやの支柱に寄りかかった。「どうしてだい？　われわれふたりは婚約したんだ」

「違うわ」ケイトは言いきった。「厳密に言えば」

アンソニーがけげんそうに眉を上げた。

「誓約を交わしていないもの」ケイトはあわてて説明した。「書類に署名したわけではないわ。それに、わたしには結婚持参金がないのよ。それぐらい、ご存じよね」

その言葉に子爵は微笑んだ。「わたしを追い払おうというのか？」

「とんでもない！」ケイトはやや落ちつきなく足から足へ重心を移した。

アンソニーは彼女のほうへ一歩近づいた。「まさか、わたしにきみを追い払わせる理由を与えようとしているわけではないよな？」

ケイトは顔を赤らめた。「い、いいえ」まさにそうしようとしていたのだが否定した。もちろんいまの立場からすれば、このうえなく愚かしい行為だ。子爵にこの結婚を取り消されたら、ロンドンだけでなく、サマセットの小さな村ですら汚名を着せられて生きなければならなくなるだろう。ふしだらな女性という評判はいつでもたちまち広まるものだ。

けれども、誰かの身代わりになるのはけっして生易しいことではない。彼がほんとうに妻にしたいと望んでいるのはいまもエドウィーナのほうであり、やむをえず自分と結婚するだけなのだろうかという疑念を確かめておきたい気持ちもあった。そうなのだとはっきり肯定されれば、ひどく傷つくかもしれないが、たとえつらい事実とはいえ、知らないよりは知らされたほうがまだ心持ちも楽になるだろう。

少なくともそれを聞ければ、自分の身のふり方がはっきりとわかるはずだ。いまのままでは、流沙の地面に必死に足を踏んばっているようなものなのだから。

「ひとつ、はっきりさせておこう」アンソニーが決然とした口調でケイトの注意を引き戻した。とても目をそらせないほど熱意のこもった視線で彼女の目をとらえた。「わたしはきみと結婚すると宣言した。わたしは自分の言葉を守る男だ。それについてはいかなるよけいな憶測も、はなはだ心外だ」

ケイトはうなずいた。それでも、胸のなかで自分に問いかけずにはいられなかった。あなたは危険なものを求めているのよ……気をつけなければだめ。

自分はいままさに、心奪われかかっている男性との結婚を承諾した。頭をかすめたことはただひとつ。彼は自分とキスをするとき、エドウィーナのことを考えるのだろうか、ということだった。

あなたは危険なものを求めているのよ。心の声がわめき立てた。
それでもいいならつかめばいいわ。

15

『またしても、筆者の予測が的中した。田舎の本邸での泊りがけのパーティで、非常に驚くべき婚約がまとまった。

親愛なる読者のみなさま、本紙がその事実をいちはやくお知らせしよう。ブリジャートン子爵が、キャサリン・シェフィールド嬢と結婚する。花嫁となるのは、かねてから憶測を呼んでいたエドウィーナ嬢ではなく、キャサリン嬢だ。

婚約に至った経緯については、思いのほか情報の入手が難航している。最も信頼に足る筋によれば、婚約したふたりが名誉を汚す姿をさらし、かのフェザリントン夫人がそれを目撃したというのだが、当の夫人が柄にもなくこの一件に関していっさい口を閉ざしている。なにぶん夫人は噂好きなはずなので、子爵（気骨については折り紙つき）から、ひと言でも発すればただではおかぬと脅されたとしか考えようがない』

一八一四年五月十一日付〈レディ・ホイッスルダウンの社交界新聞〉より

ケイトはまもなく、噂の種になるぐらいではすまされないことを悟った。

ケントで残りの二日間を過ごすだけでも容易なことではなかった。かなり慌しい婚姻の取り決めに続いて、晩餐の席でアンソニーがふたりの婚約を発表するとすぐさま、レディ・ブリジャートンの招待客たちからの祝辞や、質問や、あてこすりが、ほとんど息つく暇もないほど浴びせられた。

ようやくほっと息をついてエドウィーナとふたりきりで話せたのは、発表から数時間後のことだった。妹は姉に抱きついてきて、「わくわくする」、「とっても嬉しい」、「ちっとも驚いてはいない」といった感想を語った。

ケイトがなぜ驚いていないのかと不思議がると、エドウィーナはなにげなく肩をすくめて答えた。「子爵様が夢中なのは一目瞭然だったもの。どうしてほかの人たちは気づかなかったのかしら」

どう見てもアンソニーはエドウィーナとの結婚に狙いを定めていたはずなので、妹の言葉にケイトはますます困惑した。

ケイトがロンドンに戻ると、人々はさらに噂話に熱をあげた。社交界の人々は誰も彼も、ミルナー・ストリートにあるシェフィールド家の小さな借家に立ち寄らずにはいられないらしく、未来の子爵夫人を訪ねてきた。ほとんどの人々が、あてこすりに来たのが見るからにわかる態度で祝いの言葉を並べ立てた。子爵が実際にケイトとの結婚を望んでいたとは誰も信じていなかったし、それを面と向かって言うことがどれほど無礼であるかにも気づいていないらしかった。

「ほんとうにまったく、あなたは幸運だわ」悪評高いクレシダ・クーパーの母、レディ・

クーパーが言った。娘のほうは二の句も継げずに、部屋の隅でふてくされたような顔で敵意もあらわにケイトを睨みつけていた。

「子爵様があなたにご興味を持ってらっしゃるだなんて思わなかったわ」気どって話すガートルード・ナイト嬢の表情は、いまだ信じられない気持ちをありありと物語っていた。ひょっとすると、すでにタイムズ紙で発表されているにもかかわらず、この婚約が偽りであることが発覚するのを願っているのかもしれない。

そして、遠慮を知らないレディ・ダンベリーからも言葉をかけられた。「どうやってあの子爵を丸め込んだのかは知らないけれど、見事な手並みだこと。まったく、その辺の令嬢たちにあなたの爪の垢でも煎じて飲ませたいぐらいだわ」

ケイトはただ微笑んで（ともかく微笑もうとはしたが、優雅に愛想よく答えようとする試みが必ずしも成功していたかどうかはわからない）うなずき、「わたしは幸運な娘ですわ」とつぶやいて、そのたびメアリーに脇腹を肘でつつかれていた。

アンソニーのほうはさいわいにもまだ、ケイトが我慢を強いられていた辛らつな詮索の目にさらされていなかった。花園での出来事からわずか九日後の土曜日に決められた結婚式の前にいくつか片づけたい領主の務めがあるということで、オーブリー屋敷に残っていたからだ。メアリーは、あまり急いで結婚式を行えば、あらぬ憶測を呼ぶのではないかと心配していたが、レディ・ブリジャートンは、何をしようと憶測は呼ぶものなのだし、アンソニーの妻の座についてしまえば、ケイトにあからさまないやみを浴びせる者もいなくなると言って強硬に説き伏せた。

子爵未亡人はもっぱら適齢期の子供たちを結婚させるという目的に向かって猛進していると噂されていたので、アンソニーの気が変わらないうちに主教の前に立たせてしまおうというもくろみなのだろうとケイトは察した。

そして、ケイトもいつしかレディ・ブリジャートンに賛同していた。日をおけば、挙式と、その後の結婚生活のことを気に病む日々が長くなるだけのことだし、物事を先延ばしにしたい性分でもない。一度決意したのなら——今回の場合は、決意させられたとも言えるけれど——、先送りする理由があるとは思えない。それに、〝憶測を呼ぶ〟という不安についても、急いで挙式すれば騒がしさは増すにしても、さっさとアンソニーと結婚してしまえばそれだけ早く人々の口も鎮まるはずなので、早く自分らしいふだんの静かな生活に戻れるのではないかと期待していた。

もちろん、もういままでのようにひとりでいられる時間は長くとれなくなるだろう。それについては慣れていかなければならない。

すでにもう、いままでのようにはひとりで過ごせなくなっていた。生活はにわかに慌しくなり、レディ・ブリジャートンに店から店へ連れまわされ、アンソニーの多額の資金を費やして嫁入り道具を買い揃えている。抵抗しても無駄であることをケイトは早々に思い知らされた。レディ・ブリジャートン——いまでは、ヴァイオレットと呼ぶよう言いつけられている——が、いったんこうと決めたときに行く手をふさぐような愚か者は大変な目に遭うだろう。メアリーとエドウィーナも何度か買い物に同行したのだが、ヴァイオレットの飽くなき気迫にあっけなく疲れたと音をあげて、アイスクリームを求めて〈ガンターズ〉に消え去った。

ついに結婚式まであと二日となり、アンソニーから午後四時に訪問したいのでご在宅願いたいという書付がケイトのもとに届いた。どういうわけか街では何もかもが違うような、もっと改まった感じがして、ふたたび顔を合わせるのが少しばかり不安だった。とはいえ、またしてもオックスフォード・ストリートのドレスの仕立屋や、婦人帽子店や、手袋店や、あらゆる店をヴァイオレットに連れまわされてめぐる午後を避けるには格好の口実になる。

というわけで、メアリーとエドウィーナが用事で出かけてしまうと——子爵の訪問の予定を伝えることは都合よく忘れたふりをした——、ケイトは客間に腰を落ち着けて、足もとで心地良さそうに眠るニュートンとともに彼を待った。

アンソニーはその週のあいだじゅうほとんど考えにふけっていた。当然のことながら、考えるのはケイトと、ふたりのきたるべき結婚のことばかりだった。

気を抜けば、彼女を愛してしまいかねないのではないかと考えあぐねていた。要は、気を抜きさえしなければいいのだ。そして、考えを重ねるにつれ、問題にするほどのことではないという確信が増してきた。なんといっても自分は行動と感情の制御には長けた男だ。愚かではないから、愛というものが存在することはわかっている。けれども同時に、心の強さと、おそらくはさらに重要であるはずの意志の力を信じてもいた。率直に言うなら、愛とは無意識に育めるものとは思えない。

愛したくないのならば、愛さなければいいだけのことだ。それほど単純なこともない。それほど単純なことであるはずなのだ。そんなこともできなくて、大人の男と言えようか？

けれども、結婚式の前にケイトときちんと話しておく必要があるだろう。ふたりの結婚には、どうしてもあきらかにしておかなければならないことがある。決め事というのとはやや違うが……了解事項。そうだ、うまい言い方ではないか。

ケイトには、夫に望めるものと、その反対にこちらが彼女に望むものを正確に了解しておいてもらわなくてはならない。これは愛しあう結婚ではない。そして、今後愛しあうようになることもない。ともかく選択の余地はない。ケイトが幻想を抱くような女性とは思わないが、万が一に備えて、誤解が何かのきっかけで深刻な災いを招く前に、いまのうちにはっきりとさせておきたかった。

互いにあとになって不愉快な衝撃を受けることがないよう、話しあいの席についてすべてをつまびらかにしておくことが得策だ。ケイトなら間違いなく同意してくれるだろう。現実的な思考の持ち主なので、身のふり方を知りたがっているはずだし、推量に頼ることを好む女性ではない。

午後四時二分前きっかりに、アンソニーはミルナー・ストリートをたまたま散歩中の六人の貴族たちにはそしらぬふりで、シェフィールド家の玄関扉を二度ノックした。六人とも、いつもよりだいぶ遠出をしているものだと苦々しく思いながら。

だが、驚いてはいなかった。まだロンドンに戻ってきたばかりとはいえ、自分たちの婚約が目下、街の最大の関心事になっていることはじゅうぶん承知していた。なにしろ〈ホイッスルダウン〉は、はるばるケントにまで配られているのだ。

執事がすばやく玄関扉をあけて、なかへ招き入れ、すぐ先の客間へ案内した。ケイトはソファに腰をおろして待っていた。髪はなんとか巻き（淑女たちに好まれている髪型らしいのだが、呼び名がさっぱり思いだせない）にきっちり結いあげ、空色のドレスの白い縁取りに合わせたと思われる、へんてこな小さい帽子を飾っている。

結婚したら、あの帽子を一番初めに捨てさせようとアンソニーは胸に決めた。ケイトの長く豊かな髪は艶やかで美しい。外出のときには婦人帽《ボンネット》を身に着けるのが女性の慎みとはいえ、自宅でくつろいでいるときにその髪を隠すのはじつのところ罪にすら思える。

アンソニーが挨拶の言葉も口にださないうちに、ケイトが自分の前のテーブルに用意された銀の茶器を手ぶりで示した。「勝手にお茶を用意させてもらったわ。外は少し寒いから、そのほうがいいのではないかと思って。もしお好みではなければ、すぐにほかのものを持ってこさせるわ」

外は寒くはなかったし、少なくともアンソニーにはそう感じられなかったが、快く応じた。

「温まりそうだ、ありがとう」

ケイトはうなずいて、注ごうとポットを持ちあげた。カップにわずかに傾けてすぐ元に戻し、眉をひそめた。「あなたの好みのお茶の淹れ方すらわからない」

アンソニーは思わず唇の片端を引きあげた。「ミルクだけで、砂糖はいらない」

ケイトがうなずき、ミルクを用意するためにポットを置いた。「妻なら知っていて当然よね」

アンソニーはソファと直角をなした椅子に腰をおろした。「いま知ったじゃないか」

ケイトが深く息を吸い込んで吐きだす。「いま知ったわ」つぶやく。

アンソニーは咳払いをして、お茶を注ぐ様子を眺めた。ケイトは手袋をしておらず、その手の動きにいつしか魅入られた。指は長くほっそりとしていて、ダンスで何度も足を踏まれたことを考えると思いのほか優美であることに驚かされた。

むろん、あの踏み間違いのなかには、本人が信じさせようとしていたほどではないにしろ、意図的なものも何度か含まれていたはずだが。

「さあ、召しあがれ」ケイトは低い声で言って、お茶を差しだした。「熱いから注意なさってね。生ぬるいお茶は苦手なのよ」

ああ、そうだろうとも、とアンソニーは心のなかで微笑んだ。ケイトはなんであれ中途半端なことができるたちではない。それは彼女について最も好きな点のひとつだ。

「子爵様？」ケイトは礼儀正しく呼びかけて、お茶のカップをさらに数センチ押しだした。

アンソニーがカップの受け皿をつかんだ拍子に、手袋をした手がケイトの素手をかすめた。目を顔に据えていたので、彼女の頰がほんのりとピンク色に染まるのが見てとれた。

なんとなく気分がはずんだ。

「何か特別にわたしに尋ねたいことがおありなの、子爵様？」問いかけてすぐ、彼の手からしっかりと手を遠ざけて、自分のティーカップの取っ手を握った。

「アンソニーでいいと言っただろう。それと、会いたいだけでは婚約者のもとを訪ねてはいけないのかい？」

ケイトはカップの縁越しに鋭敏な目を向けた。「もちろん、かまわないわ。でも、それが理由ではないのでしょう？」

そのぶしつけな物言いにアンソニーは眉を上げた。「偶然にも、あたりだ」

彼女が何かつぶやいた。よく聞きとれなかったが、「いつもあたるわよ」と言ったのではないかと密かに疑った。

「ふたりの結婚について、話しあっておくべきだと思ったんだ」

「どういうことかしら？」

アンソニーは椅子の背にもたれた。「われわれはどちらも現実的な思考の持ち主だ。それぞれが相手に望めることを了解しておけば、より気持ちよくやっていけるのではないかな」

「それはまあ、たしかに」

「良かった」カップを受け皿に戻してから、そのまま目の前のテーブルに置く。「そう言ってくれて嬉しいよ」

ケイトはうなずいたが何も言わず、咳払いをする彼の顔をじっくりと見つめることを選んだ。アンソニーはまるで議会で演説を始めようとしているかのような顔つきだった。

「われわれは最も好ましいスタートを切ったとは言いがたい」アンソニーがわずかに顔をしかめて言うと、ケイトはうなずきで同意した。「とはいうものの――きみに共感してもらえるといいのだが――、われわれは友情のようものを築きつつある」

ケイトはその会話を先へ進めるにはうなずくしかないと考えて、ふたたび首を縦に振った。

「夫と妻のあいだの友情はきわめて重要なものだ」アンソニーは続けた。「わたしの考えでは、愛よりもずっと重要なものだ」

ここではケイトはうなずかなかった。

「われわれの結婚は互いへの友情と敬意のもとに成り立つものとなるだろう」もったいぶった口ぶりで言う。「わたしとしては、これ以上に喜ばしいことはない」

「敬意」ケイトは、反応を期待されているようだったのでほとんど仕方なく、ひと言繰り返した。

「きみの良き夫となるべく最善を尽くすよ」アンソニーが言う。「そして、きみのベッドから締めだされないかぎり、きみにはむろん、ふたりの結婚の宣誓にも忠誠を尽くす」

「所信表明というわけね」ケイトはつぶやいた。とりたてて驚くような内容ではなかったが、それでもやはり何か胸に引っかかりを感じた。

アンソニーの目が狭まった。「真面目に聞いてほしいのだが、ケイト」

「あら、大真面目に聞いてるわ」

「それならいいんだ」アンソニーはそう言いながらもいぶかしげな目を向けたので、信じてもらえたのかどうかはケイトにはわからなかった。「その代わり」アンソニーが言葉を継ぐ。「きみにも、わが一族の名を汚すようなふるまいは慎むことを望む」

ケイトは背筋のこわばりを感じた。「そんなことをするはずがないわ」

「わたしもそう思っている。それもこの婚姻に非常に満足している理由のひとつだ。きみはすばらしい子爵夫人になるだろう」

それが褒め言葉であるのはわかっていても、ケイトにはどこか空々しく、わずかに蔑みすら含まれているような気がした。すばらしい妻になると言われたほうがよほど快く受けとれただろう。

「われわれは友情を育み」声高らかに続ける。「互いを敬い、子供たちを授かるだろう――ありがたいことに、きみはわたしの知人のなかでもずば抜けて知性の高い女性だから、優秀な子供たちに恵まれるに違いない」

先ほどの蔑みはそれで埋めあわされたが、ケイトがその褒め言葉に微笑みを返す間もなく、アンソニーは付け足した。「だが、愛は望まないでもらいたい。この結婚は愛で結ばれるものにはならない」

喉に不快な塊りがせりあがってきて、ケイトはさらにもう一度うなずいたが、今回は首を動かしただけでどういうわけか心臓にまで痛みが走った。

「わたしにはきみに与えられないものもある」アンソニーが言う。「残念ながら、そのひと

だもの」

「当然よ」吐き捨てるように返した。「この腕に書いてあるかと思うぐらいに、簡単なこと
「ほんとうに？」

「わかってるわ」

つが愛なんだ」


「わたしは愛のある結婚をけっしてしないと心に決めていたんだ」とアンソニー。

「エドウィーナに求婚しようとしていたときには、そんなことは言ってなかったじゃない」

「エドウィーナに求婚しようとしていたときには」アンソニーが言葉を返す。「きみに気に入られようと思っていたからだ」

ケイトは目をすがめた。「いまは、その必要がなくなったというわけね」

アンソニーは大きく息を吐きだした。「ケイト、わたしは言い争うためにここに来たのではない。土曜の朝の結婚式の前に、お互いに正直な気持ちを明かしておくのが得策だと考えただけのことだ」

「そうよね」ケイトはため息をついて、しぶしぶうなずいた。相手は侮辱するつもりで言っているのではないのだから、感情的な反応は控えるべきだ。アンソニーが先行きを案じて行動しているだけであることは、いまやじゅうぶんすぎるほどにわかっていた。彼はけっして妻となる女性を愛せないことを知っている。だからこそ最初にはっきりと言っておいたほうがいいと考えたのだろう。

それでもやはり、ケイトは胸に痛みを感じた。自分が彼を愛しているかどうかはまだわからないが、愛せることはいまや確かで、結婚から数週間で愛してしまうかもしれないことが心の底から恐ろしかった。

それでももしも彼も同じように愛してくれたなら、どれほど幸せだろう。

「いまのうちに互いに了解しておくのが最善の策なんだ」アンソニーが穏やかに言う。

ケイトはただただうなずきを返した。惰性で首を動かしつつ、もしそれをとめてしまったら、涙を流すといったひどく愚かなことをしてしまいそうで怖かった。

テーブル越しに伸びてきたアンソニーの腕に手を取られて、ケイトはびくりとたじろいだ。

「この結婚について、きみにいかなる幻想も抱いてほしくない。きみもそれは望んでいないだろうと思ったんだ」

「そのとおりよ、子爵様」ケイトは答えた。

アンソニーが眉をひそめた。「アンソニーと呼んでくれと言ったはずだ」

「たしかにおっしゃったわ。子爵様」

アンソニーは手を引っ込めた。ケイトはその手が彼の膝の上に戻されるのを見届けて、妙な喪失感に襲われた。

「立ち去る前に」アンソニーが言う。「きみに渡したいものがある」ケイトの顔から目をそらさず、ポケットに手を入れて、小さな宝石箱を取りだした。「婚約指輪を贈るのがこれほど遅れてしまって、申し訳ない」低い声で言うと、箱を手渡した。

ケイトは青いビロード地の箱を指で撫でてから、かちりと上蓋を開いた。なかには、ラウンドカットのひと粒ダイヤモンドをあしらった金の指輪が入っていた。「ブリジャートン家に代々引き継がれている宝石なんだ。婚約指輪はいくつか所蔵しているが、それがいちばんきみに似合うと思った。ほかのは少しばかり重くて派手すぎる」

「美しいわ」ケイトは言うと、指輪から目を離せなくなった。

アンソニーが手を伸ばして箱を取りあげた。「つけてもいいかい？」囁くと、ビロードの内側から指輪をつまみあげた。

ケイトは手を差しだし、ふるえていることに気づいて心のなかで自分を叱った――激しいふるえではないが、あきらかに人目に見てとれる。けれども、アンソニーは何も言わず、片手でしっかりと彼女の手を支えて、もう片方の手で指輪を滑り込ませた。

「とてもいいんじゃないかな？」指先を支えたまま訊く。

ケイトはなおも指輪から目を離せずに、うなずいた。指輪を贈られる日が来るとは思ってもみなかった。きょうからはずっとあたりまえのように指輪をつけるようになるのだろう。ひんやりとして重く、とてつもなく硬い不思議な感触だった。するとなぜだか、この一週間に起きた出来事のすべてがより現実味を帯びてきた。いよいよ運命が決まろうとしている。指輪を見つめるうち、どんなに恐ろしくてもいいから天が雷を落として、実際に誓いを立てる前にこの婚姻を断ち切ってほしいと半ば期待する気持ちさえ湧いた。

アンソニーが身を近づけて、指輪が輝く指を自分の唇のほうへ持っていく。「取引が成立したしるしにキスをするべきではないかな？」囁いた。

「わからないわ……」

アンソニーは膝の上にケイトを引き寄せて、なんとも誘惑的な笑みを浮かべた。「そうするべきなんだ」

ところが、ケイトは彼の膝の上によろりと坐ったはずみでニュートンを蹴り飛ばしてしまい、昼寝を突如邪魔されていかにも不機嫌そうな甲高い吠え声があがった。

アンソニーが眉を上げてケイトの肩越しにニュートンを覗き込んだ。「そこにいることすら気づかなかった」

「お昼寝をしてたのよ」ケイトが説明する。「いつもぐっすり寝込んでしまうの」けれど、ひとたび目を覚ましたニュートンは除け者にされまいと、先ほどよりわずかに活気づいた吠え声を響かせて椅子に飛びあがり、ケイトの膝の上に乗った。

「ニュートン！」ケイトは金切り声をあげた。

「いったいなんだってこんな――」だがアンソニーのぼやきは、ニュートンのべろんとしたひと舐めに遮られた。

「あなたのことが好きなのね」ケイトはアンソニーの渋い顔があまりに可笑しくて、彼の膝の上に坐っている気恥ずかしさも忘れて言った。

「わんこ」アンソニーが命令口調で言う。「床におりろ」

ニュートンがうつむいて哀れっぽい声を漏らした。

「おりるんだ！」

ニュートンは大きく鼻息を吐いて向きを変え、床にひょいと飛びおりた。

「まあ」ケイトが見おろすと、犬はテーブルの下でしょんぼりと鼻面を絨毯に据えていた。

「驚いたわ」

「声の調子のせいだろう」アンソニーは得意げな声で言い、ケイトが立ちあがれないようしっかりと腰に腕を巻きつけた。

ケイトは彼の腕を見てから顔に視線を移し、いぶかしげに眉を吊りあげた。「もしかして」考え込むように言う。「その声の調子で女性たちも同じように従わせることができると思ってるの？」

アンソニーは肩をすくめてケイトのほうへ身をかがめ、伏せがちの目で微笑んだ。「だいたいのところは」ぼそりと答える。

「今回はそうはいかないわ」ケイトは椅子の肘掛けに手を突っぱり、身をよじって逃れようとした。

けれど、彼の力にはとても敵わなかった。「今回こそ、はずすわけにはいかないんだ」急に低く甘い声に変わった。空いているほうの手でケイトの顎を取り、振り向かせた。やわらかな唇を性急に押しあてて、ケイトに息つく間も与えず、十二ぶんに口のなかを探った。

唇でケイトの顎の輪郭をたどって首におりると、わずかに中断して囁いた。「母上はどちらに？」

「出かけてるわ」ケイトは息を切らして答えた。

アンソニーがドレスの襟ぐりを嚙んで引っぱる。「どれぐらいで帰って来る？」

「わからないわ」モスリンの下の肌を舌で艶めかしくたどられ、ケイトはかすかな悲鳴を漏らした。「ああ、なんてこと、アンソニー、何をしてるの？」

「どれぐらいで帰って来るんだ？」質問を繰り返す。

「一時間。もしかしたら二時間」

アンソニーは目を上げて、先ほど入ってきたドアが閉じていることを確かめた。「もしかしたら二時間？」くぐもった声で言い、彼女の肌に唇を寄せたまま微笑んだ。「二時間なんだな？」

「い、いいえ、一時間かも」

ドレスの肩上の縁に指を引っ掛けて、シュミーズも重ねてしっかりとつかんだ。「一時間あれば申しぶんない」そうして、彼女の唇に唇を合わせて抵抗の言葉をふさいでから、シュミーズもろともドレスを手早く引きおろした。

口のなかで彼女があえぐのがわかったが、さらにキスを深く食い込ませ、ふっくらと丸みを帯びた乳房を手のひらで包んだ。やわらかくて張りのある乳房がまるで自分のために作られたかのように手の大きさにぴったりとなじみ、完璧な感触だった。

ケイトが抵抗の気力を失ったのを感じとり、耳のほうへ唇を移し、耳たぶをやさしく嚙んだ。「気に入ったかい？」囁いて、乳房を軽く握りしめる。

ケイトがぎこちなくうなずく。

「ううむ、ほっとしたよ」つぶやいて、舌でゆっくりと耳をかすめる。「そうでないと、非常にやりにくくなる」

「ど、どういうこと？」

アンソニーは喉の奥からこみあげてくる笑いをこらえた。ここは断じて笑うべきところではない。だが、彼女があまりに無垢で、そのような女性とはこれまで愛しあったことはなかった。それだけに、驚くほどの喜びが湧きあがってきた。「ひとまず、わたしにとっては非常に嬉しいことであるとだけ言っておこう」

「まあ」ケイトはひどく頼りない笑みを返した。

「まだまだこれからなんだ」アンソニーは彼女の耳に息を吹きかけるように囁いた。

「知ってるわ」ケイトがただあえぐように答えた。

「そうなのかい？」からかうように訊いて、ふたたび乳房を握りしめる。

「これぐらいのことで赤ちゃんができると思うほど、うぶではないもの」

「続きをきみに披露するのが楽しみだ」アンソニーはつぶやいた。

「だめ――ああ！」

ふたたび乳房を揉みながら、今度は指で肌をくすぐった。ケイトが乳房を触れられると何も考えられなくなるさまが愛らしかった。「何を言いかけたんだい？」先をせかして、首筋に歯を立てる。

「何か言おうとしてた？」

アンソニーはうなずいて、髭の剃り跡を彼女の喉に擦りつけた。「たしかに何か言おうとしてたさ。といっても、ひょっとすると聞かないほうがいいことなのかもしれないな。『だめ』で始まる言葉だとすれば。断じて」彼女の顎の下側に舌をひらひらと這わせて続ける。「こういうときにふたりのあいだで交わされるべき言葉ではない」――舌を喉から鎖骨のくぼみへ滑りおろす――「話はそれたが」

「そ、それた？」

アンソニーはうなずいた。「そうそう、良き夫がみなそうするように、きみを喜ばせることを探ろうとしていたんだ」

答えはないが、ケイトは息をはずませている。

アンソニーはにやりとして、耳もとに囁きかけた。「たとえば、こういうのはどうだろう？」乳房を包んでいた手のひらを今度はぴんと開いて、乳首に軽く擦らせる。

「アンソニー！」ケイトが声を絞りだした。

「なるほど」アンソニーはそう言うと、ケイトの首へ移動し、さらに顔を寄せられるように彼女の顎を軽く押しあげた。「またアンソニーという呼び名に戻してくれて嬉しいよ。『子爵様』では、ずいぶんと堅苦しいだろう？　こういう場面にはあまりにもそぐわない」

そしてついに、何週間も夢想してきた行動に及んだ。頭を下へずらして、ケイトの乳房を口に含み、舐めて、吸いつき、じらし、味わいながら、彼女の唇からこぼれるあえぎを聞き、彼女の体から伝わる欲望の小刻みなふるえを感じた。

アンソニーはケイトの反応が嬉しくて、自分が彼女をそうさせていることに興奮を覚えた。

「ほんとうに良かった」つぶやくと、熱く湿った息が彼女の肌に触れた。「きみはこのうえなくすてきな味がする」

「アンソニー」ケイトがかすれた声で言う。「あなたはほんとうに――」

アンソニーは顔を上げて見ることもせずに彼女の唇に指を押しあてた。「きみが何を尋ねようとしているのかは知らないが、それがなんであれ」――もう片方の乳房のほうへ口をずらす――「ほんとうだ」

ケイトが喉の奥底から響いてくるようなやわらかい小さな呻き声を漏らした。アンソニーは自分の愛撫に彼女が身を弓なりにそらせたのを見てさらに熱く掻き立てられ、乳首を口に含んでやさしく噛んだ。

「ああ、子爵――いえ、アンソニー!」

アンソニーは乳首のまわりを舐めまわした。彼女は完璧だ、まさしく完璧だ。欲望でかすれた途切れがちの声は耳に心地良く、結婚初夜の熱っぽい切迫した叫びを想像すると体が疼いた。ケイトはこの身の下で猛火と化すだろう。彼女を燃えあがらせることを考えると胸が躍った。

ケイトの顔が見えるよう体を引き離した。頬を紅潮させ、ぼんやりと瞳孔を開き、髪が不恰好な帽子からほつれている。

「こんなのは」彼女の頭から帽子をむしりとって言った。「取ってしまえ」

「子爵様！」

「これはもう二度と身に着けないと約束してくれ」

ケイトが身をよじり――膝の上で身をよじられては、だいぶ切迫した股間によけいにこたえた――、椅子の縁越しに見おろした。「そんなことできないわ。とても気に入っている帽子なのよ」

「そんなはずがあるものか」アンソニーはいたって真剣に反論した。

「だってそうなんだも――ニュートン！」

アンソニーは彼女の視線の先を追って、ふたりが坐る椅子が揺れるぐらいどっと大きな笑い声をあげた。ニュートンが嬉々としてケイトの帽子にかじりついていた。「ようし、いい子だ！」アンソニーは笑いながら言った。

「新しい物を弁償してもらうわよ」ケイトは唸るように言って、ドレスを引っぱりあげた。

「といっても、あなたには今週すでにもう大金をはたいてもらったけれど」

その言葉に、アンソニーは興味をそそられた。「そうなのか？」穏やかな声で尋ねる。

ケイトはうなずいた。「あなたのお母様と買い物してまわったの」

「なるほど。それはけっこう。むろん母はきみにああいう物は選ばなかっただろうな」いまやニュートンの口にずたずたに引き裂かれている帽子のほうを身ぶりで示す。

目を戻すと、ケイトの口が愛らしくすねた形にゆがんでいた。アンソニーはにやりとせずにはいられなかった。なんとも読みとりやすい女性だ。母があのような帽子は買わせなかったから、ケイトはひと言も返せずにむくれているのだ。

　アンソニーはいかにも満足そうに吐息をついた。ケイトとの人生に退屈することはないだろう。

　それはそうと、だいぶ時間が過ぎてしまったので、そろそろ立ち去るべき頃合いだった。ケイトによれば、母親は少なくとも一時間は戻らないという話だが、女性の時間の観念をあてにするほど愚かではない。ケイトの推測が間違っているかもしれず、もしくは彼女の母親の気が変わるということもあるだろうし、予想外のことが起きる可能性はいくらでも考えられた。いくら二日後に結婚するふたりとはいえ、客間でこのようなあられもない姿を見られるのは賢明なことではないだろう。

　しぶしぶながら――ケイトと同じ椅子に坐り、抱きかかえているだけで、驚くほど満ち足りた気分に浸れた――ケイトをかかえたままいったん立ちあがり、彼女だけを椅子に坐りなおさせた。

「楽しいひとときだったよ」アンソニーは低い声で言うと身をかがめ、ケイトの額にキスを落とした。「だが、きみの母上が早めに戻られるかもしれない。では、次に会えるのは土曜の朝かな？」

　ケイトは目をしばたたいた。「土曜？」

「母は迷信を信じるたちなんだ」アンソニーは照れたような笑みを浮かべた。「花婿と花嫁が結婚式の前日に会うのは不吉なことだと信じている」

「まあ」ケイトも立ちあがり、はにかんだしぐさでドレスと髪を整えた。「それをあなたも信じているの？」

「ぜんぜん」アンソニーは鼻先で笑った。

ケイトがうなずく。「それなのに、お母様の思いを汲んでさしあげるなんて、ほんとうにやさしいのね」

アンソニーはしばし返答をためらった。ほとんどの男性たちが母親の言いなりになる男という評判を好まないことはじゅうぶん承知している。とはいえ相手はケイトで、自分と同じぐらい家族への献身を重んじていることはわかっていたので、正直に答えた。「母の意にそぐわないことはしたくないんだ」

ケイトは恥ずかしそうに微笑んだ。「あなたについて、わたしがいちばん好きなところのひとつだわ」

アンソニーは話題を変えようというそぶりを見せたが、ケイトがそれを遮った。「だって、ほんとうなのよ。あなたは周りから思われている以上にずっと人を気づかっているもの」

この議論には勝ち目がなさそうなので――それに、女性からの褒め言葉に異を唱えても得することはあまりない――指を自分の唇にあてて言った。「しいっ。誰にも言うなよ」それから、最後にもう一度ケイトの手にキスをして囁いた。「では、ご機嫌よう《アデュー》」アンソニーは玄関口から外へ出ていった。

馬に乗り、街の反対側の小さな屋敷へ向かって進みだすとすぐに、今回の訪問を振り返った。うまくいったのではないだろうか。ケイトはふたりの結婚について定めた了解事項を理解してくれたようだし、愛撫には愛らしくも激しい情熱で応えてくれた。

全体的に見て、未来は明るそうだと結論づけて、アンソニーはほくそ笑んだ。この結婚は成功するだろう。事前に危惧していた問題については――いわば、取り越し苦労だったということだ。

ケイトは不安だった。アンソニーは、妻を愛せないということを理解してもらえたはずだと思い込んでいるに違いない。そして、妻からの愛も求めるつもりはなさそうだった。

それなのに、まるであすなどもうないかのように、そしてケイトが地球上で最も美しい女性であるかのようにキスをして去っていった。男性のことについても、彼らの欲望についても知識が乏しいことは真っ先に認めるけれど、アンソニーはたしかに自分を欲しているように見えた。

それでもやはり心のなかでは、相手がほかの女性ならば良かったと思っているのだろうか？ 自分は彼の第一希望の花嫁候補ではなかった。その事実はしっかりと胸に留めておかなければいけない。

そして、たとえもし彼を愛してしまったとしても――そう、想いは自分の心のなかだけにしまっておきさえすればいい。じつのところ、ほかにどうすることもできないのだから。

16

『ブリジャートン子爵とシェフィールド嬢の結婚式は、ごく近しい人々だけでささやかに行なわれるとの情報を得た。

言うなれば、筆者は招待されていないということだ。

とはいえ、読者のみなさま、ご安心願いたい。むろん、そのような場合に備え、あらゆる手を打っているので、ふたりの結婚式の詳細については、面白みの有無にかかわらず、余すところなくご報告する所存だ。

ロンドンで一番人気の花婿候補だった紳士の結婚式とあらば、ぜひとも弊紙でお伝えせずにはいられまい』

一八一四年五月十三日付〈レディ・ホイッスルダウンの社交界新聞〉より

結婚式の前夜、ケイトはお気に入りの化粧着をまとってベッドに腰かけ、床いっぱいに散らばった幾つものトランクをぼんやりと眺めていた。身のまわりの品はすべて新しい家に運び込めるよう、きちんとたたむなり収めるなどして荷造りされていた。

ニュートンですら旅支度を整えていた。体を洗って乾かし、新しい首輪をつけて、お気に入りのおもちゃは小さな布袋に詰めて、ケイトが幼いころから大事にしている凝った彫刻が施された木箱と一緒に玄関広間に置いてある。木箱にはケイトの子供時代のおもちゃや宝物が詰まっていて、それがこのロンドンにあるだけでとてつもない安らぎを感じた。子供じみた感傷的な考えとは知りながら、転居への恐れを少しばかりやわらげてくれる気がした。自分の持ち物を——自分以外の人々にはなんの意味もないちっぽけな物であっても——アンソニーの家に持ち込むことで、自分の家なのだという実感も増すのではないだろうか。

ケイトがみずから気づく前にいつも必要な物を察してくれるメアリーが、婚約が決まるとすぐにサマセットの友人たちに書簡を送り、結婚式までにその木箱をロンドンに届けてくれるよう頼んでいたのだ。

ケイトは立ちあがって部屋のなかをのんびりと歩き、足をとめると、トランクに最後に詰めるためにたたんでテーブルに置いていた寝間着を指でなぞった。それはレディ・ブリジャートン——心のなかでもヴァイオレットと呼ぶことに慣れなければいけない——が選んだもので、形は慎ましいのだが生地は薄い。ケイトは下着店を訪れてから帰るまでずっと恥ずかしさでいたたまれない思いだった。なにしろ、婚約者の母親に結婚初夜のための衣装を選んでもらっていたのだから！

ケイトがその寝間着を手に取っててていねいにトランクに収めたとき、ドアをノックする音が聞こえた。招き入れる言葉をかけると、エドウィーナが顔を覗かせた。妹もすでに寝る装いを整えて、金色の髪は首の後ろにゆるく束ねている。

「温かいミルクが飲みたいのではないかと思って」エドウィーナは言った。

ケイトは嬉しそうに微笑んだ。「願ってもない提案だわ」

エドウィーナは前かがみに手を伸ばし、床に置いていた陶のマグカップを拾いあげた。

「ふたつのカップを持ったままではドアノブをまわせないんだもの」微笑んで弁解する。部屋のなかに入ると、ドアを蹴るように閉めて、片方のマグカップを差しだした。姉の顔に目を据えて、前おきもなく尋ねた。「怖い？」

ケイトは慎重にひと口啜って熱さを確かめてから、ごくりとミルクを飲んだ。熱いけれどやけどするほどではなく、自然と心が慰められた。ホットミルクは子供のころから飲んでいて、その味や舌ざわりがいつも心を温め落ち着かせてくれる。

「正確に言うと、怖いのではないわ」ケイトはようやく答えて、ベッドの端に腰をおろした。「でも、緊張してる。たしかに緊張してるわね」

「あら、緊張するのはあたりまえよ」エドウィーナは言って、空いているほうの手を大げさに振った。「まぬけでもなければ緊張するわよ。お姉様の人生はがらりと変わってしまうんですもの。何もかも！　名前まで。既婚女性になるのよ。それも子爵夫人。あすから違う女性になるのよ、ケイトお姉様、それに、あすの晩が明けたら――」

「もうやめて、エドウィーナ」ケイトは遮った。

「でも――」

「あなたの話はまるで慰めになってないわ」

「まあ」エドウィーナはきまり悪そうに微笑んだ。「ごめんなさい」

「いいのよ」ケイトは応じた。

エドウィーナは四秒ほど沈黙をこらえてから訊いた。「お母様はお話に来た？」

「まだよ」

「来なければ行けないのよね？　あすは結婚式なのだから、いろいろと知っておかなければならないことがあるはずでしょう」エドウィーナはごくりとミルクを飲み、上唇にひどく不似合いな白い髭をこしらえて、ケイトとは反対側のベッドの端に腰かけた。「わたしにはわからないことがいろいろあるのよね。お姉様だって、わたしに悟られないようにしてきたのでもないかぎり、知っているようには見えないわ」

ケイトは、レディ・ブリジャートンに選んでもらった寝間着を妹に見せて口をふさぐというのは無作法だろうかと考えた。そのような方法のほうがかえって詩的で洒落た懲らしめのように思える。

「お姉様？」エドウィーナは問いかけて、不思議そうに目をしばたたかせた。「ケイトお姉様？　どうしてそんなふうに妙な顔でわたしを見てるの？」

ケイトは恨めしそうに寝間着に目を落とした。「聞かないほうがいいわ」

「ふうん。でも、わたし――」

エドウィーナのつぶやきはドアを静かにノックする音に断ち切られた。「きっと、お母様よ」エドウィーナがいたずらっぽくにやりとして言う。「待ちきれないわ」

ケイトは、ドアをあけようと立ちあがった妹に目をぐるりとまわした。案の定、メアリーが湯気の立ったマグカップをふたつ持って廊下に立っていた。「温かいミルクでも飲みたいのではないかと思って」弱々しい笑みを浮かべて言う。

ケイトはマグカップを持ちあげて答えた。「エドウィーナも同じことを思いついたみたい」

「エドウィーナがここで何をしているの？」メアリーが部屋に入ってきて訊く。

「お姉様とお話をするのに、いつから理由が必要になったのかしら？」エドウィーナは鼻先で笑って訊き返した。

メアリーは不機嫌な目を次女に向けてから、ケイトのほうへ視線を戻した。「まったく」考え込む。「ホットミルクにも飽きてしまうわよね」

「でも、こっちはもう生ぬるくなってるのよ」ケイトは言うと、すでに閉じてあるトランクの上にマグカップを置き、代わりにメアリーからもっと熱いミルクを受けとった。「それはエドウィーナに厨房へ持っていってもらえばいいわ」

「なんですって？」エドウィーナはどことなくうわの空で尋ねた。「ああ、そうよね。ちゃんと返しにいくわ」けれども、立ちあがらない。それどころか身じろぎもせず、首だけを左右に動かして、メアリーとケイトの顔を交互に見やっている。

「ケイトとお話があるの」メアリーが言う。

エドウィーナは意欲満々にうなずいた。

「ふたりだけで」

エドウィーナが目をぱちくりさせた。「わたしに出て行けと言うの？」

メアリーがうなずき、生ぬるくなったミルクのマグカップを差しだした。

「いますぐ？」

メアリーがもう一度うなずいた。

エドウィーナは傷ついた顔をしてから、おずおずと微笑んでみせた。「冗談よね？　ここにいてもいいのよね？」

「だめよ」メアリーが答えた。

エドウィーナは懇願するような目を姉に向けた。

「わたしを見ないで」ケイトはどうにか笑みを嚙み殺して言った。「わたしに決定権はないわ。話をするのはメアリーで、わたしはそれを聞くだけなのだから」

「それで、質問をするのよね」エドウィーナは言い足した。「わたしにも訊きたいことがあるのよ」母のほうを向く。「たくさん質問があるの」

「そうでしょうね」メアリーが言う。「あなたが結婚する前日の晩になら、喜んですべてに答えてあげるわ」

エドウィーナは呻くような声を漏らして立ちあがった。「不公平よ」唸り声で言うと、メアリーの手からマグカップをひったくった。

「人生とはそういうものよ」メアリーがにっこりして言う。

「ほんとうだわ」エドウィーナはつぶやくと、足を引きずるようにして部屋を横切っていった。

「ドアの外で立ち聞きしてはだめよ！」メアリーが呼びかけた。

「そんなこと考えてないわ」エドウィーナがうんざりした声で言う。「わたしに聞こえるような大声で話しさえしなければ」

エドウィーナが不明瞭な文句をぶつぶつとこぼしながら廊下に出てドアを閉じると、メアリーはため息をついてケイトに言った。「ひそひそ声で話したほうが良さそうね」

ケイトはうなずいたが、大切な妹の名誉のために言い添えた。「あの子が盗み聞きなんてするわけないわ」

メアリーがきわめて疑わしげな目を向けた。「いきなりドアを開いて確かめてみたいんでしょう？」

ケイトは思わず笑った。「あたりよ」

メアリーはエドウィーナが空けた場所に腰をおろし、率直な目を娘に据えた。「わたしがここに来た理由はわかるわね」

ケイトはうなずいた。

メアリーはミルクを啜り、しばらく沈黙したのち、切りだした。「わたしが結婚したときには——最初のときは、あなたのお父様とではなかったのだけれど——夫婦の契りがどのようなものなのか想像もつかなかった。だから——」さっと目を伏せて、一瞬、つらそうな表情を浮かべた。「わたしの知識不足のせいで、とても苦労することになってしまったの」

ゆっくりと慎重に言葉を選びながら言い終えたので、〝苦労〟という言葉が遠まわしな表現であることをケイトは察した。

「わかるわ」ケイトはつぶやいた。

メアリーが鋭い視線を向けた。「いいえ、わかるはずがないわ。それに、あなたにはわかってほしくないし。でも、それは肝心なところではないの。わたしはずっと、自分の娘には夫婦のあいだで起こることをまったく知らずに結婚させはしないと心に決めてきたのだから」

「基本的な方法についてはもう知ってるわ」ケイトはさらりと言った。

メアリーが面食らった顔で訊く。「知ってるの？」

ケイトはうなずいた。「動物がしているのとたいして違わないのでしょう？」

メアリーは首を振りながら、唇をすぼめてやや面白がるような笑みを浮かべた。「まあ、そうね」

次の質問はどのような言い方をするのが適切なのだろうかと、ケイトは考えをめぐらせた。サマセットの近隣の農場で目にした光景を思い返すと、子をもうける行為はあまり楽しいことのようには思えない。でも、アンソニーにキスをされたときには、我を忘れてしまいそうな気分だった。そして、二度目にキスをされたときには、もっとしてほしいとさえ感じた！全身がぞくぞくして、もっとふさわしい場所で顔を合わせていたら、まったく抵抗できずに彼にされるがままになっていたかもしれない。

かたや、あの農場での雌馬の恐ろしい鳴き声を思うと……いわば、パズルのピースの形がばらばらでとてもあてはめられそうにない。

ようやく、ケイトは大きく咳払いをして言った。「あまり楽しいことではなさそうね」

メアリーはふたたび目を伏せて、先ほどと同じような表情を浮かべた——まるで、心の最も奥まった場所にしまい込んでいたことを思い起こそうとしているかのようだ。それから目を上げて言った。「女性が楽しめるかどうかはもっぱら殿方しだいなの」

「男性のほうはどうなの？」

「愛しあう行為は」メアリーが顔を赤らめて続ける。「男女のどちらにとっても心地良い経験になりうるし、そうなるべきものだわ。でも——」空咳をしてミルクをひと口含む。「女性が必ずしもその行為を楽しめるわけではないことも言っておかなくてはならないわ」

「なのに、男性は楽しめるのね？」

メアリーはうなずいた。

「なんだか不公平な気がするわ」

メアリーの笑みがゆがむ。「エドウィーナにも、人生は必ずしも公平なものではないと言ったばかりだわね」

ケイトは眉根を寄せて、手もとのミルクを見つめた。「でも、この件についてはほんとうに不公平だと思うわ」

メアリーが急いで言葉を継ぐ。「だからと言って、女性にとって必ずしも不快な経験というわけでもないのよ。それにわたしは、あなたにとって不快な経験になるとは思わない。子爵様にキスをされたのよね？」

ケイトは目を上げずにうなずいた。

メアリーがふたたび話しだした声にケイトは微笑みを感じとった。「頬が赤いところを見ると」メアリーが言う。「あなたはそのキスを楽しめたのね」

ケイトはもう一度うなずいて、今度は頬をほてらせた。

「彼とのキスを楽しめたのなら」メアリーが続ける。「その先の行為にもきっとまごつくようなことはないわ。子爵様はあなたをやさしく気づかってくれるはずだから」

〝やさしく〟という表現は、アンソニーのキスの本質を言いあててはいないけれど、母親に打ち明けられるようなことではないと思った。そもそも、ただでさえこのような話題は気まずいものなのだから。

「男性と女性はまったく違うのよね」メアリーが、いかにも仕方のないことなのだという口ぶりで言う。「男性のほうは――子爵様はあなたに誠実な夫になるはずだけれど、たとえ妻に誠実な夫であったとしても――ほとんどどのような女性とでも楽しむことができる」

ケイトは聞きたくなかった事実を耳にして胸がざわついた。「それで女性のほうは？」先を促す。

「女性は違うわ。ふしだらな女性は男性と同じように満足させてくれようとする相手ならば誰の腕のなかでも楽しめるという話を聞くけれど、わたしには信じられない。女性が夫婦の契りを楽しむためには、夫を慈しむ気持ちが必要だと思うの」

ケイトはしばし黙り込んだ。「あなたは、最初のご主人を愛していなかったのね？」

メアリーはうつむいた。「その気持ちしだいで、まったく違うすてきなものになる。あとは、妻に対する夫の思いやりね。でも、わたしは、あなたと子爵様が一緒にいるところを見ているわ。ふたりの婚約はたしかに突然で唐突だったけれど、彼は気づかいと敬意を持ってあなたに接してる。だから、あなたには恐れることは何もない。子爵様はあなたをとても大切にしてくれるはずよ」

そうして、メアリーは娘の額にキスを落とし、おやすみなさいと言うと、ミルクが空になったマグカップをふたつ手に取って部屋を出ていった。ケイトはベッドに腰かけたまま、じっと何分間か壁を眺めつづけた。

メアリーは間違っている。ケイトにはそれがはっきりとわかった。恐れることは山ほどある。

自分がアンソニーにとってほんとうに花嫁にしたかった相手ではないことを思うとつらいけれど、現実的に物事を割り切って考えられるたちなので、人生にはとにかく事実として受け入れなければならないことがあるのはわかっている。それでも、彼の腕に抱かれたときに感じた欲望の記憶――アンソニーも同じように感じていたように思えた――に慰めを見いだそうとしていた。

それなのに、男性はみな女性であれば誰にでも本能的な衝動を覚えるというのなら、その欲望でさえ必ずしも大事なものではないというのだろうか。

そして、アンソニーが蠟燭の火を吹き消し、妻をベッドへ導いて目を閉じたとき、何を考えているのかはけっしてわからないのだと、ケイトは思った。

たとえ、夫がほかの女性の顔を思い浮かべていようとも。


結婚式はブリジャートン館の客間で、ささやかに小人数で執り行なわれた。ただしあくまで、アンソニーからわずか十一歳のヒヤシンスまで勢ぞろいしたブリジャートン家が、少人数と呼べればの話だが。ヒヤシンスはきわめて神妙に花持ち役《フラワーガール》を務め、すぐ上の兄で十三歳のグレゴリーに薔薇の花びらのかごをひっくり返されそうになって顎をぶち、儀式をゆうに十分は中断させたものの、願ってもない陽気な雰囲気と笑いをもたらした。

むろん、グレゴリーだけはその一件にすっかりむくれて笑いもしなかったが、ヒヤシンスはおかまいなしにすぐさま全員に聞こえる声で（実際、誰も聞かないふりはできないほどの大声で）、先に手を出したのは兄だと指摘した。

ケイトはその一部始終を、すぐ手前の廊下でドアの隙間から見つめていた。一時間以上も膝がふるえどおしだったので、思わず笑わせてくれたことは心からありがたかった。いまとなれば、レディ・ブリジャートンが盛大な結婚式にこだわらなかったことには感謝するばかりだった。それまで自分が緊張しやすいたちだとは思ってもみなかったのに、胸が高鳴って気絶しかねない有様だったからだ。

じつのところ、ヴァイオレットは当初、ケイトとアンソニーがあまりに急に婚約したことで取り沙汰されている噂を封じ込める一手として、盛大な結婚式を行なうことも提案していた。フェザリントン夫人は約束を守って、事の詳細はほぼ黙りとおしていたのだが、ほのめかすようなことを口走り、ふたりの婚約が通常の経緯で決められたわけではないことが人々に知れ渡った。

その結果、人々が憶測を語りだしたので、そのうちフェザリントン夫人がこらえきれなくなって、一匹の蜂――厳密に言えば、その蜂の毒針――のせいで婚約に至った顚末が人々の耳に入るのも時間の問題だと、ケイトは覚悟していた。

結局、ヴァイオレットは速やかに結婚式を行なうことが最善の策だと決断し、一週間では盛大なパーティの準備は整わないという事情から、招待客は身内だけに限ることとなった。そしてケイトは妹のエドウィーナを、アンソニーは弟のベネディクトを付き添い役として、夫婦となる手続きをすませた。

その午後には、ケイトは左手のダイヤモンドの指輪に重ねた金の指輪を見つめて、人生とはなんて唐突に変わってしまうものなのだろうかと不思議な気分に浸った。儀式はぼんやりしているうちに慌しくたちまち終わり、もはや人生は一変していた。エドウィーナの言うとおりだった。何もかもが変わってしまった。いまや自分は既婚女性で、子爵夫人だ。

レディ・ブリジャートン。

ケイトは下唇を嚙みしめた。ほかの人の呼び名のように聞こえる。あとどれくらい経てば、

〝レディ・ブリジャートン〟と呼ばれて、アンソニーの母のことではなく、自分がそう呼ばれているのだとほんとうに思える日が来るのだろう？

とうとうひとりの男性の妻となり、妻には果たさなければならない務めがある。

そう考えると、ケイトは身がすくんだ。

こうして結婚式を終えて前夜のメアリーの言葉を思い返してみると、その言葉は正しかったのだという気がした。あらゆる面において、自分はとりわけ幸運に恵まれている。アンソニーは親切に接してくれるだろう。どの女性に対しても親切に接するのが問題なのだけれど。

そしていま、ケイトはブリジャートン館での祝宴を終えて四輪馬車に乗り、目と鼻の先にある、今後は〝独身紳士用の住まい〟ではなくなるアンソニーの私邸へ向かっていた。

ケイトは結婚したばかりの夫にそっと目をやった。いたって真面目な表情で、まっすぐ前を向いている。

「結婚したのだから、ブリジャートン館へ移る予定なのでしょう？」ケイトは静かに尋ねた。

アンソニーは、彼女がそこにいたことも忘れていたかのようにびくりとした。「ああ」妻のほうを向いて答える。「数カ月先になるだろうが。結婚してしばらくはふたりの時間を持てたほうがいいだろう？」

「もちろんよ」ケイトは小声で答えた。膝の上でそわそわと揉みあわせた手に目を落とす。手をとめようとしてもできなかった。手袋が引き裂けてしまわないだろうか。

アンソニーがその視線の先を追い、片方の大きな手を彼女の両手にかぶせた。ケイトはぴたりと動きをとめた。

「緊張しているのか？」アンソニーが訊く。

「緊張せずにいられると思う？」ケイトは努めて淡々と皮肉っぽい口調で答えた。

アンソニーは笑みを返した。「恐れることは何もない」

ケイトはうわずった笑いを漏らしかけた。どうやらその決まり文句を何度も聞かされる定めであるらしい。「そうかもしれないわね」と認めた。「でも、そう言われるとよけいに緊張するわ」

アンソニーがにっこり笑う。「見事な切り返しだな、わが妻よ」

ケイトは喉をひきつらせて唾を呑み込んだ。誰かの妻になったというだけでなく、この男性の妻になったということがよけいに妙に思えた。「あなたは緊張しないの？」

アンソニーが、この先のことをほのめかすように熱く深みのある暗い目で身を寄せた。

「ああ、猛烈に緊張してるさ」そう言うと、ふたりのあいだの距離を縮め、唇で感じやすい耳のくぼみを探りあてた。「胸がどきどきしている」と囁いた。

ケイトは体がこわばるのと同時にとろけそうになった。それから、だし抜けに言った。

「待つべきだと思うの」

アンソニーが耳をやさしく嚙みながら言った。「何を待つんだい？」

ケイトは身をよじって逃れようとした。伝わらなかったのだろう。伝わっていたら、彼は憤慨するはずなのに、腹を立てている気配は見えない。

いまのところは。

「結婚のこ、こと」ケイトは口ごもった。

アンソニーはその返答を面白がって、妻の手袋をした指にはめられている指輪を楽しげにもてあそんだ。「それについてはもう、少しばかり遅すぎないか？」

「結婚初夜のことよ」言い放った。

アンソニーは身を引いて、いくぶん怒った調子で暗褐色の眉を一直線に引き寄せた。「だめだ」あっさりと言う。だが、もう抱きしめようとはしなかった。

ケイトはアンソニーに理解してもらえる言い方を考えようとしたが、簡単には思いつけなかった。自分でも何を言いたいのか定かではないのだ。それに、このような頼み事をするつもりはなかったのだと言ったところで、とても信じてはもらえないだろう。なにしろ動揺のあまり突如として湧きあがってきた考えで、まさにこの瞬間まで、自分ですら気づいていなかったのだから。

「永遠にと頼んでいるわけではないわ」自分の声のふるえにいらだちを覚えつつ続けた。「一週間だけ」

その言葉にアンソニーは興味を示し、皮肉っぽく疑うように片方の眉を上げた。「一週間で、いったい何をしようというのか、聞かせてくれないか？」

「わからない」ケイトはしごく正直に答えた。

アンソニーが彼女に据えたまなざしは鋭く、熱っぽく、冷笑を含んでいた。「もう少しましな答え方があるだろう」

ケイトは彼を見たくはなかったし、その暗い目にとらわれて親密な行為に引き込まれるのは避けたかった。彼の顎や肩に視線をそらせていられれば容易に感情を隠せるのに、あの目をまっすぐ見つめざるをえなくなれば……。

心の奥底まで見抜かれてしまいそうで怖かった。

「この一週間で、わたしの人生はとても大きく変わってしまったわ」ケイトはそう切りだして、向かうべき話の道筋が見つかることを願った。

「それは、わたしも同じだ」アンソニーがやんわり言葉を差し挟んだ。

「あなたの場合とはだいぶ違うのよ」ケイトは言い返した。「あなたにとって夫婦の親密な行為は初めてのことではないでしょう」

アンソニーは口の片端を上げて、やや横柄にゆがんだ笑みを浮かべた。「言っておくが、お嬢さん、わたしに結婚の経験はない」

「そういう意味ではないわ、わかるでしょう」

アンソニーは否定しなかった。

「準備をする時間が少しほしいだけなのよ」ケイトは言うと、すましこんで両手を膝の上で組みあわせた。けれども親指はじっとしていられず、不安な気持ちを表すようにそわそわと擦りあわせた。

アンソニーはしばらく彼女を見つめたあと、後ろに背をもたれて、いかにもさりげなく右膝に左の足首をかけた。「いいだろう」と応じた。

「ほんとうに？」ケイトは驚いて背を起こした。これほど簡単に認めてもらえるとは意外だった。

「ただし……」アンソニーが続ける。

ケイトは肩を落とした。そんなことだろうと思ったのだ。

「……一点、わたしが納得できるよう説明してほしい」

ケイトは唾を呑み込んだ。「どんなことかしら、子爵様？」

アンソニーはひどくいたずらっぽい目で身を乗りだした。「いったいどのような準備をするのかをきちんと説明してくれ」

ケイトは馬車の窓から外を見やり、まだアンソニーの家のある通りにすら至っていないことを知って胸のなかで毒づいた。彼の質問から逃れる術はなさそうだ。少なくともあと五分はこの馬車のなかに坐っていなければならないのだから。

「ええっと」時間を稼ごうとした。「あなたの言っている意味がわからない」

アンソニーが含み笑いをした。「こっちも、きみの言いたいことがわからないね」

ケイトは夫を睨みつけた。揚げ足をとられるほど腹立たしいことはないし、結婚式を終えたばかりの花嫁に対してあまりに失礼な物言いだ。「あなたはわたしをからかってるのね」とがめる口調で言った。

「いいや」アンソニーが流し目としか呼びようのない目つきで言う。「きみと楽しみたいと思っているだけのことだ。解釈がだいぶずれている」

「そういう話し方はやめてもらえないかしら」ケイトは不満げに言った。「わからないって言ってるでしょう」

アンソニーは彼女の唇に目を据えて、舌をちらりと出して自分の唇を湿らせた。「きみが」低い声で言う。「愚かな要求を取り消して、自然の流れにまかせれば、わかるさ」

「見下すような態度をとられるのは気分が悪いわ」ケイトは張りつめた声で言った。

アンソニーの目が輝いた。「こちらも、権利を拒まれるのは気に食わない」貴族の権威を絵に描いたようなとげとげしい表情で、冷ややかに返した。

「わたしは何も拒んだ憶えはないわ」ケイトは言い張った。

「そうだろうか？」おどけた調子もない間延びした声で言う。

「わたしは時間を与えてほしいと言っているだけだわ。ほんの少し、いっときだけ、ほんの少しの」――すべてわかっているのだと思い込む男の傲慢さで理解力が鈍っている場合に備えて、同じ言葉を繰り返した――「時間だわ。まさか、これほどささいな願いを拒みはしないわよね」

「どちらかが」アンソニーが歯切れよく続ける。「何かを拒んでいるとすれば、わたしのほうではない」

それは事実で、いまいましくも、ケイトは反論の言葉を思いつけなかった。突如として湧いてきた願いに納得させられる根拠などあるはずもない。いっぽう彼にはあらゆる権利があり、妻を肩にかついでベッドへ連れていき、望むのなら部屋に一週間閉じ込めておくこともできる。

ケイトは自分自身の不安にとらわれてちぐはぐな行動をとっていた――自分がこれほど不安な状態に陥る女性であるとはアンソニーと出会うまで気づきもしなかった。

これまでの人生では必ずいつも二番目に目を向けられ、言葉をかけられ、手にキスをされる存在だった。長女なのだから本来は妹より先に挨拶を受けるのが当然なのだろうが、人々はエドウィーナの圧倒的な美しさと、清らかで完璧な青い目に見惚れて、姉の存在にはいっこうに気づかない。

ケイトを紹介されると、紳士たちはたいていばつが悪そうに「失礼しました」と儀礼的な挨拶の言葉をつぶやいて、エドウィーナの純真な輝くばかりの顔にすばやく視線を戻す。

そうしたことをケイトは気に病んではいなかった。エドウィーナがわがままで意地の悪い女性だったなら、そのような心持ちにはなれなかったかもしれない。それに、じつを言えば、妹に言い寄ってくる男性たちのほとんどは浅はかな愚か者たちなので、そのような人々に妹のあとで挨拶を受けようとさほど気にもならなかった。

いままでならば。

けれどもいまは、部屋に入っていったときにアンソニーの目が輝くことを願っていた。大勢の人々のなかから、彼に自分の顔を見つけてほしい。愛されなくてもいいから――少なくとも自分にそう言い聞かせようとした――、彼が一番に愛情を注ぎ、欲望を感じる女性になりたい。

そして、そんなふうに考えてしまうのは、自分が彼を愛しはじめているからではないかという気がして、恐ろしくてたまらなかった。

夫を愛することをこれほど恐れなければならない気持ちなど、誰にわかってもらえるのだろう？

「答えないのか」アンソニーが静かに言う。

さいわい馬車がゆっくりと止まったので、ケイトは答えずにやり過ごせるだろうと思った。ところが、お仕着せ姿の従僕が駆け寄ってきて扉をあけようとしたとき、アンソニーがケイトから目をそらさずに扉をぐいと引き戻した。

「何をするつもりなんだ、お嬢さん？」アンソニーが訊く。

「何をする……」ケイトはそっくり言葉を返した。何を尋ねられていたのか、すっかり忘れていた。

「いったい」アンソニーが氷のように強固で、しかも炎のように熱い声で繰り返す。「結婚初夜のために何を準備するつもりなんだ？」

「わ、わたし、考えてなかった」ケイトは答えた。

「そうだろうと思ったよ」アンソニーが取っ手を放すと同時に扉が開き、ふたりの従僕の顔が現れた。見るからに好奇心を押し隠した顔つきだ。ケイトは黙ってアンソニーの手を借りて馬車をおり、屋敷のなかへ導かれていった。

小さめの玄関広間には使用人たちが顔を揃えており、執事と家政婦がひとりひとりを紹介するたび、ケイトは小さな声で挨拶の言葉をかけていった。貴族の基準に照らせば大きくはない屋敷なので、使用人の数はさして多くはないのだが、全員の紹介を終えるまでに二十分余りかかった。

残念ながら、その二十分ではケイトの動揺はそれほど鎮まらなかった。アンソニーに腰のくびれを押され、階段に向かうときには心臓が早鐘を打ち、生まれて初めてほんとうに意識を失うのではないかと思った。

結婚初夜のベッドに入ることを恐れているのではない。

夫を満足させられないかもしれないことを恐れているわけでもない。たとえ無垢な処女であっても、キスをしたときの彼のしぐさや反応から、自分が彼の欲望を掻き立てていることはじゅうぶん感じとれた。何をすべきかも間違いなく彼が教えてくれるはずだ。

恐れているのは……。

恐れているのは……。

喉が締めつけられて息苦しくなり、握りこぶしを口にあてて齧りつき、気分を落ち着かせようとした。あたかもそのこぶしで、こみあげる吐き気を抑えつけようとでもするように。

「どうしたんだ」踊り場に着いて、アンソニーが囁いた。「顔色が悪い」

「平気よ」ケイトは嘘をついた。

アンソニーは彼女の肩をつかんで自分と向きあわせ、目を覗き込んだ。低く毒づいて彼女の手をつかみ、寝室へ引っぱっていきながらつぶやいた。「ふたりきりで話そう」

寝室に入ると——ワイン色と金色を美しくあしらった重厚な男性らしい部屋——、アンソニーは腰に手をあてて、強い口調で言った。「きみは母上から説明を受けていないのか……つまり……」

これほど緊張していなければ、彼の困惑ぶりに笑いだしていただろうとケイトは思った。「もちろん」急いで答えた。「メアリーからきちんと説明を受けたわ」

「だったら、いったいなんの問題があるというんだ?」ふたたび毒づいてから詫びた。「すまない。こんなふうでは、きみの気持ちを楽にできるはずがないよな」

「言えないの」ケイトはつぶやいて床に目を落とし、絨毯の入り組んだ模様を眺めるうち、目に涙があふれてきた。

アンソニーの喉から詰まりぎみの妙な音が漏れた。「ケイト?」かすれ声で問いかける。「誰かに……以前……無理やりいやな行為をされたことがあるのか?」

ケイトは目を上げて、彼のうろたえた気づかわしげな表情に心がとろけそうになった。「違うわ!」声を張りあげた。「そうではないの。ああ、そんなふうに見ないで。耐えられない」

「耐えられないのはこっちだ」アンソニーはつぶやくと、ふたりの距離を縮めて彼女の手を取り、自分の口もとに近づけた。「話してほしい」ひどく息苦しそうな声で言う。「わたしが怖いか? わたしを不快に感じるのか?」

彼が女性に不快に感じられているのではないかと心配していることが信じられず、ケイトは激しく首を振った。

「話してくれ」アンソニーは耳もとに唇を押しつけて囁いた。「納得できるように説明してくれ。そうでなければ、先延ばしにしたいという、きみの願いを聞き入れることはできない」力強い腕でケイトを抱き寄せ、ふたりの体をぴたりと合わせて、唸るような声で言った。「一週間も待てないよ、ケイト。無理だ」

「わたし……」ケイトは彼の目を見あげるという過ちをおかし、言おうとしたことをすべて忘れ去った。燃えるような強いまなざしに見つめられて体の芯に炎が灯り、息苦しくなって、何かよくわからないものが欲しくてたまらない渇望が湧きあがってきた。

そして、アンソニーを待たせることはできないのだと悟った。自分の心を正直に、迷いを振り払って見つめなおしたなら、彼と同じ気持ちであることを認めざるをえなかった。

だからといってどんな問題があるというのだろう？　けっして愛してはもらえないだろう。自分が相手を思うほどにいちずな情熱を注いではもらえないのかもしれない。

それでも、愛されているふりをすることはできる。彼の腕に抱かれて、肌に唇を押しつけられたら、ふりをするぐらいはとてもたやすいことだ。

「アンソニー」彼の名のひと言に、祝福も祈りも願いも、すべてを込めて囁いた。

「なんでも言ってくれ」アンソニーはざらついた声で答えてひざまずき、唇で彼女の肌に熱い道筋を描きながら、指をせわしく動かしてドレスを引き剝がしていった。「なんなりと頼みを聞こう」呻くように言う。「きみのためならば、できるかぎりのことをする」

ケイトはいつしか頭をそらせ、抵抗する気力が消えうせていくのを感じた。「わたしを抱きしめて」囁いた。「抱きしめてくれればいいの」

返ってきたのは、もどかしげな低い唸り声だけだった。

17

『偉業達成！　キャサリン・シェフィールド嬢がついにブリジャートン子爵夫人となった。筆者は新婚夫婦の幸せを心から祈りたい。社交界には良識ある高潔な人々がことに少ないゆえ、そのまれな部類のふたりが結ばれたのは、喜ばしいかぎりである』

一八一四年五月十六日付〈レディ・ホイッスルダウンの社交界新聞〉より

その瞬間にアンソニーは初めて、ケイトが自身の欲望を認めて受け入れるのをどれほど自分が望んでいたかということに気づかされた。ケイトを抱き寄せて、なだらかな腹部に頰を押しつけた。ウェディングドレスを着ていても、この数週間、頭にまとわりついていた、百合と石鹼の狂おしい香りが匂ってくる。

「きみが欲しい」ふたりをまだ隔てているシルクの重なりに声が搔き消されるのもかまわず囁きかけた。「いますぐ、きみが欲しい」

立ちあがって彼女を腕に抱きかかえ、寝室にどっしりと据えられた四柱式のベッドへわずか数歩で行き着いた。情婦たちとは必ずほかの場所を選んでいたので、女性をここに連れてきたのは初めてなのだと思うと無性に嬉しくなった。

ケイトはわが妻で、誰とも違う特別な女性だ。今夜も、これからのどの夜であろうと、過去の晩の記憶に水を差されたくはない。

ケイトをベッドに横たわらせると、艶めかしくしどけない姿から目を離さず、手ぎわよく自分の服を剝ぎとっていった。まずは手袋をひとつずつはずし、それから熱情ですでに皺の寄った上着を脱ぎ捨てる。

驚きを湛《たた》えた暗褐色の大きな目と目がかちあい、ゆっくりと満足げに微笑んでみせた。

「男の裸を見たことはないんだろう?」アンソニーは低い声で問いかけた。

ケイトがそのとおりだと首を振る。

「そうか」アンソニーは前のめりになって、彼女の室内履きの片方を引き抜いた。「これからほかの男の体を見ることもない」

シャツのボタンに手をかけてひとつひとつ外しながら、彼女の舌が唇を舐めるしぐさを見て、興奮が十倍にも高まった。

ケイトも自分を欲している。それを確信できる程度には女性のことは心得ている。そして今夜が終わるころには、彼女がもはや自分なしでは生きられなくなるようにしてみせる。

こちらも彼女なしでは生きられなくなるかもしれないということは、努めて考えないようにした。寝室でくすぶらせる感情と、胸のうちの囁きはべつのものだ。切り離して考えられるはずだ。切り離して考えなければならない。

妻を愛するつもりはないが、だからといって、ベッドで互いに心から愉しむことができないわけではないだろう。

ズボンの一番上のボタンに手をかけて外したが、そこで動作をとめた。ケイトはまだしっかりと服を身につけているし、まだまったく無垢なままだ。男の欲望のしるしを目にする心の準備ができているとは思えない。

野生の猫のようにベッドに上がり、にじり寄っていくと、両肘を立てて上体を起こしていたケイトが仰向けに倒れ、開いた唇から浅く荒い息をつきながら夫を見あげた。

欲望で紅潮したケイトの顔ほどすばらしく美しいものはないと、アンソニーは思った。濃い色の艶やかで豊かな髪はすでに、花嫁らしい凝った髪型を形作っていたピンや留め具が取れてほつれている。社交界一般の美しさの基準からすればややふっくらしすぎているように見えていた唇は、夕方の傾きかけた陽射しでほの暗いピンク色に染まっている。それに、彼女の肌がこれほどなめらかで光り輝いているとは、いままで気づかなかった。頰に薄く赤みが差して、貴婦人たちがつねに切望している青白い肌とは違い、アンソニーには魅力的な色合いに見えた。彼女は欲望にふるえる、まさに生身の女性だ。これ以上の相手は望めるべくもない。

うやうやしく指の腹で彼女の頰を撫でたあと、首からドレスの胸もとに覗くやわらかい肌へ手を滑らせた。背中には腹立たしいほど多くのボタンが並んでいるが、すでにその三分の一は外れ、乳房の上の絹地を引きさげられる程度に緩められていた。

その姿は二日前より美しくなっているように見えた。自分の手にぴったりとなじんだ乳房の先の乳首が薔薇色に染まっている。「シュミーズは着ていないのかい？」アンソニーは楽しげにつぶやいて、浮きでた鎖骨を指でたどった。

ケイトは首を振り、息を切らした声で答えた。「このドレスの形では着られなかったの」

アンソニーは口の片端を上げて、男っぽい笑みを浮かべた。「そのドレスの仕立て屋に特別手当を贈りたいよ」

手をさらに下へずらしていき、片方の乳房を包んでやさしく握ると、自分の体の奥から欲望の呻きがこみあげるのと同時に、彼女の唇からも似たような低い声が漏れるのが聞こえた。「とても美しい」つぶやいて、手を放し、彼女の体を目でたどる。女性の体を眺めるだけでこれほどの悦びを感じられるとは思ってもみなかった。いままではいつも触れて味わってこそのもので、見るだけでも同じぐらいそそられるのは初めてのことだ。

ケイトは自分にとってこのうえなく美しい、まさしく完璧で、ほとんどの男たちにその美しさが見えないという事実に、男ならではの言いようのない満足感を覚えた。まるで彼女には自分にしか見えない一面があるような気がした。彼女の魅力が世界のほかの誰にも隠されていることが嬉しかった。

するといっそう彼女が自分のもののように思えてきた。

触れているうちに相手からも触れられたくなってきて、まだ繻子の長い手袋に包まれている彼女の片手を取って自分の胸に引き寄せた。布地の上からでも肌のぬくもりを感じたが、それだけでは飽き足らなかった。「きみを感じたい」アンソニーは囁くと、薬指のふたつの指輪を抜きとった。その指輪を、仰向けの姿勢のせいで浅くなった胸の谷間に据える。

ケイトは皮膚に触れた金属の冷たさにぞくりとして息を呑み、手袋が脱がされていくさまに息を凝らして魅入られた。アンソニーが指先を一本一本そっとつまんで緩めてから、腕から滑らせるように引き抜いていく。繻子の肌ざわりが絶え間なくキスをされているように感じられ、全身の肌が粟立った。

そうして、涙が出そうになるほどやさしい手つきで、指輪をまずひとつ指にはめ、敏感な手のひらにキスをしてから、もうひとつの指輪も元の位置に戻した。

「もう片方の手も貸してごらん」アンソニーは穏やかな声で促した。

ケイトが言われたとおりにすると、アンソニーは同じように肌に甘美な責め苦を味わわせながら繻子の手袋の指先をつまんで引っぱった。けれども抜きとると、今度は彼女の小指を自分の口もとへ持っていき、唇にくわえて、その指先を舌で舐めまわした。

ケイトはそれに応えるように激しい欲望が腕を駆けのぼるのを感じ、胸がふるえ、その振動が全身に伝わって、いつしか脚のあいだに得体の知れない熱いものが溜まってきた。体のなかで、何か暗く、少しばかり危険な感じのするものが、何年もひたすら待ちつづけてきた男性からのたった一度のキスでようやく目覚めていくかのように思えた。

まるでこの瞬間のためだけに生きてきたように感じるのに、これから起こることは予想すらつかない。

アンソニーの舌が指の内側を滑りおりて、手のひらの線をめぐる。「ほんとうに美しい手だ」つぶやくと、親指の肉厚の部分を齧りながら、ふたりの指を絡みあわせた。「力強く、それでいて華奢で優美だ」

「おかしな言い方だわ」ケイトはきまり悪そうに言った。「わたしの手は――」

けれど、アンソニーが彼女の唇に指をあてて黙らせた。「しいっ」とたしなめる。「妻の体を褒めている夫に文句を言うべきではないだろう？」

ケイトは悦びに身をふるわせた。

「たとえば」アンソニーはひどくいたずらっぽい口調で続けた。「もしわたしがきみの手首の内側を一時間かけて調べたいと言っても」――すばやい動きで、手首の内側の繊細な薄い皮膚に歯を擦りつける――「それは間違いなく、わたしの特権だろう？」

ケイトが答えずにいると、アンソニーはその耳もとで含み笑いして、低く温かな音を響かせた。

「もしかすると」皮膚の下で脈打つ青白い静脈の筋を指の腹でたどる。「きみの手首を調べるのに二時間かかるかもしれないな」

ケイトがやさしい感触に疼きを覚えつつ、陶然と見つめていると、彼の指は肘の内側へのぼり、そこでとまって皮膚の上に円を描きはじめた。

「きみの手首を二時間眺めていたとしても」穏やかな声で言う。「その美しさに飽きるとは思えない」手を体に飛び移らせて、手のひらを乳房の先端に軽く擦りつける。「きみに反論されるのは、わたしにとって最も嘆かわしいことなんだ」

アンソニーが身をかがめて彼女の唇をとらえ、短かくも焼けつくようなキスをした。ほんのわずかに顔を上げて囁く。「何事にも夫に同意するのが妻の務めだろう、うん？」

あまりにばかげた言い草に、ケイトはようやく声を取り戻した。「でもそれは」おどけた笑みで言う。「同意できることにかぎられるわ、子爵様」

アンソニーが横柄に片方の眉だけを吊りあげる。「逆らうのか、わが妻よ。まったく、わたしの結婚初夜だというのに」

「わたしにとっても結婚初夜だわ」ケイトは指摘した。

アンソニーが舌打ちの音を鳴らして首を振る。「罰を与えなければならないな。さて、どの手を使おう。さわるのはどうだ？」片方の乳房を手でかすめてから、もう片方の乳房にも軽く触れた。「それとも、さわらないほうかな？」

ケイトの肌から手を離して身を乗りだし、唇をすぼめて乳首にそっと息を吹きかける。

「さわって」ケイトはベッドから背をそらせて、あえぐように言った。「絶対、さわるほうにして」

「それでいいのかい？」アンソニーはことさらゆっくり微笑んだ。「言うつもりはなかったんだが、さわらないほうが味わい深い」

ケイトはじっと見あげた。アンソニーが獲物を仕留めようとする野生動物のように両手と両膝をついて自分の上に覆いかぶさっていた。荒々しく、誇らしげで、所有欲に満ちた表情だ。額にかかった濃い栗色の髪がどこか少年っぽい面差しを感じさせるが、目はまさしく大人の男の欲望に輝いている。

彼は自分を求めている。ケイトはそう感じて胸が浮きたった。彼もまたどの女性とでも悦びを見いだせる男性なのかもしれないが、いまだけは、この瞬間は、わたしを求めている。ケイトはそう確信した。

そのとたん、自分がこの世で最も美しい女性のように思えた。

彼の欲望を掻き立てていることに気づいて勇気づけられ、ケイトは手を伸ばして彼の頭の後ろへ片手をまわし、ふたりの唇が触れあう寸前まで引き寄せた。「キスして」自分のさし迫った口調に驚きながら繰り返した。「いますぐ、キスして」

アンソニーは半信半疑な笑みを浮かべたが、「きみの望みならば、レディ・ブリジャートン。きみの望みはなんでも聞くよ」と言うなりすぐに、ふたりの唇を重ねた。

それから、あらゆることが瞬く間に起きたように思えた。むさぼるように熱い口づけをかわしながら、ケイトはアンソニーの手に引っぱられて上体を起こした。手早くボタンが外され、ひんやりとした空気を肌に感じたかと思うと、ドレスがするすると落ちて胸がすっかりあらわになり、臍《へそ》が見え、それから……。

それから、彼が腰の下に手を滑り込ませて体を持ちあげ、ドレスを完全に引き抜いた。ケイトはふたりのあいだの親密さにとまどって息を呑んだ。身につけているのはもう、下着とストッキングと靴下留め《ガーター》だけになった。人生でこれほど自分をさらけだしたことはなく、彼の目に体を眺めまわされる刻一刻に胸が昂ぶった。

「脚を上げるんだ」アンソニーがやわらかな口調で命じる。

もどかしくもそそられるゆったりとした動きでケイトが脚を上げると、アンソニーは片脚のシルクのストッキングを爪先まで引きおろした。すぐにもう片方と下穿きも脱がされ、ケイトが気づいたときにはすでに彼の前で裸体をさらしていた。

アンソニーがケイトの腹部を手でそっとかすめて言う。「わたしがまだ少々厚着だよな？」

そうして彼がベッドをおりて服を脱ぎ捨てる様子にケイトは目を見開いた。完璧に均整のとれた体つきで、胸の筋肉は美しく隆起し、腕や脚は逞しく引き締まり、そして――。

「まあ、すごい」ケイトは口走った。

アンソニーがにやりとする。「褒め言葉と受けとっておこう」

ケイトは喉を引きつらせて唾を呑み込んだ。どうりで近隣の農場の動物たちが子をもうける行為を楽しんでいるようには見えなかったのもうなずける。少なくとも、雌の動物たちが楽しめるはずがない。これではうまくいくとはとても思えない。

それでも、ケイトはうぶな娘にも世間知らずにも思われたくなかったので、何も言わず、ただ大きく唾を呑んで微笑もうとした。

アンソニーはケイトの目に怯えの光を見てとって、穏やかに微笑んだ。「わたしを信じてほしい」低い声で言うと、するりとベッドの彼女の脇に上がった。両手を彼女の腰のくびれに添え、首に鼻を擦りつける。「信じていてくれればいいんだ」

アンソニーはうなずきを感じとると、片肘をついて身を支えながら、空いているほうの手で円や渦巻きを描くようにケイトの腹部をのんびりとたどり、徐々に下へおりていって、脚のあいだの茂みを軽くかすめた。

ケイトが筋肉を小刻みにふるわせ、激しく息を吸い込む音がアンソニーの耳に届いた。

「しいっ」なだめるように言って身をかがめ、彼女の気をまぎらわせようとキスをした。純潔の女性と交わったことといえば空想のなかでしかないので、本能を頼りにケイトを導くよりほかにない。彼女にとっては初めての体験なのだから、完璧なものにしてやりたかった。いや、完璧とまではいかなくとも、せめてすばらしく心地良いものにしてやりたい。

唇と舌で彼女の口を探りながら、手をさらに下へ進ませ、熱い湿り気のなかへ行き着いた。ふたたび息を吸い込む音が聞こえたが、容赦なく指を擦りつけてくすぐり、彼女が身悶えて吐息を漏らすたび悦びを感じた。

「何してるの？」ケイトが唇をかすかに離して囁いた。

アンソニーは唇をゆがめてにやりと笑い、一本の指を彼女のなかへ滑り込ませた。「とても、とても気持ちがいいだろう？」

ケイトが呻くように漏らした吐息に、アンソニーは悦に入った。明瞭な言葉が聞きとれたなら、仕事をうまくこなせていないしるしだからだ。

身をずらして、片方の膝で彼女の脚をさらに押し広げ、呻き声を漏らしながら互いの下腹部の位置を合わせた。それだけでもう彼女が完璧であるのを感じとり、なかに沈み込むことを想像していまにも放出したい衝動に駆られた。

自制しようとしているし、ゆっくりとやさしくしなければと自分に言い聞かせているのだが、欲求は強まるばかりで、呼吸も荒く速くなってきた。

彼女は受け入れる準備を整えている。少なくとも、準備を整えたつもりで待ち受けている。アンソニーは、初めて体験する女性には痛みが伴うことを知りつつ、それが一瞬たりとも続かないことを願った。

腕を突っぱってほんのわずかに身を浮かせ、彼女の入り口に自分を据えた。彼女の名を囁き、情熱でぼんやりとした彼女の暗褐色の瞳をしっかりと見つめる。

「もうすぐ、きみはわたしのものになる」言いながら、少しだけ奥へ進めた。彼女が小刻みにふるえながら締めつけた。そのたまらない心地良さに、アンソニーは歯を食いしばってこらえた。そうでもしなければ、たちまちいともたやすく我を忘れ、自分の快楽だけを求めてさらに突き進んでしまいそうだった。

「痛かったら言ってくれ」かすれ声で囁いて、ほんのわずかずつ奥へ進んだ。彼女はあきらかに性的な興奮を感じているはずだが、きわめて狭いので、この親密な侵入に慣れる時間を与えてやらなければならないと思った。

ケイトがうなずいた。

アンソニーは刺すような痛みをかすかに胸に感じて動きをとめた。「痛いのか？」

ケイトが首を振る。「いいえ、そうだったらあなたに言うという意味でうなずいただけ。痛くはないけれど、なんだかとても……変な感じがする」

アンソニーは笑みを嚙み殺して身をかがめ、彼女の鼻の頭にキスを落とした。「これまで女性と愛しあっていて変だと言われたことはなかったな」

一瞬、ケイトは失言をしてしまったのかと恐れるような顔をしてから、唇をふるわせて小さく笑った。「きっと、間違った女性たちと愛しあっていたのね」

「そうかもしれないな」アンソニーは答えて、さらにまた奥へ進んだ。

「秘密を打ち明けてもいい？」ケイトが訊く。

アンソニーはさらに突いて、「もちろん」と答えた。

「今夜……最初に見たときは……つまり……」

「わが誉れしもののことかい？」アンソニーは茶化すように言って、横柄な顔つきで眉を上げた。

ケイトがなんとも魅力的なしかめ面で見あげた。「こんなことができるとは思えなかった」

アンソニーは奥へ進めた。さらに進めて、あと少しですっかり埋め込まれてしまうところまで近づいた。「秘密を打ち明けてもいいかな？」そっくり言葉を返した。

「もちろん」

「きみの秘密は」――小さくもうひと突きして、処女膜の手前でとどめた――「秘密のうちには入らない」

ケイトがいぶかしげに眉根を寄せた。

アンソニーはにこやかに笑った。「きみの顔にぜんぶ書いてあった」

ケイトがふたたびしかめた表情に、アンソニーは思わず吹きだしそうになった。「ところで今度は」生真面目な顔をつくろって続けた。「きみに質問がある」

ケイトはあきらかにその先の言葉を期待して、答える代わりに見つめ返した。

アンソニーは身を低くして唇で彼女の耳をかすめると、囁きかけた。「いまはどんな気分だい？」

束の間、ケイトはまったく反応しなかったが、やがて質問の意味を悟ったのかびくんとしたのがアンソニーの体に伝わった。「もう終わりなの？」ケイトは疑念をありありと見せて尋ねた。

アンソニーはとうとう吹きだしてしまった。「とんでもない、わが愛しい妻よ」くっくっと笑いながら言い、片方の手で自分の体を支えながら、もう片方の手で目をぬぐった。「まだまだ、これからだ」真剣な目になって付け加えた。「このあと少し痛むかもしれない。だが、もう二度と味わわずにすむ痛みだと請けあう」

ケイトはうなずいたが、アンソニーは彼女の体の緊張を感じとった。それではよけいに痛みを強めてしまう。「いいかい」いたわるように声をかけた。「力を抜いて」

ケイトがうなずいて目を閉じる。「力を抜いてるわ」

アンソニーは彼女に自分の笑みが見えていないことをありがたく思った。「どう見ても力が抜けていない」

ケイトがぱっと目を開いた。「いいえ、抜いてるわ」

「信じられるか」アンソニーはいかにも部屋にべつの誰かがいるような口ぶりで言った。「結婚初夜に妻が口答えするなんて」

「わたしはただ――」

その唇に指をあてて言葉を遮った。「きみはくすぐったがりやかい？」

「くすぐったがりや？」

アンソニーはうなずいた。「くすぐったがりやだろう」

ケイトがけげんそうに目を狭めた。「どうして？」

「つまりはそうだということだな」アンソニーはにやりとして言った。

「そんなこと――ああっ！」ケイトは脇の下の特に敏感な部分を探られて甲高い声をあげた。

「アンソニー、やめて！」あえぎ声で言い、彼の体の下で必死に身をくねらせた。「耐えられない！　もう――」

アンソニーは奥へ突いた。

「ああ」ケイトが息を呑んだ。「あ、ああ」

アンソニーは彼女のなかにすっぽり包まれ、信じられないような心地良さに呻き声を漏らした。「ああ、なんてことだ」

「まだ終わってないのよね？」

アンソニーはゆっくりと首を振り、本能的なリズムで腰を動かしはじめた。「まだまだ」とつぶやく。

彼女の口を口で覆い、片手をするりとのぼらせて乳房を愛撫する。体の下にいる彼女は完璧そのものだった。こちらの動きに合わせて腰を持ちあげ、最初こそたどたどしかったが、情熱が高まるにつれ激しさを増してきた。

「ああ、いいよ、ケイト」アンソニーは呻いた。野性的な熱に浮かされ、甘い褒め言葉を考えられる能力はまるで失われていた。「きみはとてもすてきだ。なんてすてきなんだ」

ケイトの呼吸はいっそう速くなり、か細いあえぎ声が漏れるたび、アンソニーの情熱はいっそう燃えあがった。彼女を自分だけのものに、我がものにして、この体の下に閉じ込めたまま二度と放したくない。そして突くごとに、自分よりも彼女の欲求を優先させることがむずかしくなっていった。心は彼女の初めての体験なのだから気づかってやれと叫んでいるのだが、体は性急に解き放たれたがっている。

アンソニーは荒々しい呻きをあげてどうにか突くのをとめ、息をついた。「ケイト?」自分のものとは思えないような声だった。切迫し、ざらついている。

ケイトは目を閉じて頭を左右に振っていたが、その言葉にまぶたをあけた。「やめないで」苦しげな声で言う。「お願いだからやめないで。何かに近づいているような気がするの……何かはわからないんだけれど」

「ああ、わかった」アンソニーは呻くように答え、背を弓なりにして頭をそらし、ふたたびぐいと突いた。「きみはとても美しい、信じがたいほどに――ケイト?」

自分の下で彼女の体がこわばったのを感じた。達したわけではない。

アンソニーは動きをとめた。「どうかしたのか？」囁きかけた。

ケイトはほんの一瞬、つらそうな――身体的にではなく、感情的に――表情を見せたが、すぐさま隠してつぶやいた。「なんでもないわ」

「そんなはずはない」アンソニーは低い声で言った。ほとんど無意識に両腕を突っぱって体を浮かせ、全神経を彼女の顔に集中させた。本人は必死に隠しているつもりらしいが、その表情は痛々しく翳っている。

「わたしのことを美しいと言ったでしょう」ケイトが囁く。

アンソニーはたっぷり十秒はじっと彼女の顔を見つづけた。その言葉の何がいけないのか皆目わからなかった。彼女を美しいと感じたことを改めて主張し、何が問題なのかを問いたいところだが、頭のなかで、やめておけ、いまは何を言ってもやぶへびになると囁く声が聞こえた。そこで、よくよく慎重にしようと胸に決め、あたりさわりのない唯一の言葉だと信じて彼女の名をつぶやいた。

「わたしは美しくないわ」ケイトは小声で言い、目を合わせた。打ちひしがれた表情を浮かべつつ、言葉が返される前に問いかけた。「誰を思い描いていたの？」

アンソニーは目をしばたたいた。「なんのことだ？」

「わたしと愛しあいながら、誰のことを考えていたの？」

アンソニーはみぞおちにこぶしを食らわされたかのような衝撃を覚えた。全身から息を吐きだす。「ケイト」ゆっくりと言った。「ケイト、きみはいったい何を言って――」

「男性が欲望を感じない女性とでも楽しめることは知ってるわ」ケイトが声高に答えた。

「わたしがきみに欲望を感じていないと言うのか？」アンソニーは声を絞りだした。ああ、まったく、いまにも彼女のなかに放出してしまいそうで、あと三十秒も持ちこたえられるかどうかもわからないというのに。

ケイトは噛みしめた下唇をふるわせ、首筋を引きつらせている。「あなたは――あなたは、エドウィーナのことを考えていたの？」

アンソニーは唖然とした。「なんだって、ふたりを混同しなければならないんだ？」

ケイトは目に熱い涙がこみあげてくるのを感じて顔をぐしゃりとゆがめた。彼に涙は見せたくないし、それもああ、いまだけはどうしても泣きたくないのに、つらくて、あまりにつらくて――。

驚くべき手速さで顎をつかまれ、彼の顔のほうへぐいと上向かされた。

「いいか」アンソニーは落ち着いた強い口調で言った。「一度しか言わないから、よく聞くんだ。わたしはきみに欲望を感じている。きみに燃えあがっている。きみが欲しくて夜も眠れない。好きではなかったときですら、きみに欲情していた。腹立たしいし、いまいましいし、不思議なことだが、事実なんだ。だからもしその唇からもう一度ばかげた言葉が聞こえたら、わたしはきみをベッドに括りつけて、ありとあらゆる手を使って、きみがイングランドじゅうで最も美しく魅力的な女性であることを、その愚かな頭に叩きこんでやる。きみの魅力に気づかないような連中はみんな、とんでもないばか者だ」

ケイトは仰向けで顎が落ちるものとは思ってもみなかったが、いつの間にかぽかんと口をあけていた。

アンソニーはいかにも横柄に片方の眉だけを吊りあげているが、かえってやさしい顔に見える。「わかったかい？」

ケイトは答える言葉も見つからず、ただ見つめていた。

アンソニーが鼻先が触れあうほどに上体をかがめた。「わかったよな？」

ケイトはうなずいた。

「よし」アンソニーはつぶやくと、息つく間も与えずに口づけて、ケイトがベッドの端をつかんで叫ばないようこらえなければならないほど激しく唇をむさぼった。アンソニーが腰を深く沈めて、猛烈な勢いで突いてはまわしつづけるうち、ケイトはまさに体が燃えていくような感覚にとらわれた。

つなぎとめたいのか、引き離したいのか、自分でもわからないまま彼にしがみついた。「もうだめ」間違いなく身が砕けてしまうと感じて呻いた。筋肉が硬く張りつめ、うまく息が吸えなくなってきた。

けれども、アンソニーはその言葉が聞こえていたとしても、とりあおうとはしなかった。集中した顔つきで額に大粒の汗を滲ませている。

「アンソニー」ケイトは息を切らして言った。「もう――」

ふたりの体のあいだを滑りおりてきた片手にまさぐられ、ケイトは声をあげた。アンソニーが最後にもう一度激しく突くと、ケイトの視界は砕け散った。体がこわばり、やがてふるえだし、自分は落下しているに違いないと思った。息がつけないし、あえぐことすらできない。喉がどんどん締めつけられていくような気がして、頭をのけぞらせ、自分のものとは思えない凄まじい力でシーツをつかんだ。

体の上で、アンソニーがぴたりと動きをとめ、開いた口から声にならない叫びを発して崩れ落ち、その重みでケイトはさらにベッドに深く沈んだ。

「ああ、たまらない」アンソニーが荒い息で言い、ついにはふるえだした。「いままで……こんなことは……これほど良かったことは……一度もなかった」

さらに数秒かかってケイトは気を取りなおし、微笑んで、彼の髪を撫でつけた。ふと、このうえなくすばらしい、いたずらな考えがひらめいた。「アンソニー？」囁きかける。

アンソニーは目をあけて唸り声を返すだけでも相当に大儀そうだったので、顔を上げてみせたことにケイトは感心した。

その晩学んだばかりの女らしい艶っぽい笑みをゆっくりと浮かべる。一本の指で彫りの深い夫の顔の輪郭をたどり、低い声で言った。「もう終わり？」

一瞬、アンソニーは反応を示さなかったが、すぐに口もとをほころばせ、ケイトには想像もできなかったほどいたずらっぽく微笑んだ。「一度目は」かすれがかった声で囁き、脇にごろんと身を横たえてケイトを引き寄せた。「だがまだ続きがある」

18

『ブリジャートン子爵と夫人（この数週間、冬眠中だった方々のために、元キャサリン・シェフィールド嬢である旨を付記しておく）の慌しい結婚がいまだ憶測を呼んでいるが、筆者は恋愛結婚であるという確信を抱いている。ブリジャートン子爵は社交界の催しすべてに妻と連れ立って現れるわけではないが（そもそも、必ず妻と連れ立って来る夫などいるだろうか？）、出席したときにはいつも夫人の耳もとに何事か囁き、夫人のほうもいつもその言葉に顔を赤らめて微笑んでいるのを筆者はしっかりと目にしている。

そのうえ、ブリジャートン子爵はつねに、必要最低限と思われる回数にとどまらず何度も妻とダンスを踊っている。一度も妻とダンスを踊りたがらない夫たちがどれほど多いかを考えれば、じつに情熱的なふるまいではなかろうか』

一八一四年六月十日付〈レディ・ホイッスルダウンの社会界新聞〉より

それから数週間は熱に浮かされた気分のうちに飛ぶように過ぎていった。ケントにある本邸のオーブリー屋敷に少しのあいだ滞在したあと、新婚夫婦はシーズン真っ盛りのロンドンに戻ってきた。ケイトは午後の時間を利用してフルートの練習を再開しようと考えていたのだが、やるべきことが山ほどあることをすぐさま思い知らされた。日中は社交界の人々の訪問を受けたり、家族と買い物をしたり、たまには馬車で公園へ出かけるなど予定が詰まっていた。夕方からはあちこちの舞踏会やパーティに出席した。

けれども、そのあとの夜の時間は、アンソニーのためだけのものだった。

結婚はうまくいっているのだろうとケイトは思った。できればもっとアンソニーといたいのだが、夫がきわめて忙しい立場にあることを理解し、納得もしていた。議会や領地にかかわる仕事に追われ、かなりの時間を取られている。それでも、晩に屋敷に戻ってきて寝室で顔を合わせれば（ブリジャートン子爵夫妻の寝室は分かれていない！）、驚くほど思いやり深い態度で、妻の一日の出来事を尋ね、自分の一日について語り、真夜中過ぎまで体を重ねた。

一度は妻のフルートの練習にも耳を傾けてくれた。ケイトは週に二度、午前中に演奏家を雇ってレッスンを受けるようになっていた。自分の演奏の腕前を思うと（うまいとはとうてい言えない）、アンソニーがまる三十分もじっと坐って快く演奏を聴いてくれたことは思いやり深さの表れとしか解釈しようがない。

もちろん、それ以降はまだ、聴こうというそぶりを見せてくれないけれど。

快適な日々を過ごし、同じような立場の女性たちのほとんどが期待するものよりはるかに恵まれた結婚生活を送っているに違いない。たとえ、夫は愛してくれず、今後愛される見込みもないのだとしても、気づかいや思いやりを感じさせてくれるのだから、少なくとも立派に夫の務めを果たしてもらえているのだろう。いまのところ、ケイトも現状に満足していた。それに、日中は夫が遠くに感じられても、夜にはたしかにその距離が縮まる気がした。

いっぽう社交界の人々や、ことにエドウィーナは、ブリジャートン子爵夫妻が愛しあっているものとすっかり信じるようになっていた。いつも午後に訪ねてくるエドウィーナがこの日もやって来た。ケイトとふたりで客間に腰をおろし、お茶を飲み、ビスケットを齧りながら、いつものように押しかけていた大勢の来客を見送ったあとで、珍しくふたりきりのひと時を楽しんでいた。

誰もが新しい子爵夫人の様子を知りたがっているらしく、ケイトの客間が午後に空いている日はほとんどなかった。

エドウィーナが、ソファの隣に飛びのったニュートンの毛をなにげなく撫でながら言った。「きょうは、みんながお姉様の話をしてるわ」

ケイトは手をとめることもなくお茶のカップを口もとに持ちあげて飲んだ。「みんながわたしの話をしてるのは、いつものことよ」肩をすくめて言う。「きっともうすぐべつの話題の種を見つけるでしょうけれど」

「そんなことないわ」エドウィーナは否定した。「ゆうべみたいに、お姉様が旦那様から見つめられているうちは」

ケイトは頬が熱くなるのを感じて、「夫はいつもと何も変わらなかったわ」と小声で答えた。

「子爵様は見るからに熱くなってらしたじゃない！」エドウィーナが坐る位置をずらすと、ニュートンもすかさず動いてお腹を撫でてくれとばかりに哀れっぽく鼻を鳴らした。「子爵様があわててお姉様のほうへ行こうとして、ヘイヴェリッジ卿を押しのけるのをこの目で見たんだから」

「わたしたちは別々に到着したのよ」ケイトは説明しつつ、胸のうちでは密かに――それも愚かしいほどに――心浮きたっていた。「きっと、わたしに話しておかなければいけないことがあったからよ」

エドウィーナが疑わしげな目を向ける。「それでなんて？」

「どういうこと？」

「何を話したのかということよ」エドウィーナはあきらかにいらだった口調で言った。「お姉様はいま、きっと自分に話しておかなければいけないことがあったからだと言ったわよね。そうだったとしたら、子爵様は何かを話されたはずでしょう？　ということは当然、お姉様も何を話されたのかはわかっているのよね？」

ケイトは目をしばたたいた。「エドウィーナ、混乱させないでよ」

エドウィーナが唇をとがらせて不機嫌そうに眉をひそめた。「お姉様はわたしになんにも話してくれないんだもの」

「エドウィーナ、何を話せというの！」ケイトは手を伸ばしてビスケットをつかみとり、口のなかがいっぱいで話せなくなるぐらい無作法に大きく齧った。妹にいったい何を話せばいいいというのだろう――すでに結婚する前に、夫からいとも淡々と率直に、自分を愛することはけっしてないと告げられているなどと話せるだろうか？

お茶とビスケットを味わいながら愉快に語れることではない。

「ちなみに」エドウィーナがようやく口を開いて、驚くほど長くビスケットを噛みつづけている姉を見つめた。「じつはきょうここに来たのにはべつの理由があるの。お姉様にお話ししたいことがあるのよ」

ケイトはほっとして噛み砕いたものを飲み込んだ。「そうなの？」

エドウィーナはうなずいて、顔を赤らめた。

「何かしら？」ケイトは熱心に訊いて、お茶を啜った。ビスケットを噛みすぎて、口のなかがやけに乾いている。

「恋をしてしまったみたい」

ケイトはお茶を吐きだしかけた。「誰に？」

「ミスター・バグウェル」

懸命に記憶をたどったが、ケイトにはどうしてもミスター・バグウェルという名前に心あたりはなかった。

「学者さんよ」エドウィーナが夢みるように吐息をついて言う。「レディ・ブリジャートンの本邸での泊りがけのパーティで出会ったの」

「お会いした記憶がないわ」ケイトは言い、考え込むように眉間に皺を寄せた。

「お姉様は滞在中ずっと、とても忙しくしていらしたから」エドウィーナは皮肉っぽい口調で答えた。「婚約とか何やかやで」

ケイトはきょうだいにしか見せられないようなしかめっ面をした。「とにかく、そのミスター・バグウェルのことを話して」

エドウィーナの目が熱っぽく輝いた。「次男だから、残念ながら、収入という面ではあまり期待できないわ。でもいまとなっては、お姉様が豊かな結婚をされたのだから、わたしはその点を気にする必要はないわよね」

ふいにケイトの目に涙がこみあげた。妹は自分には計り知れないほどの重圧を感じながら今シーズンを過ごしていたのだろう。メアリーとともに、エドウィーナには好きな人ならば誰とでも結婚していいのだと伝えることに心を砕いてきたつもりだったが、一家の生計がその結婚にかかっていることは三人ともよくわかっていたし、裕福な男性だろうと貧しい男性と同じように簡単に気を惹けるなどと罪な冗談を飛ばしていたことも事実だ。

エドウィーナの顔をひと目見れば、ようやく大きな肩の荷をおろせたことがはっきりと読みとれた。

「あなたが自分にふさわしいお相手と出会えて嬉しいわ」ケイトは低い声で語りかけた。

「ええ、そうなの。お金の面ではそれほど豊かに暮らせないかもしれないけれど、わたしはシルクのドレスも宝石もいらないし」ケイトの指にはめられた光り輝くダイヤモンドに目を落とす。「もちろん、お姉様がそういうものを欲しがる人だと言うつもりはないのよ！」急

「ただ、姉と母親の生活を心配する必要がなくなってほっとしてるのよね」ケイトは穏やかな声で妹の言葉の続きを継いだ。

エドウィーナが大きく息を吐きだした。「そのとおりよ」

ケイトはテーブル越しに両手を伸ばし、妹の両手を取った。「もうもちろん、わたしのことは心配いらないわ。それに、もしもメアリーに援助が必要になったときには、アンソニーとわたしでちゃんといつでも手助けできる」

エドウィーナが唇をゆがめて、泣きだしそうな笑みを浮かべた。

「あなたはもう」ケイトは続けた。「これからは自分自身のことだけを考えて生きていくべきだわ。人から求められていることを考えるのではなくて、あなた自身がしたいように物事を決めていけばいい」

エドウィーナは姉の手から片方の手を引き抜いて、涙を払った。「わたしは彼のことがほんとうに好きなの」囁く。

「だったら、わたしも間違いなく彼を好きになれるわ」ケイトは断言した。「いつお会いできるのかしら？」

「残念ながら、あと二週間はオックスフォードにいるわ。わたしのせいで先約を断わるようなことはしてほしくないから」

「もちろんよ」ケイトはつぶやくように言った。「あなたが約束を果たさないような紳士との結婚を望むわけがないもの」

エドウィーナはいかにもそのとおりだというようにうなずいた。「でも、今朝手紙が届いて、月末にはロンドンに来てわたしを訪ねたいと書いてあったわ」

ケイトは茶目っ気たっぷりに微笑んだ。「もう手紙をやりとりする間柄なのね？」

エドウィーナが頰を染めてうなずく。「週に何度か届くのよ」と認めた。

「それで、どのような分野を勉強されてるの？」

「考古学よ。とっても優秀なの。ギリシアに行ってたこともあるんだから。二度も！」

美貌については国じゅうに名をとどろかせているエドウィーナが、それ以上に美しくなることなどありえないとケイトは思っていたが、ミスター・バグウェルのことを話すときの妹の顔はどきりとせずにはいられないほどに光り輝いていた。

「お会いするのが待ちきれないわ」ケイトは高らかに言った。「ぜひ身内だけの晩餐会にお招きしなくてはね」

「すばらしい計画だわ」

「その前に、三人で公園に馬車で出かけて親交を深めるというのもいいわね。わたしはもうりっぱな既婚婦人なんだもの、立派に付き添いを務める資格があるわ」ケイトはくすくすと笑った。「可笑しくないでしょう？」

戸口のほうから、いかにも男っぽい愉快そうな声が聞こえた。「何が可笑しくないかって？」

「アンソニー！」ケイトは昼日中に現れた夫に驚いて声をあげた。いつもは人と会う約束やら会合やらでほとんど家にいる暇は取れないからだ。「会えてほんとうに嬉しいわ」

アンソニーが微笑んでエドウィーナのほうへ軽く頭をさげて挨拶した。「急にまとまった時間が空いたんだ」

「一緒にお茶をいかがかしら？」

「ご一緒させていただこう」アンソニーは低い声で言うと部屋を横切り、マホガニーの側卓に置いてあるクリスタルのデカンタを取りあげた。「といっても、わたしはブランデーをやらせてもらうが」

ケイトは、夫が自分で飲み物を注ぎ、無造作にグラスをまわすしぐさを見つめた。こんなふうに夫から目を離せなくなってしまうことがたびたびあった。こうして午後も遅くに目にする夫はとりわけすてきに見える。どうしてなのかはわからない。晩に会うときにはいつも頬にうっすらと無精髭が生えていて、髪も少し乱れているからだろうか。それとも単に、一日のうちでこの時間に夫を目にすることがほとんどないせいかもしれない。思いがけない場面はいつでも魅力的に見えるものなのだという詩を読んだことがある。

ケイトは夫をつくづく眺め、その詩人の言葉はやはり正しいのかもしれないと思った。

「それで」アンソニーはブランデーをひと口含んでから言った。「淑女がふたりして何を話していたんだい？」

ケイトは妹のほうへ話してもいいことなのかどうかを目で問いかけ、エドウィーナがうなずいたのを見て、口を開いた。「エドウィーナに恋しい殿方が現れたの」

「ほんとうなのかい？」アンソニーは妙に父親じみた態度で興味深そうに訊き、ケイトの坐っている椅子の肘掛けに腰をのせた。流行の形ではないが並外れた坐り心地の良さからブリジャートン家で重宝されている、ゆったりとした張りぐるみの椅子だ。「お会いしたいものだな」

「ほんとうに？」エドウィーナは訊き返して、梟《ふくろう》のように目をきょとんとさせた。「会ってくださるの？」

「もちろん。それどころか、ぜひ会わせてほしい」姉妹が押し黙っているので、アンソニーはやや顔をしかめて言葉を継いだ。「なにせ、わたしは家長だ。当然の務めだろう」

エドウィーナの唇が驚きで開いた。「わ、わたしにまで、責任を感じてくださるとは思わなかったわ」

アンソニーは何を突拍子もないことを言うのかというようにエドウィーナを見やった。

「きみはケイトの妹だろう」それですべて説明がつくとばかりに言う。

エドウィーナはしばし呆気にとられた表情で固まり、すぐにうってかわって晴れやかに微笑んだ。「わたしはずっと、お兄様ができたらどんなにいいだろうって思ってきたの」

「認めてもらえれば何よりだ」

エドウィーナがにっこり笑いかける。「すばらしいわ。エロイーズがどうしてあれほど文句を言うのか、ほんとうにわからない」

ケイトはアンソニーのほうを向いて説明した。「わたしたちが結婚してから、エドウィーナはあなたの妹さんとすっかり親しくなったの」

「神よ、救いたまえ」アンソニーはつぶやいた。「それでいったい、エロイーズはどんな文句をこぼしているんだい？」

エドウィーナはそしらぬふりで微笑んだ。「あら、ほんとうに、たいしたことではないんです。ただ、あなたが時どき、ちょっと過保護ぎみだと言っていただけで」

「ばかげたことを」アンソニーはせせら笑った。

ケイトはお茶にむせた。このぶんでは夫は、もしも娘たちが生まれて結婚適齢期に達したら、高い壁に囲まれた修道院に閉じ込めるためだけにカトリックに改宗すらしかねない。

アンソニーがケイトのほうを見て目をすがめた。「何を笑ってるんだ？」

ケイトはすばやくナプキンで口を覆い、布の重なりの下からもごもごとつぶやいた。「なんでもないわ」

「ふうむ」

「エロイーズによれば、ダフネ嬢がヘイスティングス様から求婚されたとき、あなたは大変な怒りようだったと言ってました」とエドウィーナ。

「ほう、妹がそう言ったのかい？」

エドウィーナがうなずく。「決闘までしたんですって！」

「あのお喋りめ」アンソニーは唸り声で言った。

エドウィーナは嬉しそうにうなずいた。「エロイーズはいつもなんでも知っているわ。なんでも！　レディ・ホイッスルダウンにも負けないぐらい」

アンソニーは悩ましそうにも、単にすねたようにも見える表情でケイトのほうへ向きなおった。「わたしの妹に口輪を買っておかなければな」おどけた口調で言う。「ついでに、きみの妹さんのぶんも」

エドウィーナが歌うように笑い声をあげた。「お兄様に妹としてからかわれるのがこんなに楽しいものだなんて思わなかったわ。子爵様と結婚してくださったことを心から感謝するわ、ケイトお姉様」

「それについてはほとんど選択の余地がなかったのだもの」ケイトは苦笑して言った。「でも、こういうことになって、わたしとしては良かったと思ってる」

エドウィーナが立ちあがった拍子に、隣のソファでぐっすり寝入っていたニュートンが目を覚ました。不満げに鼻を鳴らして床にひょいとおりると、さっさとテーブルの下で身を丸めた。

エドウィーナは犬を見てくすりと笑って言った。「そろそろ失礼します。いえ、送らなくてけっこうよ」玄関まで付き添おうと立ちあがった姉夫婦に言い添えた。「ひとりで行けますから」

「なに言ってるの」ケイトは言うと、エドウィーナの腕を取った。「アンソニー、すぐに戻るわ」

「指折り数えて待ってるよ」アンソニーがつぶやいてさらにもうひと口ブランデーを含むと、ふたりの淑女に倣ってニュートンも立ちあがり、散歩に連れだしてもらえることを期待しているのか懸命に吠え立ててあとに続いた。

姉妹が部屋を出ていくのを待って、アンソニーはケイトが空けたばかりの坐り心地の良い椅子に腰をおろした。まだ残るぬくもりを感じ、布地に染みついた香りに浸った。注意深く鼻をきかせ、今回は百合よりも石鹸の香りが強いことに気づいた。おそらく、百合のほうは妻が晩につけている香水か何かの匂いなのだろう。

アンソニーはその午後、どうして家に戻る気になったのか自分でもまだ釈然としていなかった。帰ろうとは思っていなかった。じつのところ、ケイトに話しているようにつねに日がな一日会合や責務に追われて家を空けているわけではなかった。打ち合わせ場所を自宅に変えても支障のない約束も多い。たしかに忙しい身ではあるものの――多くの貴族たちとは違って怠惰な暮らしは性に合わない――、ここ最近の午後は〈ホワイツ〉で新聞を読んだり友人たちとカードゲームに興じたりすることにかなりの時間を費やしていた。

それが最善の策だろうと思った。妻とはある程度の距離を保つことが肝心だ。人生とは――少なくとも自分の場合には――区分化して考えるべきもので、そのなかで妻はまさしく胸のうちで〝社交〟と〝ベッド〟と名づけた区分にきっちりとあてはめられている。

だが、その午後〈ホワイツ〉に行ってみると、とりたてて話したいと思える相手の顔は見あたらなかった。新聞にざっと目を通しても、最新号に興味をそそられる内容はほとんど書かれていなかった。そこで窓辺に席を移して独りの時間を楽しもうとするうちに（情けなくなるほど楽しさは感じられなかったが）、家に帰ってケイトの様子を知りたいという唐突な衝動が湧いた。

半日過ごすぐらいなら問題はないだろう。一度午後をともに過ごしただけで妻に惚れ込んでしまうとは思えない。妻を愛してしまう危険などないのだと自分自身にきつく言い聞かせた。結婚して一カ月ほどが経ち、いまのところさいわいにも、そのような深い感情の結びつきを築かずに過ごせている。そのままの状態をこの先も続けられなくなる理由など思い至らない。

いくらか気分も落ち着き、ブランデーをもうひと口飲んで目を上げると、ちょうどケイトが部屋に戻ってきた。

「エドウィーナは恋をしているのね」ケイトは満面に笑みを輝かせた。

それを見て、アンソニーの体は張りつめた。微笑まれただけで反応してしまうとは、まったくばかげたことだ。しかもそれがしょっちゅう起こるのだから、腹立たしいことときわまりない。

つまり腹立たしくなるのもいつものことなのだ。これがすぐさま寝室にせきたてられるときならば、たいして気にはならなかった。

ところがきょうは、ケイトのほうにはあきらかに自分のように淫らな考えを起こしているそぶりはなく、夫の椅子に身を寄せあって坐れる余裕があるというのに、真向かいの椅子を選んで腰をおろした。せめて斜向かいの椅子を選んでいてくれさえすれば、引っぱり寄せて膝の上に坐らせることもできただろう。テーブルの向こうに坐られては、茶器一式の真上を通り越して引き寄せるしかない。

アンソニーは状況を見きわめようと目をすがめ、はたしてどれほどのお茶が絨毯にこぼれ、絨毯を取り替える費用がどれぐらいかかるのかをじっくりと推し量った。いや、ほんとうに気にしなければならないのはそのような細かな費用などではなく……。

「アンソニー？　聞いてるの？」

アンソニーは目を上げた。ケイトは膝に両手をおいて身を乗りだし、話しかけていた。きわめて真剣な表情で、少しばかりいらだっているようにも見える。

「聞いてた？」重ねて訊く。

アンソニーは目をしばたたいた。

「聞いてるの？」唸り声で言う。

「ああ」アンソニーは笑ってみせた。「いや」

ケイトは目をぐるりとまわしたが、それ以上問いただそうとはしなかった。「エドウィーナと、意中の紳士を夕食に招いてはどうかしらという話をしてたのよ。ふたりの相性を確かめるために。そこまで興味を抱いた紳士の話を聞いたのは初めてだし、妹にはほんとうに幸せになってもらいたいのよ」

アンソニーはビスケットに手を伸ばした。空腹だし、妻を膝の上に引き寄せるもくろみはほとんど諦めかけていた。とはいうものの、カップや受け皿をどうにかすべて払いのけてからテーブル越しに引き寄せさえすれば、それほど取り散らかさずにすむだろうという思いも頭をよぎり……。

アンソニーはなにげなくこっそりと茶器の載った盆を脇へ押した。「ううん？」ビスケットを齧りながら唸り声を漏らす。「ああ、そうとも、もちろんだ。エドウィーナには幸せになってもらいたい」

ケイトはいぶかしげに夫を見やった。「ビスケットと一緒にお茶はいかがかしら？　わたしにはブランデーの味わい深さはわからないけれど、ショートブレッドにはお茶のほうが合うような気がするわ」

アンソニーは内心ショートブレッドにはブランデーがぴったりだと思いつつ、少しでもティーポットの中身を減らしておいたほうが倒したときの被害も少ないだろうと考えた。「名案だ」そう言うと、ティーカップをつかんで妻のほうへ突きだした。「お茶のほうが合うに決まっている。どうしてもっと早く気づかなかったのかな」

「わたしもそう思うわ」ケイトがとげとげしく同意した――とげとげしく同意することが可能ならばだが、ケイトの皮肉を含んだ低い声を耳にして、可能なのだろうとアンソニーは判断した。

それでも陽気に微笑んで手を伸ばし、差しだされたティーカップを受けとった。「ありがとう」と言って、ミルクが加えられていることを確かめる。加えられているのはむろん意外ではなかった。ケイトはそうした細かなことをとてもよく憶えている。

「まだじゅうぶん温かいかしら？」ケイトがていねいな口調で尋ねた。

アンソニーはいっきに飲み干して「完璧だ」と答え、満足そうな吐息をついた。「もう少し注いでもらえるかな？」

「ずいぶんとお茶が好きになったのね」ケイトがさらりと言う。

アンソニーはティーポットを見つめて残りの量を想像し、尿意をもよおさないうちに飲みきれるだろうかと考えた。「きみももう少しいかがかな」と勧めた。「ちょっと唇が乾いているようだから」

ケイトの眉がきっと上がった。「そうかしら？」

アンソニーはうなずいてから、言い方がややわざとらしかっただろうかと不安になった。

「ほんのちょっと、そう見えただけだ」

「そうかもしれないわね」

「もう一杯、わたしが飲めるぐらいは残っているかな？」できるかぎり平静を装って訊いた。

「残っていなければ、料理人にまたポットに淹れてきてもらうわ」

「ああ、いや、そこまでする必要はない」とっさに少しばかり大きな声で答えていた。

「残っているぶんだけ飲めればいい」

ケイトはポットを傾け、夫のカップにお茶を最後の一滴まで注ぎきった。さらに少量のミルクを加えてから、いかにも物言いたげに眉を吊りあげながらも黙ってカップを差しだした。

アンソニーがお茶を啜っていると――胃がやや重くなり、前の一杯のようにすばやく飲みきることはできなかった――、ケイトが咳払いをして訊いた。「エドウィーナが好きな青年のことはご存じ?」

「まだ誰であるかも聞いてない」

「あら、ごめんなさい。名前を言うのを忘れてたわね。ミスター・バグウェルよ。洗礼名は知らないのだけれど、手がかりがあるとすれば、エドウィーナが次男だと言ってたわ。あなたのお母様が本邸で開いた泊りがけのパーティで知りあったそうよ」

アンソニーは首を振った。「聞いたことがない名だな。おそらく、人数あわせのために母に招かれた気の毒な若者たちのひとりだろう。母は女性たちを大勢招いていた。息子たちのいずれかが恋に落ちることをたくらんで女性を大勢招くのはいつものことなんだが、そうすると人数を釣りあわせるために、冴えない男たちを山ほど見つけなければならなくなる」

「冴えない男たち?」ケイトはおうむ返しに訊いた。

「女性たちがわれわれ息子たち以外の男性に目を奪われては困るからだ」いくぶんゆがんだ笑みを浮かべる。

「お母様は、息子たちを結婚させようとほんとうに必死だったのね」

「なにしろ、わたしが知っているだけでも」アンソニーは肩をすくめて続けた。「前回はあまりに多くの令嬢たちを招いたせいで人数を釣りあわせなければならなくなって、教区牧師と一緒に、十六歳の息子まで晩餐会に駆りだしていた」

ケイトは顔を曇らせた。「たしか、お会いしてるわ」

「ああ、痛々しいほど内気で哀れな若者だよ。あとで牧師に聞いた話によると、晩餐会でクレシダ・クーパーと隣あわせの席で食事をとってから一週間、じんましんが消えなかったそうだ」

「あら、そんな目に遭えば、誰でもじんましんが出るわよ」

アンソニーはにやりと笑った。「きみに意地悪なところがあるのは知ってたさ」

「意地悪なんかじゃないわ！」ケイトは抗議したものの、顔はいたずらっぽく微笑んでいた。

「事実を言っただけだもの」

「わたしに言い訳は不要だ」アンソニーはお茶を飲み終えた。だいぶ長くポットに入っていたので苦味が増していたが、ミルクのおかげでさほど気にせず飲み干せた。カップを置いて言葉を継ぐ。「意地悪なところも、きみの最も好きな点のひとつなんだ」

「ふうん」ケイトはつぶやいた。「それほど好きではない点については聞かないでおくわ」

アンソニーはぞんざいに手を振って話を戻した。「ところで、きみの妹さんとミスター・ブグウェルのことだが――」

「バグウェルよ」

「惜しいな」

「アンソニー！」

アンソニーはそしらぬふりで続けた。「じつは、エドウィーナに花嫁持参金を用意しようと考えている」

皮肉な成り行きであることは承知していた。エドウィーナを妻に娶るつもりだったときには、ケイトに花嫁持参金を用意するつもりだったのだ。

アンソニーはケイトの反応をそっと窺った。

むろん、妻の機嫌をとるために提案したわけではないが、こうしてただ呆然と黙り込まれるよりも少しはましな反応を期待していたことを否定できるほどできた人間ではない。

ほどなく、ケイトが泣きだしかけていることに気づいた。

「ケイト？」アンソニーは喜ぶべきか案ずるべきかを迷いながら尋ねた。

ケイトが優美とは言いがたいしぐさで手の甲で鼻をぬぐった。「いままで誰にも、これほどすてきなことはしてもらったことがないわ」鼻をすする。

「正確には、エドウィーナのためにすることなんだが」アンソニーは涙ぐむ女性のあつかいにとまどってつぶやいた。だが、内心では彼女のおかげで急激に背が伸びたような誇らしい気分になっていた。

「ああ、アンソニー！」ケイトはほとんど泣き叫ぶように言った。それから、なんとも驚いたことに、勢いよく立ちあがってテーブルを乗り越え、夫の腕のなかへ飛び込んできた。ドレスの重たい裾が、ティーカップ三個と受け皿二枚とスプーン一本を床に払い落とした。

「あなたはなんてやさしいの」ケイトは目をぬぐいながら、夫の膝の上にしっかりと着地した。「ロンドンでいちばんすてきな人だわ」

「まあ、それについてはわからないが」アンソニーは言葉を返して、妻の腰にするりと腕をまわした。「おそらく、いちばん危険だし、顔もいいし――」

「いちばんすてき」ケイトはきっぱりと言って遮り、彼の顎の下に顔を押しつけた。「間違いなく、いちばんすてきよ」

「きみがそう言うのなら」アンソニーはつぶやいて、このところの慌しい運命の展開に心から不満はないと思った。

「お茶を飲みおえておいて良かったわね」ケイトが床に落ちたカップを見やって言う。「ひどく汚してしまうところだったもの」

「ああ、たしかに」アンソニーは胸のうちで笑ってケイトを引き寄せた。抱いている感触が温かく心地いい。ケイトは脚を椅子の肘掛けに投げだして、背を夫の肘にあずけていた。ふたりの体がぴたりと調和しているようにアンソニーは感じた。ケイトはまさに自分の体型にちょうど見あう大きさなのだ。

彼女には自分にとても合うと思える点が幾つもあった。そのように感じるたび恐ろしさに襲われるのだが、いまはこうして膝にただのせているだけでとてつもなく幸せで、先のことは考える気にもなれない。

「あなたはわたしにほんとうに良くしてくれるのね」ケイトが囁いた。

意図的に家を空けるようにしてきたことや、いつも妻にひとりで好きなように過ごさせてきたことが脳裏をよぎったが、後ろめたさは脇へ押しやった。努めてふたりの距離をとってきたのは、ケイトのためを思ってのことだ。ケイトには自分を愛させたくない。愛すれば、自分がこの世を去ったとき、彼女によけいにつらい思いをさせることになる。

そして、もしも自分が彼女を愛してしまったら……。

そのせいでどれほどつらい思いをしなければならないのかは考えたくもない。

「今夜は何か予定があるのかい？」アンソニーは妻の耳もとに囁きかけた。

ケイトがうなずくと、その動作で彼女の髪に頬をくすぐられた。「舞踏会よ」とケイト。「レディ・モットラムの」

アンソニーは彼女の絹のような髪のやわらかさにそそられ、二本の指ですくいとり、手のひらに滑らせて、手首に巻きつけた。「わたしがいま考えていることがわかるかい？」囁く。

「何かしら？」ケイトの声から笑みが聞きとれた。

「レディ・モットラムにどう思われてもかまいはしないということだ。ほかには何を考えていると思う？」

今度はケイトが笑いをこらえているのがわかった。「何かしら？」

「ふたりで階上《うえ》へ行くべきだってことさ」

「行きたいの？」ケイトがそしらぬふりを決め込んで訊く。

「ああ、もちろんだ。じつを言えば、いますぐにでも」

ケイトは大胆にも腰をくねらせて、夫がどれほど急いで階上に行きたがっているのかをみずから確かめた。「わかったわ」改まった口ぶりで囁き返した。

アンソニーは妻の尻を軽くつねった。「感じてくれたんだよな」

「ええ、とっても」ケイトは認めた。「すごく反応してるみたい」

「そうなんだ」アンソニーは低い声で応じてから、いかにもいたずらっぽい笑みを浮かべてケイトの顎をそっと持ちあげ、互いの鼻先を合わせた。「ほかには何を考えていると思う？」かすれた声で訊く。

ケイトが目を見開いた。「想像もつかないわ」

「いますぐ階上に行けないのなら」片手をドレスの下にもぐり込ませ、するすると脚の上へたどった。「ここでも満足できるのではないかな」

「ここで？」ケイトが甲高い声で訊く。

アンソニーはストッキングの縁を探りあてた。「ここで」と答える。

「いま？」

アンソニーの指はやわらかな茂みをくすぐってから、その奥の深みに沈んだ。しなやかで濡れていて、天にも昇る心地良さだ。「ああ、何がなんでもいますぐに」

「ここで？」

アンソニーはケイトの唇に軽く齧りついた。「その質問にはもう答えただろう？」

たとえほかにまだ質問があったとしても、それからしばらく、ケイトは何も言葉にしなかった。

といっても、アンソニーが懸命に口をきかせまいとしていたのだから当然のことなのかもしれない。

そして、ケイトの唇から漏れる小さな叫びや哀れっぽい声から判断するかぎり、アンソニーの仕事はすばらしい成果をあげていた。

19

『レディ・モットラムの毎年恒例の舞踏会はいつもながら混みあっていたが、目ざとい方々なら、ブリジャートン子爵夫妻の姿が見えなかったことにむろん気づいておいでだろう。レディ・モットラムによれば、夫妻は出席を約束していたとのこと。新婚夫婦が自宅にとどまり何をしていたのかは推測するよりほかにない……』

一八一四年六月十三日付〈レディ・ホイッスルダウンの社交界新聞〉より

その晩だいぶ遅く、アンソニーはベッドの上で横向きに妻を抱きかかえて寝そべっていた。ケイトは夫に背をすり寄せて、いまやぐっすり寝入っている。

雨が降りだしたので、さいわいだったとアンソニーは思った。

窓を打つ雨音が聞こえないよう剝きだしの耳にそっと上掛けをかぶせようとしたのだが、ケイトは起きているときと変わらないほど落ち着きがなく、首のところまで引きあげる前に手で払いのけられてしまった。

これから雷鳴を引き起こす嵐になるのかどうかはまだ見きわめがつかないが、雨足は激しくなり、風もしだいに唸りをあげ、木の枝が屋敷の側面に擦れる音が聞こえてくる。

傍らでケイトが身じろぐ回数が増えてきて、アンソニーは静かになだめる声をかけながら髪を撫でてやった。ケイトは目を覚ましはしなかったが、あきらかに嵐に眠りを妨げられていた。寝言をつぶやいて寝返りをうち、ついにはこちら側に向きなおって体を丸めた。

「なぜそれほどまで雨が嫌いになったんだ？」アンソニーは囁きかけて、彼女の暗褐色の髪の房を耳の後ろに撫でつけてやった。だが、彼女の怯えは人ごとのようには思えなかった。根拠のない恐怖や、不吉な予感へのやりきれない思いはじゅうぶんにわかっている。自分の場合には、父のだらりとした手を動かない胸の上にそっとのせた瞬間から、死がさし迫っているという確かな予感に悩まされてきた。

説明のつけようもなければ、理解すらできないもの。とにかく、そうなるのだと確信できるだけだ。

けれども、じつのところ死そのものを恐れているというわけではない。死ぬという意識は長いあいだにすっかり自分の一部と化していて、誰もが人それぞれに受け入れているように、自然の摂理に過ぎないのだと理解していた。冬が終われば春が来て、そのあとには夏が来る。死もまさに自分にとってはそれと同じようなものだった。

これまでは。煩わしい考えはなんとかして打ち消して、頭から締めだそうとしているのだが、いつしか死が恐ろしいものに見えはじめていた。

ケイトとの結婚は友情と性的な交わりのみの関係なのだとどれほど自分に言い聞かせようとしても、人生は新たな方向へ進みだしていた。

ケイトのことがいとおしい。たまらなくいとおしかった。離れているときには会いたくて仕方がないし、晩には腕のなかに抱いているときですら彼女のことを夢にみた。

その感情はいまだ愛と呼べるものとは思えないが、それでもやはり恐ろしい。

そして、ふたりのあいだに燃えているものがなんであるにしろ、それをどうしても消し去りたくなかった。

むろん、なにより惨《むご》く皮肉な成り行きだ。

アンソニーは目を閉じ、疲労といらだちの混じる吐息をついて、自分の傍らのベッドに横たわる悩みの種をこれからどうあつかえばいいものかと考えた。だが目を閉じているあいだですら、閃光が夜空を照らすたび、まぶたの内側の暗がりにまばゆいオレンジ色の光を感じた。

目をあけて、夕方ふたりでベッドに入ったときにカーテンを閉めきっていなかったことに気づいた。閉めきっておいたほうがいいだろう。そうすれば、部屋に入る稲光をいくらか防げるに違いない。

だが、重心を移して上掛けの下からそっと抜けだそうとしたとき、ケイトが腕をつかんできて、力まかせに指を筋肉に食い込ませた。

「よしよし、ほら、心配いらない」アンソニーは囁いた。「カーテンを閉めに行くだけだから」

それでもケイトは手を放さない。夜空に雷鳴が轟くと同時にその唇から漏れた哀れっぽい声に、アンソニーは胸が張り裂けそうな思いがした。

窓越しにわずかに漏れる青白い月光のもとでも、彼女の表情が硬く張りつめているのが見てとれる。アンソニーはその顔を覗き込んでまだ眠っているのを確かめてから、手を引き離して立ちあがり、窓辺へ歩いていった。カーテンでは稲光を完全には遮れそうもないが、きちんと閉めきってから、一本だけ蠟燭を灯し、ベッド脇のテーブルに据えた。ケイトを目覚めさせるほどの明かりではないはずだし――少なくともそうであってほしいと願った――、部屋をまったくの暗闇にはしたくなかった。

それに、暗闇を突然切り裂く稲光ほど、驚かされるものもない。

アンソニーは静かにベッドの上に戻って、ケイトの様子を確かめた。まだ眠ってはいるものの、穏やかには見えない。胎児のように体を丸め、苦しげに息を乱している。そして雷鳴が部屋に響くたび、びくんと身じろいだ。

アンソニーは彼女の手を取って髪を撫で、安心して眠らせてやろうと何分かじっと寄り添って横たわっていた。しかし嵐は強さを増し、雷鳴と稲光がほとんど重なって起こるようになってきた。ケイトが急に激しく身じろぎだして、とりわけ大きな雷鳴が轟いた瞬間、ひどくうろたえた様相でぱっと目を開いた。

「ケイト？」アンソニーは呼びかけた。

ケイトが起きあがってそろそろと後退し、ベッドの硬い頭板に背を押しつけた。その場にぴんと凍りついた姿は恐れる人の彫像のように見える。目は見開いたまま、瞬きもせず、首を動かさずに、何を見るともなく瞳だけをきょろきょろと部屋全体にめぐらせている。

「ああ、ケイト」アンソニーは囁きかけた。オーブリー屋敷の図書室で出くわした晩よりもはるかにひどい症状だ。彼女の苦しみの大きさに胸を切り裂かれる思いがした。

このような恐怖は誰にも感じさせてはならない。わが妻ならばなおさらだ。

驚かせないようゆっくりと動いてそばに寄り、慎重に肩に手をかけた。ケイトはふるえながらも夫を押しのけはしなかった。

「朝目覚めたときには、このような状態になったことを少しでも憶えているのかい？」やさしく尋ねる。

返事はなかったが、アンソニーも答えを期待してはいなかった。

「よし、よし」静かに声をかけながら、母がいつも子供たちにかけてくれた、たわいない慰めの言葉を思い起こした。「もう心配いらない。大丈夫だ」

ふるえはやや鎮まってきたようだが、ケイトはまだあきらかにひどく怯えていた。もう一度雷鳴が部屋に轟いたとたんすくみあがって、顔をうずめるようにうつむいた。

「いやよ」ケイトが呻いた。「いやよ、いやなの」

「ケイト？」アンソニーは幾度か瞬きをしてから、一心に見つめた。ありうるとするならば、目覚めていないのに意識が働いているような口調だった。

「いやよ、いや」

それに、なんとも……。

「いやよ、いやよ、行かないで」

……幼い声だ。

「ケイト？」アンソニーはなす術がなく、きつく抱きしめた。目覚めさせるべきなのだろうか？　ケイトの目はあいていても、いまだ眠りのなかで夢をみているのはあきらかだ。悪夢を断ち切ってやりたいとも思うが、目覚めてもなお彼女のいる場所は変わらない——恐ろしい雷雨のさなかのベッド。それで気分が楽になるはずがあるだろうか？

ならば、このまま寝かせておくべきなのだろう。おそらく、彼女がこの悪夢を乗り切りさえすれば、その恐怖の原因について何かしら手がかりをつかめるかもしれない。

「ケイト？」あたかも彼女自身に対処の仕方を尋ねるかのように囁きかけた。

「いやよ」ケイトはぐずるように言い、とたんにまた取り乱しはじめた。「いや、いやあ」

アンソニーはみずからのぬくもりで彼女を落ち着かせようと、こめかみに唇を押しつけた。

「いや、お願い……」ケイトはむせび泣いて荒々しく苦しげに息をつき、彼の肩を涙で濡らした。「いや、ああ、いやよ……お母さん！」

アンソニーは身をこわばらせた。ケイトはふだん育ての母親のことをメアリーと呼んでいたはずだ。自分を生み、二十年近くも前に亡くなった実の母親のことをいまごろ口にすることなどありうるのだろうか？

けれども、その疑問に考えをめぐらせているあいだに、ケイトが全身を硬直させ、張り裂けんばかりの悲鳴をあげた。

年端もいかない少女の悲鳴。

ケイトはいきなり向きなおると抱きついてきて、腕につかまり、恐ろしいほどがむしゃらに肩にしがみついた。「いやよ、お母さん」むせび声で言い、全身をわななかせて泣き叫ぶ。「いや、行かないで！　ああ、お母さん、お母さん、お母さん……」

ケイトの熱情は凄まじく、ベッドの頭板を背にしていなければ、アンソニーは倒されてしまうところだった。

「ケイト？」アンソニーはとっさに呼びかけて、自分の声に動揺がわずかに表れていることに気づいてはっとした。「ケイト？　心配いらない。大丈夫だ。誰もどこにも行かない。聞こえてるか？　誰もいなくならない」

だがすでにケイトの声は途絶え、聞こえてくるのは魂の奥深くから漏れだすような低い啜り泣きだけだった。アンソニーは彼女を抱きしめ、やがて少し落ち着いてきたところにそっと横たわらせて、ふたたび眠りに落ちるまでしばらくそのまま抱きかかえていた。

皮肉にも、ちょうどそのとき、最後の雷鳴が轟き、稲光が部屋を切り裂いた。


翌朝、ケイトは目覚めて、夫がベッドの傍らに坐っているのを見て驚いた。気づかいと、好奇心と、ほんのかすかに哀れみも混じっているような……なんとも妙な表情で自分を見おろしている。妻が目をあけても言葉をかけるでもなく、まじまじと目を向けている。ケイトはしばし待ってから、ようやくためらいがちに切りだした。「疲れた顔をしてるわ」

「よく眠れなかったんだ」アンソニーは答えた。

「そうだったの？」

アンソニーは首を振った。「雨が降っていた」

「ほんとう？」

アンソニーがうなずく。「それに、雷も鳴っていた」

ケイトはびくりとして唾を呑み込んだ。「つまり、稲光も起きたのね」

「ああ」アンソニーはもう一度うなずいた。「ひどい嵐だった」

その短く簡潔な答え方に何か深い意図があるように感じて、うなじにぞくりと寒気を覚えた。「だったら、気づかなくて、な、なんてついてるのかしら。知ってのとおり、激しい嵐は苦手だから」

「そうだな」アンソニーはぽつりと答えた。

けれども、ケイトはそのひと言に幾つも意味が含まれているのだと悟り、わずかに鼓動が速まった。「アンソニー。ゆうべ、何かあったの？」

「きみは悪夢をみていた」

ケイトはいっとき目を閉じた。「もうみないだろうと思ってたのに」

「きみが悪夢に苦しめられていたのは知らなかった」

ケイトは大きく息を吐きだすと、上掛けを脇の下に引き寄せて起きあがった。「幼いころからなの。嵐が来るといつもみていたんですって。ほんとうのところはわからないのよ。わたし自身は何も憶えていないから。だからきっと――」いったん口を閉じざるをえなかった。喉が締めつけられて、言葉がつかえてしまったような気がした。

アンソニーがすっと手を伸ばして手を取った。さりげないしぐさなのに、どんな言葉をかけられるよりもケイトの胸に深く響いた。「ケイト？」静かに問いかける。「大丈夫か？」

ケイトはうなずいた。「つまり、もう夢はみなくなったのだろうと思ってたの」

アンソニーはしばし黙り込んだ。部屋が静まり返り、ケイトの耳にふたりの鼓動がたしかに聞きとれた。ようやく、わずかに息を吸い込む音がして、アンソニーが尋ねた。「寝ているときに話したことを憶えてるかい？」

ふたりは向きあってはいなかったが、その言葉にケイトが反射的に右を振り向き、視線が交わった。「わたしが話してた？」

「ゆうべは話していた」

ケイトは上掛けをぎゅっとつかんだ。「なんて言ったの？」

アンソニーは束の間ためらったが、話しだした口調は力強く落ち着いていた。「母上を呼んでいた」

「メアリーを？」ケイトが低い声で訊く。

アンソニーは首を振った。「そうではないと思う。わたしはきみがメアリーを名前以外で呼ぶのを聞いたことがない。ゆうべきみは『お母さん』と叫んでいた。まるで……」間をおいて、いくぶん苦しげに息をついた。「まるで幼い子供のように」

ケイトは唇を舐めて、下唇を噛みしめた。「どう言えばいいのかしら」記憶の奥深い場所を探られるのを恐れて、どうにか言葉を継いだ。「どうしてお母さんを呼んだのか、まるでわからないわ」

「メアリーに」アンソニーが静かに言う。「話を訊いてみるべきではないかな」

ケイトは即座に激しく首を振った。「母が亡くなったとき、わたしはメアリーとは出会ってもいなかったのよ。父ですら。わたしが母を呼んだ理由をメアリーが知るはずがないわ」

「きみの父上から何か聞いているかもしれない」アンソニーはケイトの手を自分の唇に持っていき、励ますように口づけた。

ケイトは膝の上に目を落とした。自分がこれほどまで嵐を恐れるようになった理由を知りたいとは思うものの、恐ろしさの深層を突きつめるのは、恐れる嵐そのものと同じぐらい怖かった。知りたくはないものを探りだすことにはならないだろうか？　もしも何か――

「わたしがついている」アンソニーの言葉に、ケイトの物思いは断ち切られた。

するとどういうわけか、すべてがうまくいくはずだと思えた。

ケイトは涙で潤んだ目で夫を見つめてうなずいた。「ありがとう」囁いた。「ほんとうに、ありがとう」

その日の午後、ふたりはシェフィールド家の小さな屋敷への階段をのぼった。執事に案内されて客間に入ると、ケイトは使い慣れた青いソファに腰をおろし、アンソニーは窓辺へ歩いていき、窓枠にもたれて通りを見やった。

「何か面白いものでも見えるの？」ケイトは訊いた。

アンソニーは首を振り、気恥ずかしそうに微笑んで振り返った。「ただ窓の外を眺めているだけだ」

そんなしぐさにケイトはどうしようもなくいとおしさを感じた。理由ははっきりとはわからない。毎日、何かしらアンソニーのささいな癖を新たに発見し、個性的な微笑ましい習慣に気づくたび、ふたりの絆が深まっていくように思えた。寝る前には必ず枕を二つ折りにするとか、オレンジのマーマレードは嫌いなのにレモンは大好きだとか、アンソニーのちょっと変わった点を知るのが楽しかった。

「何か考え込んでいるのかい」

ケイトは注意を引き戻された。アンソニーがいぶかしげにこちらを見つめている。「まどろんでたんだな」面白がる口調で言う。「夢みるように笑っていた」

ケイトは頬を染めて首を振り、つぶやいた。「そんなことないわ」

アンソニーは疑わしそうに鼻先で笑い、ソファのほうに歩いてきて言った。「考えていたことを教えてくれたら百ポンド払おう」

メアリーの登場で、ケイトは返答を免れた。「ケイト！」メアリーが歓声をあげた。「こういう驚きは大歓迎よ。それに、ブリジャートン子爵様も、ふたりでいらしてくれて嬉しいわ」

「もうほんとうに、アンソニーと呼んでください」アンソニーはいくぶんぶっきらぼうに言った。

手を取って挨拶をするアンソニーに、メアリーは微笑んだ。「そうするように努力するわね」ケイトの向かいに腰をおろし、アンソニーもソファに落ち着くのを待って言った。「残念なことに、エドウィーナは外出中なの。まったく突然にミスター・バグウェルがロンドンにいらしたのよ。ふたりで公園に散歩に出かけたわ」

「ぜひニュートンをお貸ししたかったですね」アンソニーがにこやかに言う。「きっと想像できないぐらい有能な付き添い役になりますよ」

「じつはあなたに会いに来たのよ、メアリー」いつになく真剣な口調でケイトは言った。

「いったいどうしたの？」ケイトとアンソニーにかわるがわる目をくれる。「万事順調なのよね？」

ケイトはうなずいて、唾を呑み込みながら適切な言葉を探した。午前中はずっと尋ねるせりふを練習していたというのに、いざとなると言葉が出てこなかった。けれどもアンソニーが手を重ねてくれたので、その重みとぬくもりに勇気づけられ、目を上げてメアリーに言った。「母のことについて訊きたいの」

メアリーはやや驚いた様子ながらも答えた。「わかったわ。でも、あなたも知ってのとおり、面識はないのよ。あなたのお父様から話を聞いているだけで」

ケイトはうなずいた。「わかってるわ。だから、もしかしたら知らないことを尋ねてしまうかもしれないけれど、ほかに訊ける人はいないから」

メアリーは坐りなおし、膝の上にきちんと手を組みあわせた。けれどその指関節が白くなっていることにケイトは気づいた。

「承知したわ」メアリーが言う。「それで何を知りたいの？　もちろん、わたしに答えられることならなんでも話すわ」

ケイトはふたたびうなずき、口の渇きを覚えて唾を呑み込んだ。「メアリー、母はどうして亡くなったの？」

メアリーは目をしばたたき、ほっとしたかのようにわずかに肩を落とした。「でも、それはあなたもすでに知っていることよね。流感よ。あるいは呼吸器性の熱病だったのかもしれないわ。お医者様たちもはっきりとは断定できなかったのよ」

「それは知ってるわ。でも……」ケイトが見やると、アンソニーが励ますようにうなずいた。

ケイトは大きく息を吸い、心を決めた。「わたしはいまでも嵐が怖いのよ、メアリー。その理由が知りたいの。もう怖がらなくてもすむように」

メアリーは唇を開いたものの、それからしばらく黙ったまま継娘を見つめた。顔色が徐々に透けそうなほど白みがかってきて、ぼんやりと虚ろな目になった。「気づかなかったわ」か細い声で言う。「知らなかった、あなたがまだ――」

「必死に隠してたの」ケイトは穏やかに答えた。

メアリーはふるえる手でこめかみを押さえた。「知っていれば、わたし……」言葉を呑み込み、額にずらした手で悩ましげな皺を伸ばした。「いいえ、何もしてあげられなかったわよね。あなたに話すことしか」

ケイトは心臓がとまる思いがした。「何を話してくれたの？」

メアリーは大きく息を吐きだし、今度は両手で顔を覆うようにして眼窩の上を押した。まるで頭を徹底的に踏みつけられているかのような激しい頭痛を感じている表情だ。

「これだけは信じて」声を詰まらせて続ける。「あなたに話さなかったのは、あなたが憶えていないと思っていたからなのよ。憶えていないのなら、あえて記憶を呼び戻すのがいいこととは思えなかった」

メアリーが首を起こし、その顔を涙が伝い落ちた。

「でも、憶えていたのよね」かすれ声で言う。「そうでなければ、それほど怖がりはしないもの。ああ、ケイト。ごめんなさい」

「あなたには謝る理由は何もないと思いますよ」アンソニーが静かに言った。

メアリーはそこに彼がいるのを忘れていたかのように一瞬たじろいで目を向けた。「でも、やっぱり理由はあるわ」悲しげに言う。「わたしは、ケイトがいまも恐怖心を抱いて苦しんでいたことに気づかなかった。気づかなくてはいけなかったのよ。母親ならそういったことには敏感であるはずだわ。わたしは産みの親ではないけれど、ほんとうの母親になろうと努力してきたつもりなのに――」

「良くしてくれたわ」ケイトは思いを込めて言った。「ほんとうに」

メアリーはケイトのほうへ向きなおり、何秒か沈黙したあと、にわかに毅然とした声で言った。「あなたが三歳のときに、あなたのお母様は亡くなったわ。ちょうど、あなたの誕生日だった」

ケイトは聞き入ってうなずいた。

「わたしはあなたのお父様と結婚したとき、三つの誓いを立てたの。まず、主と立会人たちの前で、彼の妻になることを誓った。でも、あとのふたつは、自分の胸のなかで誓ったことよ。ひとつはケイト、あなたに。あなたをひと目見たとき、その大きな褐色の瞳はあまりに虚ろで寂しそうで――ああ、子供とは思えないほど、ほんとうに悲しそうな目をしてた。それでわたしは、あなたを実の子として愛し、全力を尽くして育てようと誓ったわ」

ひと呼吸おいて目をぬぐい、アンソニーから差しだされたハンカチをありがたそうに受けとった。そしてほとんど囁くような低い声でふたたび話しだした。「もうひとつは、あなたのお母様に誓ったの。もちろん、お墓を訪ねたわ」

ケイトは切なげに微笑んでうなずいた。「ええ。何度か、わたしも連れていってもらったわよね」

メアリーが首を振る。「違うわ。あなたのお父様と結婚する前のことよ。わたしはそこでひざまずいて、三つめの誓いを立てた。彼女はとてもすばらしい母親だったのよ。誰もがそう言っていたし、あなたが心の底からお母様を恋しがっていることは誰の目にもあきらかだった。だからわたしは、あなたに誓ったこととまったく同じことを彼女にも約束したのよ。

いい母親になって、あなたを自分がお腹を痛めた子として愛し、慈しむことを」メアリーはすっと首を起こし、このうえなく澄んだ率直な目で続けた。「そして、あなたのお母様に少しでも安らぎを与えてあげたかった。母親なら誰でも、あれほど幼い子を遺して安らかに眠れるはずがないもの」

「ああ、メアリー」ケイトは低い声を漏らした。

メアリーは娘を見て悲しげに微笑んでから、アンソニーのほうへ顔を向けた。「ですから、子爵様、わたしには謝らなければならない理由があるんです。わたしは、この子が苦しんでいたことに気づいて、知っていなければいけなかったのに」

「でも、メアリー」ケイトは口を挟んだ。「わたしはあなたに知られないようにしていたのだもの。自分の部屋に戻って、ベッドの下やクローゼットのなかに隠れていた。あなたにはけっして見せないように」

「それはいったいどうしてなの？」

ケイトは鼻をすすった。「わからない。あなたに心配をかけたくなかったのよ。それにたぶん、弱虫だと思われたくなかったのかもしれない」

「あなたはいつも強くなろうとしてきたのだものね」メアリーが静かな声で言う。「あんなに小さなときから」

アンソニーはケイトの手を取りつつ、メアリーのほうへ目を向けた。「彼女は強いですよ。あなたと同じように」

メアリーはしみじみと切なげな目でしばらくケイトの顔を見つめたあと、低く穏やかな声で語りだした。「あなたのお母様が亡くなったときのことは、もちろん……わたしはそこにいなかったのだけれど、結婚してから、あなたのお父様が話をしてくれたわ。彼はわたしがもうあなたを愛していることを知っていたから、あなたを少しでも理解できるようにと考えたのね。

あなたのお母様の死はあまりに突然のことだった。あなたのお父様によれば、木曜日に病にかかって、亡くなったのは翌週の火曜日だったそうよ。そしてそのあいだじゅう、雨が降っていた。雨が地面に叩きつけるようなひどい嵐がいつまでも続いて、川が氾濫し、道は遮断された。

お父様は、雨さえあがれば妻も快方に向かうだろうと信じていたと話していたわ。ばかげているとは思いながらも、毎晩、翌朝には雲間から太陽が顔を出すことを祈ってベッドに入ったのだと。何かを祈ることで、わずかな希望を見いだそうとしたのでしょうね」

「ああ、お父様」ケイトの唇から思わず言葉がこぼれでた。

「もちろん、あなたも家のなかに閉じ込められていたから、相当にむずかっていたのだと思うわ」メアリーが目を上げて、何年も前のことを懐かしむように微笑みかけた。「あなたは昔から野外が好きだったもの。お母様がいつも揺りかごを屋敷の外に持ちだして、新鮮な空気のなかであなたをあやしていたとお父様から聞いたわ」

「知らなかったわ」ケイトはつぶやいた。

メアリーはいったんうなずいて、話を先に進めた。「あなたは、お母様が病気になったことにすぐには気づかなかった。感染するのを恐れて、みんながあなたを母親のもとから遠ざけていたからよ。けれどもそのうち、あなたも何か良くないことが起きているのを察したのでしょうね。子供というのはそういうものだから。

お母様が亡くなった晩は、雨がますますひどくなって、誰も見たことがないほどに雷鳴と稲光が激しかったそうよ」ひとたび口をつぐみ、わずかに首を傾けて訊いた。「裏庭に節くれだった老木があったのを憶えてる？——あなたとエドウィーナがいつもよじ登ってた木」

「二股に分かれている木のこと？」ケイトは低い声で訊き返した。

メアリーがうなずく。「あの晩のせいなのよ。あなたのお父様が、聞いたこともないような恐ろしい音がしたと言ってたわ。雷鳴と稲光が重なりあうように起こるようになって、雷鳴が地面を揺らしたその瞬間、落雷で木が引き裂かれた。

あなたも眠ることができなかったのでしょうね」メアリーが続ける。「わたしは当時、隣の州で暮らしていたのだけれど、あの日の嵐のことは憶えてるわ。あんな嵐のなかで眠れる人がいるとは思えない。あなたのお父様はお母様に付き添っていらした。お母様は死の瀬戸際にいて、みなそれを悟り、悲しみのあまり誰もがあなたのことを忘れていた。それまでは用心深く、あなたを遠ざけていたのだけれど、その晩ばかりはみな気がまわらなくなっていた。

あなたのお父様はお母様のそばに坐って手を握り、見送ろうとしていたそうよ。お気の毒に、穏やかな死を迎えたわけではなかったの。呼吸器の病は往々にしてそうだから」目を上げる。「わたしの母も同じような病で亡くなったわ。だからわかるの。安らかな最期ではなかった。わたしはただ、母がとても苦しそうに息をしているのを見ているしかなかった」

メアリーは喉をひくつかせて唾を呑みくだし、ケイトの目を見据えた。「きっとあなたも」かすれ声で続ける。「同じ光景を見たのよ」

アンソニーがケイトの手をきつく握りしめた。

「でも、わたしが母を看取ったのは二十五のときよ」メアリーが言う。「あなたはたった三つのときだった。子供の目に耐えられるような光景ではないわ。大人たちが連れだそうとしたのだけれど、あなたは言うことをきかなかった。嚙みついたり引っ搔いたりして叫び声をあげ、叫んで、叫んで――」

メアリーは言葉に詰まって口をつぐんだ。先ほどアンソニーから渡されたハンカチで顔を押さえ、しばらくしてようやく話を再開した。

「あなたのお母様は死に瀕していた」囁くような、とても低い声で続ける。「そして誰も暴れる子供を取り押さえられずにいるうちに、突如稲光が部屋を貫いた。あなたのお父様は――」

口ごもって唾を呑み込む。「あなたのお父様は、次の瞬間、それまで経験したことのない異様な恐ろしい現象が起きたのだと言ったわ。稲光で――部屋が真昼のように明るく照らされた。しかもふつうの稲光とは違って、すぐには消えなかった。空中に漂っているようにすら見えた、と。そしてあなたを見ると、動かなくなっていた。そのときのことを彼が喩えた言葉が、わたしには忘れられない。あなたはまるで、小さな彫像みたいだったと言ったの」

　アンソニーが反応した。

「どうしたの？」ケイトは夫のほうを向いて尋ねた。

　アンソニーは信じられないというふうにかぶりを振った。「ゆうべのきみもそうだった。まったく同じように見えたんだ。わたしもまさに同じ喩えを思い浮かべた」

「わたし……」ケイトはアンソニーからメアリーに視線を移した。けれど、何を言えばいいのかわからなかった。

　アンソニーがその手を握りなおし、メアリーのほうを向いて先を促した。「どうぞ、続けてください」

　メアリーがこくりとうなずく。「あなたはじっとお母様を見つめていたそうよ。それで、お父様はいったい何に怯えているのだろうかと、あなたの視線の先を追うと、目にしたのは……見えたのは……」

　ケイトはアンソニーの手から自分の手をそっと引き抜いて立ちあがり、メアリーの椅子の隣に足載せ台を引き寄せて腰をおろした。両手でメアリーの片手を取った。「大丈夫よ、メアリー」囁きかける。「話して。どうしても知りたいの」

　メアリーはうなずいた。「それは、あなたのお母様の死の瞬間だった。彼女は起きあがっていた。あなたのお父様の話によれば、その数日、枕から頭を起こすことすらできなかったはずなのに、ぴんと背筋を伸ばしていたと言うのよ。硬直して、頭をのけぞらせ、口はあいているのに声は出ていなかった。ちょうどそのとき雷鳴が響いたものだから、あなたはきっと彼女の口がその音を発したのだと思ったのね。なぜならあなたは、誰も聞いたことのないような悲鳴をあげながら駆けだして、ベッドに飛び乗り、お母様に抱きついたのだから。

みんなで引き離そうとしても、あなたは離れようとしなかった。叫んで、叫んで、母親を呼んでいるうちに、またべつの恐ろしい音がした。ガラスが砕け散ったのよ。稲光で木の枝が折れて、窓を突き破ったの。部屋一面にガラスが飛び散って、風と雨が吹き込み、雷鳴が轟いて、さらに稲光が起きて、そのあいだじゅう、あなたは叫びつづけていた。お母様が息絶えて、枕の上に倒れ込んだあとも、あなたは小さな手で彼女の首にしがみついて、悲鳴をあげて泣きじゃくりながら、目を覚まして、行かないでと叫んでいた。

あなたはけっして離れようとしなかった」メアリーがかすれ声で続ける。「だから大人たちは、あなたが疲れ果てて寝入ってしまうまで待つしかなかったの」

それからまる一分、沈黙が続いたあと、ケイトはようやくつぶやくように言った。「知らなかった。そんなことがあったなんて、知らなかったわ」

「あなたはその話をしようとしないのだと、お父様は言ってらしたわ」メアリーが言う。「もちろん、すぐには無理だったはずよ。あなたは何時間も眠りつづけて、目覚めたときにはあきらかに、お母様と同じ病気に感染していた。お母様のように重症ではなかったし、命にかかわるようなものではなかったそうよ。でも、あなたは病気で、母親の死について話せるような状況ではなかった。そして快復してからは、あなたはみずからの意志で何も話そうとはしなかった。お父様は話そうとしたと言ってらしたわ。けれど、その話題に触れようとするたび、あなたが首を振って、耳を両手でふさいでしまう。それで結局、話すのを諦めたのよ」

メアリーは強いまなざしでケイトを見つめた。「お父様は、話すのを諦めたら、あなたは嬉しそうにしていたと言ってたわ。そのままにしておくのがいちばんだと思ったと」

「そう」ケイトは低い声で続けた。「当時はきっとそれで良かったのだと思うわ。でもいまは、知らなければならなかったの」今度は励ましというより確認のようなものを求めてアンソニーのほうを向き、繰り返した。「知らなければならなかったのよ」

「いまはどんな気分だい？」アンソニーが穏やかに率直な口調で言う。

ケイトは束の間その答えを思案した。「わからない。良かったと思うわ。少し楽になった気がする」それから、ほとんど無意識のうちに微笑んでいた。ためらいがちにゆっくりとはいえ、たしかに笑みが浮かんだ。はっとした目をアンソニーに向ける。「なんだか、とても重いものを肩からおろしたような気分だわ」

「当時の記憶を思いだしたの？」メアリーが訊く。

ケイトは首を振った。「それでも、楽になった気がするの。うまく説明できないのだけれど。記憶はよみがえらなくても、知って良かったと思う」

メアリーはむせぶような音を漏らして椅子から立ちあがり、足載せ台のケイトの隣に並んで力のかぎり抱きしめた。ふたりとも、笑い混じりのむせび泣きを漏らしていた。泣いてはいても、流れているのは幸せな涙だった。それからようやくケイトが身を引いてふと見やると、アンソニーもまた目じりをぬぐっていた。

もちろんすぐに手をおろして威厳ある態度を取りつくろいはしたが、ケイトはしっかりと見ていた。そしてその瞬間、この人を愛しているとケイトは悟った。理性でも、感情でも、全身全霊で、彼を愛している。

たとえけっして愛してはもらえなくても——いいえ、それについては考えたくない。せめていまは、この心に沁みる瞬間だけは。

できることなら永遠に。

20

『筆者のほかにも、エドウィーナ・シェフィールド嬢がこのところひどくぼんやりしていることに気づいた方はおられるだろうか？　噂によれば恋をしているというのだが、幸運な紳士の正体はあきらかでない。

しかしながら、パーティでのエドウィーナ嬢の様子からして、謎の紳士は現在このロンドンにはいない人物とみてまず間違いないだろう。エドウィーナ嬢はいずれの紳士にもとりたてて関心を示していないし、実際、先週金曜日のレディ・モットラムの舞踏会では最後までダンスを踊ろうとすらしなかった。

このひと月に彼女が本国で出会った恋の相手とはいかなる人物であろうか？　真相を突きとめるため、筆者が少々調査に乗りださねばなるまい』

一八一四年六月十三日付〈レディ・ホイッスルダウンの社交界新聞〉より

「わたしがいま何を考えているかわかる？」その晩遅く、ケイトは鏡台の前に坐ってブラシで髪を梳かしながら問いかけた。

アンソニーは窓辺で片手を枠にかけて、外を眺めていた。「うん？」考えごとにほとんど気を奪われていて生返事で応じた。

「わたしね」ケイトが明るい声で続ける。「今度嵐が来たときには、きっと平気でいられると思うの」

アンソニーはゆっくりと振り返った。「ほんとうに？」

ケイトはうなずいた。「どうしてそう思えるのかはわからない。直感、かしら」

「直感は」アンソニー自身の耳にも妙に抑揚のない声に聞こえた。「往々にして最も頼りになるものだ」

「なんだか不思議と楽観的な気分なのよ」ケイトが銀の背のブラシを振りふり続ける。「これまでずっと、あの恐ろしい思いがいつも頭から離れなかった。あなたには言わなかったけれど――誰にも言わなかったの――、嵐が来るたび、体が砕け散ってしまいそうな気がして、思ったのよ……いいえ、単に思ったんじゃないわね、どういうわけかわかったの……」

「何がだい、ケイト？」アンソニーは尋ねて、なぜなのか手がかりすらつかめないが、その答えを聞くのが怖いと感じた。

「どういうわけか」ケイトが考え込むように言う。「体がふるえて、すすり泣いているときに、わたしは死ぬんだってわかったの。わかったのよ。あんな恐ろしい思いをして、その翌日も生きられるはずがないって」小首をかしげ、どう言えばいいのかわからないというように、どことなく引きつった表情を浮かべた。

だが、アンソニーにはその気持ちが手にとるようにわかった。そのせいで、全身の血が凍る思いがした。

「あなたはきっと、とんでもなくばかげたことだと思うわよね」ケイトが恥ずかしそうにゆっくり肩をすくめた。「あなたはとても理性的で、冷静だし、現実的な思考の持ち主だもの。こういう気持ちは理解できないわよね」

もしやきみにはわかるのか……。奇妙なことに、アンソニーは酔いがまわったように感じて目を擦った。ふらついていることを気づかれないよう願いながら頼りない足どりで椅子のところまで歩き、腰をおろした。

さいわい、ケイトは鏡台の上の様々な瓶や化粧道具のほうに視線を戻していた。あるいは、夫に愚かしい恐怖心を笑われるだろうという恥ずかしさから、あえて顔をそむけただけなのかもしれない。

「嵐が通り過ぎてしまうといつも」ケイトが鏡台に向かって話しつづける。「なんてわたしは愚かで、ばかなことを考えていたんだろうって思った。だって結局、それまでも雷雨を我慢してやり過ごして、一度も死ななかったわけだものね。でも、そのあとで理性的に考えられても、なんの役にも立たないように思えた。わたしの言う意味がわかる？」

アンソニーはうなずいたつもりだった。実際にうなずけたかどうかはわからない。

「雨が降ってくると」ケイトが言う。「嵐のこと以外、ほんとうに何もなくなってしまうの。それともちろん、恐怖はあるわけだけれど。そして太陽が顔をだすと、なんてばかだったのだろうと気づいて、その次に嵐が来ると、また前と同じような状態になる。そして、そのときにもまた死ぬんだって悟る。そうなるんだと、とにかくわかるの」

アンソニーは気分が悪くなってきた。体が自分のものではないような違和感を覚えた。いまは何かを言おうとしても無理だろう。

「じつは」ケイトが首を伸ばしてこちらを向いた。「次の日も生きていられるだろうって思えたのは、オーブリー屋敷の図書室で嵐に遭ったときだけよ」立ちあがって歩いてきて、アンソニーの前にひざまずき、膝に頬をのせた。「あなたがいたから」囁いた。

アンソニーは片手を持ちあげて、ケイトの髪を撫でた。

ケイトが彼女なりの死生観を持っているとはいままで考えもしなかった。ほとんどの人々にはないものではないだろうか。だからこそ、いかにも自分は世の中のほかの人々にはわからない本質的な恐ろしい真理を理解しているようなつもりで、長年、奇妙な疎外感を抱きつづけてきたのだ。

むろん、ケイトの死ぬという予感は自分のものとは同じではないのだが――ケイトの場合は風と雨と雷が発生したときにだけ感じてすぐに消えるが、自分の場合にはつねに頭にあって、死ぬ日まで感じつづけなければならない――、ケイトは自分とは異なり、それを打ち負かした。

ケイトは闘いつづけてきた悪魔に勝ったのだ。

それがアンソニーにはどうしようもなく妬ましかった。

潔い受けとめ方ではないのはよくわかっている。それに、こうして彼女を慈しんでいると、嵐によってもたらされる恐怖を克服したことに純粋に喜びが湧いてきて、心から良かったと思うし、興奮し、ほっとしてもいるのだが、それでもなお妬ましかった。妬ましくて仕方がない。

ケイトは勝ったのだ。

かたや自分は、悪魔の存在を認識し、恐れまいとしてきたくせに、いまや恐怖に身をすくませている。それもひとえに、けっしてすまいと決心してきたことが起きてしまったために。

妻を愛してしまった。

妻を愛してしまったいま、その女性《ひと》を遺して死ななければならず、ともに過ごす時間が生気あふれる長編小説ではなく、短い詩にしかならないのだと思うと——どうにも耐えられなかった。

しかも、どこにその責めを負わせればいいのかもわからない。若くして亡くなり、このような忌まわしい呪いをかけた父を非難すればいいのか。突然人生に入り込んできて死を恐れさせるように仕向けたケイトを罵れというのか。いいや、気を晴らすためとあらば通りすがりの見知らぬ人間をとがめればいいことだ。

だが実際は、誰も、自分自身ですら責めることはできなかった。誰かに——それが誰であれ——指を突きつけて、「おまえのせいだ」と言えたなら、どれほど気が楽になるだろう。

「とっても幸せ」ケイトが彼の膝に頭をのせたままつぶやいた。

アンソニーも幸せになりたかった。できることなら、どんなことにもただ純粋に心から幸せを感じたい。自分自身の不安などいっさい考えずに、ケイトが恐怖に打ち勝ったことを喜びたかった。この瞬間だけは先のことを考えず、我を忘れて、この腕のなかにケイトを抱いていたい……。

アンソニーは唐突に思いついて、ケイトを引っぱるようにして立ちあがった。

「アンソニー？」ケイトが驚いて目をしばたたかせて問いかけた。

アンソニーは答える代わりにキスをした。唇が触れあったとたん胸にくすぶっていた情熱と欲求が噴きだして、本能に身をゆだねた。考えたくはないし、考えられる状態でいたくもない。ただこの瞬間さえ感じられればいい。

そして、この瞬間が永遠に続いてほしかった。

すばやく妻をかかえあげると、ベッドへ連れていって横たわらせ、すぐさま覆いかぶさった。体の下でケイトは驚いた顔をしつつ、そのしなやかな体は自分と同じように燃え盛る炎に焦がされていた。夫が突如欲望を掻き立てられた理由はわかるはずもないが、すでに熱情を感じとり、分かちあっている。

ケイトはすでに寝支度を整えており、アンソニーはその化粧着の前を慣れた手つきでやすやすと開いた。その体に触れて、感じて、彼女が自分の下にいることを、彼女と愛しあう自分がここにいることを確かめたかった。ケイトが身につけている水色の絹の薄い寝間着は肩に結び目があり、布地が体の曲線に張りついていた。

絹地を通して感じられる肌のぬくもりはなんとも官能的だった。アンソニーはケイトの体にくまなく手をたどらせ、触れて、揉みしだき、自分の下に押さえつけておくためにできることはなんでもした。

彼女を自分のなかに引き入れられたなら、永遠にそこに閉じ込めてしまいたかった。「アンソニー」ケイトがほんのいっとき唇が離れた隙に息を切らして言った。「大丈夫?」

「きみが欲しい」アンソニーは呻くように言うと、彼女の寝間着を脚の付け根の辺りまでまくりあげた。「いますぐ欲しいんだ」

ケイトの目が驚きと興奮で見開かれた。アンソニーは起きあがり、彼女を押しつぶさないよう膝に重心をかけてまたがった。「きみはほんとうに美しい」囁いた。「信じられないほど魅力的だ」

ケイトはその言葉に顔を赤らめ、彼の顔に両手を伸ばし、かすかに無精髭が生えかかった頬を指でなぞった。アンソニーはその手を取って手のひらに口づけながら、もう片方の手に筋肉質な首筋をたどらせた。

肩上で蝶結びされている細い紐を探りあてる。ほんの軽く引いただけで結び目は解けたものの、絹地が胸まで滑り落ちると待ちきれなくなって、いっきに足もとまで引きおろし、彼女の一糸まとわぬ姿に見入った。

ざらついた呻き声を漏らし、ボタンを手早く外してシャツを剝ぎとり、ものの数秒でズボンも脱ぎ捨てた。そうしてついにベッドの上には輝くばかりの肉体だけとなり、アンソニーはふたたび彼女に覆いかぶさると、筋骨逞しい太腿で彼女の脚を押し開いた。

「待てない」かすれがかった声で言う。「きみが心地いいようにしてやれないかもしれない」

ケイトは熱っぽい声を漏らして彼の腰をつかみ、自分のなかへ導こうとした。「わたしはそれでいいわ」あえぎ声で言う。「それに、あなたを待たせたくない」

そこで、会話は途絶えた。アンソニーはしゃがれた野性的な唸り声をあげて彼女のなかへ押し入り、深く強力なひと突きですっぽりと埋めた。すばやい侵入の衝撃に、ケイトの目が大きく開き、口から小さな驚きの悲鳴が漏れた。けれども受け入れる用意は整っていた――それ以上にはないほどに。強引な愛し方に奥深い情熱を掻き立てられたのか、ケイトは息を切らすほど激しく彼を求めていた。

その交わりに気づかいや、やさしさはなかった。ふたりは燃え立ち、汗ばみ、切迫して、その瞬間を意志の力だけで永遠に持続させようとでもするように抱きあった。互いに身をそらせ、同時に激しく達して、解き放たれた叫びが夜の闇のなかで溶けあった。

ともに果てて互いの腕を絡ませ、乱れた呼吸を整えるあいだに、ケイトは圧倒的な疲労感に呑まれて、幸せそうに目を閉じた。

アンソニーは違った。

ケイトがまどろみ、やがて眠りに落ちていくさまをじっと見ていた。時どき、重たげなまぶたの下で目が動いているのがわかる。胸がわずかに上下する速さを測り、呼吸の状態を観察した。吐息やつぶやきのひとつひとつに耳を澄ました。

誰しも脳裏に焼きつけておきたい記憶というものがあるが、この瞬間もそのひとつだった。

ところが、すっかり寝入っていたはずのケイトが愛らしいのん気な音を漏らし、さらに深くすり寄ってきて、ゆっくりと目をしばたたいた。

「起きてたの」眠そうなかすれ声で言う。

アンソニーはうなずいて、もっときつく抱きしめたいと強く思った。放したくない。どうしても、放したくない。

「あなたも寝たほうがいいわ」とケイト。

アンソニーはもう一度うなずいたが、目を閉じる気にはなれなかった。

ケイトがあくびをした。「心地いいわ」

アンソニーは同意のしるしに唸り声を漏らし、彼女の額にキスを落とした。

ケイトは首を起こしてキスを返し、じゅうぶんに唇を押しつけてから、枕に頭を戻した。

「ずっとこうしていられたらいいのに」つぶやいて、眠気に襲われてもう一度あくびをする。

「ずっと、永遠に」

アンソニーは身を固くした。

〝ずっと〟。

その言葉が自分にとってどれくらいの時間を意味するものなのかは、ケイトにわかるはずもない。五年だろうか？　六年？　それとも、七、八年はあるのか。

〝永遠に〟。

こちらのほうは自分にとって意味もない言葉だ。

するとふいに、息ができなくなった。

上掛けが煉瓦の壁のように重く感じられ、空気が濃密になっていく。

ここを抜けださなければならない。行かなければいけない。出て行かなければ――。

ベッドから跳ね起きると、むせてよろめきながら、床に無造作に投げておいた衣類に手を伸ばし、然るべき穴に手足を通そうとした。

「アンソニー？」

びくんと顔を上げた。ケイトがあくびをしながらベッドから起きあがろうとしている。薄闇とはいえ、その目に困惑した表情が浮かんでいるのが見てとれた。そして、傷ついている。

「大丈夫？」ケイトが訊く。

アンソニーはぞんざいにうなずいた。

「それならなぜ、シャツの袖に脚を入れようとしてるの？」

アンソニーは見おろして、女性の前で口にするとは思いもしなかった悪態をついた。さらにべつの罵り言葉を吐いて、破けた亜麻布のシャツをくしゃくしゃに丸めて床に投げつけ、ほとんど手をとめずにズボンを引きあげた。

「どこへ行くの？」ケイトが心配そうに訊く。

「出かけなければならない」アンソニーは唸るように答えた。

「いますぐ？」

答えようがないので答えなかった。

「アンソニー？」ケイトがベッドからおりて手を伸ばしたが、アンソニーはその手が頬に触れる寸前にかわそうとして後方によろめき、ベッドの支柱に背をぶつけた。彼女の顔に拒絶されて傷ついた悲しげな表情が浮かんでいるのが見えても、やさしく触れられれば、頭がどうにかなってしまうと思った。

「くそう」吐き捨てた。「シャツはいったいどこにあるんだ？」

「化粧室にあるわ」ケイトが気づかわしげに言う。「いつもの場所よ」

アンソニーはもはやその声を聞いていることに耐えられず、大股で新たなシャツを探しに向かった。彼女が何を言っても、〝ずっと、永遠に〟と言われているように聞こえる。

気が変になりそうだ。

外套と靴もきちんと身につけて化粧室から出てくると、ケイトが化粧着の青い幅広の腰紐《サッシュ》をそわそわといじりながら部屋のなかを歩きまわっていた。

「行かなければならない」アンソニーは抑揚のない声で告げた。

返事はない。願ってもない反応なのだが、アンソニーはなぜだかその場に立ち尽くし、身動きできずに答えを待った。

「お戻りはいつ？」ケイトがようやく尋ねた。

「あす」

「それなら……良かった」

アンソニーはうなずいた。「ここにはいられない」言葉が口をついた。「行かなければならない」

ケイトはぎこちなく唾を呑み込んだ。「ええ」痛々しいほど小さな声で言う。「それはもう聞いたわ」

それから、アンソニーは一度も振り返らず、行き先の手がかりになるようなことも漏らさず、家を出た。

ケイトはゆっくりとベッドへ戻っていって、じっと見おろした。なんとなく、そこにひとりで上がり、上掛けを引いて小さくくるまるのは間違っているような気がした。泣くのが自然なのかもしれないが、涙が出てこない。それで結局、窓辺に歩いていき、カーテンを開いて、外を眺めるうち、自分でも驚いたことに嵐が来るよう祈る言葉をつぶやいていた。

アンソニーは行ってしまった。そして、その肉体は帰って来るとしても、心のほうについては確信が持てない。それならばいま自分に必要なものは何かと考えて――自分自身のために、独りでいられる強さを証明するために、嵐が必要なのだと気づいた。

独りきりでいたくはないけれど、そればかりは自分で選べることではない。アンソニーはふたりの距離を保つことを心に決めているように見える。彼のなかには悪魔がいて、妻の前ではそれをけっして表に出さないつもりなのだろう。

たとえ傍らに夫がいても、独りでいる気持ちで生きていかなければならない運命だとするならば、独りでいられるよう、なんとしても強くならなければいけない。

弱くては何ひとつできはしない。ケイトはそう思い、なめらかでひんやりとした窓ガラスに額を押しつけた。

家を出るまではよろけながら歩いていたつもりはなかったのだが、立ち込める薄い霧のせいで滑りやすくなっている玄関先の階段をおりながらふと、足がもつれていることにアンソニーは気づいた。行き先を考えもせず、ともかく去らなければという思いだけで通りを渡った。けれども、反対側の舗道にたどり着いたとき、邪心にせきたてられて寝室の窓のほうへ目を上げた。

見るべきではなかったのだと、もはや無意味なことを考えた。ケイトはベッドに戻り、カーテンは閉じられたままで、自分はもう紳士のクラブへ向かって歩きだしているべきだった。

だが、彼女の姿を目にとらえて、胸の鈍い痛みが急激に鋭く響いてきた。まるでナイフで胸を大きく切り裂かれたようで――しかも、そのナイフを握っているのは自分の手であるようなひどく落ち着かない気分だった。

一分ほど彼女を見つめていた――いや、一時間はそうしていたのだろう。妻はこちらを見ているわけではなく、夫の姿に気づいたそぶりもなかった。顔がはっきりと見える距離ではないが、彼女の目が閉じているのが感じとれた。

おそらく、嵐が来ないことを祈っているのだろう。アンソニーはどんよりとした空を見あげてそう思った。あいにく、彼女の祈りは叶いそうもない。すでに霧が水滴となって肌に落ちはじめ、もうすぐにでも完全に雨に変わりそうな気配だ。

立ち去るべきだとわかっていても、目に見えない鎖のようなものでその場に繋ぎとめられていた。ケイトが窓辺から離れたあとも、その場にとどまり、家を見あげていた。そのなかへ引き返したくてたまらない。家のなかへ駆け戻って、彼女の前にひざまずき、許しを請いたかった。そして彼女をすばやく抱きあげて、空に曙光が射すころまで愛しあいたい。しかし、そのどれひとつとしてできないことはわかっていた。

というより、そうしてはならないのだ。それ以上のことはもう何も考えられない。

そうして、一時間近くもその場に佇むうち、雨が降りだし、凍てつく突風が通りを吹き抜け、ようやくアンソニーは歩きだした。

寒さも、驚くほど激しさを増してきた雨も感じなかった。

何ひとつ感じずに、歩きつづけた。

21

『ブリジャートン子爵夫妻はやむをえず結婚したのだと囁かれているが、たとえそれが事実であれ、筆者にはやはり愛しあっている夫婦にしか思えない』

一八一四年六月十五日付〈レディ・ホイッスルダウンの社交界新聞〉より

ケイトは小さな食堂の給仕用のサイドテーブルに並べられた朝食を見やって、どうしようもなく空腹なのに食欲が湧かないなどということがあるのだろうかと不思議に思った。胃は活発にごろごろと音を鳴らして食べ物を求めているのに、どれを見ても——卵から、スコーン、燻製ニシン、ローストポークに至るまで——、胸が悪くなる。

ケイトはげんなりした吐息をつくと、三角形のトーストをひと切れ取って、お茶のカップを手に椅子に深く腰かけた。

アンソニーはゆうべ家に戻って来なかった。

ケイトはトーストを齧って、無理やり飲み込んだ。遅くとも朝食の時間には帰ってきてほしいと願っていた。できるかぎり食事の時間を——ふだんは午前九時にとるのだが、もうすでに十一時近い——遅らせたのだが、夫はまだ姿を見せない。

「レディ・ブリジャートン？」

ケイトは顔を上げて目をしばたたいた。すぐ目の前に、従僕がクリーム色の封書を差しだしていた。

「数分前、奥様宛てに届いたものです」従僕が言う。

ケイトは低い声で礼を述べて、少量の薄ピンク色の封蠟でしっかり留められた封書を受けとった。近づけて見てみると、〝ＥＯＢ〟と頭文字が記されている。アンソニーの親族の誰かからだろうか？　ブリジャートン家はアルファベット順に名づけられているのだから、〝Ｅ〟はもちろん、エロイーズの頭文字だ。

ケイトは注意深く封を切り、きちんと折られた手紙を開いた。

ケイトへ

兄のアンソニーは家に来ています。とても疲れているようです。もちろん、わたしが口出しすべきことではないのですが、念のため、お知らせします。

エロイーズより

ケイトはしばしその書付を見つめてから、椅子を後ろに押しやって立ちあがった。いますぐブリジャートン館を訪ねなければ。

ケイトがブリジャートン館の玄関をノックすると、驚いたことに執事ではなくエロイーズがすばやく扉を開き、いきなり言った。「早かったわね!」

ケイトはほかにもブリジャートン家のきょうだいが誰かしらいるのではないかと半ば期待して広間を見まわした。「わたしを待っていたの?」

エロイーズがうなずく。「そもそも、あなたは玄関をノックする必要はないのに。ブリジャートン館はアンソニーお兄様のものなのよ。あなたはそのお兄様の妻なんだから」

ケイトは弱々しく微笑んだ。今朝はあまり妻だという気がしない。

「どうか、わたしのことをとんでもないお節介焼きだとは思わないでね」エロイーズはケイトに腕を絡めて広間のなかを導いていきながら続けた。「アンソニーお兄様がひどい顔をしているし、もしやここにいることをあなたが知らないのではないかと思ったのよ」

「なぜ、そう思ったの?」ケイトは尋ねずにはいられなかった。

「だって」エロイーズが言う。「お兄様ときたら、ここに来たことを、わたしたちの誰にもまったく伝える気がないんだもの」

ケイトは夫の妹にいぶかしげな目を向けた。「どういうこと?」

エロイーズが頰をほのかに染めてはにかんだ。「ええと、つまり、お兄様がここにいるのをわたしが知っている理由は、こっそり見張っていたからなの。母ですら、来ていることをまだ知らないはずよ」

ケイトは続けざまにすばやく目をしばたたいた。「あなたは、わたしたちをこっそり見張っていたということ？」

「そんな、とんでもない。ただ、今朝だいぶ早くにちょうどうろうろしていて、誰かが入ってくる音が聞こえたから調べに行ってみると、お兄様の書斎のドアから明かりが漏れていたのよ」

「それで、どうして、彼がひどい顔をしているとわかったの？」

エロイーズが肩をすくめる。「きっとそのうち食事か用を足しに出てくるはずだと思ったから、一時間ぐらい、階段で待ってたら――」

「一時間ぐらい？」ケイトは訊き返した。

「三時間ぐらいかしら」エロイーズは訂正した。「何かに興味をそそられているときって、そんなに長く感じないものなのよね。それに、本を読みながら時間をつぶしてたし」

ケイトは心ならずも感心して首を振った。「夫はゆうべ何時ごろやって来たの？」

「午前四時ぐらいだったかしら」

「あなたはそんなに遅くまで起きていたの？」

エロイーズはふたたび肩をすくめた。「眠れなかったのよ。そういうことが多くて。ちょうど図書室に本を取りに行こうと思っておりてきたところだったの。そうしたらやっと七時ぐらいに――いいえ、たぶん七時ちょっと前ぐらいだわ。だから、三時間も待ってなかったのね――」

ケイトはめまいがしてきた。

「――お兄様が部屋から出てきたのよ。朝食をとる部屋のほうへ行かなかったから、わたしはもうひとつのほうの目的だとふんだわけ。そうしたらやっぱり一、二分後に用を足して出てきて、書斎に戻ってしまったわ。それから」エロイーズは大げさな身ぶりで締めくくった。「ずうっとそこにいるの」

ケイトはまる十秒間まじまじと彼女を見つめた。「陸軍省にお勤めしようと考えたことはある？」

エロイーズはにやりとした。ケイトが思わず声をあげそうになるほどアンソニーにそっくりな笑みだった。「密偵《スパイ》として？」エロイーズが訊き返す。

ケイトはうなずいた。

「わたしなら有能な密偵になれると思う？」

「ものすごく有能な密偵に」

エロイーズはいきなりケイトに抱きついた。「あなたがお兄様と結婚してくれて良かったわ。さっそく、様子を見にいってあげて」

ケイトはうなずくと背筋を伸ばし、アンソニーの書斎のほうへ足を踏みだした。くるりと振り返って、エロイーズに指先を向ける。「立ち聞きはだめよ」

「そんなことしないわ」エロイーズが答えた。

「本気で言ってるのよ、エロイーズ！」

エロイーズはため息を吐いた。「もうさすがにベッドに入るわ。ひと晩じゅう起きていたからお昼寝したいもの」

ケイトは夫の妹が階段をのぼって姿を消すのを見届けてから、アンソニーの書斎のドアのほうへ向かった。ドアノブに手をかけて、「鍵がかかっていませんように」とつぶやいてひねる。ドアノブがまわったことに心からほっとし、ドアを勢いよく開いた。

「アンソニー?」呼びかけた。弱々しく頼りない自分の声を耳にして、気が滅入った。ふだんはこんな話し方はしないのに。

返事がないので、さらに部屋のなかへ歩を進めた。カーテンがしっかりと閉められていて、厚いビロードの生地で光はほとんど遮られている。ケイトは部屋を見渡して、机に前かがみにもたれかかって寝込んでいる夫の姿に目を留めた。

窓辺に静かに歩いていき、カーテンを少しあけた。目覚めたときにまぶしい思いはさせたくないが、大切な話を暗闇のなかでする気にはなれない。それからケイトは机のそばへ戻り、そっと夫の肩を揺すった。

「アンソニー?」囁きかける。「アンソニー?」

いびきとしか思えないものが聞こえた。

ケイトはしびれを切らして眉をひそめ、もう少し強く揺すった。「アンソニー?」穏やかに呼びかける。「アンソ――」

「ちちう…がし…わけない……!」アンソニーは突如目を覚まして意味不明な言葉を口走り、さっと上体を起こした。

瞬きをして明るさに目を慣らしてから、じっと見つめるケイトのほうへ視線を据えた。

「ケイト」眠気と何かほかのもの――おそらくはアルコール――のせいでしゃがれた声で言った。「ここで何をしてるんだ？」

「あなたこそ、ここで何をしてるの？」ケイトは言い返した。「ついさっきまで、わたしたちは一マイル近く先で暮らしていたはずだわ」

「きみの睡眠を邪魔したくなかったんだ」つぶやく。

そんな言い訳はみじんも信じられないものの、ささいな点に反論するのはよそうとケイトは思った。その代わりに、単刀直入に尋ねることを選んだ。「どうしてゆうべ出て行ったの？」

アンソニーは長々と沈黙し、疲れきったため息を吐いてから、ようやく口を開いた。「事情が複雑なんだ」

ケイトは腕組みをしたい衝動をこらえた。「わたしは知性のある女性よ」いたって淡々とした口調で言った。「複雑な話もだいたい理解できると思うわ」

アンソニーは辛らつな言いまわしを面白がるつもりはなさそうだった。「いまは話したくない」

「いつなら話せるの？」

「帰るんだ、ケイト」穏やかな声で言う。

「あなたも一緒に帰る？」

アンソニーは低い唸り声を漏らして、片手で髪を掻きあげた。まったく彼女は骨に食らいついた犬みたいだ。頭がずきずき痛むし、口のなかは布を噛んだように乾いていて、とにかくいまは顔に水を跳ねかけて歯を磨きたいというのに、妻はなおも問いただすことをやめようとしない……。

「アンソニー？」またもケイトが問いかけた。

もう、たくさんだ。アンソニーはやにわに立ちあがり、椅子が後ろに倒れて、床に大きな音が鳴り響いた。「もう質問はよしてくれ」怒鳴るように言い放った。

ケイトの唇はいかめしくまっすぐに引き結ばれた。だが、その目は……。

アンソニーは口のなかにこみあげた後ろめたい苦味を呑み込んだ。

ケイトの目は、悲しみであふれていた。

それを見て、アンソニー自身の胸の痛みも十倍に増した。

心の準備ができていない。いまはまだ。ケイトにどう向きあえばいいのかがわからない。自分自身にすらどう向きあえばいいのかわからないのだ。これまではずっと――少なくとも父を亡くしてからは――何が確かなことであるのかを、いや確かであるはずのことをわかっていたつもりだった。ところがいまや、そうした自分の価値観がケイトにひっくり返されてしまった。

ケイトを愛したくなかった。それどころか、誰も愛したくないと思っていた。もしも愛してしまったら、ただそれだけで、みずからの死を恐れざるをえなくなることがわかっていたからだ。そうなれば、ケイトはどうなる？　できることなら、きみを愛して守り抜くと約束したい。だが、彼女を遺して去らなければならないことを知りながら、そんなことができるだろうか？　不吉な確信を打ち明けることなどとてもできない。気が触れていると思われるのはかまわないが、自分が悩まされてきたような苦しみや恐怖を彼女には味わわせたくない。何も知らせないでおくのが彼女のためだ。

いっそ、まったく愛されずにいられれば、そのほうがいいのではないだろうか？

その答えはまだわからない。もう少し時間が必要だ。それに、こうして目の前に彼女に立たれて、つらそうな目で顔に見入られていては、考えることもできない。それに――

「行ってくれ」声を絞りだした。「いますぐ」

「いやよ」彼女の静かな決意を秘めた口調に、アンソニーはいっそういとおしさを掻き立てられた。「あなたが思い悩んでいることを話してくれるまでは」

アンソニーは机の後からつかつかと出ていって、ケイトの腕を取った。「いまは一緒にいられないんだ」目を合わせずにかすれた声で言った。「あす。あす、また会おう。あるいは明後日」

「アンソニー――」

「考える時間がほしい」

「何を？」ケイトが声をあげた。

「これ以上、事をややこしくするのはやめてく――」

「ややこしくなんてできるはずある？」ケイトが強い口調で遮った。「わたしには、あなたが考えていることすらわからないのよ」

「とにかく二、三日、時間をくれ」その言葉が自分の耳に反響して聞こえた。とにかく二、三日、考えよう。これからどうすればいいのかを、みずからの人生をどのように生きればいいのかを見いだすために。

ところが、ケイトが身をずらして向かいあい、片手を持ちあげると、切ないほどにやさしい手つきで頰に触れてきた。「アンソニー」囁いた。「お願い……」

アンソニーは言葉を継げず、声を発することもできなかった。

ケイトの手がうなじにまわり、頭を徐々に引き寄せられ、どうすることもできなくなった。彼女が欲しくてたまらないし、その体を抱きしめて、かすかに塩気を含んだ肌を味わいたい。彼女の匂いを嗅ぎ、肌に触れて、吐息を耳に感じたい。

彼女の唇がやさしく探るように自分の唇に触れ、舌に口角をくすぐられた。このまま我を忘れて、彼女を絨毯の上に倒すのはたやすいことだが……。

「やめろ！」喉が言葉を吐きだした。どういうわけか、耳にするまで自分が言葉を吐いたことにすら気づけなかった。

「やめろ」アンソニーは繰り返して、ケイトを押しのけた。「いまはだめだ」

「でも――」

自分にそのようなことをする資格はない。いまはまだ。残りの人生をどう生きるのかという答えを見つけだすまでは。そしてもしも、救いをもたらしてくれるかもしれない唯一のものを締めなければならないという結論に達したら、そうするより仕方がない。

「行くんだ」意図した以上にきつい口調になった。「いますぐ行ってくれ。後日また会おう」

今度は、ケイトが歩きだした。

振り返らずに出て行った。

そして、アンソニーは愛することの意味を知ってまもなく、心を殺すことの意味を知った。


翌朝まで、アンソニーは酒を飲みつづけた。昼には二日酔いの症状が現れていた。頭が激しく痛むし、耳鳴りもするというのに、あとから紳士のクラブにやって来て兄の有様に驚いた弟たちが、やたらに大きな声で話しかけてくる。

アンソニーは両耳を手でふさいで唸った。誰もがやたらに大きな声で話しているように聞こえる。

「ケイトに家を追いだされたんですか？」コリンが訊いて、テーブルの真ん中に置いた白目製の大皿から胡桃《くるみ》をつまみとり、ばりばりと殻を砕いた。

アンソニーはどうにかわずかに顔を上げて弟を睨みつけた。

ベネディクトが兄を見やって眉を上げ、薄ら笑いを浮かべた。「間違いなく追いだされたんだな」コリンに言う。「その胡桃をひとつ取ってくれないか？」

コリンがテーブル越しに胡桃を放った。「胡桃割り器もいりますか？」

ベネディクトが首を振り、にやりと笑って分厚い革装の本を掲げてみせた。「こっちのほうがしっかり叩き割れる」

「ばかげたことは」アンソニーはすばやく本を奪いとり、噛みつくように言った。「考えるな」

「この午後は耳が少し過敏なんじゃありませんか？」

拳銃を持っていれば、ふたりを撃って口をふさいでやるところだとアンソニーは思った。

「ちょっとばかり、助言させてもらってもいいですか？」コリンが胡桃をむしゃむしゃと食べながら言う。

「無用だ」アンソニーは答えて、目を上げた。コリンが大口をあけて胡桃を噛んでいる。ブリジャートン家で育った子供たちにはきびしく禁止されていた行為なので、弟はわざと音を立てるためにやっているとしか思えない。「まぬけな口を閉じろ」唸り声で言った。

コリンがごくりと呑んで唇を舐めとり、お茶を啜って流し込んだ。「兄さんが何をしたにせよ、謝るべきです。ぼくは兄さんのことを知っているし、ケイトのこともわかってきたので、言わせてもらえば――」

「いったい、なんの話をしてるんだ？」アンソニーはぼそりと言った。

「たぶん」ベネディクトが椅子に背をもたれて言う。「兄さんが、愚か者だと言いたいんでしょう」

「そうなんです！」コリンが声を張りあげた。

アンソニーは億劫そうに首を振った。「おまえたちが考えているよりも事は複雑なんだ」

「そう思えるもんなんですよ」ベネディクトが嘘っぽく聞こえるほど真面目くさった調子で言う。

「おまえたちが、実際に結婚してもらえるようなおめでたい女性を見つけてきたら」アンソニーは吐き捨てるように言った。「助言のひとつも聞いてやろう。だが、それまでは……黙ってろ」

コリンはベネディクトを見やった。「怒ってるんですかね?」

ベネディクトが片方の眉をゆがめる。「あるいは酔っているかだな」

コリンは首を振った。「いや、酔ってませんね、さすがにいまは。見るからに二日酔いのようだし」

「なるほど」ベネディクトが悟りすましたようにうなずく。「だから怒っているわけだな」

アンソニーは手のひらを広げて顔を覆い、親指と中指でこめかみを強く押した。「まったく」つぶやいた。「なんだっておまえたちは、わたしをひとりにさせてくれないんだ?」

「家に帰ってください、アンソニー兄さん」ベネディクトが驚くほどやさしい声で言った。

アンソニーは目を閉じて大きく息を吐きだした。できるならなによりそうしたいところだが、ケイトになんと言えばいいのかわからないし、もっと問題なのは、家に戻ったとき、自分がどのような心境になるのか予想もつかないことだった。

「そうですよ」コリンも同調した。「家に帰って、彼女に愛していると言えばいいんです。

それほど簡単なこともないでしょう」

するとふいに、アンソニーにもいとも簡単なことに思えた。ケイトに愛していると言わなければならない。いますぐ。なんとしても、きょうじゅうに。この思いを確かに伝えて、悲しくもはかない生涯を一分残らず彼女に捧げることを誓うのだ。

心の進みゆく道を変えるにはもはや遅すぎる。愛さないよう努力してきたがしくじったのだ。愛してしまった気持ちをあと戻りさせることができないのだとすれば、その状況で最善を尽くすよりほかに手立てはない。ケイトに愛していることを伝えても伝えなくても、みずからの死の予感に悩まされていくのは同じだ。そうだとすれば、残された数年を正直に思うがままに彼女を愛して過ごしたほうが幸せなのではないだろうか？

ケイトも自分を愛してくれていることはあきらかだ。同じぐらい愛していることを伝えたら喜んでくれるに違いない。男がある女性を心の奥底から足の爪先まで惚れ込んだなら、幸せにするのが神に与えられた使命ではないのか？

死の予感については打ち明けずにいればいい。話したところでいいことなど何もない。たとえ自分がともに過ごせる時の短さをつらく感じようとも、彼女にまで同じつらさを感じさせる必要があるだろうか？　その日まで悲しみを予想して苦しみつづけるより、予想外に突如夫を失う悲しみに襲われるほうがましだろう。

自分は死を迎える。だが死ぬのは誰でも同じだ、とアンソニーは自分に言い聞かせた。自分の場合はだいぶ早めに死を迎えなければならないだけのことだ。けれども絶対に、残りの数年を思う存分に楽しんで生きよう。人を愛さなければもっと生きやすかったのかもしれないが、もう愛してしまったからには、その思いを隠しては生きられない。

簡単なことではないか。ケイトは自分にとってのすべてだ。それを失えば、その瞬間に呼吸をとめられたも同然だ。

「行かなくては」アンソニーは言うといきなり立ちあがり、太腿をテーブルにぶつけた拍子に胡桃の殻の屑がテーブル一面に飛び散った。

「そうくると思ってました」コリンがつぶやいた。

ベネディクトはただ微笑んで言った。「行ってください」

弟たちは見かけより少しは賢いらしい、とアンソニーは気づいた。

「次に話せるのは一週間後ぐらいですか?」コリンが訊く。

アンソニーはにやりとせずにはいられなかった。弟たちとはこの二週間、紳士のクラブで毎日顔を合わせていた。コリンのいかにもしらばくれた問いかけがほのめかしていることはあきらかだった——妻にすっかり心奪われた兄に、その思いを証明するためには少なくとも七日は費やすつもりなのだろうと言っているのだ。そして、みずからが育てられた家族と同じぐらい大切な家族を育もうとしているのだろうと。

「二週間後」アンソニーは上着を手に取って答えた。「いや三週間後だな」

ふたりの弟たちは無言でにんまりと笑った。

だが、玄関先の階段を三段飛ばしに駆けあがり、わずかに息を切らして扉を押しあけると、家にはケイトがいないことがわかった。

「どこへ行ったんだ？」執事に訊いた。愚かにも、ケイトが家にいない可能性は考えてもいなかった。

「馬車で公園へお出かけになりました」執事が答えた。「妹ぎみと、ミスター・バグウェルとご一緒に」

「エドウィーナの想い人か」アンソニーは独りごちた。なんたること。妻の妹が幸せになるのは願ってもないことなのだが、まったく腹立たしいほど間が悪い。なにより妻のため、人生を変える決断をしたところなのだから、ぜひとも家にいてほしかった。

「奥様は、あの生き物もお連れです」執事がぶるっと身をふるわせて言う。いまだ頑なに、あのコーギー犬が屋敷に侵入していることを認めるのを拒んでいるのだ。

「ニュートンも連れていったのか？」アンソニーはつぶやくように言った。

「一、二時間で戻られるものと思います」

アンソニーは大理石の床にブーツの爪先をとんとんと踏み鳴らした。一時間も待つ気にはなれない。いいや、一分たりとも待てるものか。「探しに出かけてくる」いらだたしげに言った。「そうむずかしいことではないだろう」

執事がうなずき、扉をあけ放した戸口の向こうの、アンソニーが乗ってきた小さな馬車を手ぶりで示した。「べつの馬車をご用意しますか？」

アンソニーはひとたび首を振った。「馬に乗っていく。そのほうが早いだろう」

「かしこまりました」執事が小さく頭をさげた。「ただいま馬をこちらにまわします」

執事がゆっくりと落ち着いた物腰で屋敷の裏手へ歩きだしてほんの二秒で、アンソニーはじれったさに耐えかねて大声で言った。「自分で馬を取りにいく」

そして気づくと、屋敷を飛びだしていた。


ハイド・パークにたどり着くころには、意気揚々と胸がはずんでいた。すぐにでも妻を見つけて、この腕に抱き寄せ、顔を見つめながら愛していると伝えたい。その言葉に、ケイトも答えてくれることを祈った。きっと答えてくれるはずだ。これまで幾度となく、その目に表れた自分への想いを見てきたのだ。おそらく、こちらから先にその言葉を口にするのを待つつもりなのだろう。そうだとしても彼女を責めることはできない、なにしろ自分が結婚式の直前に、愛しあうことはない結婚なのだとつまらない御宅を並べたのだから。

まったく、ばかなことをしたものだ。

アンソニーは公園内に入るとすぐ、馬をロトンロウのほうへ向かわせた。三人はほぼ間違いなく賑やかな道を選んだはずだった。今回にかぎってケイトがより静かな道を勧める理由があるとも思えない。

ほかの馬の乗り手や散策の人々から次々に呼びかけられたり、挨拶されたりするのを避けようと、馬をせきたてて、公園内を安全に走れる範囲で速度をあげた。

そうして、どうやら順調に通り抜けられそうだと思ったとき、年配女性のひどく横柄な声に呼びかけられた。

「ブリジャートン！　ちょっと、ブリジャートン！　すぐにとまりなさい。あなたに言ってるのよ！」

アンソニーは唸って振り返った。社交界の重鎮、レディ・ダンベリーだ。このご婦人を無視することはさすがにできない。その年齢は計り知れなかった。六十、それとも七十だろうか？　何歳であるにせよ、自然の驚異にほかならず、このご婦人を無視できる者は誰もいない。

「レディ・ダンベリー」アンソニーはうんざりした思いを声に出さないように言い、手綱を引いて馬をとめた。「お目にかかれて光栄です」

「よく言うこと」老婦人が大声で返す。「解毒剤を飲みくだしたような声じゃないの。しゃきっとなさい！」

アンソニーは弱々しく微笑んだ。

「奥様はどちらに？」

「ちょうど探していたんです」アンソニーは答えた。「少なくとも、ついさっきまでは」

ずばり抜けて敏感なレディ・ダンベリーが辛らつな言いまわしに気づかないはずはなく、「あなたの奥様は好きよ」と返されては、故意に聞き流したとしか思えなかった。

「わたしも好きですよ」

「そもそも、あなたがどうして妹さんのほうに求婚しようとしているのかさっぱり理解できなかったのよ。いいお嬢さんではあるけれど、どう見たって、あなたには向かないわ」目をぐるりとまわして、憤慨した鼻息を吐きだす。「みな結婚を決める前にわたしの話に耳を傾けてくれさえすれば、はるかに幸せな世の中になるというのに」さらに言う。「わたしに結婚市場を仕切らせてもらえれば、一週間ですべて取りまとめてみせるわ」

「そうでしょうとも」

レディ・ダンベリーの目が狭まった。「わたしをばかにしているの？」

「めっそうもありません」アンソニーはいたって真面目な口調で答えた。

「まあいいわ。あなたはだいたいのところ分別のある男性のようだし……」老婦人の口がぽっかりあいた。「あれはいったいなんなの？」

アンソニーはレディ・ダンベリーのうろたえた視線の先を追い、屋根なしの馬車が傾きかけて内側の二輪だけで角をまわろうとしているのが見えた。だいぶ距離があるので乗っている人々の顔はよくわからないが、まもなく悲鳴があがり、続いて犬の怯えた吠え声が聞こえた。

アンソニーの全身の血が凍りついた。

あの馬車に妻が乗っている。

アンソニーはレディ・ダンベリーにひと言もかけずに馬の脇腹を蹴って駆けだし、全速力で前進させた。馬車に追いついたらまず何をすればいいのだろうか。不運な御者から手綱をつかみとるべきだろう。そして無事に馬車をとめさせる。とにかく、目の前で馬車がつぶれるのをじっと見ていることだけはできない。

けれどもまさに、それが現実になろうとしていた。

アンソニーがあと少しで追いつけるところまで来たとき、傾いた馬車は道をはずれて大きな岩に乗りあげ、そのはずみで横向きにひっくり返った。

アンソニーは妻を死に追いやろうとしている事故を目の前にして、ぞっとする思いで見つめることしかできなかった。

22

『おおかたの予想に反して、筆者は皮肉屋と見なされていることを承知している。しかしながら、親愛なる読者のみなさま、それは真実とはまるでかけ離れている。筆者がなにより好むのは幸せな結末だ。それでもし夢みる愚か者と呼ばれるのなら、それでかまわない』

一八一四年六月十五日付〈レディ・ホイッスルダウンの社交界新聞〉より

アンソニーが横転した馬車のところへ到着したときには、エドウィーナが残骸のなかから這いだしてきて、反対側にも隙間をこじあけようと砕けた木片を掻きわけていた。ドレスの袖は破れ、裾はすり切れて汚れているが、気にかけるふうもなく躍起になって扉を引っぱっている。その足もとではニュートンが飛び跳ねながら興奮した甲高い吠え声をあげていた。

「何があったんだ?」アンソニーは馬から飛びおりると、せっかちにぶっきらぼうな口調で訊いた。

「わからない」エドウィーナが息を切らして言い、頬を流れる涙をぬぐった。「ミスター・バグウェルは馬車を御すのにあまり慣れていなかったのだと思うわ。それで、ニュートンが放たれてしまって、そのあと何が起きたのかはわからない。気がついたら、転がっていて、それで――」

「バグウェルはどこにいる？」

エドウィーナは馬車の反対側のほうを手ぶりで示した。「投げだされたの。頭を打ったけれど無事です。でも、ケイトお姉様は……」

「ケイトはどうしたんだ？」アンソニーはひざまずき、残骸の下を覗き込もうとした。馬車は横転した衝撃で右の側面がつぶれ、完全にひっくり返っている。「どこにいる？」

エドウィーナは喉をひくつかせて唾を呑み込み、つぶやきよりはかろうじて大きい声で言った。「馬車の下に挟まっているのだと思うわ」

その瞬間、アンソニーは死の味を感じた。喉に硬い金属の苦味がこみあげた。肺から息を吐きだそうとすると、その金属がナイフのように皮膚に擦れて喉が締めつけられるように苦しかった。

アンソニーは穴を大きく広げようと残骸の木片を乱暴に引っぱった。馬車が倒れたときの激しさからすれば思ったほどひどい壊れ方ではないが、速まる鼓動は鎮められなかった。「ケイト！」叫んで、不安を与えないよう穏やかな声をつくろって続けた。「ケイト、聞こえるか？」

けれども、返ってきたのは興奮した馬のいななきだけだった。まずい。馬が取り乱して残骸を引きずって走りだす前に、馬具をはずしてやらなければ。「エドウィーナ？」アンソニーは語気鋭く呼びかけて、肩越しを見やった。

エドウィーナが不安そうに手を揉みしぼって駆け寄ってきた。「何か?」

「きみは馬具の外し方を知ってるかい?」

エドウィーナはうなずいた。「手早くとはいかないけれど、できるわ」

アンソニーは集まってきている野次馬たちにちらりと顔を振り向けた。「なんなら、誰かに手伝ってもらえばいい」

エドウィーナはもう一度うなずいて、すぐさま作業に取りかかった。

「ケイト?」アンソニーはふたたび呼びかけた。はずれた座席に入り口をふさがれていて、人影は見えない。「わたしの声が聞こえるか?」

またも返事はない。

「反対側からも試してみて」エドウィーナのもどかしげな声がした。「つぶれてはいないから」

アンソニーはすばやく立ちあがり、馬車の後ろから反対側にまわった。扉の蝶番が外れ、どうにか上半身を押し込めるぐらいの隙間ができていた。「ケイト?」声に切迫した調子が表れないよう注意して呼びかけた。自分の唇から漏れる息が狭い空間にやたらに大きく響いて聞こえ、ケイトの息づかいを聞き逃すまいと気を引きしめた。

それから、横倒しになっていた座部を慎重に動かして、ケイトを見つけた。恐ろしいほど静かだが、頭が不自然な格好に向いているわけではないし、出血も見えない。

良い兆候であるはずだ。医学にはさほど通じていないが、いまは奇跡が起きたとでも信じ込みたかった。

「きみを死なせるわけにはいかないんだ、ケイト」どうにかして彼女を引きだせるぐらい大きく隙間を広げようと、ふるえる手で木片を掻きわけた。「聞こえるか？　きみは死んではだめなんだ！」

尖った木の切れ端で手の甲が切れても、血が流れるのもかまわず新たな木片を引き抜いた。「息をしてるよな」むせぶようなふるえ声で語りかけた。「きみのはずではないんだ。きみであってはいけないんだ。きみの番ではない。わかるよな？」

またひとつ木片を引き離してさらに隙間を広げ、ケイトの手をつかんだ。指で脈を探ると安定しているように感じたが、ほんとうに出血がないのか、骨折していないのか、頭を打っていないのかといったことまではまだ見きわめがつかない。

ぞっとする思いがよぎった。人が死ぬ理由はいくらでも考えられる。一匹の蜂が元気な盛りの男性を死に追いやれるのだから、馬車の事故ならば間違いなく、か弱い女性の命を奪いとれるだろう。

アンソニーは進路をふさいでいた最後の木片をつかみ、引っぱろうとしたが、動かせなかった。「こんなことがあるものか」つぶやいた。「こんなときに。彼女の番ではないんだ。聞こえるか？　きみのわけがないだろう！」頬が何かで濡れているのを感じ、それが涙であることにおぼろげに気づいた。「ぼくであるべきなんだ」言葉が喉につかえた。「ぼくがこうなるはずだったんだ」

そして、最後の木片をもう一度力いっぱい引き抜こうとしたとき、ケイトの指が鉤爪のように手首を締めつけた。すぐに顔を見やると、彼女の目がまばたきもせず大きくぱっちりと見開かれた。

「いったい」完全に目覚めて意識を取り戻した口調だった。「何を言ってるの?」

いっきに安堵の思いがこみあげて胸が苦しくなった。「大丈夫か?」ふるえる声で一語一語を継いだ。

ケイトが顔をゆがめて答える。「大丈夫そうだわ」

アンソニーはほっと息をついてすぐにその言葉の意味に気づいた。「いまは大丈夫なのか?」

ケイトがわずかに漏らした咳に、アンソニーは痛みに怯んだ響きを聞きとった。「脚を痛めたのだと思うわ」ケイトが答えた。「でも、出血はしていないみたい」

「意識は確かか? めまいや、ぼんやりする感じはあるか?」

ケイトは首を振った。「痛いだけ。ところで、あなたはここで何をしてるの?」

アンソニーは涙で濡れた顔をほころばせた。「きみを探しにきたんだ」

「ほんとう?」ケイトがかすれ声で言う。

アンソニーはうなずいた。「ああ、なぜなら、つまり……」ふるえる喉に唾を呑み込んだ。女性にこの言葉を口にするときが来るとは考えもしなかったが、その思いはいまや絞りだせそうもないぐらい胸のなかで大きく膨らんでいた。「愛してるよ、ケイト」声を詰まらせながら続けた。「少々時間がかかってしまったが、気づけたのだからきみに伝えたかった。きょうこの日に」

ケイトは唇をふるわせてゆがんだ笑みを浮かべ、顎先で自分の首から下を示した。「なんてまた絶妙な時機を選んだものね」

アンソニーは思いがけず微笑み返していた。「時間がかかったのがさいわいしたんじゃないか？　もしも先週言っていたら、こうしてきょう、公園にきみを追いかけてくることもなかった」

ケイトがちらりと舌を突きだした。このような状況でもおどける妻をいっそういとおしく感じた。「まずはここから出して」ケイトが言う。

「そうしたら、愛してると言ってくれるのかい？」アンソニーはからかうように訊いた。

ケイトが憂いを含んだ温かな笑みを浮かべてうなずいた。

もうそれだけで告白を返されたも同然だった。そして、ひっくり返った馬車のなかに這いつくばり、妻も同じ馬車に閉じ込められ、脚を骨折している可能性も高いというのに、にわかにとてつもなく満ち足りた安らかな思いにとらわれた。

それはまさに、あの運命の午後、両親の寝室に入ってベッドの上で冷たくなって横たわっていた父を見て以来、十二年近く失われていた感情だった。

「すぐに出してやるからな」ケイトの体の下に腕を滑り込ませて言った。「脚が痛むかもしれないが、あいにくこうするより方法がないんだ」

「脚はとうに痛いもの」ケイトが気丈に笑った。「とにかく、ここから出たいわ」

アンソニーは真剣な顔で一度うなずき、ケイトの脇をかかえ込むようにして引っぱりはじめた。「どうだい?」と訊く。彼女が痛みに怯むたび、心臓がとまりそうになる。

「平気よ」ケイトは息を呑んで答えたが、アンソニーには強がっているようにしか見えなかった。

「向きを変えなければいけない」アンソニーは上から突きだしている尖った木片を見やりながら声をかけた。その木片に触れないようケイトを引きだすのはむずかしいだろう。服が引き裂かれるのはいっこうにかまわない――ケイトが二度と自分以外の人間が御す馬車には乗らないと約束さえしてくれたら、新しいドレスを百枚でも買ってやる。だが、彼女の皮膚がほんのわずかでも傷つけられるのは耐えられなかった。もうじゅうぶん痛めつけられているのだから、これ以上のつらさは味わわせたくない。

「頭から先に引きだそう」アンソニーは言った。「自分で向き変えられるかい? そうすれば、きみの脇の下をつかめるんだが」

ケイトはうなずいて歯を食いしばり、両手をついて体を浮かせ、じわじわと身をずらして、時計まわりにくるりと腰を返した。

「ようし」アンソニーは励ますように声をかけた。「今度はわたしが――」

「どうぞ進めて」ケイトが歯の隙間から言う。「説明はいらないわ」

「わかった」アンソニーは答えて、少しずつ後退し、芝地にしっかりと膝をついた。心のなかで三つ数えて歯を食いしばり、ケイトを引っぱった。

同時に、耳をつんざかんばかりのケイトの悲鳴を聞いて動きをとめた。あと九年以内にこの世を去ると確信していなければ、間違いなく十年は寿命が縮んでいただろう。

「大丈夫か？」急いで尋ねた。

「大丈夫よ」ケイトはきっぱりと言った。だが、すぼめた唇からきれぎれの荒い息をついているし、顔が痛みで引きつっている。

「どうしたの？」馬車のすぐ外側から声がした。馬の馬具をはずして戻ってきたエドウィーナがあわてた声で言った。「ケイトお姉様の悲鳴が聞こえたわ」

「エドウィーナ？」ケイトは問いかけて、妹の顔を見ようと首を曲げた。「大丈夫なの？」アンソニーの袖を引く。「エドウィーナは無事なの？　けがはしてない？　お医者様を呼ぶべきかしら？」

「エドウィーナは元気だ」アンソニーは答えた。「医者が必要なのはきみ
だろう」

「それに、ミスター・バグウェルは？」

「バグウェルはどうした？」アンソニーはそっけない口調でエドウィーナに訊いて、ケイトを残骸のなかから引きだす構えを整えた。

「頭にこぶをこしらえたけれど、もうちゃんと立ってるわ」

「なんてことはありません。手伝いましょうか？」心配そうな男性の声がした。

アンソニーは今回の事故がバグウェルだけではなくニュートンのせいでもあるのは承知していたが、それでもやはり手綱を取っていたのはこの若者なのだし、いまはまだ寛大な態度で接する気分にはなれなかった。「一応言っておくと」ケイトのほうへ顔を戻して、ぶっきらぼうに答えた。「バグウェルもぴんぴんしている」

「ふたりの無事を尋ねるのも忘れていたなんて信じられないわ」

「状況を考えれば、そんなことぐらい許される」アンソニーは答えて、あと少しで完全に馬車から出られるところまでさらにゆっくり上体を後退させた。ケイトも入り口に達し、あと一回――かなり長めで、ほぼ間違いなく痛みを伴う――引っぱれば助けだせるはずだった。

「エドウィーナ？　エドウィーナ？」ケイトが呼びかけた。「ほんとうにけがをしてないのね？」

エドウィーナが隙間に顔を押し込んだ。「無事よ」元気づけるように言う。「ミスター・バグウェルは完全に振り落とされたのだけれど、わたしはうまく――」

アンソニーはエドウィーナを肘で押しのけた。「歯を食いしばれ、ケイト」指示した。

「なんですって？　わたし――ああううう！」

いっきに引いて、ケイトを馬車の残骸のなかから完全に引きだし、ふたり同時に地面に腰をつき、ともに荒々しく息を切らした。といっても、アンソニーは力仕事で息があがっていただけだが、ケイトのほうはあきらかに激痛にあえいでいた。

「まあ、大変！」エドウィーナが叫ぶように言った。「お姉様の脚を見て！」

アンソニーはケイトのほうを見やって、胃が爪先にすとんと落ちたような気がした。ケイトの片脚はあらぬ方向に曲がり、折れているのは間違いなかった。心配する気持ちを必死に押し隠し、ひくつく喉に唾を呑み込んだ。脚の骨折は治るはずだが、感染症や誤った処置のせいで手足を失った人々の話も耳にしている。

「わたしの脚がどうしたの?」ケイトが訊く。「確かに痛いけれど――まあ、どうしましょう!」

「見ないほうがいい」アンソニーは言って、彼女の顎をべつのところへ向けさせようとした。痛みをこらえようとしてすでに速まっていたケイトの呼吸がよけいに荒く乱れてきた。

「ああ、どうしたらいいの」あえぐように言う。「痛いわ。見るまではこれほど痛くはなかったのに――」

「見るんじゃない」アンソニーは強く言った。

「ああ、なんてこと、ああ、どうしたらいいの」

「ケイトお姉様?」エドウィーナが気づかわしげな声で訊き、身を乗りだした。「大丈夫?」

「この脚を見て!」ケイトはほとんど金切り声で言った。「これで大丈夫に見える?」

「むしろ、顔のほうのことを訊いたのよ。ちょっと青ざめているから」

けれども、ケイトは答えられなかった。呼吸が過度に速まっていた。それから、アンソニー、エドウィーナ、ミスター・バグウェル、ニュートンにじっと見つめられ、目をぐるりと上向かせて、気を失った。

三時間後、ケイトは自分のベッドの上におさまっていた。快適とまではいかないにしろ、家に着くとすぐアンソニーに強引に飲まされたアヘンチンキのおかげで痛みも少しはやわらいでいた。折れた脚は、アンソニーが呼び寄せた三人の外科医によって手ぎわよく固定され(三人とも一人でもじゅうぶん骨を固定できると主張したが、アンソニーがむっつりと腕組みをしてあとに引かないので、黙ってともに作業せざるをえなかった)、さらに内科医に往診を頼んで骨が接着しやすくなるという薬をいくつか処方してもらった。

アンソニーは過保護な母親のようにあれこれ世話を焼き、医師の行動にもいちいち口を出すものだから、医師のひとりにはとうとう英国内科医師会から免許を受けているのかと尋ねられる始末だった。

アンソニーは少しも愉快そうではなかった。

そして、脚を添え木で固定されて長々と説明を受けたあと、少なくとも一カ月はベッドの上での生活を楽しんでもらいたいと言い渡された。

「楽しむですって？」ケイトは、外科医の最後のひとりが出ていくとすぐさまアンソニーに唸り声で言った。「これでどうやって楽しめというのよ？」

「この機会に読書の遅れでも取り戻せばいい」アンソニーは提案した。

ケイトはいらだたしげに鼻から息を吐きだした。歯を食いしばっているので口からの呼吸はむずかしい。「読書で遅れをとってるなんて気づかなかったわ」

アンソニーが笑いを誘われていたとすれば、きわめて上手に隠していた。「裁縫をするのもいいんじゃないか」重ねて提案する。

ケイトは黙って夫を睨みつけた。裁縫で気分が良くなる見込みなどまるでないというように。

アンソニーはベッドの端に用心深く腰かけて、妻の手の甲を軽く叩いた。「わたしが一緒にいよう」励ますような笑みで言う。「もうすでにクラブで過ごす時間を減らそうと決めていたんだ」

ケイトはため息をついた。疲れていて、不機嫌で、痛いからといって、夫に八つあたりをするのはけっして正しいことではない。手を返して互いの手のひらを合わせ、指を絡ませた。「わかっていると思うけれど、愛してるわ」静かな声で言った。

アンソニーは妻の手を握りしめてうなずき、温かな目で言葉では表しきれない思いを伝えた。

「あなたには愛するなと言われたけれど」とケイト。

「わたしがばかだったんだ」

ケイトは言葉を返さなかった。彼がゆがめた唇がふたりの思いに隔たりがないことを告げている。一瞬の沈黙のあと、ケイトは言った。「公園で、あなたは妙なことを言っていたわ」

アンソニーは手は放さずにわずかに身を引いた。「なんのことかわからないな」

「わかっているはずよ」ケイトは穏やかに言った。

アンソニーがしばし目を閉じてから立ちあがり、指を彼女の手から解いていき、ついには完全に放した。何年ものあいだ、この妙な確信を自分の胸のなかに慎重に閉じ込めてきた。それが最善の策だと思っていた。信じてもらえたとしても心配をかけるし、信じてもらえなければ正気ではないと思われるのがおちだ。

どちらの選択肢もたいして心惹かれるものではない。

それなのにあの瞬間、動揺のあまり我を忘れ、妻に口走っていた。言ったことを正確には思いだせない。だが、少なくとも彼女の好奇心を掻き立てる言葉だったのだろう。それにケイトは、好奇心を抱いたことをそのままにしておけるたちではない。あらゆる手で言い逃れようとしたところで、結局は問いつめられてしまうはずだ。これほど頑固な女性もいないのではないだろうか。

アンソニーは窓辺へ歩いていき、枠にもたれて、だいぶ前に閉めた厚手のワイン色のカーテンを通しても実際に街並みが見えるかのように、ぼんやりと前を見つめた。「きみに話しておかなくてはいけないことがある」低い声で言った。

返事はなかったが、ケイトが聞いていることはわかった。ベッドの上で身をずらした音が聞こえたからなのか、強い緊張感が伝わってきたからなのかはわからない。

アンソニーは振り返った。カーテンに語りかけるほうが気は楽でも、彼女にきちんと向きあって伝えるべきことだ。ケイトはベッドの上で起きあがり、片脚をクッションの上にのせて、見開いた目はどきりとさせられるほど好奇心と不安に満ちていた。

「どう話せば、ばかげていると思われずにすむのか、わからない」アンソニーは言った。

「率直に話すのがいちばん伝わりやすいこともあるわ」ケイトはつぶやくように言って、ベッドの空いている場所をぽんと叩いた。「そばに坐らない？」

アンソニーは首を振った。近づけば、よけいに話しにくくなるだけだ。「父が亡くなったときに起きたことだ」

「お父様とはとても近しい間柄だったのね？」

アンソニーはうなずいた。「きみと出会うまでは、わたしにとって誰より近しい存在だった」

ケイトの目がきらめいた。「何があったの？」

「まったく予想外のことだった」アンソニーの声は、人生で最もつらかった出来事ではなく、よく憶えていない新聞記事のことを話すように淡々としていた。「前にも言ったが、蜂のせいだった」

ケイトはうなずいた。

「蜂一匹に人を殺せるなどと、誰が思う？」アンソニーは苦々しげに笑って言った。「そんな悲劇もないもんだよな」

何も言わず、哀れむように見つめるケイトの目が、アンソニーの胸を切りつけた。

「わたしはひと晩じゅう、父と過ごした」ケイトの目を見ずにすむよう、わずかに向きを変えて続けた。「もちろん、父は死んでいたんだが、もう少し時間が必要だったんだ。わたしはただ父のそばに坐って、父の顔を見つめていた」またも、やや怒りを含んだ短い笑いを漏らす。「まったく、なんて愚かだったんだろうな。父がじきに目を覚ますのではないかと半ば信じていたんだ」

「愚かなことだとは思わないわ」ケイトが穏やかな声で言う。「わたしも人の死をまのあたりにしたわ。いつものように穏やかな顔で眠っているから、死んでしまったなんてとても信じられないものなのよ」

「正確にはいつとは言えない」アンソニーは続けた。「だが、朝には確信していた」

「お父様が亡くなられたことを？」ケイトが訊く。

「いや」語気を強めた。「自分もそうなるということを、だ」

ケイトが言葉を返すなり泣くなり、何かしら反応するのを待ったが、表情を変える様子もなくただじっと見つめているだけなので、仕方なく言葉を継いだ。「わたしは父のように偉大な男ではないが」

「お父様はそうはおっしゃらないはずよ」ケイトは静かに答えた。

「ここにいないのだから、そんなことはわからないだろう」アンソニーはきつく言い放った。

またもケイトが黙り込み、アンソニーは自分に嫌気がさした。

小声で毒づいて指でこめかみを押した。頭がずきずきと痛みだした。めまいを感じるし、最後に食べたものも思いだせそうにない。「わたしにしかわからないんだ」低い声で言う。

「きみは父を知らないのだから」

壁にもたれて、疲れた息を大きく吐きだした。「とにかく話を続けさせてくれ。話しかけるのも、口を挟むのも、意見を言うのもやめてくれ。ただでさえ話すのに苦労してるんだ。そうしてくれるな？」

ケイトはうなずいた。

アンソニーはふるえる息を吸った。「父は、わたしが知る誰よりも偉大な男だった。日々、父ならばどうするだろうかと考えながら生きてきた。どんなことであれ父のようになりたいと思ってきた。父の偉大さに敵う日が来るはずもないが、近づくことができたなら満足できる。それだけでかまわないんだ。近づくことさえできれば」

アンソニーはケイトを見やった。励まし、あるいは慰めを求めたのかもしれない。

「わかっていることがひとつあるとすれば」アンソニーはどうにか彼女の目を見据える気力を取り戻して言った。「父をけっして超えられないということだ。何年かかろうとも」

「わたしに何を言いたいの？」ケイトが囁き声で訊く。

アンソニーはなす術もないというように肩をすくめた。「突飛なことであるのはわかっている。筋の通った説明もできない。だが、父の遺体の隣に坐って過ごしたあの晩以来、自分は父よりも長くは生きられないだろうと思うようになったんだ」

「わかるわ」ケイトは静かに相槌を打った。

「ほんとうに？」するとまるでダムが決壊したかのように、言葉が噴きだした。あふれだす言葉ですべてを語った――あれほどまでに愛しあう結婚を拒んでいた理由や、ケイトが心に潜む悪魔に打ち勝ったと知ったときに感じた妬ましさを。

そのうち、ケイトが片手を口もとに持っていき、親指の先を噛んだ。前にもそのしぐさを目にしていたことにアンソニーは気づいた——不安を感じたり、深く考え込んだりするときに見せるしぐさだ。

「お父様は何歳のときに亡くなられたの？」ケイトが訊いた。

「三十八だ」

「あなたはいまいくつ？」

ケイトは歳を知っているはずなので、アンソニーはいぶかしげに見つめ返した。だが、とりあえず、答えた。「二十九だ」

「つまり、あなたの予測からすれば、わたしたちに残された時間はあと九年なのね」

「最長で」

「そして、あなたはそれを本気で信じている」

アンソニーはうなずいた。

ケイトは唇をすぼめて、鼻から大きく息を吐きだした。永遠にも思える沈黙が続いたあと、ようやく澄んだ目で夫をまっすぐに見て言った。「でも、あなたは間違ってるわ」

その率直な口調に、アンソニーは不思議にもなんとなく励まされた。口の片端が自然に引きあがり、うっすらと笑みさえ浮かべた。「自分がいかにばかげていると思われることを話しているか、わかっていないとでも？」

「ばかげたことだなんてみじんも思わないわ。まったく正常な反応だと思う。あなたがどれほどお父様を愛してらしたかを考えればなおさらに」やや意識して肩を持ちあげ、首を傾けた。「でも、やっぱり間違ってる」

アンソニーは押し黙った。

「あなたのお父様は事故で亡くなったのよ」ケイトが言う。「事故だったの。誰も予測できなかった、恐ろしくて忌まわしい運命のいたずら」

アンソニーは悟りすまして肩をすくめた。「きっとわたしも同じ運命をたどる」

「ああ、もうお願いだから――」ケイトはいったん口をつぐんで悪態をこらえた。「アンソニー、わたしだってある死ぬかもしれないのよ。きょうのことにしても、馬車の下敷きになって死んでいたかもしれない」

アンソニーは青ざめた。「もう思いださせないでくれ」

「わたしの母は、いまのわたしの歳で亡くなったわ」ケイトがきつい声で言う。「あなたはそのことに気づいていた？　あなたの考え方でいけば、わたしは次の誕生日を迎えられずに死ぬはずだわ」

「そんな――」

「ばかばかしい？」ケイトは夫の言葉の続きを引きとった。

まる一分間、沈黙が続いた。

ようやく、アンソニーが囁きよりはかろうじて大きな声で言った。「どうやって克服すればいいのかわからないんだ」

「克服する必要はないわ」ケイトはふるえだした下唇を噛みしめてから、片手をベッドの空いている場所においた。「あなたの手を取れるようにここに来てもらえない？」

アンソニーはすぐさま応じた。すると彼女の手のぬくもりが流れ込んできて体じゅうに染み渡り、ついには心まで包み込まれた。そしてその瞬間、これこそ愛にほかならないのだと悟った。彼女が自分をより良い人間にしてくれる。これまでも、強く、やさしく、善良に生きてきたつもりだが、それ以上の人間になれるだろう。

そして、ふたりでなら、どんなこともできるはずだ。

四十まで生きることも叶わぬ夢ではないように思えた。

「克服する必要はないのよ」ケイトはふたりのあいだにそっと言葉を吹き込むように繰り返した。「正直に言うと、あなたが三十九になるまでは、完全に克服できるものなのかどうかもわからない。でも」――ケイトに手を握りしめられ、アンソニーはつい先ほどよりもさらに力を得た気がした――「その考えに支配されずに生きることはできる」

「今朝、それに気づいて、きみに愛していると伝えなければいけないと思ったんだ」かすれ声で言う。「だがいま――いまはそれを確信できる」

ケイトがうなずき、アンソニーはその目が涙であふれていることに気づいた。「人はいっときいっときを最後だと思って生きなくてはいけないのに」ケイトが言う。「まるで永遠に生きられるかのように毎日を過ごしてる。わたしの父は病気になったとき、たくさんの心残りを抱いていたの。やり残したことがあまりに多すぎる、と言ってたわ。まだまだ時間があるとずっと思っていたと。その言葉がいつもわたしの胸のなかにあるの。いったいなぜ、わたしがいい歳になってからフルートを始めたと思う？　歳がいきすぎてる、子供のときに始めなければほんとうにうまくはならないと誰からも言われたわ。でも、実際、そんなことは問題ではないのよ。ほんとうにうまくなんてならなくてもかまわない。ただ自分自身が楽しめればいい。試してみることができればいいのよ」

アンソニーは微笑んだ。ケイトのフルートの腕前はひどいものだ。ニュートンですらじっと聞いていられないのだから。

「現実はままならないものだわ」ケイトは穏やかに言葉を継いだ。「どうせ夢を叶えられるまで生きられないと思っていても、新たなことに挑みたいという意欲や、人を愛する気持ちを避けられはしない。最後には、わたしの父と同じように多くの心残りを抱くことになるのよ」

「わたしはきみを愛したくないと思っていた」アンソニーはかすれ声で言った。「そうなってしまうことをなにより恐れていたんだ。自分なりのいくぶん変わった人生観にだいぶ慣れてきていた。むしろ、快適に感じていたくらいだ。だが、愛とは――」言葉が途切れた。声を詰まらせるのは男らしくないし、軟弱に見えてしまうだろう。けれども、相手はケイトなのだから、気にする必要はない。

たとえどんなことがあっても、ケイトが愛してくれていると思うと、心の奥底の恐れを明かすことにも迷いはなかった。それはこのうえなく自由な気持ちだった。

「本物の愛は目にしていた」アンソニーは続けた。「わたしは世間で言われているような皮肉屋ではない。愛が存在することは知っている。母と――父は――」言葉を切って、荒い息を吸い込んだ。

「つまり……なんと言えばいいのかわからないんだが――死の予感……のせいで、それだけは避けなければならないと……」髪を掻きあげて言葉を探す。「愛することだけはどうしても耐えられないだろうと思った。悲しい運命だとわかっていて、誰かほんとうに深く愛することなどできるはずがないだろうと」

「でも、悲しい運命とは決まってないわ」ケイトは夫の手を握りしめた。

「ああ。きみを愛してしまって、気づいたんだ。たとえ自分の予感が正しくて、父と同じぐらいしか生きられない定めだとしても、悲しい運命だとはかぎらない」アンソニーは前かがみになって、羽根のように軽いキスでケイトの唇をかすめた。「きみがいるからだ」囁きかける。「ふたりでいられる時間を一瞬も無駄にするものか」

ケイトの唇がほころんだ。「どういう意味？」

「つまり、愛したからといって、すべてが奪い去られることを恐れる必要はない。愛するとは、自分の心が満たされ、想像もできなかったほど成長させてくれる相手に出会うことなんだ。愛する妻の目を見つめれば、彼女が誰よりすばらしい人であることが骨の髄にまで感じとれる」

「ああ、アンソニー」ケイトが囁き、その頬を涙が流れ落ちた。「わたしもあなたに同じ気持ちを抱いてる」

「きみが死ぬかもしれないと思ったとき――」

「言わないで」ケイトは声を詰まらせた。「もう思いだす必要はないわ」

「いや」とアンソニー。「言わせてくれ。伝えておかなければいけないんだ。あのとき初めて――何年も自分が死ぬ日のことを考えてきたくせに――死ぬということの意味がほんとうにわかったんだ。きみがいなくなってしまったら……自分にはもう生きる理由がなくなる。母がどうやって生きてこられたのか、わからないよ」

「お母様には子供たちがいたわ」ケイトが言う。「あなたたちを残しては逝けないでしょう」

「ああ」アンソニーは低い声で続けた。「だが、母が耐えなければならなかった苦しみを思うと……」

「人の心は、わたしたちの想像以上に強いものなのではないかしら」

アンソニーはケイトの目をしばらく見据えているうちに、ふたりがひとりの人間であるかのように思えてきた。それから、ふるえる手で彼女の頭の後ろを支え、後ろに倒して口づけた。唇を触れあわせ、魂から湧きでる愛と、情熱と、敬意と、祈りのすべてを注ぎ込んだ。

「きみを愛してるよ、ケイト」唇をかすめるように囁きかけた。「心から愛してる」

ケイトは言葉を返せずにうなずいた。

「だからいま……いますぐ……」

するとなんとも妙なことが起きた。にわかに笑いがこみあげてきたのだ。この瞬間が心から楽しくてたまらなくて、ケイトを抱きかかえて勢いよく投げ上げたい思いを必死にこらえなければならなかった。

「アンソニー？」ケイトが困惑と笑いが半分ずつ混じった口調で問いかけた。

「愛にはまだほかにも意味があることを知ってるかい？」アンソニーは囁くと、ケイトの体の両脇に手をついて互いの鼻先を触れさせた。

ケイトが首を振る。「思いつけそうもないわ」

「つまり、その骨折した脚がまったく不愉快で仕方がなくなるということだ」

「あら、わたしほどではないはずよ、旦那様」ケイトは添え木をあてられた脚を恨めしそうに一瞥した。

アンソニーは顔をしかめた。「二カ月は激しい運動ができないんだよな？」

「最短でも」

アンソニーがにやりと笑った。その瞬間、ケイトがかつて非難していたとおりの正真正銘の放蕩者に見えた。「ということはあきらかに」夫がつぶやく。「きわめて慎重にしなければならないわけだな」

「今夜？」ケイトは声を絞りだした。

アンソニーが首を振る。「いくらわたしでも、そこまで器用にやれはしない」

ケイトはくすくすと笑った。笑わずにはいられなかった。自分はこの男性を愛しているし、彼も自分を愛していて、彼は気づいていないかもしれないが、ふたりはとても年をとるまで一緒にいられることを予感した。それだけでもう女性としては——脚を骨折している女性であれ——心舞いあがるほどに嬉しかった。

「わたしのことを笑っているのか？」アンソニーが片方の眉を横柄に吊りあげて訊き、ケイトの隣に身を横たえた。

「そんなことするはずないでしょう」

「それならいいんだ。きみにいくつか大事なことを話しておかなければならないからな」

「何かしら？」

アンソニーは真剣な面持ちでうなずいた。「今夜はきみをどれだけ愛しているかを披露できそうもないが、口では言える」

「そういうことなら何度聞いても飽きないわ」ケイトは囁いた。

「安心したよ。ということであれば、気持ちを述べたあとで、わたしがどうやって愛を披露するつもりだったのかを口で説明させてもらおう」

「アンソニー！」ケイトが甲高い声をあげた。

「手始めは耳たぶからかな」考えるように言う。「うむ、やはり耳たぶからにしよう。そこにキスをしてから齧って、それから……」

ケイトは息を呑み、身をくねらせた。それから、もう一度、彼に恋をした。

そうして耳もとに甘い言葉を囁かれたとき、まるで目の前に広がる未来が見えるような、とてつもなく不思議な感覚に襲われた。日を追うごとに前日よりも心豊かに満ち足りていき、想う気持ちは毎日どんどん深くなり……。

同じ男性に何度も何度も、来る日も来る日も恋することなどできるのだろうか？

ケイトは彼に甘やかな言葉を浴びせられながら、吐息をついて枕に沈み込んだ。

絶対に、試してみなければ。

エピローグ

『ブリジャートン子爵が自宅で家族とともに誕生日を――筆者の記憶によれば、三十九回目――祝した。

筆者は招かれなかった。とはいうものの、いつものごとく、早耳の筆者のもとには、この祝宴の詳細な情報が寄せられており、非常に愉快なパーティであったと聞き及んでいる。その一日はささやかな音楽会で幕をあけた。ブリジャートン子爵がトランペット、子爵婦人はフルートを演奏した。バグウェル夫人（子爵夫人の妹）もピアノでの参加を申しでたものの、却下されたらしい。

先代子爵夫人によれば、かつて聴いたことのない耳ざわりな演奏だったとのことで、ついには幼いマイルズ・ブリジャートンが椅子の上に立ち、両親に中断を求めたという。

この幼い男子の無作法を叱る者はなく、それどころかブリジャートン子爵夫妻が楽器を置いたときには、いっせいに大きな安堵のため息が漏れたということだ』

一八二三年九月十七日付〈レディ・ホイッスルダウンの社交界新聞〉より

「家族に内通者がいるに違いない」アンソニーは首を左右に振りつつケイトに言った。

ケイトは寝支度を整えて髪をブラシで梳かしながら笑った。「彼女は、あなたの誕生日がきのうではなくてきょうであることを知らなかったんでしょう」

「そんなのはささいな間違いだ」アンソニーがぼやく。「彼女は密偵を雇っているんだ。そうでなければ説明がつかない」

「ほかのことについてはすべて合ってるわ」ケイトは指摘せずにはいられなかった。「だからわたしはいつも彼女には感心してるのよ」

「われわれの演奏はそれほど悪くなかった」アンソニーが反論する。

「ひどかったわよ」ケイトはブラシを置いて、夫の傍らへ歩いてきた。「いつもひどいのよね。でも、少なくとも努力はしてるわ」

アンソニーは妻の腰をかかえ込んで、その頭の上に顎をのせた。こうして彼女をただ抱いているときほど安らげることはない。愛する女性なしに生きていける男がいったいどれほどいるのだろうか。

「もうすぐ午前零時だわ」ケイトがつぶやいた。「あなたの誕生日ももうすぐ終わる」

アンソニーはうなずいた。三十九歳。この日を抑えられるとは思いもしなかった。いや、それは事実ではない。心のなかにケイトを受け入れてから、恐怖はゆっくりと薄らいでいった。それでも、三十九歳を迎えられるのは嬉しかった。これで終わる。その日、アンソニーはほとんどの時間を書斎で父の肖像画を見つめて過ごした。そして、いつしか話しかけていた。何時間も延々と父と語りあった。自分の三人の子供たちのこと、きょうだいたちの結婚や子供たちについて父に話した。母についても、最近油絵を描くことに熱中し、実際にかなり腕をあげていることを伝えた。そして、ケイトのことを話し、彼女のおかげで心を解き放たれたことや、どれほど深く彼女を愛しているのかを語り聞かせた。

これこそ、父がずっと自分に求めていたことなのだと、アンソニーは悟った。

炉棚の時計が鐘を鳴らしはじめ、アンソニーもケイトも、十二回目の鐘が鳴り終わるまで黙って聞いていた。

「これで、終わったわね」ケイトが囁いた。

アンソニーはうなずいた。「さあ、ベッドに入ろう」

ケイトが歩きだし、その顔が微笑んでいることにアンソニーは気づいた。「それで、お祝いになるの？」

アンソニーは彼女の手を取って唇に近づけた。「これほどふさわしい祝い方はないさ。違うかい？」

ケイトは首を振り、くすくすと笑いながらベッドのほうへ逃れた。「コラムの残りの記事を読んだ？」

「ホイッスルダウンなるご婦人の新聞のことかい？」

ケイトはうなずいた。

アンソニーは妻の両脇に手をついて、皮肉っぽくじっと見おろした。「われわれのことが書かれていたのか？

ケイトは首を振った。

「ならば、どうでもいい」

「コリンのことだったわ」

アンソニーは小さなため息を漏らした。「ずいぶんと頻繁にコリンのことを書いているような気がするな」

「もしかしたら、コリンに好意を抱いているのではないかしら」ケイトが推測して言った。

「レディ・ホイッスルダウンが？」アンソニーは目玉をまわした。「きっと口やかましい老女だろう？」

「老女ではないかもしれないわ」

アンソニーはあざけるように鼻で笑った。「皺くちゃの年寄りに決まってる」

「わからないわよ」ケイトは言うと、夫の手のあいだからするりと抜けて、上掛けの内側にもぐり込んだ。「若いのではないかと思うのよね」

「こっちはもう」アンソニーが高らかに言う。「これ以上、レディ・ホイッスルダウンの話はたくさんだとしか思えないが」

ケイトは微笑んだ。「そうなの？」

アンソニーは妻の隣に滑り込み、尻の膨らみに手を這わせた。「もっとずっといいことをしたいんだ」

「いいこと？」

「ああ」彼女の身もとに唇を寄せた。「もっとずっとずっと、いいことだ」

ブリジャートン館からさほど遠くない、優美に設えられた小さな部屋で、あきらかに皺くちゃの老女ではないものの、もはやうら若くもない女性が、机の上に羽根ペンとインク瓶を用意して、一枚の紙を取りだした。

首を左右に曲げ伸ばし、紙に羽根ペンを走らせた。

レディ・ホイッスルダウンの社交界新聞

一八二三年九月十九日

ああ、読者のみなさま、筆者のもとに寄せられた情報によれば……。

読者のみなさまへ

父親の不慮の死に対するアンソニーの反応は、男性にはとりわけ一般に広く見られるものです。とても若いうちに父親を亡くした男性たちは、往々にして自分も同じ運命をたどるのではないかといった強迫観念にとらわれやすくなります。そうした男性たちはたいがいそれがばかげた考えであることを知りつつ、父親が亡くなった年齢に達する（もしくは過ぎる）まで、恐怖心を振り払うことがなかなかできないのです。

洞察力の鋭い読者のみなさんは、エドモンド・ブリジャートンが命を落としたのは、人生で二度目に蜂に刺されたときであることに気づかれたのではないでしょうか。蜂刺されによるアレルギー反応は一般に二度目に刺されるまで表れないことが医学的に確認されています。アンソニーの場合にはまだ一度しか刺されていないため、蜂に対するアレルギーを有しているかどうかは判別できません。けれども、登場人物の健康状態の裁量を許される著者としてお知らせするならば、アンソニーにはいかなるアレルギーもなく、ひいては九十二歳まで長寿をまっとうするものと設定しています。

みなさまのご多幸をお祈りして
ジュリア・クイン

訳者あとがき

〈ブリジャートン家〉シリーズ第二作、父亡き子爵家の大黒柱とも言うべき長男、アンソニーのロマンスをお届けします。

同シリーズ前作では、妹ダフネの結婚騒動に父親の代わりとばかりに熱烈な奮闘をみせたアンソニーですが、本作ではいよいよ三十を目前に長男として跡目をもうけるべく結婚を決意し、花嫁探しに乗りだします。容姿端麗の裕福な子爵であり、知性や運動神経にも優れ、欲しいものはすべて手に入れてきた人気者の紳士だけに、シーズン随一の美女と名高いエドウィーナを娶《めと》ろうと自信満々に狙いを定めます。

ところが、彼女の姉ケイトが可愛い妹と放蕩者との結婚を阻止しようと立ちはだかったことから、アンソニーはいつしかエドウィーナそっちのけでケイトと角突きあわせるはめに。事あるごとにぶつかりあうふたりですが、長男長女に共通する責任感ゆえか、互いの内面に似たもの同士の気質を感じとったからなのか、いつしか不可思議な友情が芽生えはじめ……。

物語前半は著者ならではのウイットが効いた軽妙な筆致で、素直になれない主人公ふたりの小学生さながらに反発しあう姿が笑いを誘いますが、後半は一転、互いに強さの裏に秘めた深い傷のせいですれ違い、苦悩し、真に魂が求める相手に気づくまでの奥深いドラマが展開します。本作でも、何気ない日常のなかで誰もが経験する心の揺れをきめ細やかに描きだすことで、引き込まれずにはいられない物語を紡ぎだす著者の手腕が冴えわたっています。

ジュリア・クインもまた、十九世紀初頭から二世紀を経て読み継がれる女流作家、ジェーン・オースティンの影響を受けたロマンス作家の一人です。事実、「もちろん、夫のことは心から愛していますが、それでもやはり『高慢と偏見（原題 *Pride and prejudice*）』の頁をめくるたび、ミスター・ダーシーに恋せずにはいられないのです」と公言しており、本作のなかでも、読書好きなエドウィーナがオースティンの最新作を読んでいると母親に語らせています（実際は舞台設定の一八一四年当時、ジェーン・オースティンは By a Lady（某婦人）の著者名を使用していたので、史実とは異なります）。

『高慢と偏見』は小説のみならず映画や海外ドラマでもお馴染みの作品なので言わずもがなですが、当初は互いに好印象を抱けなかった男女が感情の行き違いや自尊心の障壁を乗り越え、愛情を通わせていく物語。女性主人公は歯に衣着《きぬ》せぬ物言いをし、彼女の愛する姉は誰から見ても美しいと評される女性です。かたや本作では、独身紳士たちに絶大な人気の美女を妹に持つ勝気なケイトの人物造形、自信満ちあふれるアンソニーが女性に初めて痛烈な皮肉を浴びせられて心動かされていく過程など、オースティン作品へのオマージュらしき描写も随所に見られます。

そして、著者のあとがきからもわかるように、男性主人公アンソニーへの深い思い入れが表れた作品でもあります。著者はあとがきに加え、本書に寄せて次のように記しています。

「わたしは本書を執筆するにあたって、すでにシリーズ第一作に登場させていた愛すべき人物、アンソニー・ブリジャートンとそれから半年をともに過ごせることに胸を躍らせました。アンソニーは魅力的で知性も高く、欲しいものを手に入れることに慣れた紳士で、いうなれば、ロマンスの男性主人公にはうってつけの完璧な素材でした。

けれども、わたしは登場人物を完璧に描くことを好みません。完璧な登場人物は完璧で退屈な生活を送ることになり、すばらしいロマンス小説は描けないという持論があるからです。そこで、わたしは決意しました。アンソニーは魅力的で聡明ではあっても、完璧な人物にするのはやめよう。しかも今回は、そう簡単に欲しいものを手に入れさせてはならない、と。

どうぞ、*The Viscount Who Loved Me* をお楽しみください。そしてもちろん、恋することも忘れずに……」

この言葉からも、ジェーン・オースティンのリアリズムの源流を受け継ぎ、読者が共感できる場面設定から、心ときめくロマンスを生みだそうとする著者の真摯な姿勢が窺えます。本作で登場人物たちが遭遇する数々の出来事はたしかに〝事件〟と呼べるほどのことではないのかもしれません。とはいえ、人の心のなかこそ最も未知なる世界であることもまた事実。主人公のふたりのみならず、ブリジャートン家の愛情深い母ヴァイオレットをはじめとする個性豊かな周囲の面々もみな誰かを愛するがゆえ、ときには大胆かつ微笑みを誘う行動に出るのです。誰もが胸に抱えるささやかな葛藤が織り成すドラマに、時代を越えた普遍的な魅力があることを、著者はその作品で示しています。

以上が、二〇〇八年の刊行時に訳者あとがきとして記したものです。

新装版の刊行作業を進めるなかで、本シリーズを原作とするオリジナルドラマ『ブリジャートン家』シーズン1の全八話の配信がＮｅｔｆｌｉｘ（ネットフリックス）で始まり、二〇二一年春よりシーズン2の撮影を再開することも正式に発表されました。早くも、アメリカン・フィルム・インスティチュート（ＡＦＩ）アワードでは、二〇二〇年のテレビ部門トップ10に選出されています。シーズン2はもちろん、本作アンソニーの物語になるとのこと。ケントにあるブリジャートン家の本邸の様子や、ケイトとエドウィーナの姉妹がどのように描かれるのか、いまから楽しみでなりません。

二〇二一年一月　　村山美雪

本書は、2008 年 6 月 17 日に発行された〈ラズベリーブックス〉
「不機嫌な子爵のみる夢は」の新装版です。

ブリジャートン家 2
不機嫌な子爵のみる夢は
2021年3月17日　初版第一刷発行

著……ジュリア・クイン
訳……村山美雪
ブックデザイン……小関加奈子
本文DTP……IDR

発行人……後藤明信
発行……株式会社竹書房
〒 102-0072　東京都千代田区飯田橋 2 − 7 − 3
電話　03-3264-1576（代表）
03-3234-6208（編集）
http://www.takeshobo.co.jp
印刷・製本……中央精版印刷株式会社

ISBN978-4-8019-2609-7　C0197
Printed in JAPAN